# 新诗学案

华东师范大学出版社
·上海·

敬文东 / 著

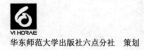
华东师范大学出版社六点分社 策划

# 目 录

写在前边 ·················································· 1

诗与心性 ·················································· 1
  从一首容易的诗说起 ································ 1
  隐含读者？ ············································ 5
  命运与熬 ·············································· 9
  心性圆融 ·············································· 14
  代言 ···················································· 21

作为诗学问题与主题的表达之难 ·················· 24
  显在系谱，隐在系谱 ································ 24
  诗歌的两种读法与表达之难 ····················· 28
  现代汉诗写作中的七种表达之易 ·············· 32
  "苍蝇"在汉语诗歌中的微型流变史 ············ 42

《苍蝇》"必达难达之情" ……………………… 46
　　夏天，一个特殊的词语 …………………………… 53

颂歌：一种用于抵抗的工具 ………………………… 59
　　彝人，大凉山 ……………………………………… 59
　　大凉山，万物有灵论 ……………………………… 66
　　万物有灵论，颂歌 ………………………………… 73
　　颂歌，寻找被埋葬的词语 ………………………… 88

宋炜的下南道 ………………………………………… 100
　　现代汉诗新道途？ ………………………………… 100
　　下南道的古典性和现代性 ………………………… 105
　　颓废 ………………………………………………… 113
　　饮食男女 …………………………………………… 119
　　蔑视 ………………………………………………… 128

词语紧追诗绪或一个隐蔽的诗学问题 ……………… 135
　　百慕大，窄门 ……………………………………… 135
　　所谓诗绪及其逻辑 ………………………………… 139
　　死的现代性 ………………………………………… 143
　　诗绪和词语 ………………………………………… 150

从唯一之词到任意一词 ……………………………… 164

欧阳江河的诗学之问 ……………………… 164
　　为欧阳江河诗学之问所做的小回顾 ……… 170
　　词语的一次性原则 ………………………… 176
　　词语的直线原则 …………………………… 196
　　词语的瞬间位移 …………………………… 209
　　心与脑 ……………………………………… 219
　　新诗唯脑论 ………………………………… 238
　　咏物诗 ……………………………………… 246
　　诗歌方法论的超速运转 …………………… 262
　　词语装置物 ………………………………… 274

从超验语气到与诗无关 ………………………… 298
　　小引或汉语的世俗特性 …………………… 298
　　西川的诗歌新路数 ………………………… 307
　　对西川的诗歌新路数所做的背景性回顾 … 313
　　语气之由来 ………………………………… 329
　　语气之功效研究 …………………………… 342
　　历史的强行进入或再论诗意 ……………… 356
　　从成圣到成精 ……………………………… 370
　　饶舌 ………………………………………… 383
　　说话体 ……………………………………… 397

后记 ……………………………………………… 413

# 写在前边

眼下,无论是新诗写作还是诗学研究,都并非某些人担忧的那样进入了瓶颈状态,反倒更有可能处于战略转向的前夜。理由很简单:实在是该到这样的前夜了。一百年来,诟病新诗的声音可谓多矣!但诟病者大多在旁枝末节上打主意、做功课;新诗写作者和研究者则多在旁枝末节的层面上应对各种刁难,左招右架,却总是拒绝主动出击,甚至在新诗的出身问题上都要么支支吾吾、王顾左右而言他,要么花费九牛二虎之力,也给不出让人心服和可被信服的准生证,实在让人看着心慌、心急得紧。

本书所收文章,无论是就某首具体的诗作发言,还是对某个诗人的整体创作立论,都跟通常意义上的文本细读无关,也跟所谓的作家论绝缘,尽管从表面上看,还真的蛮像那么回事。本书中所有的文章,都自信跟核心的、具有战略意义的诗学问题有染;这些诗学问题本身才是全书的主角,才是始终被重点照看的对象。那些具体的诗作或诗人,不用说,都是演绎这些诗学问题的道具;只不过就道具而言,他们(或它们)确实质地优异,值得认真、仔细对待。当然,还需要在此对他们(它们)特别献上感激之情。

在本书看来,这些诗学问题——诸如新诗写作与诗人心性的关系、新诗自身的表达之难(亦即达难达之情)、新诗对万物持赞颂态度还是仇恨心理(亦即审美还是审丑)、新诗的现代性与古典性的关系、新诗与词语的关系、新诗在语气上如何被呈现、新诗如何有效处理现代经验等等——在在都是过经过脉的大问题,急需要被厘清,急需要得到确切、坚定的回答。至于新诗究竟该及物还是不及物、新诗是否应该有较为固定的形式一类麻雀问题,归根到底只能是麻雀问题。作为本书当仁不让的主角,诸多战略性的诗学问题彼此间结成了平行的关系(亦即兄妹或兄弟关系),无所谓高下贵贱,因此,没有任何一个问题被本书特别宠幸和偏爱,尽管它们在体量上大有差别。每一篇文章照例只倾向于重点处理某一个具体的诗学问题,但这些问题也可能因行文需要,尤其是论述需要,分别出现在不只一篇文章里。它们相互呼应、声援,共同为诗学研究的战略转向提供具体而微的战例。

所谓战略转向,就是打开城门,主动迎击各种质疑声,屏蔽众多无聊的恶意,或者干脆将之悬置起来,不予理睬:真正的诗学研究只关心跟新诗写作生死攸关的大问题,决不在旁枝末节上绕弯子,在麻雀问题上拖时间。总之,决不会无事忙。事实上,诗学研究已经就鸡毛蒜皮浪费了无算的财富和光阴。战略转向当然需要心智、勇气、学识和抱负方面的准备。除了本书已经关注的核心诗学问题外，肯定还有不少尚待发现，并且值得倾注更多心力的问题。毫无疑问，这些问题需要仰赖更多的有心人，有赖于更多的热血、激情和心跳，更多也更高水准的才智之士。

2018年4月2日，北京魏公村

# 诗与心性

## 从一首容易的诗说起

从形制和体貌上看,西渡的短诗《祖父》颇类于塞缪尔·约翰逊(Samuel Johnson)所谓的"容易的诗"(easy poetry)①。其中有这样的句子:

祖父扛着锄头朝山上走去
一脸的皱纹都笑着,路上
遇见他的人也都满脸笑着
人们说祖父忒会"讲言笑"
但他们的方音听起来就像是
"搞严肃"。所以祖父

---

① 参阅黄维樑:《中西新旧的交汇》,作家出版社,2013年,第10页。

又严肃又搞笑。这性情

传给了父亲,父亲传给了我。

在内心,我几乎是阴郁的

但人们却说我"你真逗"

我的哑巴同事递给我

一张纸条:"你为什么整天

笑嘻嘻的?"也许我该说

因为我阴郁。由此看来,我

不像是人们眼中的不肖子孙。

(西渡:《祖父》)

  仰仗这些看上去简单、质朴的诗行,西渡也许在暗示一个长久以来被隐藏,却时时纠缠现代中国诗人的核心问题:诗人的心性是否必须与诗本身保持某种一致性(或称同一性)。在此,西渡仿佛"笑嘻嘻"地暗示说:这可是一个"讲言笑"是否有必要等同于"搞严肃"的大问题啊。如果此处的答案基本上是肯定性的,接下来的问题就只能是:为什么必须保持一致性?又当如何在写作中,尽力实现或撮合这种一致性呢?毕竟按照苏珊·桑塔格(Susan Sontag)的观察,唯有心性上的"倒错"而非中正,"才是现代文学的缪斯"[1]。

---

[1] 苏珊·桑塔格:《反对阐释》,程巍译,上海译文出版社,2003年,第60页。

中国古贤哲们乐于称道的"正心、养心、尽心、大心、放心直至从容",还有"最后时刻姗姗而来的道心"①,既是他们修习心性的主要步骤与内容,又是心性自身拥有的各种阶段与症候。所谓心性,不过是对世界或万物所持的某种心理状态,但它总是乐于同自我意识牵扯在一起。出于心性完整而非分裂这个伟大的原因,古人作诗基本上不存在心性与诗是否一致的问题:两者间天然就是一致的,或总是倾向于一致的。如果出现例外,那也不过是两者间倾向于一致性的铁证而已。这既是古人对"文如其人"之信条深信不疑的根源所在②,也是他们对"修辞立其诚"顶礼膜拜的心理基础。心性的完整,有如诗歌在形式上的整饬与圆融——心性与诗形(即诗歌形式)之间,似乎存在着某种神秘的联系。而自我意识或许是普遍并且普适的,称得上自古皆然,谈不上任何神秘色彩;但单子式个人的自我意识,却只能是现代性的终端产品。其特点,无非是分裂、焦躁与孤独③。以苏珊·桑塔格之高见,这等惨境的来由无非是:"我们这个时代,是一个有意识地追求健康、却又只相信疾病包含真实性的时代。"④现代人更愿意相信:病态才是真相,健康不过是幻觉,或者假想和假相。无限开放、扩张的现代经验较之于封闭、有限的农耕经验,不仅显得复杂多

---

① 敬文东:《从心说起》,《天涯》2014年第5期。
② 参阅敬文东:《用文字抵抗现实》,昆仑出版社,2013年,第60—63页。
③ 参阅赵汀阳:《第一哲学的支点》,三联书店,2013年,第110—120页。
④ 苏珊·桑塔格:《反对阐释》,前揭,第56页。

端,而且因其心性上的焦躁、分裂与孤独,显得面向繁多:完整、统一的心性丧失了,有如整饬有序的诗形被新诗的形式纵欲夺去了贞操,又好比叶芝说"再也保不住中心"(叶芝:《基督重临》,袁可嘉译)。

写作《祖父》之前的西渡早已明白:新诗自诞生之日起,就在有意无意间,察觉到统一的心性之丧失这个不容回避的事实,并且有过不乏激烈的应对。郭沫若的《天狗》《凤凰涅槃》,戴望舒的《雨巷》《我以残损的手掌》,大体上是对这个问题或事实的正当防卫,有时还不免于防卫过当之嫌。拜现代社会(或现代性)所赐,更多的人将死于心碎①;新诗人们普遍处于心性分裂的状态之中,却总是试图在个人心性与诗绪之间,制造一种类似于一一映射般的平衡,毕竟心性上的失衡或巴洛克状态(Baroque condition)不是一件令人愉快的事情。他们希望自己所创的诗篇,能与自己的心性相一致。但此事之难,实在与"华亭鹤唳讵可闻,上蔡苍鹰何足道"(李白:《行路难》之三)相等同。但也有相反的情况发生:新诗人们干脆破罐破摔,在诗中把心性的反面(或侧面)呈现给读者。按照20世纪中期成长起来的西方文论,给真实的心性戴上面具,以面具冒充真实的心性,考虑到现代经验的过于繁复,就不仅具有合理性,甚至可以被认作面具与诗绪原本就是一致的。

---

① 此处化用了索尔·贝娄(Saul Bellow)的长篇小说的题目"更多的人死于心碎"。

## 隐含读者？

一谈到心性与诗是否具有一致性的问题，会立即涉及到读者和诗人之间的关系（中外之别和古今之别在此问题上的作用暂且不提）。在古典时期，读者和诗人的关系原本不成其为问题，甚至一度被认为无足道哉——至少欧美新批评（The New Criticism）就是这样对待它们的。但自读者-反应理论（Reader-Response Theory）出现以后，这种关系变得既火爆，又复杂。为应对这种日益强盛起来的复杂性，彼得·拉比诺维兹（P. J. Rabinowitz）曾提出过"隐含读者"之类的概念。这个概念初看上去好像较为费解，其实质倒是非常简单，不过是"作者的读者"而已。"作者的读者"意味着：任何一个诗人在营建任何一首诗作时，都不免暗自希望能够出现准确理解其诗绪的读者；这类被作者高度期许的读者，能准确破译诗人寄存于作品之中的自我形象①。有过三十年左右诗歌写作史的西渡大概会承认：出于现代经验的复杂性，出于心性分裂的缘故，每一位新诗写作者在谋划任何一个诗篇时，都会通过特定的词语、语气，还有特定的句式，精心营建这个诗篇念想中原本应该出现的氛围；诗人自身的肖像，则或明或暗地隐藏于这种氛围之中。接下来的事情似

---

① P. J. Rabinowitz, *Before Reading: Narrative Conventions and the Politics of Interpretation*, Ohio State University Press, 1987, p. 17.

乎显得更为顺理成章:诗人打心眼地希望隐含读者——亦即诗人的读者——能将这个肖像与诗人自身的真实形象叠合起来,以至于造成心性与诗具有同一性(或一致性)的幻觉,或有时骇人听闻地居然就是真相。

与隐含读者相匹配、相对称的,是韦恩·布斯(Wayne C. Booth)热情称颂过的隐含作者。布氏在此既老谋深算,又善解人意。他知道:心性的分裂是不争的事实,破罐破摔又不免有些难堪(假如不说难为情的话),所以,倒不妨拿有些虚伪的隐含作者来抵挡一阵。隐含作者的出源地,它的大致情形,差不多就是叶芝描述过的:"我们通过自我斗争来创造诗歌,这有别于我们跟他人斗争时的修辞。"[1]乍听上去,这话似乎很难理解,但韦恩·布斯的解说却很通俗:每一个作者(无论小说家还是诗人)都要在具体的创作中,给自己预留一个位置;在这个位置上呈现出来的作者形象,就是他(她)想让读者看到的那个形象。这个形象是"通过自我斗争"——而非通过与他人较劲——获得的,亦即"我"必须想方设法,甚至不惜让自己的左手扇向自己的右脸,也要搞出一个"我"想要得到的那个"我",以应对现代经验的复杂性。这个形象(即"我")就是匹配于隐含读者的隐含作者。隐含作者意味着:鉴于现代性带来的残酷、复杂、扭曲的人际关系,每一位小说家或诗人都倾向于以面具而不是以真面目示人;诗篇中的"我"

---

[1] 参阅韦恩·布斯(Wayne C. Booth):《隐含作者的复活:为何要操心?》,詹姆斯·费伦(James Phelan)等主编:《当代叙事理论指南》,申丹等译,北京大学出版社,2007年,第68页。

(即肖像)与传记材料中的"我"大不相同,甚至截然两样。

罗伯特·弗罗斯特(Robert Frost)在此是个绝佳的例证。此公在诗中塑造的自我形象足够慷慨、热情、大度、友好、睿智,深受不明真相的诗歌群众所喜爱;传记材料中的弗罗斯特,则是一个自私、暴躁、冷漠,甚至不乏卑鄙特性的小人。弗罗斯特的自我意识很强,自我保护意识也很强,他深谙现代诗歌之猫腻,知道读者的心坎的长相与爱好。于是,他有意识地整出了布斯所谓的隐含作者,以便让"他的"读者来破译,来认亲。这样做的好处或合理性,在韦恩·布斯一连串的虚拟式反问中,得到了完好的呈现:

> 假如我们不加修饰,不假思索地倾倒出真诚的情感和想法,生活难道不会变得难以忍受?假如餐馆老板让服务生在真的想微笑的时候才微笑,你会想去这样的餐馆吗?假如你的行政领导不允许你以更为愉快、更有知识的面貌在课堂上出现,而要求你以走向教室的那种平常状态来教课,你还想继续教下去吗?假如叶芝的诗仅仅是对他充满烦忧的生活的原始记录,你还会想读他的诗吗?假如每一个人都发誓要每时每刻都"诚心诚意",我们的生活就整个会变得非常糟糕。①

---

① 韦恩·布斯(Wayne C. Booth):《隐含作者的复活:为何要操心?》,詹姆斯·费伦(James Phelan)等主编:《当代叙事理论指南》,前揭,第66页。

看起来,诗作中的面具出于迫不得已:它是被逼而成的产物,只因为在现代性的语境中,真诚直接性地意味着死路一条。韦恩·布斯接下来举例说,即使像西尔维娅·普拉斯(Sylvia Plath)那样的诗人,即便她再现了"自毁性的缺陷和痛苦",看似真诚,其实也戴着面具,因为她"在创作诗歌时所实现的自我,也要大大强于在用早餐时咒骂配偶的自我"①。

现代性的终端产品之一是个人,单子式的个人,孤零零的个人。赵汀阳的表述值得重视:"现代性一方面在政治权利和利益追求上肯定了个人,但又在生活经验和精神性上通过大众文化否定了个人,这个悖论相当于使个人在主权上获得独立性的同时又使之在价值上变得虚无,使个人获得唯一的自我的同时又使之成为无面目的群众。"②"价值上的虚无"和"无面目的群众"一直在互相界定,它们有可能导致的结果之一,是心性的分裂;遗憾得很,这种可能性刚好变成了现实性。正是这种无法回避的现实性,在逼迫新诗写作者被迫制造隐含作者,也在唆使他们眼巴巴地渴望隐含读者。问题是,"作者的读者"会如作者们期许那样出现并且甘于上当吗?西渡对面具似的隐含作者持何种态度?他的态度对当下新诗写作意义何在?

---

① 韦恩·布斯(Wayne C. Booth):《隐含作者的复活:为何要操心?》,詹姆斯·费伦(James Phelan)等主编:《当代叙事理论指南》,前揭,第68页。
② 赵汀阳:《第一哲学的支点》,前揭,第122页。

## 命运与熬

孟子有著名的"四心说":恻隐之心、羞恶之心、辞让之心和是非之心。"四心"分别对应于如下"四端":"仁之端也"、"义之端也"、"礼之端也"和"智之端也"①。大致说来,四心(亦即四端)既能保障人对世界的恰切认识,也能让人的行动较为圆满和圆融。因此,"至晚从孟亚圣开始,无需理学、心学,也无需佛学东渐,中国哲人就坚持认为境(或景)由心生"②。有古老的戒条"修辞立其诚"充任王佐或前驱,中国古贤哲们对"文如其人"持异常信任的态度,所谓心中有佛,所见万物皆佛;心中有粪,所见万物皆粪。这很容易让人联想到苏东坡和佛印之间发生的那个著名的故事。在绝望者如曼德尔施塔姆(Osip Mandelstam)眼中,连太阳都是黑色的。但这个戒条在新诗写作中,似乎遭到了灭顶之灾:诗与心性、诗与人的真实形象是分离的,而且这种分离还拥有成色不错的合法性,并趁机把自己哄抬到了新诗现代性的制高点。像弗罗斯特那样制造光鲜的隐含作者以打扮自己,是诗与心性相分裂的情形之一种;把自己传记意义上不太邪恶的那一面在诗歌中有意表现得更邪恶,则是诗与心性相分裂的情形之又一种——用现在流行的话说,那简直是对自己进行

---

① 参阅《孟子·公孙丑上》。
② 敬文东:《论垃圾》,《西部》2015年第4期。

的"高级黑"。在现代主义诗歌写作中,对自己实施"高级黑"的例子很多。在西方,大致上以波德莱尔(Charles Pierre Baudelaire)和金斯伯格(Allen Ginsberg)为最,在中国,似乎以李金发、李亚伟、宋炜为最。传记材料显示,他们都不如自己制造的隐含作者那么糟糕。他们抹黑自己,只是为了抹黑现实;他们尽可能通过败坏自己的形象,通过对极致性隐含作者的塑造,以便达到鞭挞肮脏社会的目的;他们努力展示自己的邪恶,用以衬托世道人心之坏——

> 亚伟和朋友们读了庄子以后
> 就模仿白云到山顶徜徉
> 其中部分哥们
> 在周末啃了干面包之后还要去
> 啃《地狱》的第八层,直到睡觉
> 被盖里还感到地狱之火的熊熊
> 有时他们未睡着就摆动着身子
> 从思想的门户游进燃烧着的电影院
> 或别的不愿提及的去处
> (李亚伟:《中文系》)

不用说,这是李亚伟在故意以自己不学无术的恶劣形象,衬托中国大学教育的可笑、无能和荒唐[①]。在邪恶丛生的现代社

---

① 参阅敬文东:《回忆八十年代或光头与青春》,《莽原》2001年第6期。

会,尤其是考虑到无法解除的"必要之恶"无处不在①,故意抹黑自己,或者与邪恶比赛到底谁更邪恶,反倒更具有批判的力度。西渡漫长的写作史或许能够显示:无论是从美化自己的角度,还是从丑化自己的角度形成隐含作者,都是他不同意的。虽然纳博科夫(Vladimir Vladimirovich Nabokov)曾为前者辩护说,大作家都是超级骗子,其作品与现实毫无关系,却能独创一个世界②,但依然无法改变前者既虚伪又自恋的超级禀赋;后者则纯粹是拿自己和世道人心比滥,其口气是:我比你更滥,所以我赢了你。这都不是西渡能够同意的。关于这一点,马上就会很清楚地看到,因为"讲言笑"的人一直在真正地"搞严肃",西渡完全"不像是人们眼中的不肖子孙"——

> 我对自己说:你要靠着内心
> 仅有的这点光亮,熬过这黑暗的
> 日子。
> (西渡:《杜甫》)

仅凭直观,稍有训练的读者也能一眼看出:虽然语带忧郁,西渡却没有制造隐含作者。在此,面具被移开了,或者面具干脆就没有存在过。这几行诗很清晰地暗示:没有必要假装崇

---

① 参阅刘东:《思想的浮冰》,上海人民出版社,2014年,第95—108页。
② 参阅赵一凡:《西方文论讲稿:从胡塞尔到德里达》,生活·读书·新知三联书店,2007年,第36页。

高与神圣,因为生活与现实本来就是世俗的、不洁的①。在同一首诗中,早在这几行之前,西渡就已经宣称:"我废弃了圣人的理想,不再做梦。"看起来,他只愿意在诗中做一个标准的现实主义者,以本然的面目示人,却又绝不与现实同流合污,更不与现实比赛究竟谁更滥,亦即"安史之乱"展开之后形成的那种滥,而是试图依靠内心"这点"微弱的光,熬过实在难以熬过的黑暗。在这几行诗里,或许"这点"和"熬"才是关键词:"这点"表征的微小、微弱,与"黑暗"的无边、无垠恰成比照;而微小、微弱与无边、无垠之间的修正比,急需要"熬"来回应。因此,"熬"更有可能成为关键词中的关键词。不用说,"熬"在此意味着艰难,但不屈服;意味着可以歌可以哭,但从不失其怜悯之心。这与传记材料中杜甫的生平形象若合符契②,也跟"这点""光"不相般配到了恰相般配的程度。"熬"是中国人数千年来无法被抹去的宿命。自所谓的"黄金时代"(即上古三代)终结之后,中国旋即堕入永久的乱世③;而乱世中包括皇帝在内的每一个人,都几乎无一例外地贱如蚂蚁④。西渡以一个

---

① 参阅阿城:《闲话闲说》,江苏文艺出版社,2016年,第52—76页。
② 关于杜甫的生平形象的一般描写,可参阅莫砺锋《杜甫评传》,南京大学出版社,1993年,第30—145页。
③ "中国"据说是个很复杂的词,其疆域历来并不固定,有一个由小到大的融合过程(参阅李零:《茫茫禹迹》,香港三联书店,2016年,第3—52页)。这里只是在一般的意义上使用"中国"这个概念。
④ 参阅斯蒂芬·平克:《人性中的善良天使》,安雯译,中信出版社,2015年,第232—233页。

干脆、响亮的"熬"字道明了这一切,也总结了这一切:再坏的乱世,也可以熬下去,只要内心还有一点点光亮,像杜甫。"熬"和"光"两相结合,就是乱世之中急需的勇气和决心。虽然西渡很清楚如下事实数千年来从未变更——

> 无边的空间,永无尽头的
> 流亡。山的那边,是山;路的尽头
> 是路;泥泞的尽头,是泥泞;黑暗
> 之外,是更深的黑暗。
>
> (西渡:《杜甫》)

但是只要有"光"和"熬"存在,情况就算不上最糟,因为至少还可以活下去,哪怕活得像猪、像狗又像驴。对此,阿城的解释有异曲同工之妙:"中国文化里虽然有很艰深的形而上学的哲学部分,但中国文化的本质在世俗精神。这也是中国历经灾难、战争、革命而仍然存在的真正原因。"① 世俗精神的实质,恰在于"熬"和虚拟之"光"的聚合体。在这种还算不上最糟的情况下,西渡以杜甫的口气而非面具的口气,以完整的杜甫的心性而非分裂状态中的杜甫之心性,道出了一线希望:

> 在春天,竹子的生长被暴力扣住,

---

① 阿城:《文化不是味精》,江苏凤凰文艺出版社,2016年,第74页。

在石臼的囚牢里,它盘绕了一圈

又一圈,终于顶开重压,迎来了光。

于是宇宙有了一个新的开始。

(西渡:《杜甫》)

但这种不是希望的希望终归是脆弱的,其间的一切真相,尽在作为关键词的"熬"之中。西渡在此提到的脆弱之希望,尤其是希望的脆弱特性,尽得中国古典诗歌之妙,正所谓"一弹再三叹,慷慨有余哀"(《古诗十九首·西北有高楼》)。一方面有坚韧甚或壮怀激烈的东西在里面,另一方面则是令人叹息的哀痛。而叹息,正是"熬"的音响形象,但更是"熬"的声音化,或肉身造型。

## 心性圆融

对于现代主义文学(比如诗歌)来说,美或审美是一对很尴尬的概念;用美或审美的眼光去打量、凝视现代主义诗歌,会让人感到很羞涩、很别扭,甚至很不好意思开口说话。这是一件很奇怪却又很真实的事情。围绕丑组建起来的氛围系统或诗意系统,才是现代主义文学的关键:悲观、绝望、荒诞、孤独、死亡是现代主义诗歌的常态,艾略特的"荒原"(waste land)之喻显得过于温柔了一些,也轻描淡写了一些。与现实竞争究竟谁更滥以达到鞭挞现实的目的,才是现代主义诗歌写作的基本策略,面具或隐含作者的存在因此是必需的。正是以此为基础,兰色姆(John Crowe Ransom)才敢放胆做结:现代诗乃"有罪的成人"之诗①。

与此迥然有别的,正是中国古贤哲们的质朴主张:"感人心者,莫先乎情,莫始乎言,莫切乎声,莫深乎义。诗者,根情,苗言,华声,实义。"②以"阴郁"之心"搞严肃"的西渡,正可谓身在现代主义诗歌之"曹营",却心存"美出源于善"③而非出源于真④这个伟大教诲之"汉阙"⑤。身"曹营"心"汉阙"的心性处境和诗学处境,让西渡既避免了纯粹的审丑,又避免了美和审美有可能带来的矫情与伪饰。用不着怀疑,善是人后天习得的东西。在有意修养心性的人那里,善是可以伴随修习行为不断成长的特殊之物。以中国古贤哲之见,写作可以成为一种特殊的修行,所谓"道不远人"⑥,甚至"道在屎溺间"⑦。人的心性既可以与诗文一道成长,心性由此成为诗文的被供养者;也可以反哺诗文,心性由此成为诗文的供养者。对此,今人黄永玉的表述称得上既

---

① 参阅赵毅衡:《重访新批评》,百花文艺出版社,2009年,第10页。
② 白居易:《与元九书》。
③ 参阅李泽厚、刘纲纪主编:《中国美学史》第一卷,中国社会科学出版社,1984年,第135—150页。
④ 美源于真是希腊文化中成长出来的经典教条(参阅黑格尔:《美学》第一卷,朱光潜译,商务印书馆,1979年,第140—142页。)
⑤ 2005年,西渡以一人之力,编有多卷本的《经典阅读书系》(中国计划出版社),其中包括古诗、唐诗、宋词、元明清诗、古文(上、下)等卷,足以显示他对古典汉诗和古典文学的熟悉程度。
⑥ 《中庸》第十三章。
⑦ 《庄子·知北游》。

质朴,又感人:

> 我少年时代听家父说过,他听我的太祖母谈起过龚定庵,是那篇《病梅馆记》引起来的。她说龚璱人的人品是从自己的文章里养出来的。太婆是个瞎子,我一两岁的时候见过她。我长大以后,时常想起这句话。自己的文章,伴着自己的经历,培养自己。卓别林从滑稽演员到大师,契诃夫从写滑稽文章的契洪茄,到大师的契诃夫,人格和气质都是从自己的文章中脱颖而出的。[1]

这真是质朴到伟大的高论!它把良善、圆融的心性来源于诗人与写作之间那种哺育和反哺的亲和关系,表达得极为清楚。在此,所谓写作,不过是对善的习得方式之一种;善由此而荣膺心性的主要部件。中国古人倾向于心性为静的观点,陆机的看法很有代表性:"烟出于火,非火之和;情生于性,非性之适。故火壮则烟微,性充则情约。"[2]对此,钱钟书有过精准的评论:"前之道家,后之道学家,发挥性理,亦无以逾此。"[3]诚如陆机的暗示,倾向于宁静的善并不妨碍情深意厚:在性"充"与情"约"之间,有一种令人欣然和值得人信任的修正比。西渡对此大有会

---

[1] 黄永玉:《文化漫步:黄永玉岳麓书院演讲笔录》,《创作》2000年第1期。
[2] 陆机:《演连珠》第四十二。
[3] 钱钟书:《管锥编》,中华书局,1986年,第1211页。

心,他以苏东坡的口气写道——

> 圣人太多。
> 而我重视常识甚于玄学,诸教
> 之说,我取其近于人情者。生命
> 值得拥有,它让我喜欢;上善若
> 水,我心如流水,也如白云。
> 这世界该多一点温暖。这是
> 最好的道理。
> (西渡:《苏轼》)

西渡从心性的角度赞赏的,正是苏东坡乐于赞赏的:"诸教之说,我取其近于人情者。"只有"近于人情"的观点,才更可能切近于"温暖",更能够趋近于"最好的道理"。苏东坡有谈玄的能力,却拒绝谈玄;他更愿意醉心于生活之甘美,谈论生活之甘美。而完善、圆融的心性,正在于对生活之甘美的用心体悟,和用心书写。瞧瞧东坡笔下满纸烟云中交织的人间烟火味,一切都明白如话。西渡表面上以苏轼的口吻说话,实则以《苏轼》一诗勉励自己:心性尽可以阴郁,却始终不失其圆满,因为阴郁有可能正好来自心性的圆满。是对良善心性的渴望而不是别的因素,导致了内心的阴郁。

林语堂在《苏东坡传》一开篇就说:"苏东坡是一个无可救药的乐天派、一个伟大的人道主义者、一个百姓的朋友、一个大文豪、大书法家、创新的画家、造酒试验家、一个工程师、一个憎恨清教徒主义的人、一位瑜伽修行者、佛教徒、巨儒政治家、一个皇帝的秘书、酒仙、厚道的法官、一位在政治上专唱反调的人。一个月夜徘徊者、一个诗人、一个小丑。但是这还不足以道出苏东坡的全部。"苏东坡的全部,存乎于中国文人每一想起他就要会心一笑的那个"会心一笑"中①。苏东坡重视和信任的,始终是人间烟火气与常识;他对心性的恰切理解,也以常识和人间烟火气为出发点,那种玄学的善与心性对他没有意义。苏东坡更乐于相信:对人情物理的尊重就足以培植善,培植欢快的心性;这种善和欢快的心性经过凝聚,能够成为或变作杜甫的"光",那一点点微弱却无比坚定、不可或缺的"光"。在此,西渡暗自阐明了诗歌写作对于心性所起的培植作用,对心性所具有的供养人的私德。和《杜甫》相比,《苏轼》似乎更有能力消除隐含作者,解除现代主义诗歌写作中隐含作者对诗人所具有的诱惑性,以至于更有能力迈向中国古贤哲推崇的"文如其人"之境界。像黄永玉的太祖母称道的龚自珍那样,西渡也有望通过自己漫长的写作史,"伴着自己的经历,培养自己",成为心性坚定和光明的人——尽管阴郁仍在心间。这种心性能让诗歌写作与心性本身之间,拥有难能可贵的一致性,因为此时此刻,任何面具都没有诗人本来的样子更迷人,更让普通读者(而非"作者的读者"即隐

---

① 参阅林语堂:《苏东坡传》,张振玉译,陕西师范大学出版社,2006年,第2页。

含读者)信任。

西渡之所以能够轻轻松松做到这一点,排开其他因素,也许和苏东坡有关。今天的人可以毫不犹豫地说:苏轼就是人与诗文互相搀扶迈上更高境界的典范,是心性与诗高度一致的地标式人物。章惇是苏轼的政敌,在构陷苏轼并让苏轼陷入绝境那方面居功至伟。当老病的苏东坡在被赦还朝的路上听说章氏也被发配到偏远之地时,就给章氏之子写信,叮嘱要好好照顾老父,还给章惇开了药方,让章子照方抓药。中国人常说"君子报仇,十年不晚"。苏轼的心性在普通中国人看来是不可思议的。能为此心性做注释的,是苏东坡自己的话:我上可以陪玉皇大帝,下可以陪乞丐,眼中所见无一不是好人①。苏东坡有这样的心性,西渡才有胆量模仿苏轼的口气,说出如下轻描淡写之豪言——

> 在死后,我的耳朵
> 头次如此贴近大地,我获得
> 绝对的听力:草木的呼吸
> 震动山川,蚂蚁的行军引诱
> 隐约而遥远的鼙鼓。这个
> 无人看守的世界依然沉醉于
> 丝帛买来的和平:弄权的
> 继续弄权,醉的醉,歌舞的

---

① 高文虎:《蓼花洲闲录》中。

歌舞,瓦舍勾栏依然万人
空巷,装圣人的继续装。
没人预感到时间将很快夺走
他们现在所有的:最高贵的
将成为最卑贱的囚房,此刻
醉心于炭烧的,将被迫吃下
最难咽的食物。而我已拥有
大地青山,我知道我并不高广
的坟茔,将比帝国的城基稍微
坚固一些;而时间最难以消化的
是我偶尔说给世界的那些悄悄话。

(西渡:《苏轼》)

  这些诗句除了传达它本来应该和准备传达的主题外,仍然没有忘记暗示诗歌写作对于心性的滋养。具体到苏东坡那里,诗歌写作与心性之间的一致性,已经达到了类似于"剑在人在,剑亡人亡"的境界,心性与诗文完全合二为一,哺育和反哺相辅相成。这应该是西渡无限向往的境界,也是他写作《杜甫》和《苏轼》的目的:自我意识在每时每刻都是同一的,心性圆满、圆融而从未分裂。因此,身在现代主义诗歌写作之"曹营",西渡却渴望能像东坡居士那样,对隐含作者、隐含读者的巨大诱惑拥有极强的免疫力;他渴望像东坡先生那样,在处理任何诗歌题材或诗歌主题时,都能以不变的本性、本心和任何一位读者赤诚相见。或许,这就是西渡在《杜甫》,尤其是在《苏轼》中,为诗歌的现代性重新发明、开掘出来的古典性。

# 代　　言

《杜甫》和《苏轼》都是具有"高保真"(high-fidelity)性质的代言诗。诗中的"我"态度诚恳,心性质朴、圆融,可以直接被视作杜子美和苏东坡,而不仅仅是他们的替身;或者,诗中之"我"等同于杜子美和苏东坡附体于诗人西渡,宛若夫子附体于韩愈或柳河东。就像柳河东与韩昌黎化身为夫子说话的嘴或握笔的手,西渡则成为杜甫、苏轼明面上的独白:这就是所谓的代言。钱钟书说得很精辟、很冷静:"唐以后律赋开篇,尤与八股破题了无二致。八股古代称代言,盖揣摩古人口吻,设身处地,发为文章;以俳优之道,抉圣贤之心。"①从技术的层面上说,代言或许是简单的事情,恰若刘熙载所言:"未作破题,文章由我;既作破题,我由文章。"②似乎在分秒之中"事情就这样成了"③。和钱钟书、刘熙载相比,今人龚鹏程对代言的描述具体得多(倒不一定精辟或者复杂得多):"因为是代人啼笑,所以作者必须运用想象,体贴人情物理,在诗篇的文字组合上,构筑一个与当事人切身相应的情景。因为是就题敷陈,作者也得深思默运,拟构一月

---

① 钱钟书:《谈艺录》,中华书局,1984年,第32页。
② 刘熙载:《艺概·制义概》。
③ 此处戏拟了《圣经·创世记》1:7中的语气和句式。

照冰池、桃李无言之境,在内心经验之。然后用文字幻设此景,令读者仿佛见此月照冰池、桃李无言。这跟情动于中而形于外、若有郁结不得不吐的言志形态迥然异趣。"①但从心性的层面上观察,代言并不是简单易行之事:代言者必须与被代言者心性相通。仿佛专门为了作证似的,西渡在另一首诗中写道——

  为了理解石头,你必须成为石头;
  为了理解天空,你必须成为天空中的一朵云。
  山影入怀,泉水之光穿透玻璃的杯壁。
  "喝下去,你便拥有山水的性灵,
  爱上它,你就变成另一个你。"
  越过天门,我们并肩行走于云涛之上。
  隐隐地,从山腰传来人间的鸡鸣。
  (西渡:《山中笔记》)

  只有石头才能理解石头;但只要一朵云终于理解了天空,它就能在天上听见人间的鸡鸣,最终和人间打成一片。至此,西渡的意思变得更为清楚、敞亮:虽不敢说代言者和被代言者在生命境界、观察世界的方式、生活态度等主要人格指标上完全相等,但起码得旗鼓相当,最不济也得有"虽不能至,心向往之"的深切渴求。否则,就会堕入"以俳优之道,抉圣贤之心"的下流境地。

---

① 龚鹏程:《中国诗歌史论》,北京大学出版社,2008年,第93页。

这就是古往今来包括韩愈在内的绝大多数代言者归于失败的根本原因:归根结底,技术是次要的;当云不能理解天空,一块石头无法理解另一块石头时,隐含作者与隐含读者就能派上用场。

最终,代言是为了通过代言者而成为被代言者;或者,通过理解杜子美、苏东坡,而成为杜子美和苏东坡。由此,代言诗变成了西渡自己的诗;因为心性上共同的圆融与诚恳,甚至有可能更进一步:是已故诗人杜甫、苏轼在冥冥之中代西渡立言。在《杜甫》和《苏轼》中,西渡从心性与写作的角度暗示的是:古往今来,一切伟大的诗人不仅是一家人,而且是同一个人;古典性维度上心性与诗篇的一致性,应该成为现代主义效法的榜样,成为疗治现代性的良药。能否够着这个目标,只在于诗歌写作者能否打通写作与修心养性之间的壁垒,并且将之推行到底。在这个基础上,方有此次辉煌而澄澈的代言;它暗示的是写作的必要性,以及如此这般的写作为何永远欣欣向荣、生生不息——

> 我一直
> 爱着。这是唯一的安慰。
> 我死的时候,我说:"给我笔,"
> 大地就沐浴在灿烂的光里。
>
> (西渡:《杜甫》)

中央民族大学文化楼西区807,2016年6月14日19:00—21:00

# 作为诗学问题与主题的表达之难

## 显在系谱,隐在系谱

在当今中国诗歌界,杨政显得很特别、很另类:他既有江南人勇于事功的特点(他祖籍扬州),又有蜀人散漫、戏谑,甚至不乏恬淡的道家个性(他成长并长期就学于四川江油和成都)。杨政少年得意,成名极早:二十啷当时,已是1980年代后期著名的校园诗人、"第三代诗人"中更为年轻的佼佼者,甚至是领潮者。因了个性,但也许更是因了时运,杨政甘愿长期蛰伏,基本上不曾在所谓的正规刊物上,发表过多少作品;却被少数高质量的读者暗中阅读,被他们暗自叹服。要知道,真正的钦佩或敬意,永远是私底下的事情。

在汉语诗歌艰难行进的最近三四十年间(亦即1970年代末期至今),大致上活跃着两批面貌迥异的诗人,都有很高的辨识度,也各有其颜值。第一批以李瑛等人为代表。他们的作品可以昂首阔步于《人民文学》、《诗刊》等国家级权威刊物;《星星诗刊》之类的地方重镇或诸侯,自然更不在话下——那仅仅是他们偶尔散步的后花园。考虑到1949年后中国大陆新闻、出版的实际情形,李瑛等人有理由被视作国家层面上——或国家主义——的诗人;他们认领的诗歌路数,乃是社会主义现实主义和浪漫主义相结合——这是早已命定的"新"诗"老"道途,实在没什么好谈论的。另一批则以所谓的"朦胧诗人",以及稍后不几年冒出来的"第三代诗人"为主体。他们在诗学追求上很自觉地与李瑛等人大异其趣,长时间无法为官方刊物(所谓正规刊物)所接纳。出于对表达异乎寻常的热情,或受制于强烈的表达欲,"朦胧诗人"和"第三代诗人"不得不自己动手偷办刊物,著名者比如《今天》、《非非》、《现代汉诗》、《他们》、《第三代》等。这伙人热衷于自己出版自己,不惜铅印与油印齐飞,钢板共滚筒一色,甚至对外宣称卖血换钱,用以筹措印刷经费。他们妄图以这种不无蛮横的方式,与国家主义诗人(或国家主义诗歌)相抗衡。这批人因此满可以被称作民间诗人、地下诗人,或者非国家主义的诗人;他们信奉的,则是面貌各不相同、彼此差异极大,甚至相互间大打出手的在野美学,却一致将社会主义现实主义与浪漫主义相结合视作怪物。但国家主义诗人也好,非国家主义诗人也罢,他们在幻想通过诗歌扬名立万、谋取声名和表达自我那方面,性质并无不同[①]。因此,他们都可以被

---

① 周伦佑对此有清醒的认识,他在其《第三代诗人》一诗中,明(**转下页注**)

视作诗歌方面的事功主义者,或功利主义者。从表面上看起来近乎冰炭的这两批人,终于联手组建了最近三四十年来中国诗界的**显在谱系**。

但切不可因此而忘记,还另有一个**隐在谱系**。和诗歌方面的事功主义者比起来,组成隐在谱系的诗人在数量上要少得多,但分量却并不因此而减轻,至少不能势利性地被低估。比如,英年早逝的陕西诗人胡宽,今天仍活跃于蜀地成都的钟鸣,居于花柳重庆的宋炜,隐于苍山洱海之间的赵野,还有出没于帝都各个高级场所的国企高管杨政,躲在天涯海角一边写诗一边带孩子的蒋浩,奔波于西三旗和魏公村之间的冷霜,喝高了就大吼的秦晓宇,前地下著名拳师海波,房产巨亨周墙,撒娇教主默默,在成都宽巷子开"香积厨"以经营酉阳土菜的李亚伟……他们都可以被视作构成隐在谱系的那起子标准诗人,在暗中,在地下渠道赫赫有名,其本人又十分自信,虽然他们骨子里的骄傲不容易被局外人一下子辨识;而他们中的极端者,甚至拒绝发表作品,遑论出版诗集。宋炜最近几年发表的少量却光

---

(接上页注)白无误地写道:"一群斯文的暴徒 在词语的专政之下/孤立得太久 终于在这一年揭杆而起/占据不利的位置 往温柔敦厚的诗人脸上/撒一泡尿 使分行排列的中国/陷入持久的混乱 这便是第三代诗人/自吹自擂的一代 把自己宣布为一次革命/自下而上的暴动 在词语的界限之内/砸碎旧世界 捏造出许多稀有的名词和动词/往自己脸上抹黑或贴金 都没有人鼓掌/第三代自我感觉良好 觉得自己金光很大/长期在江湖上 写一流的诗 读二流的书/玩三流的女人 作为黑道人物而扬名立万……"于坚则说,他的一辈子努力,就是想活出个人样(参阅罗菲:《于坚:我们一辈子的奋斗,就是想装得像个人》,《青年作家》2015年第7期)。

彩夺目的诗作,竟然完全是泡弄刊物的朋友们"勒索"、"拷打"的结果①。多年以前,赵野曾有一篇颇为动情的自述文章,其言其辞,满可以被视作存身于隐在谱系的诗人们的共同心声:"我们这群人的写作都处于一种地下或民间状态,我们习惯称呼体制内的诗人为'官方诗人',体制内的诗歌为'官方诗歌',并对他们有着诚实的不屑和蔑视。我们可能没有发表一首诗,但内心却很骄傲和强大,每个人都觉得自己是大师,或在向大师看齐,正在写着能进入历史的诗歌。"②这伙人渴求知音的态度干脆、激烈而坚定,更明白刘勰早已揭露出的事实:"知音其难哉!音实难知,知实难逢,逢其知音,千载其一乎!"③当最初的虚幻之念和少年轻狂散去后,唯余对诗本身的赤诚,真是个云淡风轻,一笑而已,羞煞了多少以诗换稻粮的名利之徒、蝇营狗苟之辈。他们宁愿相信少数几个信得过的读者,宁愿让自己的诗作处于潜伏、隐藏和无名的状态,就像圣杯骑士团(Knight of Cups)的成员在暗中秘密传递自己的使命,却从实际行动那方面,凸显了诗的贵重、体面、尊严、坚定和不妥协的精神。在这伙人中,杨政发表的作品数量很可能是最少的:他由于过分骄傲,一度中断了写作,决"绝"地自"绝"于所谓的中国诗歌界。

---

① 比如《宋炜的诗》(《滇池》2011年第5期)、《宋炜诗集》(《红岩》2014年第3期)、《宋炜诗集》(《红岩》2016年第1期)等,都是刊物的主编或诗歌栏目的主持人反复纠缠而来的。
② 赵野:《一些云烟,一些树》,《红岩》2014年第3期。
③ 刘勰:《文心雕龙·知音》。

和构成隐在谱系的其他所有诗人没啥区别,杨政身上,也有着中国古人那股子麝香味一样的洁癖精神,不屑于同诗歌浊世相往还。而在当下,诗有可能获取的最高定义,乃是心甘情愿地不为俗人俗世所知,就像李亚伟说的:"我不愿在社会上做一个大诗人,我愿意在心里、在东北、在云南、在陕西的山里做一个小诗人,每当初冬时分,看着漫天雪花纷飞而下,在我推开黑暗中的窗户、眺望他乡和来世时,还能听到人世中最寂寞处的轻轻响动……"①

## 诗歌的两种读法与表达之难

每首诗看起来都有两种读法。最基本的一种,可以名之为**欣赏式读法**。这种阅读法的目的是感受美,体会诗人对人生的感喟,并获取共鸣。它让阅读者俯仰于、沦陷于或痴迷于诗自身携带的情绪。第二种可以被视作专业性读法,也可以名之为**启示性读法**。启示性读法的目的不在感受美,甚至不在获取共鸣,而是要从某首诗作中,获取诗学方面的启示——这要看某首诗究竟能否从诗学的角度,带来何种正面的经验,或者何种负面的教训。可用于这种读法的诗作要么无穷多,要么无穷少。所谓无穷多,指的是凡被写出来的作品,理论上都

---

① 李亚伟:《天上,人间》,李亚伟的博客,http://blog.sina.com.cn/s/blog_488156f9010009vd.html,2015年9月12日14:30访问。

能予人以诗学上的启示。因为即使是最烂、最最烂的诗篇,也至少能带来"诗不可以这么写"的启示——一种需要加引号的启示。所谓无穷少,指的是能够映射根本性诗学问题的诗作少之又少,但也只可能少。能够"胡子眉毛一把抓"的那种所谓的诗学问题,或许在在皆是;富有战略性和转折点的诗学问题,却崖岸高峻,山岛竦峙,故而"罕"见得以至于人迹"罕"至。因此,能透过阅读以窥视关键性诗学问题的诗篇,从古至今,都十分难得;这种读法,也仅仅发生在特定的诗作和特定的阅读者之间。严格讲,负面的教训不可能成为启示,因为启示永远是积极的、正面的;或者说,启示是短兵相接、一触即发的。即使是从最为苛刻的角度考察,杨政的《苍蝇》也可以施之以启示性读法。反复品味《苍蝇》,便不难发现,它更有可能带来的诗学启示无非是:如何领会现代汉诗的**表达之难**,表达之难和文学(比如诗歌)的现代性有何关系;次要的问题是:表达之难作为《苍蝇》自身的主题,如何内在于以致最终成全了《苍蝇》。这是需要全力以赴去对待和解决的问题;而要完成这个任务,必须借道于百年来的整部新诗史,方能历史主义——而非抽象——地看待上述问题。

有了表达上相对简单的古典汉诗做参照,表达之难满可以被视作现代汉诗的标志性建筑。虽然乍看上去,这一点很隐蔽、很费解,却又是一个不言而喻的事实,只因为现代经验较之于古典汉诗面对的农耕经验,本来就要含混、复杂、晦涩得多——它需要更多的关节作为转渡的工具。新诗原本就是为古典汉诗没有能力表达的现代经验而设,自有其逻辑上的必然性①。以大卫·哈维(David Harvey)之见,作为现代性在文学方面的终端产品之一,新诗也应当是一种与"创造性破坏"(creative destruction)密切相关的"事物";或者,它直接就是一种"创造性破坏"②。而在本雅明(Walter Benjamin)那里,现代诗歌需要对付的,乃是不断遭遇新奇的人造之物导致的那种连续不断的经验③。这就是所谓的现代经验,它总是处于变动不居、瞬时即逝之中,农耕经验则大体上是停滞的、内敛的、收缩的、固化的和顽强的。

胡适说,虽然《关不住了!》是他对梯斯戴尔(Sara Teasdale)的"Over the Roofs"一诗的汉语译文,却可以视为他在白话诗歌写作上的"新纪元"④。对此,专治诗歌翻译的树才有过上好的猜测:胡适之所以这样讲,很可能是因为在翻译这首英语诗歌时,他才算"找到了自己想象中一直想找到而又没能找到的'白话诗'的那种语言形态,包括句式、用词、口吻、调子等等"⑤。但无论如何,白话不可能自动成为文学现代性的标志;"语言形态"并不是,也不可能是构成"新纪元"的全部因素。理由很简单,韩愈在饭桌上也得用唐时的白话跟他太太交谈,说不定还是浸淫

---

① 参阅敬文东:《用文字抵抗现实》,昆仑出版社,2013年,第173—175页。
② 大卫·哈维:《巴黎城记:现代性之都的诞生》,黄煜文译,广西师范大学出版社,2010年,第1页。
③ 参阅本雅明:《发达资本主义时代的抒情诗人》,张旭东等译,三联书店,1992年,第35—70页。
④ 参阅胡适:《尝试集·再版自序》。
⑤ 树才:《一与多》,《世界文学》2015年第3期。

其口腔与"母舌"的河南方言,"之乎者也已焉哉"在纸张之外,并无用处。当胡适辈起意、发誓用白话作诗时,白话也不可能无条件地成为诗歌现代性的标志。它必须同其他指标相搭配,才能将新诗送往文学现代性的宝座;其中的指标之一,很可能就是此处所谓的表达之难。否则,便无法满足现代经验对关节的本能性需求。

表达之难不仅意味着新诗的技术、技艺之难,更主要是将之当作现代汉诗的根本问题来看待;但首先还是指技术之难,毕竟只有技术,才是更基础、更基本的东西。李白的《静夜思》《赠汪伦》,苏轼的《题西林壁》《饮湖上初晴后雨二首》,历来被视作名篇。唐宋时期的四川人李白、苏轼可以这么写,共和国时期的四川人杨政绝不可以这么写,否则,"瓜娃子"、"宝气"、"神戳戳"或"傻帽",就是逃不掉的名号,或哂词。简单或表达之易,是古典汉诗的大特点,却不可以被认作古典汉诗的缺陷:农耕经验的清澈、透明,正需要不乏天真、烂漫的表述形式与之相般配①。现代汉诗之所以至今仍遭受普通读者的大诟病,除了形式方面缺少必要的纪律外(这当然是误解),一个很重要的原因,就是表达之难的轻易丧失。人家就觉得你写的是口水话嘛,何况还因为没有堤坝(亦即整饬的形式)相拦,而口水得四处泛滥,口水得漫无边际②。不是说一首诗好懂就是无难度的,也不是说一首诗

---

① 表达之易本身有其古典意义上的表达之难的成分存在(参阅钱钟书:《管锥编》第一册,1986年,中华书局,第60页、79页、100—102页、109—110页、121—122页的相关论述),但那是另一个问题,此处不论。

② 参阅敬文东:《说诗形》,《汉诗》2016年春季号。

晦涩就是有难度的。有些看上去很简单、很易懂的诗其实难度很大,因为它处理的问题很多,只是这些问题被才华甚高的诗人悄无声息地消化掉了;有些看起来晦涩的诗,其实简单至极,徒具修辞效应而已,某个人一旦掌握了这套貌似难以掌握的招式,就可随意套用,就可以写出同等程度的晦涩、难懂之"诗"。

## 现代汉诗写作中的七种表达之易

从胡适开始,中国的诗人们似乎更倾向于表达之易;存乎于显在谱系的那些诗人大率如此。表达之易(或曰无难度写作)有很多种表现形态。从历史主义的角度观察,打头的一种,理所当然是胡适式的。**胡适式表达之易**很容易得到理解。适之先生认为:只要用白话写出一己之"志",就算得上新诗。在他眼中,白话不仅是新诗之"新"的保险单,原本就约等于新诗。此中情形,恰如江弱水所说:"胡适一生秉持的诗观,堪称一种白话原教旨主义。"[①]适之先生大概只能算作刚刚解除古诗"裹脚布"的新诗人,他要是复杂,或像杨政等组成隐在谱系的那些诗人一样,将表达之难当作新诗的重要指标加以强调、加以考量,反倒是不可理喻的事情。从这里很容易看出,现代汉诗打一开始,就更愿意在表达之易的航线上不断滑行;表达之易更有可能成为新诗的隐疾与暗疮。更为严重的是,胡适虽然用白话作诗,但他采用

---

① 江弱水:《文本的肉身》,新星出版社,2013年,第38页。

的,仍然是古诗的思维方式,这就更让表达之易雪上加霜。白话不可避免的俗气(似乎更应当说成市井味),再加上不合时宜的古诗思维,其结果宛如西装配马褂,或身着汉朝服装的刘姓皇室成员手捧iphone5看好莱坞大片。胡适有一首诗题名为《也是微云》——

> 也是微云,
> 也是微云过后月光明。
> 只不见去年得游伴,
> 也没有当日的心情。
> 不愿勾起相思,
> 不敢出门看月。
> 偏偏月进窗来,
> 害我相思一夜。

可以很清楚地看到,胡适使用的是一种"杂拌儿"式的语言,这正是西装配马褂、着汉装看好莱坞大片的标准造型。因此,胡适对月亮的想象必将是李白式的,而这个李白式又必将是短斤少两、残缺不全的——"进窗来"引发的"相思"完好地证明了这一点。胡适式表达之易,是新诗暗含"隐疾"的开端,是新诗难以摆脱的胎记,日后将以变形为方式出没于不同形态的表达之易。另一种无难度的写作,可以被称之为郭沫若式的。**郭沫若式表达之易**体现为一种不假思索、照单全收的浪漫主义余绪。从纯粹诗歌的角度观察(亦即暂不考虑时代因素),郭沫若更乐于采用的,乃是一种典型的消极写作,狂放起来像打铁匠,像惠特曼;温柔、感伤起来,则如杨柳腰,如写《新月集》的泰戈尔。郭氏有一首常被人道及的短诗《立在地球边上放号》:

> 无数的白云正在空中怒涌,
> 啊啊!好幅壮丽的北冰洋的晴景哟!
> 无限的太平洋提起他全身的力量来要把地球推倒。
> 啊啊!我眼前来了的滚滚的洪涛哟!
> 啊啊!不断的毁坏,不断的创造,不断的努力哟!
> 啊啊!力哟!力哟!
> 力的绘画,力的舞蹈,力的音乐,力的诗歌,力的Rhythm哟!

这些巨大、豪华、满是波浪纹的意象,这些不加节制、四处流溢的情绪,确实富有感染力,但基本上都是自动生成的——这正是诗歌写作的危险所在。按海子的话说,这是一种不折不扣的被动写作,注定不会长久[①];按钟鸣的话说,这是一种反智写作,抬高了液态的力比多以利于抒情,放逐了智性以利于皮肤的颤栗,那顶多十秒钟的销魂[②]。这种样态的写作需要仰仗的,是诗绪的即时性;它是在看似主动中,受制于诗绪之即时性而进行的

---

① 参阅海子:《我热爱的诗人——荷尔德林》,西川编:《海子诗全编》,上海三联书店,1997年,第914—918页。

② 参阅钟鸣:《当代英雄——论杨政》,未刊稿,2016年4月,成都。

被动抒情。但神经质的即时性很容易消失,毕竟敏感部位随着使用次数的增多,随着撞击次数的几何式升级,必将逐次降低它的"震惊值"(shock value)[①]而需要进一步加大刺激。但需要进一步加大的刺激又谈何容易!柏桦的诗歌经历有点类似于"女神"时期的郭沫若。当马铃薯兄弟(即于泽奎)问他为何多年写不出诗时,柏桦的回答很巧妙,也很能说明被动写作的实质:我的才华就像某些女人的月经一样,说没就没了,实在怪不得我。或许,这就是"需要进一步加大的刺激又谈何容易"的真正内涵。被动写作宛若无法预测的即时性附体于诗人:是即时性在怂恿或命令诗人写作,而不是诗人真的驾驭了即时性,降服了即时性。诗歌现代性不能容忍这种情况出现,它在更多的时候,服膺于艾略特的"逃避自我"(亦即里尔克所谓的"客观化"),以利于对现代经验进行真刀真枪、一丝不苟的复杂处理,手术刀或解剖式的处理:这才算得上面对并且承担和解决了表达之难。诗歌现代性更乐于强调:诗是一种手艺;诗人呢,则必须具有匠人的耐心、气度和聚精会神。

还有一种**表达之易是徐志摩式的**。徐志摩走的是浪漫主义的另一波余绪。他主要受英国浪漫主义影响,"几乎没有越出过十九世纪英国浪漫派雷池一步"[②];而到十九世纪末,英国浪漫

---

[①] G. Hughes, *Swearing: A Social History of Foul Language, Oaths and Profanity in English*, Penguin Press, 1998, p. 193.

[②] 卞之琳:《人与诗:忆旧说新》,生活·读书·新知三联书店,1984年,第24页。

主义早已变质为消极浪漫主义,滥情到了极点,以至于惹恼了波德莱尔,更让其追随者勃然大怒、目带凶光。徐志摩易于感伤的气质,士大夫易于见花溅泪的心性①,使他更容易亲近消极浪漫主义。江弱水所见极是:"以徐志摩'感情之浮,思想之杂',他对英国十九世纪浪漫派诗学的领会也不具学理上的清晰性,往往摭拾一二意象与观念,就抱持终生。"②而他对自动宣泄感伤情绪的渴求,正好与消极浪漫主义的消极性宿命般地一拍即合,这使得几十年来被人口耳相传的《再别康桥》都很难讲是真正的现代诗篇。

胡适之式、郭沫若式、徐志摩式的表达之易,固然分别代表了可以数计的诗人,而集合在**意识形态式表达之易**旗帜下的个体,则少于恒河沙数,多于过江之鲫。普罗文学时期的殷夫、蒋光慈,抗战年间的"七月派",尤其是1950年代初至1970年代末的红色诗歌(贺敬之、郭小川、李瑛们),都真心地"诚"服于和"臣"服于意识形态式表达之易。也许,问题并不全出在各种各样的意识形态的身上,而是诗歌写作更乐于将自己矮化为意识形态的应声虫。不用说,所有种类的意识形态都倾向于一种简单、醒目、富有爆发力的书写方式,都乐于将复杂的经验简单化,因为意识形态的目的永远都指向它自己——它发出光芒,但也要回收所有的光芒,以成就自身,以达致自身。最终,是意识形

---

① 参阅鲁迅:《野草·秋夜》。
② 江弱水:《文本的肉身》,前揭,第97页。

态在命令诗人们起立歌唱。这是一种更彻底、更积极的消极写作,其存在有如白纸黑字,属于最低级的表达之易,实在不值得特别申说。倒是**朦胧诗式表达之易**需要格外小心,格外谨慎,因为它占有诗的名义而太具有欺骗性。作为一种对抗性的诗歌写作,朦胧诗注定是一种政治行为,是在反意识形态中,受制于意识形态的诗歌写作。包括杨政在内的所有"第三代诗人"在指控朦胧诗时,崇高、庄严、英雄气……乃是出现频率蛮高的词语,而且都是贬义性的。但这些词语组建的诗歌氛围,刚好来自朦胧诗极力抵抗的意识形态;其实质,乃是对意识形态的反向挪移,是对意识形态的被动反应(而不是反映)。时过境迁,说朦胧诗是一种极为简单的写作方式,就是不言而喻的结论。这样讲,或许有些大不敬,更没有"理解之同情"所指称、所要求的那种胸襟与气度,但后人偶尔有权采用超越时空只专注于诗艺的阅读方式,毕竟从正面说,"一代杰出之人,非特不为地理所限,且亦不为时代所限"①。

还有一种特别值得注意的,乃是**词生词式表达之易**。请看欧阳江河的名作《手枪》——

> 手枪可以拆开
> 拆作两件不相关的东西
> 一件是手,一件是枪

---

① 刘师培:《中国中古文学史讲义》,时代文艺出版社,2009年,第115页。

枪变长可以成为一个党

手涂黑可以成为另外一个党

而东西本身可以再拆

直到成为相反的向度

世界在无穷的拆字法中分离

……

黑手党戴上白手套

长枪党改用短枪

永远的维纳斯站在石头里

她的手拒绝了人类

从她的胸脯里拉出两只抽屉

里面有两粒子弹,一支枪

要扣响时成为玩具

谋杀,一次哑火

    如果没有双音节的汉词语汇"手枪"隔河而望,也就没有这首看似玄奥、难懂的现代汉诗这厢独坐。今人傅修延认为:"单个的汉字是最小的叙事单位,汉字构建之间的联系与冲突(如'尘'中的'鹿'与'土'、'忍'中的'刃'与'心'),容易激起读者心中的动感与下意识联想;而在词语层面,由寓言故事压缩而来的成语与含事典故的使用,使得汉语交流过程中呈现出丰富的隐喻性与叙事性。"①傅修延或许更应该承认,很多汉语双音节词都可以被拆开,以供人随意联想,却不必一定是叙事的,还可以(或更可以)是抒情的。但这顶多只能被认作文字游戏,而且是随机的游戏,端看被拆开的文字碰巧可以套在或罩在谁的头上。维纳斯很无辜,她本该隐秘的胸脯更无辜;她原本跟"长枪党"和"黑手党"一点关系都没有,她与他们之间的连接是任意的、碰巧的、被强制性的,甚至只存乎于灵机一动间,端看这"灵机一动间"究竟机缘巧合碰见了什么;真正的世界更不会在"无穷的拆字法中分离",因为情形正如萨特(Jean-Paul Sartre)所言,词语不改变世界,它顶多是世界的轻轻的擦痕。即使是最疯狂的文本主义者(比如罗兰·巴尔特),面对现实世界,也不会真的认为它只不过是些文本而已,否则,躺在阴曹地府的罗兰·巴尔特就不能理解置他于死地的那次车祸究竟是咋回事。词生词式的表达之"易",其"易"就"易"在你只要掌握了那套修辞法,复兼几分小聪明和小机灵,就可以变着花样随意地、无限度地随便玩下去,以至于可以玩弄所有的词,并且越玩越熟练,但也很可能越玩越没劲。

现代汉诗中还有一种**身体-本能式表达之易**。放眼整部新诗史(而非最近三四十年的新诗史),最典型的身体-本能式表达之易的被掌控者,莫过于蜀人柏桦。钟鸣对柏桦的描述很到位:

> 柏桦"只求即兴的效果","分秒都是现场。"早期,他凭才

---

① 傅修延:《中国叙事学》,北京大学出版社,2015年,第81页。

情、灵气、情境,原文直接阅读(如英文版的曼杰斯塔姆),写也稍认真,出过佳作,遂很快成为被"第三代"采气的对象。他有首诗就叫《望气的人》。那是一个百废待兴、平庸的时代,生活与诗,都急需词语的改变,而他语速急躁、措辞跌宕很大、精神分裂很厉害的风格化也正当其时。他的不耐烦、喜怒无常,用乖僻修葺一新的矫情,甚至孤注一掷,对循规蹈矩,是种打击,对才情、命运不济且又具英雄情结的人,则是鼓舞,突如其来,让人瞠目结舌,应接无暇。作为个人选择的生活倒也罢了,但转而为语言途辙,效果与谬误,则相当的惊人。他的语言方式,以雅俗为病,对诗歧义化自有效果,而对其现实与精神层面,则基本上是任性而不负责的[1]。

正如钟鸣所言,柏桦更多受制于他的本能,对词语有一种来自肉体上的超强迷恋,但似乎更应该说成依赖。在较长的时间内,他对某些词语特别有瘾,其反应是身体和生理上的,不是欧阳江河式的[2]。欧阳江河更愿意借重词语的长相展开联想,视

---

[1] 钟鸣:《当代英雄——论杨政》,未刊稿,2016年4月,成都。
[2] "1998年3月7日下午,在成都钟鸣家,当我(即敬文东——引者注)说柏桦才是真正意义上的肉体诗人时,在座的翟永明立即就同意了。我的意思是,柏桦全凭感觉写诗,他有钟鸣所谓'能够准确地甄别具体的、每天都向我们围拢的语境,并立刻作出反应,获得语言的特殊效果'的那种能力(钟鸣:《树皮,词根,书与废黜》,民刊《象罔》柏桦专号,成都,第8页)。肉体诗人的'此肉体'和时下女性主义批评中使用的肉体写作的'彼肉体'在内涵上没有任何关系,此肉体主要是指一种凭肉体感觉驾驭语言、即兴创造语境的能力。"(敬文东:《指引与注视》,中国文史出版社,2001年,第137页注释[2])

觉的成分居多;柏桦对词语的反应则来自于肉体、血液、肌肤,甚至体液,触觉的成分居多。但无论视觉的还是触觉的,都是消极性的,因为它们都受控于词语,是词语在让欧阳江河与柏桦起立歌唱——这是典型的海子式的表达方式。而受制于词语和受制于意识形态,真的在性质上大有差异吗?看起来,欧阳江河还可以长期玩下去(其大剂量的近作可以作证),柏桦可就惨了。也许,视觉的真的比触觉的更长久,触觉的比视觉的更倾向于早泄。柏桦因此过早地"绝"了"经",一头栽倒在1990年代的门槛边,更别说踏入新世纪[①]。他现在苦心草写的那些所谓的诗篇,顶多具有自慰的性质;论其面貌,则活脱脱一副绝经老女人干涸的、阴云密布的老脸。

表达之易或许还有其他表现形式,但上述七种却显得更基本,也更容易发现——余下的无需赘述。需要指出的是:新诗写作中有没有呈现出表达之难,并非判断一首诗或好或坏的唯一标准。如果某首诗没有体现表达之难,也只是在最低限度上说明:这首诗至少在现代性方面有所缺失;其结果大致是:这很可能是一首好的或坏的缺乏现代性的新诗而已,比如余光中的名作《等你,在雨中》,就是一首没有现代性——但满是古典意境——的好新诗。没有在写作过程中体会到表达之难,没能让读者感受到表达之难,只说明诗人们放弃了对现代性的细致刻

---

① 参阅敬文东:《下午的精神分析:诗人柏桦论》,《江汉大学学报》2006年第3期。

画,反倒在用一种简单的眼光,看待种种复杂而变动不居的现代经验①;或者说,他们根本没有能力体会何为复杂的现代经验。在这个意义上,杨政的《苍蝇》刚好是对上述几种表达之易的一种矫正,或者说,一个参照。

## "苍蝇"在汉语诗歌中的微型流变史

在正式分析《苍蝇》和表达之难的关系前,有必要简略考察苍蝇如何在汉诗中被表达。如果以此为参照,去透视杨政炮制的那只苍蝇,也许更有可能从更深的角度涉及表达之难,透视表达之难。有足够多、足够强劲的资料显示,苍蝇很可能是我们的祖先最早结识的昆虫之一。人类有一个始之于童年时期的癖好:喜欢观察动植物的长相。颜值不高的,他们会鄙视;长得漂亮的,他们会心生欢喜,并从道德-伦理的角度,分别赋予其价值。像苍蝇这种长相不好,叫声不动听,还特别擅长开垦粪堆的昆虫,人类怎么可能喜欢呢。所以,打一开始,苍蝇就跟阴险的蛇一样,总是以负面的形象出现在世人面前,预先就是一种否定性的存在。《诗经》里有一首《青蝇》,大概算得上汉语诗歌对苍蝇比较早的表达吧:

---

① 小说家李洱的感受可以为此作一参证。李洱很有感慨地说:"我常常感到这个时代不适合写长篇,因为你的经验总是会被新的现实击中,被它冲垮……现代小说中,使用频率最高的词大概是'突然'。突然怎么样,突然不怎么样。"(李洱《问答录》,上海文艺出版社,2013年,第39页)

营营青蝇,止于樊。

岂弟君子,无信谗言。

营营青蝇,止于棘。

谗人罔极,交乱四国。

营营青蝇,止于榛。

谗人罔极,构我二人。

汉人郑康成对"青蝇"有一个道德性的笺注,算是为古诗中的苍蝇形象一锤定音:"蝇之为虫,污白使黑,污黑使白。喻佞人变乱善恶也。"在汉语诗歌的发轫处,无论作为实物,还是意象,苍蝇都是一个离间者的形象。《诗经·青蝇》以"蝇"起兴,但所指在人(并非苏辙所谓的"兴涉声而不涉义"①):它意味着某种人仅仅拥有昆虫的身位,这种角色叫做"佞人"。另外一首比较有名的诗,出自陈思王之手,名曰《赠白马王彪》,承继了《诗经·青蝇》的思路:"苍蝇间白黑,谗巧令亲疏。"《青蝇》和《赠白马王彪》充分体现了古典汉诗的表达之易,它们更愿意从苍蝇的长相上做文章,既表面、天真,又显得质朴而可亲、可爱。现代汉诗中最著名的苍蝇,很可能出自闻一多的名篇《口供》。这首诗的最后两句是:

可是还有一个我,你怕不怕?——
苍蝇似的思想,垃圾桶里爬

---

① 苏辙:《栾城应诏集》卷四。

这两行之前的所有诗句更乐于、更倾向于谈论的,都是"我"作为一个诗人,该是多么天然地热爱清洁、高大、洁净的事物和场景。但你们由此看到的,只是"我"作为一个诗人的正面形象。"我"还有负面的形象,比如,在"我"的思想里,就有特别适合苍蝇生长的土壤或要素,你们怕不怕?闻一多很了不起,他很清楚,正面形象仅仅属于古典诗人,古典诗人绝不会轻易使用不洁的词语;单就诗篇本身而论,也必然是正面的。唯有"我"之为"我"中还有负面的东西存在,才成其为"我"——这正是对现代诗人的定义。和《诗经·青蝇》、《赠白马王彪》比起来,闻一多勇敢地直面了表达之难:苍蝇既是不洁的,又是对"我"的本质性定义。它不洁,却必须存在;必须存在,却又只能依靠它的不洁。古人描述美女,从不涉及美女体内的粪便,不涉及生理周期时的秽物,因为那既不符合渴求典雅的古典性,又冒犯了农耕经验对美人的想象,更不可能认同佛家的说教:"芙蓉白面,须知带肉骷髅;美貌红妆,不过蒙衣漏厕。"① 但布鲁克斯(Cleanth Brooks)针对某首英国情诗发出的感叹,却必然是现代的,并且美色秽物相杂陈:"情人不再被尊为女神——即使出于礼节也不会受到如此恭维。她就是生命过程的聚集,她身体的每一个毛孔都是必死性的证据。"② 闻一多很清楚,现代性的第一要义不是审美,是审丑;他因此必须要把自己——但也不仅仅是把他自己——的

---

① 周安士:《安士全书》卷三"欲海回狂"。
② 布鲁克斯:《精致之瓮》,郭乙瑶译,上海人民出版社,2008年,第79页。

反面给提取出来。唯有反面,至少是正反两面之词,才更能有效地定义现代经验。显而易见的是,闻一多笔下的"苍蝇"已经得到了程度很高的现代处理。对于《诗经》和曹植,"苍蝇"的形象是外在的;而对于闻一多这种真正意义上的现代诗人,"苍蝇"的形象只能是内在的——它是自我的一部分,但更是自我抹不去的污点。有了这一理由,使得单纯痛恨或单纯喜欢苍蝇,既是不正确的事情,更是难以取舍、难以判断的事情——这正是表达之难的标准造型。闻一多之后,另有毛泽东以苍蝇为抒情主人公的《满江红·和郭沫若同志》(作于 1963 年):

> 小小寰球,
> 有几个苍蝇碰壁。
> 嗡嗡叫,
> 几声凄厉,
> 几声抽泣。
> 蚂蚁缘槐夸大国,
> 蚍蜉撼树谈何易。
> 正西风,
> 落叶下长安,
> 飞鸣镝……

在毛泽东这里,"苍蝇"是对敌对势力的比喻,但更是精神上的蔑视:敌人仅仅是既微不足道,又可笑、可怜的苍蝇。《赠白马王彪》和《青蝇》里的"苍蝇"有可能对"我"构成威胁,至少会让"我"不愉快,在《满江红·和郭沫若同志》里,则不可能对"我"构成任何凶险之势。而之所以要挑选这个不洁、可笑之物以入诗,仅仅是为了供"我"调笑和玩弄:在毛泽东那里,苍蝇连够格的离间者都算不上;苍蝇不仅是渺小的象征,简直就是渺小本身。

## 《苍蝇》"必达难达之情"

上述内容,可以被视作"苍蝇"在汉语诗歌中的微型流变史。有这面小镜子存在,也许可以较好地反"映"——而不是反"应"——杨政的《苍蝇》。在此,有必要首先引述钟鸣对《苍蝇》的一段评价:

> 此诗难能可贵处,非在字字珠玑,在作者懂得"限制自己的范畴",抑制了白话文诗长久以来随时"唾地成珠"的毛病,仰赖拟情(empathy)以别诠释意义或安装说法,故先别言与事。权作叙事,言(议论)暗随,顺势而为。谈语有味,浅说有致,固达难达之情。①

好样的钟鸣!他一眼就认出了《苍蝇》对于当下汉语诗歌写作的警示意义:和古诗相比,新诗**必达难达之情**。诚如钟鸣的暗

---

① 钟鸣:《当代英雄——论杨政》,未刊稿,2016年4月,成都。

示,达难达之情乃新诗的根本内涵;而之所以可以冒险说诗的最高定义,乃是心甘情愿地不为俗人俗世所知,除了德性方面的考虑,就是因为达难达之情从一开始就拒绝了俗人俗世,强化了自己的隐在谱系的无名身位。和闻一多极为相似,杨政和他的《苍蝇》一并认为:我们自己就是苍蝇。但晚出的杨政到底还是比闻一多更上层楼——

> 这只苍蝇急着打开自己,打开体内萧索的乡关
> ……我们都是不洁的
> (杨政:《苍蝇》)

苍蝇不仅是单数之"我"的污点,还必将是复数之"我们"的自我污点,正所谓"我们都是不洁的";"我们"不仅是苍蝇,还是吞苍蝇者:"我们"居然吊诡一般,集苍蝇和吞苍蝇者于一身,正所谓"打开体内萧索的乡关"——这一点,恰是预先必须冒险给出的猜想,或假说。而依照假说或猜想,苍蝇对于"我们"又岂止是既外在又内在;更真实的情形毋宁是:"我们"既同时在这,又同时不在这。《苍蝇》把这种难达之情本身所拥有的**难达性**,给完好地表达了出来——它甚至整个儿就是那个难达性之本身。仅仅在字面的层次上,说某个人或某个东西既在这又不在这,很容易;但要把常识中这个不可能或不太可能存在的情形,以决不诡辩的方式表达出来,却很困难。这种表达需要的,是心性、定力、厚重的道德感,甚至三者的集合,不是技艺,或者决不仅仅是

技艺。欧阳江河那种纯粹修辞性的表达,或貌似修辞性的解决,都注定是失效的,而不仅仅是失败的——失败比失效更有尊严。杨政不仅需要得体地告诉其读者,"我们"为什么既在这又不在这;还得知会其读者,"我们"既在这又不在这究竟是什么意思。有了这双重保障,才可能将假说或猜测坐实——

......我生吞了一只苍蝇
杀猪席上苗族书记举杯为号,土烧应声掀翻僻壤
它如一粒黝黑的子弹,无声地贯入我年轻的脐脏
从此我们痛着,猜着,看谁先离开这场飨宴
(杨政:《苍蝇》)

这几行诗正合钟鸣所言:"先别言与事。权作叙事,言(议论)暗随,顺势而为。"这样的表述几乎是在举手投足间,就直接性地摆脱了修辞式、诡辩式的表达之易,却不可能摆脱它本该拥有的难达性。但这样的表述首先需要摆脱的,则是修辞式、诡辩式表达之易暗含的轻薄气,以及道德上的狡黠劲。"我们"是苍蝇,表明"我们"是不洁的;"我"代表"我们"吞食苍蝇(这就是"从此我们痛着"的由来),表明"我们"暗暗以不洁之物为食。在此,苍蝇与苍蝇吞食自身两位一体,有类于鲁迅所谓的"抉心自食,欲知本味"[1]。在此,杨政终于化假说为实有,变猜测成事实。

---

① 鲁迅:《野·墓碣文》。

从物理学上讲,一个东西占据了某个空间,就不可能有另一个东西同时占据这个空间。只有一种例外,那就是"场"或"波":两个以上的"场"或"波"可以同时出现在某个地方;当然,同时不在某个地方就更容易了,并且更容易得到理解。《苍蝇》愿意诉诸读者这样一个事实:当它说"我们"既是苍蝇又是吞苍蝇者的时候,相当于"场"和"场"重叠在一起,而不是实物与实物同在一个空间。这种表述方式无限远离了诡辩,却又暂时借助了诡辩的一点点阴气,如同"救"命的中药公开借用了"要"命的砒霜——表达之难(或难达性)在这种看似轻松自如的两难中,暴露无遗。而这样的解决方式,集中在"从此我们痛着,猜着,看谁先离开这场飨宴"。作为苍蝇和吞苍蝇的"我们"早已沦陷于互害模式,"宛如卖地沟油的受害于卖毒酸奶的,卖毒酸奶的受害于卖假知识的,而佛光笼罩下卖假知识的,则受害于看不见的雾霾制造者"①。既然如此,到底谁有能力和机会先行"离开这场飨宴"呢? 就是在如此这般的两难中,《苍蝇》把既在此又不在此的解决方案给维持了下来,并以"我们"都赖在"飨宴"上不愿挪窝作为定格——"杀猪菜"是"飨宴"明面上的主食,唯有苍蝇,才是暗中的食物之精华。但最终,杨政及其《苍蝇》还是在必须维护难达性(或表达之难)时,趁机整合了自己,但这又是一个再次显现难达性的两难处境。全诗作为收束的最后两行,可以表明"我们"既在此又不在此是如何被整合起来的:

---

① 敬文东:《我与我们的变奏:诗人钟鸣论》,《文艺争鸣》2016 年第 8 期。

> 而我,果真是微茫里那个斜眉入鬓的断肠人?
> 灯影下一只苍蝇倒伏,隐身的江山在赫然滴血

这最后的两行,分明照应了《苍蝇》一开篇出现的那两行——

> 它纹丝不动,过于纯洁,克制着身上精微的花园
> 小小的躯体胀满皓月,负痛的翮翅嘤嘤鸣响

很容易分辨,最初那两行诗句态度鲜明,不乏坚定性:苍蝇外在于"我"和"我们"——小小一个"它"字,在呼吸平缓中,便轻描淡写地透露了这一讯息;但经过复杂的诗学演算,在走过了难达性的钢丝绳之后,最终到来的那两行却告诉读者:苍蝇正好不折不扣地内在于"我们"。有了最后这两行,最初那两行就具有了开端的意义;而看似对苍蝇的客观描述,则起到了更为主动的引子与过门的作用,因为依爱德华·萨义德(Edward Said)之见,开端(begin)较之于起源(origin)更具有主动性:"X 是 Y 的起源,开端性的 A 引致了 B。"[①]所谓"引致",正意味着复杂的诗学演算,尤其是暗含于演算的难达性,以及梦想着对难达性的克服与消化。而在首尾相照中,尤其是在首尾间的互相矛盾中,杨

---

① 爱德华·萨义德:《开端:意图与方法》,章乐天译,生活·读书·新知三联书店,2014 年,第 21 页。

政早已暗示:《苍蝇》必将经历复杂的诗学演算,并且在演算过程中,有意识地加强了《苍蝇》内部的张力,但整首诗却又显得肌肉松弛、血脉平缓。如果不是这样,开端或首尾间的互为矛盾就没有意义,甚至尾部那两行根本就不可能存在;即使存在,也顶多具有修辞学功能,并且是任意的,怎么都行。首尾互相暗算,首尾相互映射:这刚好是表达之难的题中应有之义。

除此之外,相互暗算和映射还带来了另一个诗学结果(说结论也基本成立):苍蝇在与"我们"对峙时,"我们"则与苍蝇互相吸纳,相互将对方作为自己的组成部分——这就是"我们"作为苍蝇又吞噬苍蝇暗含着的喻意。但互纳对方为自身的组分,不过是对既在此又不在此的一种隐秘表述。它暗示的是:"我"活在"我"之外,苍蝇与"我"互为自我。最终,是苍蝇与"我"互为自我而不是其他任何因素,整合了既在这又不在这,摆脱了两者间的矛盾性,并将被借用的那点诡辩的阴气化为了灰烬:阴气只是临时借用的。在此,既不能将互为自我理解为互为镜像——镜像总是外在的;也不能将之简单地理解为自我的分裂性——因为一说到整合,反倒立即意味着自我被分成两半,却又通过彼此对视连为一体;但连为一体,却又必然被分成两半:一半是苍蝇,一半是"我"。这就是"我"活在"我"之外的一种特殊状态:"我"像放风筝那样,在天上之"我"与地上之"我"间,仅有一根细线相连。这种状态呼应了《苍蝇》中那句沧桑之言:"活着就是忍受飘零。"所谓"飘零",就是行踪不定,"我"总是在"我"够不着"我"的地方。所以,才

有苍蝇和"我"互为自我:这就是整合的意思。但整合并不意味着难达性被克服,或表达之难得到了消化:

> 瞧那皓月,是圆满也是污点!
> ……
> 前方就是应许之地? 我们只在脏的时候彼此相拥

这又一次回到了闻一多的苍蝇之问,或现代性之问。但在更多的时候,提问即答案,恰如杨政在另一处说"对于我自己,我知道问题便是回答"(杨政:《旋转的木马》)。脏在外边,但同时又在里边;只有在苍蝇之"脏"这个现代性的维度上,"我们"才能互相拥有,洁净则专属于古典诗歌、古人与古代。《苍蝇》这种回环性的自我纠缠,复调式、迷宫般盘根错节的诗学演算,较之于《手枪》那种"一根肠子通屁眼"[①]的线性文字游戏,十倍、百倍地尊重了新诗本该崇奉的表达之难(既难达性)。《苍蝇》经过不断地自我质询,一步步找到了一个差强人意的、勉强能够说服自己的东西。这就是最后那两行既铁骨,又感伤和犹豫不决的诗句——

> 而我,果真是微茫里那个斜眉入鬓的断肠人?
> 灯影下一只苍蝇倒伏,隐身的江山在赫然滴血

---

① 蜀语,意为直接、率真。

《苍蝇》漫游至此戛然而止。按理说,此处不应该是它的安眠之地,因为它根本没能为其主人提供一个坚实的结论,一个基座。这种从诗学的角度看似不合理的合理意味着:《苍蝇》一如钟鸣称赞的,把表达之难推到了极致;它的潜台词是:既然表达如此之难,既然苦苦纠缠于诗学演算业已多时,却依然找不到答案,不如就此歇息,有会心的读者自可体会。在此处歇息,反倒进一步显现了表达之难的极端性。你真正的绝望是:目标就在伸手可及之处,但梯子的高度正好差了伸手可及需要的那一点点长度;你真正的困难是:你既没有能力制造一架正好可以够到目标的梯子,又无法在梯子上起跳以够到目标。表达之难,难就难在此难不可能被彻底克服,这不是现有的语言或技艺可以穷尽的;或者说,难达性之不可克服根本就不是语言与技艺的问题,而是我们的心性远没有能力在表达之难和语言、技艺间,设置一种沟通性的力量。这是表达之难带出的衍生性后果之一,远远超过了表达之难:它更不容易得到解决。那些自以为可以或者自认为已经解决了的人,是妄人;那些在这方面根本没有感到任何问题的人,是蠢人。

而组建当今中国诗坛集团军的绝大多数,就是这两种人。

## 夏天,一个特殊的词语

更有甚者,作为现代诗学问题的表达之难(或难达性),在此满可以被视作《苍蝇》的主题——钟鸣早就这样暗示过。杨炼对

《苍蝇》的看法值得重视:"形式,独得炼字炼句之妙;诗意,出入日常与玄思之间。意象翻飞中,世界长出复眼,自我的景致,幻化成存在之眩惑。层层读去,我们和苍蝇,谁吞下了谁?抑或诗歌那只大苍蝇,吞下了一切?再造经典的自觉和游刃有余的书写,把我们带在毛茸茸的腹中,轻盈飞行。"作为大诗家的杨炼不可能不明白:"再造经典的自觉和游刃有余的书写",必当建基于"表达之难",否则,《苍蝇》顶多是《等你,在雨中》那种唯美到极点的假古董;"游刃有余"就将蜕变为没有难度的假从容,或者伪造的翩翩风度。实际上,所谓"游刃有余",仅仅意味着对《苍蝇》的主题——亦即表达之难——的"游刃有余",并不意味着克服了作为现代诗学问题的表达之难。如果作为诗学问题的表达之难居然可以被杨政"游刃有余",那就根本不存在表达之难,《苍蝇》的自我纠缠,以至于盘根错节的诗学演算,就显得滑稽、可笑,宛若唐吉诃德大战风车。

"夏天"一词在《苍蝇》里出现过两次:

> 那被我们耗尽的夏天还在它的复眼中熊熊炽烧
> ……
> 夏天砰地坠地,血肉灿烂,亡命的青衫飞过

罗兰·巴特说得很是笃定:即使"一个词语可能只在整部作品里出现一次,但借助于一定数量的转换,可以确定其为具有结

构功能的事实,它可以无处不在,无时不在"①。此处不妨从了巴特而且不妨断言:"夏天"就是《苍蝇》中"无处不在"、"无时不在"的关键词。在"那被我们耗尽的夏天",要么发生了某件惊天动地的大事,以至于影响了整整一代人的人生运程;要么只不过发生了令"我们"难堪,以至于难以回首,或不太好意思回首的事情。因此,这个如此这般被界定的"夏天",便不能、不敢、不好意思或不容许被写出,而《苍蝇》却又对此如鲠在喉,特别想将之写出:也许,这就是《苍蝇》对难达性反复纠缠的又一个原因。它是《苍蝇》自身的禁忌,而禁忌意味着它随时可以被冒犯,也意味着冒犯禁忌带来的快感,甚至美。这个禁忌要么是来自外部的某种强制性力量,要么是来自内部的某种道德性力量。总之,"苍蝇"与"我们"之间互为自我的关系,是与那个"夏天"连在一起的;很可能正是那个"夏天"加剧了,甚至导致了"苍蝇"与"我们"之间互为自我的关系。"夏天"既给作为现代诗学问题的表达之难加添了厚度,又给作为《苍蝇》自身之主题的表达之难增加了麻烦,在冒犯禁忌的同时,让它吞吞吐吐、欲言又止。正是这一点,既让读者领略到诗歌的云遮雾罩之美,又令读者恨不得用手从这个欲说还休的喉咙处抓取言辞,以便解除云遮雾罩,让那个夏天的真相大白于天下。

列奥·施特劳斯(Leo Strauss)从希腊古哲的著述中,居然

---

① 罗兰·巴特:《批评与真实》,上海人民出版社,温晋仪译,1999年,第66页。

辨识出两种不同的书写方式:"显白"(the exoteric teaching)与"隐微"(the esoteric teaching)。前者是直接说出,让基本群众虔心遵从;后者是故意不说出,以供哲人们私下传播和讨论[1]——列奥·施特劳斯好像是怕希腊古哲失业似的。但即使"隐微"真的存在,不是施特劳斯装神弄鬼,它也算不上表达之难。表达之难是想把事情说清楚而说不清楚,却又在没说清楚的这种难缠的状态中给说清楚了;"隐微"是在没有表达之难的当口故意不把话说清楚,装神弄鬼以示深刻——但这更像是列奥·施特劳斯在栽赃古贤哲。只有表达之难才是书写的核心与渊薮,是书写的致命处,但它是现代的诗学问题,不是古代的哲学问题。与表达之难相对照的,还有中国式的春秋笔法。《史记》对此有赞:"孔子在位听讼,文辞有可与人共者,弗独有也。至于为《春秋》,笔则笔,削则削,子夏之徒不能赞一词。"[2]但春秋笔法仍然算不得表达之难,它只不过是从道德的角度,用语隐晦地对笔下人物进行褒贬、臧否甚至回护[3]。使用这种笔法的人,对它运用得轻松自如;经师们则对这种笔法了如指掌,解起经来头头是道。古希腊的古典性和孔子的古典性都不存在表达之难。表达之难根本上是一个现代性事件。

---

[1] 参阅迈尔(Meier):《古今之争中的核心问题——施米特的学说与施特劳斯的论题》,林国基等译,华夏出版社,2004年,第218页。
[2] 《史记·孔子世家》。
[3] 今人傅修延则总结了"春秋笔法"的四大特点:寓褒贬于动词,示臧否于称谓,明善恶于笔削,隐回护于曲笔(参阅傅修延:《先秦叙事研究》,东方出版社,1999年,第182—185页)。

很遗憾,但也很显然,包括杨政在内的所有现代汉语诗人,都没有古希腊人和衍圣公在表达上的那股子幸运性。然而,许多现代汉语诗人却并没有选择杨政及其少数同党选择的道路。面对作为现代诗学问题的表达之难,《苍蝇》试图战而胜之。虽然失败是命定的,但正是在对宿命性失败的主动追求中,既听命了表达之难,也罢黜了各种形式的表达之易,最终维护了新诗的现代性。面对作为诗歌主题的表达之难,《苍蝇》则所向披靡,大有破房平蛮、不打败敌手势不收兵的架势,酣畅淋漓,气势如虹。通过前者,《苍蝇》诉说了现代性的复杂程度,道及了现代性自有表达上的不可能性暗藏其间;透过后者,《苍蝇》想告诉它的读者,必须将表达之难列为现代诗学的头号主题,方能在现代性的不可表达性面前,采取谦恭,但又决不放弃抵抗与试图征服的姿态,为此,《苍蝇》不惜将表达之难冒险作为自己的主题,并将之推衍得饱满、酣畅,而有力。

《苍蝇》体现了这样一种现代性:它不仅不意味着非此即彼,而且不只意味着"既……又",还反对"既……又"、不信任"既……又",但最终,又不得不宿命性地求助于"既……又"。表达之难无论作为诗学问题,还是作为《苍蝇》的主题,其难与不难,其不可解决与可以得到解决,都存乎于对"既……又"如此这般的欲说还休之中——对"夏天"的可说与不可说,虽然只是一个也许碰巧而来的小例证,却既内在于《苍蝇》,以至于成全了《苍蝇》,又并非不足为训。如今,新诗在无数人笔下,已经悄然远离了人们对它寄予的希望,不负责任地放弃了自己的义务,走向一种"玩票"式的状态,各种表达之易因此恣意横行,丑态百出,惹人笑话,大大败坏了新诗的名节。《苍蝇》是否意在警告这些状态、这些人呢?但即便如此,又"岂可得乎"?

中央民族大学文化楼西区807,2016年4月26日19:00—21:00

录音整理:张皓涵

# 颂歌:一种用于抵抗的工具

## 彝人,大凉山

古代彝人为何逆着地理方位上由高到低的正常"进化"序列,从居住了漫长时段的**低地**区域,重返崎岖、寒冷的**高地**世界与鹰为伴;为何从富庶、温柔的成都平原,退守莽莽苍苍、视线严重受阻的大凉山与火结盟,至今仍是一个令人难以索解的谜团——毕竟温暖、潮湿的低地区域较之于寒冷、干燥的高地世界,更适合种族的繁衍、文化的繁荣与承传,恰如一代史学大师费尔南·布罗代尔(Fernand Braudel)所说:"在高地和低地,一切都存在着天壤之别。这边欣欣向荣,那边却疲于奔命。"① 而辉煌灿烂、令人惊叹的三星堆遗址,极有可能是古代彝人留在成

---

① 费尔南·布罗代尔:《地中海考古:史前史和古代史》,蒋明炜等译,社会科学文献出版社,2005年,第6页。

都平原上的文化遗产①。若干年前,诺苏彝人(彝语即"黑色的部族")的后裔,诗人吉狄马加,透过他的诗歌写作,有幸"梦见"了祖先们辛苦、惆怅的迁徙历程:

> 我看见他们从远方走来
> 穿过那沉沉的黑夜
> 那一张张黑色的面孔
> 浮现在遥远的草原
> 他们披着月光编织的披毡
> 托着刚刚睡去的黑暗……
>
> (吉狄马加:《一支迁徙的部落——梦见我的祖先》)

古彝人为何破坏"进化"序列的"正确"答案,很可能和只有好运道灵魂附体才能成就其自身的考古学有关,跟比较语言学、历史语言学和古文字学有染②,但最终,必定跟"好运道"出现的微弱机率两相勾连。关于这个问题,博学多识的钟鸣提前给出了一个颇富想象力的假说:"能否倾听这样的解释:彝族是夏代的统治者,古彝文是夏代的官方文字,殷革夏后,彝族便迁往南夷高地,却留下辉煌的三星堆?"③钟鸣的言下之意再清楚不过:彝人曾经发育得

---

① 参阅且萨乌牛:《彝族古代文明史》,民族出版社,2002年,第170—211页。
② 参阅冯时:《山东丁公龙山时代文字解读》,《考古》1994年第1期。
③ 钟鸣:《蝌蚪文是不是比甲骨文更早的文字——三星堆玉石文字考》,《南方周末》2009年6月11日。

十分鲜"活"的"进化"方向,"活"生生被异族的暴力革命拦腰折断了——这就是被后世儒家交口称颂过的"汤武革命,顺乎天而应乎人"①。最终,在丛林法则的鼓励下,"适者生存、弱者淘汰,(彝人)退居西南,固守失落的文明"②。虽然自那以后,悄无声息流逝了数千年的光阴完全承受得起"足够漫长和古老"的考语,但生活在大凉山腹心地带的彝人,却因群山阻隔被打断外出的脚步、通往山外的视线,仿佛只是睡了一个酣畅淋漓、汪洋恣肆的长觉——费尔南·布罗代尔早就断言过:"山排斥伟大的历史,排斥由它带来的好处和坏处。或者,山只是勉强地接受这些东西……"③实际上,"诺苏彝人至今还没有接受来自外部世界的任何宗教,因为他们的信仰系统具有固有的复杂性,他们的信仰体系包括多种线索:一是季节性的祭奠仪式,二是关于他们的神性祖先的史诗,三是关于自然力的神话故事。"④这一结局的由来,一多半取决于"排斥伟大历史"的大凉山;而彝人在既漫长又短暂的酣眠中,肯定无数次梦见过深受自己祖先崇拜的雄鹰,拜见过祖先们喜爱的苦荞麦,会见过受到祖先热烈推崇的黑、黄、红三种神秘的颜色。对此,吉狄马加多有称颂:"我梦见过那样一些颜色/我的眼里常含着深情的泪水……"(吉狄马加:《彝人梦见的颜色》)他甚至把它们当作诗歌写

---

① 《易·革·彖》。
② 且萨乌牛:《彝族古代文明史》,前揭,第122页。
③ 费尔南·布罗代尔:《菲利普二世时代的地中海和地中海世界》,唐家龙等译,商务印书馆,1996年,第39页。
④ 梅丹里(Denis Mair):《译者的话》,吉狄马加:《吉狄马加的诗》,杨宗泽译,四川文艺出版社,2010年,第12页。

作最初的动力:"我写诗,是因为有人对彝族的红黄黑三种色彩并不了解。"①令人遗憾是,被三种"圣色"虔诚装饰与小心呵护的精美器物,至今还深埋在三星堆厚厚的黄土之下。对于被低地或平原地区哺育起来的诸多子民,俊美的大凉山,就像西方人处心积虑构建起来的东方主义(Orientalism)眼中那个怪异的"东方",仅仅被看作"一个充满神奇"的区域,而且"常常以讲故事的形式将其简化为一个事件、一部小说,或者一个传说"②。多亏了华夏文化"怀柔远人"的传统和胸襟,低地世界的子民们才没有像东方主义和它的被掌控者那样,将自己的眼光和心胸,刻意锻造成"帝国事业"(imperial project)③所必需的装置与利器。

侥幸流传下来的万卷彝文典籍有充足的能力告知世人,作为人类大家庭中不可或缺的成员,古老的彝族跟世上其他所有民族极为相似,真心认可"人类"(anthropos)一词在希腊语中的直观洞见:"总是仰望的动物"④——宛若奥·帕斯(Octavio Paz)满怀惊异和敬意的赞颂之辞:"人类最古老的举动之一,就是抬起头来惊讶地观望星空。"⑤有保存至今的数万卷典籍压

---

① 吉狄马加:《一种声音》,吉狄马加:《鹰翅和太阳》,作家出版社,2009年,第441页。

② 齐亚乌丁·萨达尔(Ziauddin Sarder):《东方主义》,马雪峰等译,吉林人民出版社,2005年,第1页。

③ 齐亚乌丁·萨达尔:《东方主义》,前揭,第3页。

④ 参阅撒加利亚·西琴(Zechria Sitchin):《通往天国的阶梯》,重庆出版社,2009年,第1页。

⑤ 帕斯:《太阳石》,漓江出版社,1992年,第346页。

阵,没有任何理由怀疑,在伸手不见五指的潜意识中,彝人会真心认可英语中"地球"(earth)一词的古老源头:它来自于苏美尔人(Shinar)的 e. ri. du,意思是"遥远的家"①。为什么吉狄马加会被他的美国译者梅丹里(Denis Mair)看作"既是一个彝人,也是一个中国人,也是一位世界公民",而且还三者兼容,"互不排斥"②?钱钟书似乎提前给出了答案:毕竟"东海西海,心理攸同;南学北学,道术未裂"③;毕竟古往今来,所有种族面对的,依然是同一个世界,依然是相同的问题、主题和难题。吉狄马加在一次演讲中明确地说到过:"不管你生活在哪个地方,是哪个民族,有很多有普遍价值的东西是人类必须共同遵从的。"④在另一处,他说得似乎更为坚定:"对人类命运的关注,哪怕是对一个小小的部落作深刻的理解,它也是会有人类性的。对此我深信不疑。"⑤所谓民族性,仅仅是地理环境等方面的巨大差异,生产出的处理相同问题、主题、难题的不同方式以及应对机制。这就是"摩登学究"(黄仁宇语)或"文化二奶"(李劼语)口中不断被渲染的"差异性"。实际上,无论地理环境的差异有多大,各个部族都必然会为人类孕育出一个最大公约数。这个世界,从古至今,都是一个**最大公约数的世界**。

---

① 参阅撒加利亚·西琴:《通往天国的阶梯》,前揭,第1页。
② 梅丹里:《译者的话》,吉狄马加:《吉狄马加的诗》,前揭,第14页。
③ 钱钟书:《谈艺录·序》,中华书局,1984年,第1页。
④ 吉狄马加:《一个彝人的梦想》,吉狄马加:《鹰翅和太阳》,前揭,第388页。
⑤ 吉狄马加:《一种声音》,吉狄马加:《鹰翅和太阳》,前揭,第442页。

大凉山地势高迥,极富才情、个性、想象力和阳刚之气,就像有人用貌似神秘的语气说到过的那样:"中国的山脉和河流大多是自西向东延伸的,这影响了中国传统文化的走向",而彝人和大凉山寄居其间的横断山脉,"则是在正常的西→东走向中突然转折为北→南走向的一个反方向的山系和水系"①。虽然大凉山出人意料的顽皮特性,并不能和彝人被迫逆着"进化"序列行进的"怪异"禀赋相对仗,但依然包含着太多宿命性的内容——很显然,在被科学主义极度扫荡和鞭挞的当今世界,宿命性和寄生其上的神秘内容,最终只能被无神论的、大大小小的"现代"芝诺(Zeno of Elea)们"归于不可能"论证(reductio ad impossibile)的行列②。吉狄马加在一首诗歌的"题记"中,几乎是毫无意识、又像是故意跟复数的"现代"芝诺们唱反调一样写道:"彝人的母亲死了,在火葬的时候,她的身子永远是侧向右睡的,听人说那是因为,她还要用自己的左手,到神灵世界去纺线。"(吉狄马加:《母亲们的手·题记》)"摩登学究"或"文化二奶"至少有一点是正确的:世上并没有几个民族拥有这样的风俗和想象力,"向右睡"确实体现出文化上的某种"差异性"。但这和相信人死之后还有另一个世界存在的其他民族,当真有"差异"么? 埃及人称他们的坟墓为"常住之家"或"永久的住所"③,究竟是什么意

---

① 周亚琴:《西昌与非非主义》,周伦佑主编:《悬空的圣殿》,西藏人民出版社,2006年,第56—57页。
② 参阅赵汀阳:《思维迷宫》,中国人民大学出版社,2010年,第52页。
③ 参阅米歇尔·拉贡:《地下幽深处——幽冥国度的追问》,刘和平等译,作家出版社,2005年,第32页。

思呢？玛雅学家约翰·梅杰·詹金斯(John Major Jen-kins)说过:"全球土著人共同信奉的"条律是:"文化如同一个美丽的小孩,从宇宙的中心向外生长,在时间中成熟。"[1]只不过骄横、蛮霸的科学主义,迫使曾经相信另一个世界存在的许多民族"在时间中成熟",敦促它们逐渐"进化"为无神论者。而在大凉山的护佑下,彝人固执地坚守了自己祖传的信仰与记忆——最早被人信奉的条律,也就是最容易被**直观洞见**到的观念,往往最值得信赖,因为它和大自然靠得更近,跟诚恳、质朴的土地更有亲和力。大凉山将彝人团团围住,保护了祖先们遗留下来的传统、歌喉、天真、诗性和令人震惊的神秘性,让他们有机会继续缅怀祖先的荣光,拒绝"在时间中成熟"和烂熟。正是这一点,和大凉山携带着的神秘性恰相对仗。吉狄马加深知这种神秘性和彝人血肉与共的深刻关系,自觉认定它必须成为诗歌写作的重心或焦点。他说:"我写诗,是因为在现代文明和古老传统的反差中,我们灵魂中的阵痛是任何一个所谓文明人永远无法体会得到的。我们的父辈常常陷入一种从未有过的迷惘。"[2]出于对母语、发源地和祖灵的感恩心理,吉狄马加有理由和他的民族一道,拒绝"在时间中成熟",继续"固守失落的文明",因为他"担心有一天我们的传统将离我们而远去,我们固有的对价值的判断,也将会变得越来越模糊"[3]。

---

[1] 约翰·梅杰·詹金斯:《2012:玛雅宇宙的生成》,陈璐译,光明日报出版社,2010年,第20页。
[2] 吉狄马加:《一种声音》,吉狄马加:《鹰翅和太阳》,前揭,第442页。
[3] 上海社会科学院文学研究所编:《中国作家自述》,上海教育出版社,1998年,第382页。

失去了大凉山的庇护,彝人注定只能"吮吸贫血的阳光/却陷入了/从未有过的迷惘"。(吉狄马加:《彝人》)如今,对手是始料不及的空前横蛮,大凉山和寄生其上的神秘性,还能继续保护它的子民吗?在里尔克(Rainer Maria Rilke)所谓的过于"严重的时刻",被彝人视为神圣之物、必须要得到歌颂的祖灵将存于何处?这些急迫的问题,构成了吉狄马加诗歌写作最为本真的主题、动机、出发点和强劲的内驱力。

## 大凉山,万物有灵论

人和环境从相互渗透、相互商量,直到最终相互妥协,才是一切民风、民俗和原始信仰得以诞生的根本原因——对此,列维-布留尔(Lucien Lvy-Bruhl)有过精辟的洞见[①]。跟生活在低地区域的种族相比,同高山峻岭结下不解之缘的彝人有理由更加看重火的作用。人类学家有过非常质朴的观察:"彝族主要分布在金沙江两岸的大小凉山、乌蒙山、哀牢山等高寒山区,所以他们对火依赖更深。"[②]——有且只有火,才是高海拔最大的天敌,才是温暖的源泉和稠密地带、激情和解放的发源地,完全担当得起彝文经典对它的赞颂:火"为人类繁衍而燃/为人类利益而燃"[③]。以否

---

[①] 参阅列维-布留尔:《原始思维》,丁由译,商务印书馆,1986年,第25—61页。
[②] 木乃热哈、张海洋:《火文化与和谐社会》,陈国光主编《中国彝学》第三辑,中央民族大学出版社,2009年,第294页。
[③] 《物种的起源》,阿余铁日译,凉山彝族自治州人民政府组织选编:《中国彝文典籍译丛》第1辑,四川民族出版社,2006年,第88页。

定、牺牲自己为方式温暖人类的火,是用于感激和感恩的圣物,是被高地民族永久赞美的对象。出于对寒冷的深刻恐惧,火在彝人的生活中,具有举足轻重的作用;用于取暖的火塘,最终上升为家居的中心和坐标系。不同方位的含义、等级与用途,最终得由温暖、仁慈的火塘来界定:"火塘上位属客人座次之尊位……火塘对着门的一侧专指客位……火塘下方为一般家庭成员和年轻人的座处……火塘旁边是储藏间、堆放农具粮食或关牲畜之处。"[①]对于古老的彝人,火塘是一种具有特殊禀赋的指南针、导航仪和价值授予机构,给某个特定空间中的人与方位,准确地赋予了意义、给予了用途、派定了价值。

加斯东·巴什拉(Gaston Bachelard)从火的物理学性能启程、开拔,最终把火上升为"一种普遍解释的原则"[②]。尽管获取结论的路径大为不同,但彝人很可能会真心赞同巴什拉的精辟洞见。在同环境的长期争吵、交涉和博弈中,彝人逐步为火赋予了浓厚的神性色彩,同样是"一种普遍解释的原则"。彝人"认为火由人的祖灵变来,所以他们敬火如同敬奉祖灵";他们"一生依偎火塘度过,他们死后更要靠火来帮助灵魂升天。古代彝族实行火葬。火葬的哲理是:人类灵魂可以在尘界和天堂两处生存"[③]。

---

① 陈国光:《论彝族的"火塘文化"》,陈国光主编:《中国彝学》第三辑,前揭,第303—304页。
② 参阅巴什拉:《火的精神分析》,顾嘉琛译,生活·读书·新知三联书店,1993年,第9页。
③ 木乃热哈、张海洋:《火文化与和谐社会》,陈国光主编《中国彝学》第三辑,前揭,第294—296页。

因此,彝族很可能格外认同雅典人蒂迈欧(Timaeus)关于火的神秘看法:造物主"主要用火来造诸神的形式,使之辉煌可观,并根据宇宙的样子而给他们以圆形"①。彝人对火的看法看上去并不孤独,毕竟"德不孤,必有邻"②,古印度有几乎完全相同的观点:"阿耆尼(火)一向为古仙人/和新近的仙人所歌颂/愿他引送天神到这里。"③关于火,吉狄马加总有挥霍不尽的感激之情:火不仅给了彝人血液、土地、启示和慰藉,还是禁忌、召唤、梦想和一切欢乐的策源地,最后,"当我们离开这个人世/你(指火——引者注)不会流露出丝毫的悲伤/然而无论贫穷,还是富有/你都会为我们的灵魂/穿上永恒的衣裳。"(吉狄马加:《彝人谈火》)"自由在火光中舞蹈。信仰在火光中跳跃/死亡埋伏着黑暗,深渊睡在身边/透过洪荒的底片,火是猎手的衣裳/抛弃寒冷那个素雅的女性,每一句/咒语,都像光那样自豪……"(吉狄马加:《火神》)火被诺苏彝人的后代赞美,是因为它值得赞美,配得上彝人为它唱出的颂歌,为它准备的歌喉。正因为"每一句咒语都像光那么自豪",所以彝人的火不仅具有弹性、悟性和神性,还是一切人间行为的最终裁判。在彝人的观念中,只有身体完整、灵魂洁净的死者,才有资格火

---

① 柏拉图(Plato):《蒂迈欧篇》,谢文郁译,上海人民出版社,2005年,第27页。
② 《论语·里仁》。
③ 《梨俱吠陀·阿耆尼》,金克木译,金克木编:《印度古诗选》,湖南人民出版社,1984年,第3页。

葬升天、回归祖灵,才有资格与祖先交谈。但彝人的火,绝不是惨遭某个波斯拜火教信徒诋毁过的穆罕默德,仅仅是"将自己供奉到天堂的卑劣者",是"为他的上帝拉皮条的家伙"①——它在丰满、整饬的自尊与自爱当中,总是倾向于与人为善。每当彝人发生争执需要发誓明心时,往往会被争执着的另一方或旁观者劝导:"当着火讲"、"当着太阳说。"②声音柔和,不怒而威,"每一句咒语"都具有光彩和金石之声,但那仅仅是因为说话者借助了火的神力。很显然,在吉狄马加和他的同胞眼中,火是太阳安插在大凉山的私人代表,是太阳的地面造型,也是太阳按照自己的形象,制造出来的至轻、至美的凌空高蹈者,必须要得到彝人的赞美和称颂。

在同苏格拉底(Socrates)冗长、绵密却又暗含机锋的对谈中,雅典人蒂迈欧突然提到了眼睛的至关重要性:"视觉是给我们带来最大福气的通道,"他说,有了眼睛,"我们就开始有哲学"③。蒂迈欧的观察既质朴,又异常深刻;眼睛不仅能"看",还能透过"看"的动作表面,深入事物的内部,直抵事物的心脏、血液和零零总总的神经末梢。因为地处高地世界,彝人比生活在低地区域(比如成都平原)的子民,更有机会接近天空、云彩、奇

---

① R. Kabbani, *Europe's Myths of the Orient*, London Macmillan, 1986, p. 34.
② 参阅木乃热哈、张海洋:《火文化与和谐社会》,陈国光主编《中国彝学》第三辑,前揭,第290页。
③ 柏拉图:《蒂迈欧篇》,前揭,第32页。

迹和飞鸟。按诗人西川的看法,鸟是人通往上帝的可以被目击到的唯一中介①;而鹰是最无可争议的鸟中之王,是所有可以被目击到的中介中最为强劲有力的中介,它因此更容易落入古代彝人未经污染的视线。作为**哲学器官**的彝人之眼,能够越过"看"的动作表面深入事物内部的彝人之目,就这样在赞美中,以直观洞见为方式,将鹰认定为自己的祖先和图腾,加以顶礼膜拜。这情形,恰如吉狄马加的同胞、诗人阿库乌雾(汉名罗庆春)所说:因为"鹰是最能证明天空的浩瀚无边和心灵的通脱旷达的飞鸟",所以,彝人的"史诗中以对远古雄鹰的命名来完成自我命名"②。在幸存下来的彝文经典里,鹰的身位和神力得到了极为质朴地称颂:"鹰颈似豹颈,/鹰眼似虎目;/鹫鹰擅突围/鹫鹰擅长开路。"③吉狄马加也毫不犹豫地称颂过他的图腾:"我完全相信/鹰是我们的父亲。"(吉狄马加:《看不见的波动》)在远离大凉山的漫长岁月里,他甚至还暗自祈祷:"我渴望/在一个没有月琴的街头/在一个没有口弦的异乡/也能看见有一只鹰/飞翔在自由的天上……"(吉狄马加:《我渴望》)鹰以它高迈的英武特性,被英武的彝人认作祖先;又以它轻盈、高蹈和俊美的品格,被高地彝人固执地认作自由的象征。对自由的向往,并没有因为地

---

① 参阅西川:《远景和近景·鸟》,万夏、潇潇编:《后朦胧诗全编》,四川教育出版社,1993年,第244页。
② 阿库乌雾:《神巫的祝咒》,中国戏剧出版社,2010年,第144页。
③ 《护法快神经》,吉尔体日等译,凉山彝族自治州人民政府组织选编:《中国彝文典籍译丛》第3辑,四川民族出版社,2006年,第81页。

处高寒地带而被彝人自动放弃。自由绝不只是现代人的梦想，早就是彝人世代相传的乌托邦。面对用鹰爪做成的杯子，吉狄马加为什么会"梦见了自由的天空"、"梦见了飞翔的翅膀"？（吉狄马加：《鹰爪杯》）只因为神圣的鹰，必须要被它的子孙后代所梦见——而梦见即赞美。

大凉山、火、鹰以及被它们代表的一切事物，构成了古彝人的生存背景，培育了彝人的思维方式；在实施培育的过程中，还将它们自身成功地溶解、递交到彝人的思维方式之内。大凉山和它寄居其间的横断山脉，不仅是山精水怪大肆出没的稠密地带，不仅要对山势和水势的通常走向起义、造反，还额外滋生出了劲道十足的想象力，给了彝人以**万物有灵**的观念。虽然，我们满可以承认宗教学家不无鄙夷性的看法——万物有灵论是一种最为原始的思维方式——但它无疑更接近最本真的自然，更符合人的天性，更具有显而易见的真实性，也同感恩、颂歌和赞美诗靠得最近，就像一位法国老太太之所说："接近自然，就是接近上帝。"[①]和至今仍然信奉万物有灵的彝人完全不同，受"进化论"鼓励的无神论者总是自得地推崇如下结论："泛神论是一种我/你关系。相信泛神论的人因此拥有了众多的情人。但最终他会发现，这些情人中没有一个是靠得住的。他与它们不过是一夜情而已。"[②]无神论者可能真的没有弄清楚：万物有灵论——或称泛神论——提倡一夫一妻制，赞同

---

① 参阅韩少功：《山南水北》，作家出版社，2006年，第12页。
② 敬文东：《颓废主义者的春天》，台湾秀威书局，2009年，第51页。

从一而终,反对无"情"的一夜"情"。彝族经典《六祖史》暗示过万物有灵论的一般样态:"制酒盛壶中,敬献各方神。天神见酒乐,地神见酒喜,松柏见酒青,鸿雁见酒鸣,日月见酒明,天地见酒亮。"①神、植物、飞鸟、日月和天地,都像彝人一样富有灵性,愿意享受扰乱心智的酒带来的快乐,并在快乐中,更加精彩地迸发它们的本性。它们和彝人的心胸异质同构:这正好是万物有灵论最为原始的含义,只不过自诩"文明人"的特殊种群对这个"隐蔽的环境不甚了解"②。和作为**低地思维**的**实用理性**相比,万物有灵论是一种典型的**高地思维**③。卡尔·马克思很笃定地说:"人创造了宗教。"④但他的观点,跟神学家说"人是上帝按他自己的样子创造出来的"当真有区别么?其实,他们只不过在论述上有意相互迎头撞击而已。对此,17世纪的秘鲁智者加西拉索(Garcilaso, de la vega Inca)早有告诫:"我希望万能的上帝到时候会解开这些秘密,以使那些胆大妄为的人更加感到羞愧和耻辱,因为在上帝的智慧与人类的智慧之间的差距,犹如有限和无限之间的差距一般大,而他们竟……认为上帝造物时不可能超出他们的想象。"⑤必须要承认:

---

① 《六祖史》,转引自朱琚元:《言近旨远的哲理诗篇——论彝文古籍〈训迪篇〉》,中央民族学院彝文文献编译室:《彝文文献研究》,中央民族学院出版社,1993年,第282页。
② 钟鸣:《涂鸦手记》,上海人民出版社,2009年,第154页。
③ 参阅林河:《中国巫傩史》,花城出版社,第36—44页。
④ 马克思:《英国状况·评托马斯·卡莱尔的"过去和现在"》,《马克思恩格斯全集》,人民出版社,1983年,第647页。
⑤ 加西拉索:《印卡王室述评》,白凤森等译,商务印书馆,1993年,第12页。

真正的无神论者从来都是最勇敢、最无所畏惧的人,他们真心膜拜他们认可的欲望哲学。

……大凉山威武冷峻,有意"排斥伟大的历史"。虽然它从不反对最大公约数的世界,但坚决拒绝"成熟"和"烂熟",更愿意继续"固守失落的文明"。因此,和赞美诗、颂歌比邻而居的万物有灵论才得以保存至今——而这,恰好是彝人吉狄马加诗歌写作的起点和根据地。很多年前,他就带着感恩的心情,毫不含糊地说过:

> 如果没有大凉山和我的民族
> 就不会有我这个诗人。
> (吉狄马加:《致自己》)

## 万物有灵论,颂歌

彝族史诗《勒俄特依》认为人类起源于火[①],这个经由感恩之情浸泡后不期而至的素朴观点,跟希腊人赫拉克利特(Heraclitus)的看法如出一辙——被直观洞见的同一个世界,才是人类共同的、唯一的教师。为了更好地谈论火的功用,《勒俄特依》愿意从远古时期的大洪水讲起。它说:大洪水过后,整个世界只

---

① 《勒俄特依》,凉山彝族自治州人民政府组织编选:《中国彝文典籍译丛》第一辑,四川民族出版社,2006年,第15页。

剩下一位名叫居木武吾的人。他躲在木制的柜子里,才在惊涛骇浪中侥幸逃过一劫。无疑,他就是东方的诺亚,有一张黝黑、通红的高地面孔。居木武吾后来智取天神,和天女喜结连理。这种癞蛤蟆吃了天鹅肉的举动,激怒了天女不惧洪水的父亲,遭到了来自天神的惩罚和报复。撒加利亚·西琴(Zechria Sitchin)对亚当和夏娃之间的性关系,有一个颇富想象力的解释:做爱意味着"知道"(to know)[1]。在此,"知道"是僭越,是对上帝不允许"知道"的秘密的冒犯和侵占。有趣的是,在古希伯来语中,"认识"(yada)一词的意思也是"做爱"。这种词源学上的共同性究竟意味着什么? 作为对"知道"和"认识"的报复,作为天神实施惩罚的终端产品,居木武吾一口气生下了三个哑巴儿子。天神的意思也许是:父亲在僭越中"知道"和"认识"到的东西,不能被儿子们接管或继承。居木武吾最后碰巧"知道"和"认识"到了解决问题的方法,于是生火烧水,烫洗三个儿子的身体。在火的声援下,儿子们终于开口说话。长子说声"俄底俄夺,成为藏族的始祖";次子说声"阿兹格叶,成为彝族的始祖";三子说声"毕子的咯,成为汉族的始祖"[2]。但自打一开始,三个儿子中的每一个人,都搞不清楚另外两个兄弟究竟在说些什么。从表面上看,这是古代彝人有意杜撰出来的另一种性质的巴别塔(The Tower of Babel)的故事,火是其中最关键的因素。

---

[1] 参阅撒加利亚·西琴:《通往天国的阶梯》,前揭,第97页。
[2] 参阅《勒俄特依》,凉山彝族自治州人民政府组织编选:《中国彝文典籍译丛》第一辑,前揭,第51页。

面对上帝震怒之后语言纷纷割据,各自落草为寇、占山为王的不幸局面,博学多识的诺斯洛普·弗莱(Northrop Frye)竟然十分天真地相信:被上帝打碎的语言有助于人与人之间的凝聚,而不是分离①。很不幸,在古希伯来语中,"巴别"(Babel)一词的意思恰好是极为不祥的"变乱";巴别塔意味着隔绝、力量分散、误解、仇恨和杀戮。从此,人类的力量再也不可能拧成一股绳,也不可能朝着某个统一的方向高歌猛进。同一性彻底丧失了,曾经的一颗心,转眼间变做了互相敌对、互相防范的万颗心。其变乱的速度,跟上帝酝酿愤怒的"一刹那"恰相等同,而佛家认为,"一弹指顷有六十五刹那"②。钟鸣则异常机智地表述过:"巴别塔是由骨头和被遗忘的语言构成的。"③但是,和《圣经》中巴别塔故事的寓意很可能恰相反对,彝人的火不仅跟创生有关,还跟语言和种族有染;汉、藏、彝三个伟大的民族,拥有一个共同的发源地、共同的祖先。或许,在火的声援下,《勒俄特依》杜撰的巴别塔故事的寓意恰好是:尽管三个民族言语不通、难以交流,却没有任何理由相互仇恨和杀戮,毕竟它们拥有共同的**肉身性**的祖先,而不是《圣经》暗示的那样,人是上帝用**语言**创造出来的。圣奥古斯丁(Aurelius Augustinus)在赞美他的上帝创世时,满怀着感恩的心情:"你一言而万物资始,你用你的

---

① 诺斯洛普·弗莱:《批评之路》,北京大学出版社,1998年,第18页。
② 《俱舍论》十二。
③ 钟鸣:《涂鸦手记》,前揭,第11页。

'道'——言语——创造万有。"①肉身总是倾向于比声音性的言辞更为可靠,也更有说服力,因为在这个世界上,从来就不存在大于肉身的真理②,更何况是被肉身肯定和定义过的真理呢。吉尔伯特·赖尔(Gilbert Ryle)对此有过极好的评论:"绝对的孤寂是灵魂无法逃避的命运,唯有我们的躯体才能彼此相见。"③《勒俄特依》始终在致力于呼唤最大公约数的世界,绝不允许意图谬误(intentional fallacy)一类的**解释学惨案**探出头来。对于《勒俄特依》的高贵品德,吉狄马加自有赞颂之词:"我好像看见祖先的天菩萨被星星点燃/我好像看见祖先的肌肉是群山的造型/我好像看见祖先的躯体上长出了荞子/我好像看见金黄的太阳变成了一盏灯/我好像看见土地上有一部古老的日记/我好像看见山野里站立着一群沉思者/最后我看见一扇门上有四个字:/《勒俄特依》"(吉狄马加:《史诗和人》)

从最根本的角度上说,万物有灵论是一种既质朴又深入骨髓的博爱精神,也是型号最大的人道主义——它提倡对所有生命的敬重,强调不漏掉任何一种看似微不足道的东西。彝族史诗固执地相信,一切有血的生命(动物)和无血的生命(植物),都出自同一个母亲(即白雪)④;人和植物、动物拥有共同的源头,

---

① 圣奥古斯丁:《忏悔录》,周士良译,商务印书馆,1963年,第236页。
② 参阅敬文东:《事情总会起变化》,台湾秀威书局,2009年,第64页。
③ 吉尔伯特·赖尔:《心的概念》,徐大健译,上海译文出版社,1988年,第9页。
④ 参阅《勒俄特依》,凉山彝族自治州人民政府组织选:《中国彝文典籍译丛》第一辑,前揭,第15—20页。

相互杀戮和敌视既没有必要,也是显而易见的意图谬误。吉狄马加有过质朴的申说:"我相信我们彝民族万物有灵的哲学思想是根植于我们的古老的历史的。我们对自己赖以生存的土地、河流、森林和群山都充满着亲人般的敬意。在我们古老的观念意识中,人和大自然的一切都是平等的。"①这种跟人的呼吸恰相等同的言辞,完全不同于钱钟书讽刺过的那种"露天传道式的文字"②,却刚好是对万物有灵论的最佳阐释。而把作为高地思维的万物有灵论和《勒俄特依》给出的珍贵教诲嫁接在一起,很自然地催生出了吉狄马加诗歌写作中异常浓烈的**颂歌**色彩:诗歌是歌颂,不是仇恨;是赞叹,不是抱怨和愤怒;是追求同一性,不是追求貌似多元的分裂与割据。在诗歌写作的起始处,吉狄马加就表达了要把颂歌推进到底的决心:"我的歌……/是献给这养育了我的土地的/最深沉的思念……/是献给古老民族的/一束刚刚开放的花朵……"(吉狄马加:《我的歌》)这种音质的颂歌,是大凉山的馈赠,是彝族传统文化的现代回声,决不是某些别有用心之人所谓的回光返照——别急,事情才刚刚开始呢。

汉语文学似乎向来缺乏颂歌传统——或许,屈原的《九歌》算是难得的例外,因为它是唱给神灵的歌谣。而献给朝廷、皇帝和

---

① 吉狄马加:《寻找另一种声音》,吉狄马加:《鹰翅和太阳》,前揭,第371页。
② 钱钟书:《谈教训》,钱钟书:《钱钟书散文》,浙江文艺出版社,1997年,第38页。

权贵人士的阿谀奉承之词,顶多只能算做"马屁诗",一种过早诞生于华夏文化圈的特殊诗体,连李白、杜甫那样的头脑和人格也没能幸免于难①。颂歌似乎更主要是西方的传统:"在西方文学中,颂歌的发展经历了三个阶段。第一阶段:古希腊的 Hymnos。这是古希腊宗教礼拜的颂神歌……第二阶段:中世纪的 Hymnus,歌颂上帝、圣母、圣徒的颂歌……第三阶段:现代的 Hymne……自18世纪起,由克洛卜施托克(F. G. Klopstock)首创的一种自由韵律体的颂歌成为现代 Hymne 的主要形式,此时,神、神灵、英雄、君王、抽象的美德和概念、自然、神圣、崇高的情感等都是颂歌的歌颂对象",但无论有多少发展阶段和变体,颂歌的重心仍然必须要落实在"对神的歌颂"上②。从总体观察,汉民族的心性似乎更倾向于无神论,离作为低地思维的实用理性更近一些;残存于民间旮旯里的万物有灵论,仅仅是观念进化史上被遗忘的死角,类似于人体上可有可无的盲肠。汉人对待宗教的态度既功利,又具有浓厚的即兴特色——"临时抱佛脚"之类的俗语,道出了宗教消费上的一次性。他们很善于跟各种神祇讨价还价,直到最后相互妥协、订立契约;而被汉人广泛信奉的佛教,恰好是一种反宗教性质的宗教,因为佛教的殿堂上没有神祇,只有跟智

---

① 据统计,在安史之乱之前,杜甫做五排17首,其中大多数献给了各路权贵(参阅莫砺锋《杜甫评传》,南京大学出版社,1995年,第35页)。李白也有《与韩荆州书》一文。

② 杨宏芹:《"太阳神"的颂歌——格奥尔格的〈颂歌〉解读》,《外国文学评论》2009年第1期。

慧接壤的觉悟。西方的颂歌是对超验感觉的语言化;汉人却因为"绝地天通"的过早到来①,过早失去了对超验之物的体悟,真正的颂歌根本就不可能出现。剩下的,只有唱给权贵的赞美诗,熨帖着身居高位者的耳朵和心脏,顶多只能算做心理按摩术——从《诗经》开始,权贵就是"马屁诗"的春药,宛若权力是大汉男人们的催情剂。吉狄马加,这个用汉语写作的诺苏彝人,依靠他的民族文化传统,给现代汉语增添了感恩和颂扬的珍贵音势。而且,在得到万物有灵论和《勒俄特依》的支持后,他的音势真诚、自然、没有令人毛骨悚然的矫情成分。他的每一首诗都是颂歌,每一个句子都是颂歌的分子式,每一个词语,都是催促颂歌诞生的基因片段。法兰西诗人雅克·达拉斯(Jacques Darras)在面对吉狄马加的诗歌时慧眼独具:"他背靠着整个彝民族。它赋予他几乎永恒的时间意义,以及他高山的视力,高山上雄鹰的视力,明察平原上的现代变化。"②和西方颂歌凭靠的思想资源相比,吉狄马加凭借的,很可能更有资格称得上无限丰富:有万物有灵论助阵,他心中所想、眼中所见的所有事物,都是超验的神灵,都值得歌颂,他因此拥有足够多的财富可以用于挥霍;近世以来不断被西方人诅咒的"无边的苦海"(a sea of troubles)③,在诺苏彝人的后代那里,

---

① 《国语·楚语下》:"颛顼……乃命南正重司天以属神,命火正黎司地以属民,使复旧常,无相侵渎,是谓绝地天通。"

② 雅克·达拉斯:《在吉狄马加的"神奇土地"上》,树才译,《民族文学》2011年第1期。

③ 兰色姆(John Crowe Ransom):《新批评》,王腊宝等译,江苏教育出版社,2006年,第7页。

根本就是不可能的事情。有《勒俄特依》撑腰,吉狄马加有能力理解所有不同的种族,因为他们都是他的远房亲戚或兄弟。鹰的子孙,大凉山的后代,火的被庇护者,彝人吉狄马加,总是在致力于歌颂土地、群山、河流、大凉山的斗牛、彝族同胞、故乡、少女……他歌颂人世间一切美好的事物,赋予一切事物——哪怕是残废了的事物——以美好、超验的要素,诚如他真诚的表述:"一个诗人最重要的,是能不能从他们的生存环境和自身所处的环境中捕捉到人类心灵中最值得感动的、一碰即碎的、最温柔的部分;"而赞颂,他说,"从来就是我的诗歌的主题"①。

在博大精深的华夏文化内部,始终涌动着一股根深蒂固的**颓废主义**暗流。庄子无疑是最大、最深刻的颓废主义者,《世说新语》则是颓废主义者最卓越的集中营,南北朝呢,恰好是文人士大夫集体颓废、专心溃烂的年代②,在朱姓皇室的统领下,明末江南的士子,把当时所有可能出现的性病,全部自我加冕般请到自己身上,一时间,像遥远的南北朝一样,"床笫之言,扬于大庭"③——很可惜,艾滋病还没来得及被发明出来,无法被他们尽情享用,更没能给他们收获极端体验的机会。很显然,所有的颓废主义者"都是骨子里的失败者",只不过"和其他样态的失败

---

① 吉狄马加:《一个彝人的梦想》,吉狄马加:《鹰翅和太阳》,前揭,第389页。
② 参阅江弱水:《古典诗的现代性》,生活·读书·新知三联书店,2010年,第25—42页。
③ 章太炎:《国故论衡》中卷,上海古籍出版社,2003年,第89页。

者不同",他们都是些"笑着的失败者"①。作为一种源远流长、影响深远的美学风格,颓废自有它非常迷人的一面②,以至于有人愿意主动为它鼓掌、喝彩:颓废"是一种艺术化的精神状态,以艺术化的个性活动方式对抗社会并进行超越,超越现实社会的矛盾但并不追求升华;以艺术化的生活态度反抗生命并拒绝崇尚生命的威严,尊重生命的行动力……颓废只是用非升华的方式来获取解除来自社会压抑的可能,用艺术化的创造来实现人生之醉"③。但是,作为一种迷人的美学风格,颓废也恰如戈蒂埃(Théophile Gautier)痛斥过的那样,"无非是艺术达到了极端成熟的地步,这种成熟乃老迈文明西斜的太阳所致,"颓废表征着"神经官能症的幽微密语,腐朽激情的临终表白,以及正在走向疯狂的强迫症的幻觉"④。必须要感谢大凉山的深仁厚爱,因为它让仅仅陶醉于直观洞见、拒绝"成熟"和"烂熟"的彝族文化,至今仍然以它的古老反而显得格外年轻和英姿飒爽,它的天真直接等同于儿童纯净和充满好奇心的小眼睛。有《勒俄特依》和万物有灵论做后盾,颂歌仍然是颓废和颓废主义的天敌:万物有灵论相信每一种事物都有灵性,万物在暗中发愿、暗中生长,依

---

① 敬文东:《颓废主义者的春天》,《天涯》2004年第2期。
② 此处因题旨所限,来不及申说诗歌中的颓废主义的珍贵和迷人之处,笔者当在别处专门讨论。
③ 薛雯:《"颓废"的美:城市的另一面》,《安徽师范大学学报》2004年第5期。
④ 参阅卡林内斯库(Matei Calinescu):《现代性的五副面孔》,顾爱彬等译,商务印书馆,2002年,第176页。

靠各自的规则,精心培育它们的品格,不允许违背自然本性;《勒俄特依》则努力培植超越种族的友爱精神——这都是积极向上的东西或情绪,反对各式各样的虚无主义。所谓虚无主义,耿占春无疑给出了最精确的界定:它是"生命延续性和连续性意识的丧失"[1]。背靠彝族文化传统和大凉山的吉狄马加,不允许自己笔下流露出任何一个沾染颓废基因的句子;在他的诗歌写作中,即使是死亡,也是积极的、向上的、可以被饱飨的:"我了解葬礼,/我了解大山里彝人古老的葬礼。/(在一条黑色的河流上,/人性的眼睛闪着黄金的光。)"(吉狄马加:《黑色河流》)"总会有这么一天/我的灵魂也会飞向/这片星光下的土地……/那时我彝人的头颅/将和祖先们的头颅靠在一起/用最古老的彝语/诉说对往昔的思念……/用那无形的嘴倾诉/人的善良和人的友爱……"(吉狄马加:《故乡的火葬地》)面对死亡尚且从容自若,甚至连死亡都值得歌颂,颓废败于颂歌之手,又有什么好奇怪的呢。华夏文明中的颓废,既有"情之所钟,正在我辈"[2]的炽热,也有"死便埋我"[3]的深刻绝望。归根结底,颓废来源于人的孤岛感觉——每个人都是孤岛,彼此互不理解,彼此间大门紧闭,只有在虚无主义的支持下,在颓废和放纵中,发现美和人生的意义。在汉人持久不变的意识中,生命必然通往死亡,死亡则是生命的绝对终结,是颓废的彻底结束,终将归于永恒的虚无,灵魂

---

[1] 耿占春:《一个族群的诗歌记》,《文学评论》2008 年第 2 期。
[2] 《晋书·王衍传》。
[3] 《资治通鉴·卷八十七》。

是不存在的。因此,"人死如灯灭"。《列子》说:"古者谓死人为归人。夫言死人为归人,则生人为行人矣。"① 对于汉人,似乎从来就没有在灵界等待"行人"成为"归人"的祖先;或许,德意志的天才少年毕希纳(Georg Buchner),已经代替汉人说出了他们的心里话:"个人只是波浪上的泡沫……"②

巴别塔的寓意再清楚不过:统一的语言被上帝打碎后,人们纷纷团结在各自母语的周围,种族间的广泛**误解**,似乎就是必然会降临的事情;诺斯洛普·弗莱关于语言功能的判断既对又错:语言分裂确实阻碍了种族间的交流,以至于"跨语际实践"(Translingual Practice)极难展开。但分裂的种族也暗含着对交流的渴望,至少,对孤岛感觉的深刻恐惧,对接踵而至的颓废主义,是每个种族、每个个体都愿意摈除的东西,但摈除需要来自同类的安慰。而安慰,则需要一种共同的语言——本雅明(Walter Benjamin)将它称作神秘的"语言本身"③,哈贝马斯(Jürgen Habermas)则把它当作可用于合理交往的"理想的语言环境"④。大凉山的厚爱,鹰对自由的向往,火的温暖、仁慈和它拥有的"普遍解释的原则",一句话,高地思维给了吉狄马加抵制

---

① 《列子·天瑞篇》。
② 毕希纳致未婚妻函,转引自刘小枫:《沉重的肉身》,上海人民出版社,1998年,第2页。
③ 本雅明:《本雅明文选》,王广州译,中国社会科学出版社,1999年,第263—278页。
④ 哈贝马斯:《交往行为理论》,曹卫东译,上海人民出版社,2004年,第291页。

颓废和实施博爱的观念基础,《勒俄特依》则从肉身性的角度,给了他"所有种族都是兄弟"的珍贵启迪。因此,颂歌不仅要把积极向上的情绪献给自己的部族,还必须献给全人类,尤其是那些饱受欺凌的种族。

一个诗人仅仅从他人身上认出自己,还远远不够;能从他人身上看到跟自己相同的命运和神性的存在,才算得上难能可贵。吉狄马加写过许多同黑色非洲、棕色拉丁美洲有关的赞美诗,但那也不过是把彝人的万物有灵论和《勒俄特依》给出的启迪,用于整个人类的一次尝试。当一个东方的彝人,眺望地球那边的印第安人(比如人称"玫瑰祖母"的智利巴塔哥尼亚地区卡尔斯卡尔族群中的最后一位印第安人)、破旧的印第安遗址、不幸的印第安诗人(比如萨尔·巴列霍)、生长于南美的非印第安诗人(比如巴波罗·聂鲁达、米斯特拉尔),却又始终在讴歌那块令人忧伤的大陆时,彝人吉狄马加首先想到的,是包含着同情与敬仰的哭泣:"蒂亚瓦纳科,印第安大地的肚脐/请允许我,在今天/为一个种族精神的回归而哭泣!"(吉狄马加:《蒂亚瓦纳科》)紧接着想到的,是作为象征和值得赞美的泪眼:"面具永远不是奇迹/而是它向我们传达的故事/最终让这个世界看清了/在安第斯山的深处/有一汪泪泉!"(吉狄马加:《面具——致塞萨尔·巴列霍》)最后必须要想到的,则是欲哭无泪中呈现出来的生命之路:"玫瑰祖母,你的死是人类的灾难/因为对于我们而言/从今以后我们再也找不到一位/名字叫卡尔斯卡尔的印第安人/再也找不到你的族群/通往生命之乡的那条小路。"(吉狄马加:《玫瑰祖母》)吉狄马加在遥远的印第安人身上认出了自己,认出了自己的种族,认出了自己的命运,也认出了现代性追剿下正在慢慢消失的神性。在此,颂歌是理解,是悲悯,是感恩,更是对颓废、误解和巴别塔的坚决阻击,是对交流的渴望和期盼,并且以泪水充当装饰。为遥远的邻居流泪,刚好是对万物有灵论进行的最为液体化、最为温柔的阐释。吉狄马加的诗歌举动,令当代拉丁美洲诗人格雷罗(J. M. Briceno Guerrero)感慨不已:"我觉得他的祖先好像在通过一条地下的秘密网络和我的祖先交流……我可以将吉狄马加看作拉丁美洲的诗人,或更确切地说,是全人类的诗人。因为有一种心灵的神圣语言,它在任何历史语言中都找不到表达。"[1]跟韩少功"知识危机是基础性危机"的论断较为不同[2],吉狄马加很可能更愿意相信,误解才是人类最为基本的尴尬情境之一,它引发了仇恨和冷漠,鼓励了战争和杀戮,诱发出了深刻的虚无主义。但颂歌,背靠万物有灵论和《勒俄特依》的感恩音质,完全可能进入有效抵抗误解的最为有力的方式之列。吉狄马加就曾明确说过:"我写诗,是因为我无法理解'误会'这个词。"[3]这种低音量的誓言之所以来得格外及时、来得恰到好处,很可能正是在洞穿了尴尬情境的真相之后,尽力为自己的写作寻找内在的依据与合法性。

---

[1] 格雷罗:《远在天涯 近在咫尺》(代序二),赵振江译,吉狄马加:《鹰翅和太阳》,前揭,第4—5页。
[2] 参阅韩少功:《暗示》,人民文学出版社,2002年,第2页。
[3] 吉狄马加:《一种声音》,吉狄马加:《鹰翅和太阳》,前揭,第443页。

钟鸣对最近几十年的汉语诗歌写作,有一个准确的评论:"要论诗歌的进步,除了'词'的胜利,就人性方面,我看是非常晦暗的,犹如骨鲠在喉。"①最近几十年来,诗歌在赞美权贵和黑恶势力上,已经不再明火执仗,至少是变得羞涩有加、"犹抱琵琶半遮面"了。但更多、太多的诗作,仍然像"痛说革命家史"一样,在诅咒世界的丑恶,在哀叹命运的不公;诗歌手艺倒是得到了大幅度的提升,每个人都在潜心算计词语,词语也在被算计中,听取诗人们的指令各从其类,何时立正、稍息,何时走正步、稳扎马步,根本就不成其为问题。但人性的胜利、心智的健全,依然遥遥无期——或许永远都不能得到指望。跟颂歌对音质的特殊要求相呼应,吉狄马加"诗歌中所塑造的语境、语感与彝族古老的格言谚语'尔比尔吉'如出一辙"②,诗句单纯、透明,但又宛若宋人陈郁称赞他的同时代词人姜白石那样:"意到语工,不期于高远而自高远。"③他的词汇简单、剔透;词与词之间,只需要极小的摩擦系数,就能很好地相互粘结,不像某些"艺高人大胆"的汉语诗歌,必须依靠极大的摩擦系数,才能彼此吸附,却给人一种相互强奸、随时可能坍塌的怪异感觉。和使用了太多化肥、香精、染料和人造猪板油的诗歌语言相比,吉狄马加质朴、自然、近乎野生的语言方式,和滋生于大凉山的万物有灵论异质同构,跟

---

① 钟鸣:《畜界,人界·新版序言》,上海人民出版社,2010年,第2页。
② 海来木呷:《吉狄马加诗歌翻译札记》,未刊稿。
③ 夏承焘:《姜白石词编年笺校》附录一,上海古籍出版社,1998年,第327页。

《勒俄特依》给出的教诲恰相对称,固执地延续着一种最古老的文明,但最终,还是呼应了最质朴的人性观念——先民们最早发现的观念和情感形式,总是倾向于最有生命力,因为它最具有直观洞见的特性。对此,吉狄马加有十分清醒和异常自觉的追求:"我怎么不能写出既具有民族的特点,又具有人道主义精神的作品?怎样真正写出人类的命运,使自己的作品具有普遍的人类价值?"①或许,不必皈依宗教,但可以相信神灵的存在,很可能才是连接远古与现代、连接今人与祖先,抵制科学暴力和恢复生活灵性最恰当的方式之一,才是最能解救现代性病症的可能路径之一,因为在比喻的意义上,它最具有本雅明大声称道的"灵韵"(Aura)特性。而保护人类文化传统中的精华,本身就是为了救治今天——这个有病的、变态的、打满补丁和绷带的今天。马林诺夫斯基(Bronislaw Malinowski)精辟地认为:一种文化或生活方式,假如还作为一种体系存活于世,就一定有它的现实基础,根本不可能被轻易碾碎②,因为按照梅洛-庞蒂(Maurece Merleau-Ponty)的细致观察,"体系在其姿势上是毫不客气的"③。或许,继续艰难地相信万物有灵论和每个人都是自己的兄弟,才是最大的"人类价值"、最厚重的"人道主义精神"——当下的现代汉语诗歌写作当真搞明白这个问题了吗?

---

① 吉狄马加:《一个彝人的梦想》,吉狄马加:《鹰翅和太阳》,前揭,第386页。
② 马林诺夫斯基:《文化论》,费孝通译,华夏出版社,2002年,第11页。
③ 梅洛-庞蒂:《哲学赞词》,杨大春译,商务印书馆,2000年,第98页。

## 颂歌,寻找被埋葬的词语

马丁·海德格尔(Martin Heidegger)令人惊讶地认为:对少数几个希腊哲学关键词的错误理解,是西方哲学驶入迷途长达两千多年的罪魁祸首,现在,该由他来正本清源、恢复鲜活的希腊思想传统了①。诺苏彝人的后代吉狄马加则认为,由于某些古老词语的被埋葬,让他有跟祖先失去联系的危险——对于祖先崇拜意识过于浓厚的彝人,这无疑比西方哲学误入歧途更为致命,因为它更关乎个人情怀、个体命运和种族记忆。吉狄马加诗歌的英文译者梅丹里称得上洞若观火:"今天,随着中国现代化步伐的加快,诺苏人的山林被大量采伐,让他们失去了和他们的传统信仰和价值观相和谐的生态环境,给他们的心灵带来了阴影和不安,无疑这是现代化在给他们带来新生活的同时所带给他们的一种负面影响。"②山林惨遭修理,树木遭遇屠杀,雪族子孙流出了绿色的血液和眼泪……这意味着山精水怪失去了藏身之地,神话在步步退让,它亘古相传的领地被蚕食,高地思维变得岌岌可危,鹰与火泯灭了各自的神性……现代化在步步紧逼,向大凉山推销它的教义,鼓吹功利和实用理性,低地思维大有全面接管和覆盖高地思维的趋势,最大公约数的世界在被迫

---

① 参阅海德格尔:《存在与时间》,陈嘉映等译,生活·读书·新知三联书店,1988年,第25—70页。

② 梅丹里:《译者的话》,吉狄马加:《吉狄马加的诗》,前揭,第14—16页。

缩小自己的疆域。安托瓦纳·贡巴尼翁(Antoine Compagnon)对低地思维有过一剑封喉般的评判："现代崇拜紧紧包围着新,使其疲于更新。"①"疲于更新"最内在的口吻是:对昨天进行轻易的否定,对无神论进行更为彻底的追逐,对古老的思维与生活方式实施坚决的反对,就像荷尔德林(Friedrich Hlderlin)讽刺过的那样,面对诸神的"宏大法度",渺小的"人却喜欢用拃去衡量"②。显然,吉狄马加的担忧再正常不过:"我写诗,是因为多少年来,我一直想同自己古老的历史对话,可是我却常常成了哑巴。"③为什么会出现这种尴尬的局面呢? 因为某些关键的词语,被"紧紧包围着新"的"现代追求"所埋葬,以至于让彝人的后代丧失了用于接头的暗号或口令,变作无法同历史对话的哑巴——这一回,他们是得罪了现代性而不是天神。毫无疑问,词语即视界,词语即眼睛,词语即看见。如今,该由吉狄马加来重新复活那些被埋葬的词语,刮去它们身上厚厚的泥垢,擦亮它们的腰身,让它们重新来到他面前,以便在被打量、被凝视中,为他带来新的视界、新的视力王国:

我要寻找的词

---

① 安托瓦纳·贡巴尼翁:《现代性的五个悖论》,许钧译,商务印书馆,2005年,第3页。
② 荷尔德林:《浪游者》,荷尔德林:《追忆》,林克译,四川文艺出版社,第41页。
③ 吉狄马加:《一种声音》,吉狄马加:《鹰翅和太阳》,前揭,第442页。

是祭师梦幻的火

它能召唤逝去的先辈

它能感应万物的灵魂

我要寻找

被埋葬的词

它是一个山地民族

通过母语,传授给子孙的

那些最隐秘的符号

(吉狄马加:《被埋葬的词》)

为着这个宏阔、艰难的目标,吉狄马加急需要把诗歌锻造成功率强劲的**词语考古学**;诗歌必须成为洛阳铲,并且具有盗墓者的胆量和能力,附带着,还必须拥有"碳-14"甄别地层和年代的本领。没有必要怀疑,每一个被埋葬的词都有一个特殊的地层和坑口,就看诗歌怎么展开它的工作了。吉狄马加的做法,仍然是依靠他一以贯之的颂歌音质:唯有通过赞美和祈祷,才能逐步接近酣眠于黑暗之中的词汇,才能准确地找到它的坑口、发现它的含义,直到让它顶天立地,重新开口说话——颂歌既是抵抗的工具,也是发掘的工具。荷尔德林对此早有教诲:"依于本源而居者/终难离弃原位。"①吉狄马加则十分动情地说:"苦荞麦

---

① 参阅海德格尔:《林中路》,孙周兴译,上海译文出版社,1997年,第62页。

啊……/你是古老的语言……/只有通过你的祈祷/我们才能把祝愿之词/送到神灵和先辈身边。"(吉狄马加:《苦荞麦》)面对罗兰·巴特(Roland Barthes)在现代诗中"自然变成了一些由孤单的和令人无法忍受的客体组成的非连续体"的警告之词①,吉狄马加极富战略性地改变了颂歌的身位、目的、性质和功能;颂歌临危受命,在完成了对误解和颓废的抵抗后,又承担起词语考古学的新角色。颂歌是接近被埋葬的词汇的必经之路,是独一无二的神器,是海德格尔所谓"真理之自行设置入作品"②。而寻找被埋葬的词语,就是寻找被遗忘、被蚕食的真理,就是对真理的考古和抢救性发掘。吉狄马加在一首跟彝族祭司——"毕摩"——有关的诗中如是写道:"毕摩死的时候/母语像一条路被洪水切断/所有的词,在瞬间/变得苍白无力,失去了本身的意义/曾经感动过我们的故事/被凝固成石头,沉默不语"(吉狄马加:《守望毕摩》)毕摩之死不仅仅意味着肉身的消亡,它更乐于指称的,是某种至关重要的传统的被迫中断。阿库乌雾很抒情地说:"毕摩的嘴是山岩莫名遭到雷劈之后留下的永难弥合的缝,有一种生物必定会从那里生长。"③当某种刻骨铭心的传统被打断脊梁和肋骨,行将消失的,不仅是词语和环绕耳廓的音响,更是所有渴望"生长"的事物以及它们的灵魂——万物有灵

---

① 罗兰·巴特:《符号学原理——结构主义文学理论文选》,李幼蒸译,生活·读书·新知三联书店,1988年,第90页。
② 海德格尔:《林中路》,前揭,第61页。
③ 阿库乌雾:《神巫的祝咒》,前揭,第48页。

的观念注定会遭到侵蚀,《勒俄特依》的教诲会被彝人疏远,高地思维则将处于失语状态。当此关键时刻,又该如何更为有效地寻找那些被埋葬的词语呢?

出于情势的急迫,吉狄马加有意放弃了对城市和钢筋水泥的诗歌书写,放弃了时髦的现代性、全球化和它随身携带着的一揽子黑话,只将目光死死盯住大凉山、彝族同胞、古老的历史,还有注定要被现代性蔑视的高地思维:万物有灵论和《勒俄特依》始终寄居在吉狄马加心中,就像起伏不定的高原始终寄存在苏格兰农民彭斯(Robert Burns)的心中。这情形,有点类似于瓦莱里(Paul Valery)的精辟之言:"艺术家与他的任意性密切相处,也生活在对他的必然性的期待中。"[①]但跟瓦莱里的所指很不相同,对于彝人吉狄马加,所谓"任意性",就是全球化和现代性带来的不确定性,是现代人对变化和新事物的疯狂追逐。波德莱尔(Charles Pierre Baudelaire)早就对现代性有过深刻的指控:"现代性就是过渡、短暂、偶然,就是艺术的一半"[②]。所谓"必然性",就是彝人心中那个恒定不变的文化常量。如果一位汉族诗人以这种方式展开写作,必将被很多人斥为虚伪和不及物,会被指控为无视时代的变化、不考虑新经验的不断诞生,因为据爱默生(Ralph Waldo Emerson)说,新的经验总是在等待新的诗人。经由某个颇富"莫须有"性质的机构授权,今天的汉族

---

[①] 瓦莱里:《文艺杂谈》,段映虹译,百花文艺出版社,2002年,第271页。
[②] 波德莱尔:《波德莱尔美学论文选》,郭宏安译,人民文学出版社,1987年,第485页。

诗人似乎有权力和义务在诗歌写作中,热情接纳新经验、折射人在新经验面前新的灵魂反应。最近一百多年来,汉人最大的梦想,就是对现代性展开追逐,就是要和世界接轨、跟世界同步、与滚滚向"前"的世界历史车轮一道滚向"前"去,因此不怕被同化,就怕不被同化。吉狄马加则说:"我的童年和少年时代,都是在彝民族的歌谣和口头文学的摇篮里度过的。那里有我无数的梦想和美丽的回忆。我承认是这块彝语叫古洪木底的神奇土地养育了我,是这样有歌、有巫术、有魔幻、有梦与现实相交融的土地给了我创作的源泉和灵感。"①但这种性质的申说,是否能给吉狄马加的诗歌写作自动授予免遭指控的豁免权?耿占春的看法也许是正确的:"阅读与阐释吉狄马加的诗使人置身于一种相互交织的语境之中。少数民族诗人的作品不能只在现代主义的修辞风格框架内解读。吉狄马加的诗既置身于汉语写作的场域,又显然植根于彝族经书、神话、民间故事的地方传统,在文本上体现出现代诗与民间谣曲、民族史诗片段的混合风格。"②汉族诗人接纳新经验的写作是一种**低地写作**,吉狄马加则像固守民族传统的同胞那样,坚决实施**高地写作**,以便于寻找被埋葬的词语。他给予自己的诗歌任务,就是要尽最大努力抵制新经验对彝民族文化的侵略和污染。作为一个弱小的高地民族,在声势浩大、席卷一切的"全球化"面前,大凉山已经逐渐丧失了它亘古

---

① 吉狄马加:《我与诗》,吉狄马加:《吉狄马加的诗》,前揭,第158页。
② 耿占春:《一个族群的诗歌记》,《文学评论》2008年第2期。

相传的神力,显得极为脆弱。吉狄马加的内心深处之所以有时会"充满着恐惧",按他的说法,"那是因为我的母语/正背离我的嘴唇/词根的葬礼如同一道火焰。"①他是不是想说,古老的词语也有它自己的火葬? 但被火葬的词语能够升天么? 吉狄马加似乎有十分充足的理由,刻意逆着现代化的方向"前进":"我不在这里,因为还有另一个我,/在朝着相反的方向走去。"(吉狄马加:《反差》)而所谓"相反的方向",就是朝向祖先的方向、大凉山的方向、万物有灵的方向和《勒俄特依》的方向,一句话,被埋葬的词语的方向。更加强劲的词语考古学,来源于勇敢的心性,来自对本民族历史文化的信赖,也来自万物有灵论对想象力的鼎力支持——毕竟万物有灵论本身就是想象力的辉煌产物。按照夸特罗其(Angelo Quattrocchi)及其学术伙伴的看法,"想象力正在夺权"②。对于诺苏彝人的后裔,想象力是在"夺"现代性和全球化的"权"。在这场力量过于悬殊的角力中,万物有灵论给了吉狄马加充沛的灵感和想象力;想象力和灵感以它们的充沛和丰盈,则给了作为颂歌的词语考古学莫大的声援,以至于让词语考古学成为双倍的颂歌——这是吉狄马加在应对不断滋生的新经验时,能够享用的最大幸运。充满调皮特性的大凉山、拥有神性的火与鹰,给了他力量;但通过诗歌写作,他也保护了这种力量,让他越来越接近被埋葬的词语寄居的坑口和地层。

---

① 吉狄马加:《身份》,吉狄马加:《吉狄马加的诗》,前揭,第394页。
② 夸特罗其等:《法国1968:终结的开始》,赵刚译,生活·读书·新知三联书店,2001年,第132页。

构建词语考古学,除了动用祖传的想象力之外,还须仰仗追忆。和想象力同颂歌之间的关系非常相似,追忆决不仅仅是颂歌,还是它的升级形式:追忆要求颂歌更加强劲有力,更加具有温度和湿度,以便更好地忠实于祖先之灵、敦促它和祖灵靠得更近,因为归根到底,被埋葬的词汇掌握在祖先之手;地层和坑口的位置唯有祖先知道。和保罗·纽曼(Pual Newman)所谓"激情本质上是非法的"观点完全相反①,对于吉狄马加,能够给追忆施以助力的头号种子选手,仍然是催促过人类诞生、让哑巴开口说话的火,是热情的、具有神性和必须得到歌颂的火:"我把词语掷入火焰/那是因为只有火焰/能让我的词语获得自由/……当我把词语/掷入火焰的时候/我发现火塘边的所有族人/正凝视着永恒的黑暗/在它的周围,没有叹息。"(吉狄马加:《火焰与词语》)祖先居住在无边的"黑暗"中,但"黑暗"并非意味着看不见,更不是"明亮"的反面或者后花园,恰恰是"最""明亮"的意思——只有最明亮的地方,才最需要眼睛具有暗适应的能力:由于强光,人会突然感到两眼一抹黑。这个生理学常识,可以帮助我们深入理解作为诗歌关键词的"黑暗"。当词语被火化,顺着它轻盈的升腾方向,"所有族人"都"凝视"着祖先、都看见了祖先——火苗把他们带向了词语的地层和坑口,并照亮了它们。关于火的如许功能,阿根廷诗人胡安·赫尔曼(Juan Gelman)看

---

① 保罗·纽曼:《恐怖:起源、发展和演变》,赵康等译,上海人民出版社,2005年,第166页。

得比谁都清楚:"吉狄马加/生活在赤裸的语言之家里/为了让燃烧继续/每每将话语向火中抛去。"(胡安·赫尔曼:《吉狄马加的天空》,赵振江译)火不仅在现代性和全球化的冲击下继续拥有神性,而且,唯有借助它亘古相传的神性,才能加固追忆的性能,才能提升词语考古学的功率,才能通往祖灵永久性的栖居之地——很显然,祖先根本就不可能认识没有神性的火。

感恩是颂歌的核心地带。它起源于对超自然力量的膜拜之情,是对超验的内心体认。在彝人的传统观念中,祖灵及其安息之地,也是超自然力量的组成部分;要想从祖先那里再次找回被埋葬的词汇,激活颂歌的核心部位,让它敏感和兴奋起来,就显得极为关键——毫无疑问,词语考古学的最高果位就是感恩。为了和感恩以及词语考古学相对称,吉狄马加策略性地使用了一种很直白的句式:"我承认……"在《献给这个世界的河流》中,他写道:"我承认/我曾经歌颂过你……/我承认/是你创造了最初的神话……/我承认,河流!你的美丽曾经无与伦比……"他"承认"的,是河流对人类哺育,而"承认"与对河流的感恩之情紧密相连:河流已经不再是自然事物,不仅仅具有物理学属性,它像火和鹰一样充满了神性。和通常的"我相信……"句式相比,"我承认……"显得更为心悦诚服,姿态也更低,抒情主人公和被赞美的对象靠得更近:感恩的本质就是谦卑,就是在神圣事物面前滋生出来的渺小感。在一首写给故乡的诗中,吉狄马加把"我承认……"发挥到了极致:"我承认一切痛苦来自那里/我承认一切悲哀来自那里/我承认不幸的传说也显得神秘/我承认所有的夜晚都充满了忧郁/我承认血腥的械斗就发生在那里/我承认我十二岁的叔叔曾被亲人们送去抵命/我承认单调的日子/我承认那些过去的岁月留下的阴影/我承认夏夜的星空在瓦板屋顶是格外的迷人/我承认诞生/我承认死亡/我承认光着身子的孩子爬满了土墙/我承认那些平常的生活/我承认母亲的笑意里也含着惆怅/啊,我承认这就是生我养我的故土/纵然有一天我到了富丽堂皇的石姆姆哈/我也要哭喊着回到她的怀中"(吉狄马加:《达基沙洛故乡》)吉狄马加"承认"了他必须要"承认"的,无论被"承认"的东西美好还是残忍,只因为他所经历的一切东西似乎都理应得到承认,似乎只有这样,才能和祖先接头,才能锻造更为结实的词语考古学。事实上,吉狄马加的颂歌以及词语考古学在诗歌中的完成,仰赖的就是"我承认……"这种特殊的句式:它是吉狄马加固守高地写作的**原型句法**,也是构建颂歌最基本的元素,密布于他的每一首诗作之中,也最为完美地对称于大凉山给出的教诲。原型句法最基本的变体,是吉狄马加特别喜欢的"是"字句:"我是这片土地上用彝文写下的历史/是一个剪不断脐带的女人的婴儿/我痛苦的名字/我美丽的名字/我希望的名字/那是一个纺线女人/千百年来孕育着的/一首属于男人的诗/我传统的父亲/是男人中的男人/人们都叫他支呷阿鲁/我不老的母亲/是土地上的歌手……/其实我是千百年来/正义和邪恶的抗争/其实我是千百年来/爱情和梦幻的儿孙/其实我是千百年来/一次没有完的婚礼/其实我是千百年来/一切背叛/一切忠诚/一切生/一切死/啊,世界,请听我回答/我—是—彝—人"(吉狄马加:《自画像》)从"我承认……"向"我是……"转渡,吉狄马加不仅丰富了诗歌的表达力,也为感恩提供了新的装饰物。完全可以倾听这样的解释:由于受到"我承认……"的浸泡,"是"字句更加具有颂歌的功能;有"我承认……"撑腰,最终让寻找被埋葬的词语的工具更为犀利:在祖先面前降低自己的身位,更容易接近祖先和祖先们才能掌握的坑口和地层。仰仗这种身位,让吉狄马加无限接近了他的目标:

> 马鞍终于消失在词语的深处。此时我看见了他们,
> 那些我们没有理由遗忘的先辈和智者,其实,
> 他们已经成为了这片土地自由和尊严的代名词……①

看见了什么呢?显然是看见了因长期隐藏显得十分僵硬,事实上却又无比活泼的词汇,它们的全部内容包含在一句话中:"我只想给你留下这样一句诗:/孩子,要热爱人!"(吉狄马加:《这个世界的欢迎词》)这是彝人的教诲,是最高级别的颂歌。它寄放在大凉山深处,寄放在鹰的翅膀上,也在火的升腾中。它是对一切邪恶的抵抗,也是我们仅有的胜利的强大依据,更是组建

---

① 吉狄马加:《火塘闪着微暗的火》,吉狄马加:《吉狄马加的诗》,前揭,第390页。

最大公约数的世界的基本纲领。这个杰出的纲领,让吉狄马加的诗歌在看似缺少现代韵味的当口,得以从五千年以外来包抄现代性,并把曾经被毁掉的生活在诗歌写作中,给重新组建起来。

        2011年3月30日,北京魏公村

# 宋炜的下南道①

## 现代汉诗新道途?

在百年中国新诗史上,恕某眼拙,实在没瞅见哪位诗歌大仙有如宋炜一般,认故乡为诗意的源头,为诗歌写作的根据地或大本营,态度坚决、固执,三十多年如一日而痴心不改,无论是在他做失败书商的晦暗年头,还是在他混迹于众多粉子②、流连于美酒佳肴的岁月,抑或在他酒后失德,被人用酒瓶打破脑袋的时刻。据秦晓宇的《七零诗话》记载,一次例行性喝高后,宋炜很快进入疑似诗歌写作的状态,遂跟哥们的女友说:"夹着你的×一跳一跳地滚吧。"晓宇接下来压着性子写道:"那哥们看在多年的情分上,只用他的脑袋砸碎了一个酒瓶。"是不是在这种看似落

---

① 本文是应《收获》杂志主编程永新先生之约而作,因《收获》是家文学杂志,本文所有引用文字均未加注,特此说明,并致歉。
② "粉子",蜀语,意为美女。

拓不羁,实则内心无比荒芜之际,才更需要故乡,尤其是故乡的味道,作为压阵的根据地和靠山?沐川县,巴山蜀水腹心地带一个弹丸小地,一个普通得不能再普通的地方,却是宋炜心心念念的老家:"他视整个沐川县为他的福田。"(宋炜:《山中访解结寺住持王和尚不遇》)在2003年写给亡父的又一个诗篇里,宋炜对安守于墓穴的父亲如是感叹:

> 现在你躲了起来,你有使一座大坟隐身的能力?
> 不,是我才拥有使你的坟墓搬迁的能力:我一直
> 想像迁都一样,把你搬到离我更近的地方,但哪儿
> 又比沐川离我更近呢?
> (宋炜:《上坟》)

和当今中国每个人的老家大致相若,沐川县也在不甘人后地节节败退、沦陷、坍塌,甚至迅速晋身至高位瘫痪的状态,看不出任何可逆性,就像老年人的动脉硬化,没有最坏,只有更坏。但沐川的山山水水,沐川的自然风物,沐川朴素的美食比如敞猪儿、甩菜、脆臊面、鱼腥草和牛皮菜,以及"一齐忍住了禽流感"的土鸡(宋炜:《还乡记》其三),"还有出没在竹木间的围子(他们说其实就是传播病毒的果子狸)"(宋炜:《上坟》)……三十余年来,一直心悦诚服、专心致志地出任宋炜的诗歌坐标,充当他诗中的乡土元素,如此宜人、爽口,如此气定神闲。而宋炜给沐川的县治所在地杜撰的著名街道——下南道——活像福克纳(William

Faulkner)的约克纳帕塔法县,活像靖节先生的桃花源,被他从青葱、粉嫩的 1988 年,一路歌吟到满是雾霾的 2015 年,至今尚难看出歇息、停摆的迹象。2015 年的下南道老而弥坚,历久弥新,更像窖藏的老酒,散发出比 1988 年还要浓烈的味道。下面引述的诗行,即取自宋炜的长诗《沐川县纪事:下南道的农事书或人物志》,定稿于 2015 年 10 月 14 日:

> 站在灰云下更灰的屋顶,
> 手扶避雷针,他鸟瞰多雨的沐川县:
> 糖果厂多么甜,豆瓣厂多么咸,
> 米仓多么香,仓鼠多么肥,
> 木桩间的阴影多么寂静,
> 电线上的鸟多么黑,
> 自行车多么远。

柏桦年长宋炜近十岁,是与宋炜差不多同时出道的四川诗人。在潮湿的重庆,在更加潮湿的成都,他们多有往还。据柏桦观察,宋炜和胞兄宋渠(两人曾一度合作写诗,并共同署名发表作品),在 1980 年代,在人人生怕被指认为"落后"的诗歌年月,在诗歌浪潮风起云涌的巴蜀大地,其诗风却出人意料地趋于保守,诗歌观念看上去也貌似古旧、过时,倾心于中国的古典传统,尤其是古典传统中葱郁的农事,满是泥腥味的农耕经验。同为四川诗人的赵野与宋炜同庚,私交甚好;多年后,在谈及自己的写作经历时,赵野更愿意如是说:"我知道,这个世界是以加速度变化着,我们所有的经验和价值观,都源于农业时代的趣味和标准,这眼花缭乱的一切,与我们根本没有关系。"这话恰可一字不易、原封不动地加诸宋炜之身。仍据柏桦回忆,最早将中国诗歌命名为"汉诗"者,大概首推蜀人石光华、宋炜和万夏,时在1986年,地在成都。那一年,宋炜22岁,万夏24岁,石光华28岁。他们如此命名的勇气和自信,预示着全不同于以往的诗歌样态即将出现;1980年代的成都荷尔蒙分泌过剩,肾上腺激素也涨势喜人,飞临成都的客机暂时听不到麻将声,"麻都"尚在成长之中,远未成型,但能听见诗歌在嚎叫,在咆哮,在呻吟——作为1980年代诗歌首都的成都既农耕,又现代。宋炜们打着火把四处找钱,也找半推半就和犹抱琵琶间,愿意接受非法出版物的印刷厂。如此这般几经"骚搞",他们在那种普遍贫穷、粗糙、长粉刺和没有闲钱的年头,居然编辑出版了一本堪称豪华的铅印民间刊物——《汉诗:二十世纪编年史,一九八六》。柏桦对此有过简单的追忆:"汉诗"的背景"为'气'(语言之气)或天人合一(语言和谐),而今天这种'气'或'天人合一'被称之为诗应来之于汉语、焕发于汉语、创造于这个'整体'的汉语,所有当代的汉语诗歌的实验都应在这个'整体原则'下展开。汉诗的方向或'整体'诗歌方向是一个包容性很大的方向,它的视野包括从古代生活一直到当代生活,唯一的限定是一切大胆的尝试只在'汉族文化和场景'这一特定范围内进行。"不用说,这在见"西"思齐之风尚呈高烧态势的1980年代,在西化行情不断看涨并且看上去没有尽头的年月,无异于一声小小的惊雷,让其同道目瞪口呆;而诗歌邻居们(或称诗歌竞争对手们)的诧异表情,也许进一步加剧了他们的决心,激发了他们追随着地理因素而来的诗歌斗志。

新诗(或称"现代汉诗")是现代性在中国文学方面的终端产品之一,对应和呼应于它的把兄弟,亦即现代性的另一个终端产品:孤独的个人(或称单子式的个人)。众所周知,中国的现代性既是被逼着一步步去完成的,也是匆忙间被飞快地译介着的。八十多年前,梁实秋针对新诗的观点看上去很质朴,也很打眼:自一开始,新诗的资源就是被译介的"外国诗";其长相,也是被逼着用汉语写就的"外国诗"——虽然它"讲述"的,还真有可能是咱们中国人自己的情感故事。至晚自1930年代起,有感于这一诗歌生态的新诗人,比如屡被后世研究者道及的废名、何其芳、卞之琳、林庚、戴望舒、施蛰存、朱英诞、吴兴华等,就曾从不同的向度思考过:该怎样将汉语版的"外国诗",改写成真资格的中国诗;中国人自己的情感故事,该如何配上纯粹、道地的汉语作为衣裳,而不仅仅是将之当作似是而非的装饰物,或仅仅将它"看作离婚的前妻,看作破镜里的家园"(欧阳江河:《汉英之间》)。为此,新诗先辈们在筚路蓝缕之际,也曾将目光盯向中国的抒情传统,试图从长期惨遭小觑的晚唐遗韵中,找到可以用作突围的道路。遗憾的是,这条道途或因太亦步亦趋于传统,或因"西风"过盛无法真正靠近传统,废名等人的尝试虽能予后人以启发,却终归成就有限,汉语写就的"外国诗"局面,看起来还得继续下去——至少,戴望舒对其名作,亦即古色古香的《雨巷》,

就持基本否定的态度,因为它确实太靠近传统了,甚至干脆就是对古典意境的直接挪用。1950年代晚期,毛泽东于不屑间,为他眼中疾病重重、很不成功的新诗特意指明了出路:古典加民歌。伟人挥手之际,正是"鳝鱼泥鳅一般齐"(老威语)的豆腐块伪民歌大展风头之时。它们伙同浑身肿胀、冒泡的伪浪漫主义,充斥于纸张粗糙、版式简陋的报章杂志。这些今人万难想象其"颜值"的分行排泄物们,在声嘶力竭复兼口吐白沫中,大倒了人民群众的美学胃口;它们以排山倒海之势,败尽了新诗原本就被认为不算太多的名节,不算太厚实的贞操。宋炜等人建基于"'整体'的汉语"的"汉诗"观念,恰可谓新诗百年史上第三次回望古典传统,将再一次赋予废名、毛泽东提出的诗歌问题以新的答案,新的向度,甚至新的机会与可能性。

## 下南道的古典性和现代性

仔细检索宋炜迄今为止的绝大多数诗篇后,有必要承认:下南道乃沐川县的"地标",尽管它是被虚构出来的。此处有必要再次引用罗兰·巴特(Roland Barthes)的妙论:即使"一个词语可能只在整部作品里出现一次,但借助于一定数量的转换,可以确定其为具有结构功能的事实,它可以无处不在,无时不在"。多亏了巴特的睿智、神勇与慷慨,下南道才有机会自我加冕、主动登基,将自己置于沐川县形象代言人的位置,将自己的气味扩散至宋炜的几乎所有诗篇,像阴魂。在宋炜看得见它的地方,他的身体和它在一起;在宋炜看不见它的地方,他的心跟它在一起:在宋炜几乎所有的诗篇中,下南道的精神无处不在,影子无处不在。它是沐川从众多事物中保举出来的代表,却不屑于参加各式各样的"代表大会"——它只倾向于保证宋炜代表他自己;沐川县的山山水水、自然风物,以及土鸡、围子、素朴的美食等,莫不团结在它周围,以它为核心,唯它之马首是瞻。这条不见首尾的街上发生的所有故事,都将成为——事实上已经成为——宋炜的诗意之源,尤其是在他的脑袋碰碎啤酒瓶的内心荒芜之时。而宋炜之所以虚构下南道,并以古意十足的"道"来命名(想想著名的"大唐十道"),考诸宋炜一贯的诗学命意,也许就是要在想象中,赋予沐川(尤其是县治所在地)以成色浓重的传统性(或古典性)。正因为历尽劫波之后(想想声势浩大的"破四旧"运动),沐川古意不存,传"统"四散为不成体"统"的鬼魂,才诱使偏好古意、钟情于古代的宋炜大起虚构之念,立誓要把诸如光明北街、一环路三段、人民南路、人民公社路、反帝路之类的地名,统统恢复为原初之"道",就像是重新由"器"归"道"、自"今"返"古"一般。露丝·韦津利(Ruth Wajnryb)女士的看法很机敏:"只要说出,事情就发生。把一个人打入地狱是如此容易,所以如此诱人,只需要一个经济实惠的音节,就大功告成。"将那些不着调的地名,将那些自以为对称于现代性兀自洋洋得意的名字"打入地狱",也只需仰赖"下南道"这几个反对铺张浪费的音节。

时至今日,中国的诗歌界都很少有人知道,与宋炜同庚的海子对宋炜评价甚高。众所周知,海子生前佩服的另一个在世的中国诗人,是寄居青海的湖南人昌耀——他在海子自杀十一年后,自杀于西宁的一家医院。或许,昌耀吸引海子的,是他笔下粗粝、刚猛的西域风情,那跟海子的大诗观念,跟海子的古典浪漫主义情怀相契合——青藏高原无疑是离太阳更近的地方,投合了海子对神和鹰的想象与渴望。而宋炜吸引海子的,很可能是他独处蜀地莫名而来的"古典诗风"——亦即"汉诗"——中的农耕元素,激发了海子对土地、麦子和丰收的荒凉性想象,甚至绝望式想象。海子在火热、简陋的1980年代,专门从北京昌平到蜀地沐川拜访过宋氏兄弟,并在那里小住了不短的一些日子。他们在下南道探讨诗艺、农事,并兼打坐,或许还亲炙过围子(即果子狸)与沐川土鸡的美味。让人感慨的是,在诗歌圈人人争说海子的时候,宋炜至今没在任何场合说起过海子,也未曾跟任何人提到自己跟海子的关系,就像他至今拒绝出版社主动找上门来给他出版诗集的机会,甚至拒绝发表诗歌作品(偶尔发表乃朋友们"逼迫"所致)。但很容易看出来,宋炜和海子对农耕之于诗歌的意义,或对诗歌之于农耕的作用,看法很不相同:海子的农耕是神性的,非中国的;宋炜的农耕是世俗的,是地地道道中国的——这些看起来好像是不相干的题外话,不妨打住。

宋炜,还有其胞兄宋渠,最初是在沐川的"红房子"里虚构下南道的——而"红房子"是否就象征性地位于这条街道呢?这个看似不经意实则刻意的虚构,带来的真实命意也许是:下南道乃"汉诗"在词语维度上的物化形式;或者,下南道乃"汉诗"在背靠"整体的汉语"而酿造诗意时,需要仰赖的那方空间。此中情形很可能意味着:如果新诗仍然长得更像是用汉语写就的"外国诗",那也不过是因为新诗甫一诞生,就在有意无意间,失去了可以和诗意中国接头、聚首的那间茶室,却代之以充满苦腥味、焦炭味的咖啡馆;汉语由此沦为西方意念的奢侈性装饰物,而非必备、必需的取暖之衣物,就是很容易想见的结局。但有些时候,改变局势的方法却显得极为平易,甚至简单到令人难以置信的程度,只因为那方法的小身板恍若佩索阿(Fernando Pessoa)的轻描淡写之言:一个新神也只不过是一个新的名称而已。宋炜(还有宋渠)仅仅用了一个古色古香的"道"字,就轻松、撒脱①地扳回了局面,为现代中国人用汉语写作"中国诗"提供了前提:

> 这是天阴的日子,我舀出
> 昨天接下的雨水,默坐火边,温酒
> 或苦心煎熬一付中药。
> 不一会天色转暗,风打窗布,
> 这一刻那个有心看我的人
> 该来掀开我家门帘,
> 同我随便打一局无心的字牌。
> (宋渠、宋炜:《家语·候客》,1987年)

---

① "撒脱",蜀语,意思是干净利落、不费力。

仔细品味便不难发现:与1930年代废名们的作品比起来(更不用说伪民歌),上引片段更有资格被称作"汉语中国诗"——一个面相过于古怪,但鉴于情势严重,又不得不在此特意制造出来的词语"拉郎配"。这些诗句流畅、光滑、透明,毫无凝滞之态,与平缓、从容的呼吸青梅竹马,两小无猜。但千万不要由此以为混迹于下南道的日子,总是这种散发着药香味和酒香味的旧日子,洗也洗不掉;更不要以为滋生于下南道的故事呈现出来的样态,就是如此这般的仿古生活,撕都撕不开:这种二手的古人臆想或念想中的古代生活,无疑也是二手的。假如只有这些东西,宋氏兄弟不过是在西化之风高涨的1980年代,用现代汉语抒写——或"疏泄"——古代的小情绪,有如戴望舒制作《雨巷》,海峡对岸的余光中沉湎于唐朝的牡丹,或宋代的莲花;宋氏兄弟的所成所获,不过是些纯粹的诗歌赝品,一些假古董,一些来自古代的杂碎。

事实上,下南道最初在"红房子"中被虚构、被组装时,就被预先赋予了如许特质:既古又新,既农耕又现代。古代是回不去的,但也不值得回去:它更适合回忆。宋炜,一个不满意现代的现代中国人,受个人心性的神秘栽培,试着借道于古意,或以古意为药,治疗既蛮霸又千疮百孔的现代性,以便自己免于孤独,让自己独自静听心跳,并与心跳结为盟友。但这个沦陷于和窒息于现代性的人心中有数:现代性就在身边,就在隔壁;咖啡馆并没有因为臆想中的茶室,就倾向于自身的不存在——果若如此,也未免太搞笑了。而下南道正是有感于现代性,但更应该说成受折磨于现代性,才被刻意发明出来;古意也乐意建基于如此这般的现代性。宋炜对此"门儿清":归根到底,下南道,还有寄存其身的古意,原本就是为了创制和古典诗意接头的"汉诗",亦即柏桦所畅言的"创造于这个'整体'的汉语"。旧日子与仿古生活只能存乎于纸面和现代性之上;或者,现代性正好是仿古生活、旧日子和纸张之间的那个夹层。夹层虽然不容易被粗心的读者所目击,但它真实地存在着,也在真实地起着支撑作用。因此,当这个人(比如宋炜)看起来身披旧日子、手挽仿古生活时,现代性正满脸冷笑或狞笑,不经商量,就将他的旧日子和仿古生活直接定义为"二手的"。在此,有下南道压阵,"二手"的意思不再是低级的模仿;它既不意味着赝品和间接性,也没有贬义——假如不说含有过多褒义的话。它表征的,是某种不由分说的混杂性,是追随"经济实惠的音节"而来的那种高度的混杂性,其速度快若闪电,又岂止是古汉语所谓的动若脱兔。

在下南道,虽然——

> 我只是想起别的一些朝代和别的一些疆域,
> 也依旧从某些家族争斗的胜者中请出君主,坐位,立宪,
> 把一张巨大的方桌换成了圆形。世界如此这般。
> (宋渠、宋炜:《下南道:一次闲居的诗纪》,1988年)

但也同样是在下南道——

如此短暂的时光里我已与他们打成一片,每每看见
这些被酒肆生活所充实的人民形同好汉,
在白天星辰的风向下一日更换三种不同的服装,
打赌和斗鸡,或者出入于手工作坊,在其中
制定粮则的公正分配,以及更换户口和迷信。
市场街上肉类大同小异,陶器一律趋于精致,人民无疑
在前进。

(宋渠、宋炜:《下南道:一次闲居的诗纪》,1988年)①

"别的一些朝代和别的一些疆域",还有"君主"、"坐位"、"立宪"、"手工作坊"……它们搅合、搅拌在一起,正好与"粮则的公正分配,以及更换户口和迷信"相杂陈,呈现出"二手"所表征的那种色泽鲜明的混杂性。农耕时代的词语(比如朝代、疆域、君主、酒肆)和表征现代性的词语(比如立宪、粮则、户口)心有灵犀,在举案齐眉的状态下比翼双飞,共同推动情感故事朝深处和更深处发展,活像过了油的蛋炒饭那般油、饭、蛋相互渗透,古意中透出现代,现代裹挟着古意,令人既陌生又熟悉。在这里,"经济实惠的音节"带来的,首先是被农耕经验深度浸淫过的语汇,连句式都带有农事特有的泥土味,就像宋炜在《避世书》(2007年)中所说:"现在,我的微笑是带有歉意的。""世界如此这般"、

---

① 在1980年代,宋氏兄弟合写的诗作中,有很多首题目完全相同的《下南道:一次闲居的诗纪》。上引诗句出自两首不同的诗作。

"如此短暂的时光里"、"酒肆"、"陶器"……如此句式伸起的懒腰、打起的哈欠,如此语汇抱起双拳在作揖,让人感到农耕是多么稠密,农事又该有多么内敛,多么奔放,以至于如此体态的"汉诗",如此面相的"汉语中国诗"——它"创造于这个'整体'的汉语"——能够直接连通自《诗经》以来滋生于农耕的那股子体味;而"汉诗"(或"汉语中国诗")的阅读者,能迅速嗅到这些久违了却熟悉,曾经熟悉却久违了的味道——那正是乡愁的味道。汉语写就的"中国诗",就这样露出了它顶级"颜值"的面容。

当此紧要关头,千万不要忘记坐拥"隔壁老王"表情和心胸的现代性,它并不因"道"随身携带的古意,就自动放弃反扑的习性与本能——反扑是它的义务,而不仅仅是权利。就在宋炜忙于用农事与农耕经验浸泡"汉诗"的句式和语汇时,现代性也在迫使宋炜同时使用"人民南路"、"光明北街"或"一环路三段"浸染过的语汇和句式。正、方两股力量相互较劲、赌气、掐架,构成了程度极强的张力,暗自集中于、潜伏于宋炜的诗作,趁机化作了诗作内部的张力,并以此为桥梁,成就了下南道自身的混杂性。令人好生奇怪的是,下南道和诗作一同成长,却又先于诗作本身而存在,像一个扮着鬼脸的先验性,连此道高手如康德者,也对它无计可施:他实在没有能力掐住它的脖子。这就是"经济实惠的音节"拥有的奇特能力:它生出孩子,却任命孩子出任母亲的角色;或者,它自己为自己创造了一个极富生育能力的小妈。正是这一看似乱伦的情形,才使宋炜没能如戴望舒那般,写出《雨巷》一类以现代汉语为装饰的旧诗词;也没能如何其芳那般,"从陈旧的诗文里选择着一些可以重新燃烧的字"(何其芳语),却写出了古意盎然而没多少现代色彩的《休洗红》;也未能如大多数新诗诗人那般,写出一首接一首的汉语"外国诗"。恭喜下南道,但尤其要贺喜下南道中的"道"字,正是这个小妈(更应给说成小妈的精华部分),才使宋炜既未亦步亦趋于传统,也未因1980年代高涨的西化势头丧失对传统的亲近。

## 颓　废

对诗歌根据地的精心——但完全毋须苦心或费心——经营,专注于发生在下南道的情感故事,并对下南道隐蔽的精神和四散开来的气味进行持久地征用:如此这般的写作姿态,保证了"汉语中国诗"所需要的给养将会是源源不断的,如同接通地气因而力大无穷的安泰俄斯(Antaeus);也使宋炜打一开始,就坐拥一种举重若轻的写作风度,令其同侪羡慕不已。虽然中国诗界向来以吝啬、冷酷、自私闻名遐迩,但自1980年代直至今日,暗中对宋炜的喝彩声一直未曾有过中断。事实上,他表情一贯松弛、舒张的写作风范,既符合古语所谓"兵马未动,粮草先行"早已训示的道理,也是小妈拥有极好生育能力的上佳展现:两腿随便一劈叉,就有两三个或俊或俏的儿女降临人世。

托下南道的福,也仰赖那个故意做着鬼脸的先验性认领的通道身份、出任的桥梁职务,古典汉语诗歌中始终潜藏,却历史悠久的颓废传统,也植根于、驻扎于宋版"汉诗"(亦即"汉语中国诗")。这一切,全显得那么自然而然,那么顺理成章,但更关键的,还是那么周身通泰和"巴适"①。依马泰·卡林内斯库(Matei Calinescu)之高见,颓废是现代性的五副面孔之一;戈蒂埃(Théophile Gautier)则认为,颓废"乃老迈文明西斜的太阳所致"。对白种的西方人(比如戈蒂埃)来说,情形或许大致如此;李金发、邵洵美、朱湘等新诗史上早期的颓废主义者因其浓厚的西化色彩,因其不少时刻所写的汉语"外国诗",情形或许也是大致如此。而宋炜诗中成色浓厚的颓废,却主要得自于既古又新的下南道,得之于他自创的小妈及其繁盛的生育能力,亦即费侠莉(Charlotte Furth)女士所谓的"繁盛之阴",却不主要源自西方诗歌,或强势的西方文化。作为一种过于早熟的——而非"老迈"的——文明,中国文化内部的颓废基因既古老,又水深土厚,还显得格外迷人。如若单独考究古典汉语诗歌内部的颓废传统,依今人蒋寅之见,至晚可以追溯到遥远的"诗经"时代:

> 山有枢,隰有榆。
> 子有衣裳,弗曳弗娄。
> 子有车马,弗驰弗驱。
> 宛其死矣,他人是愉……
> (《诗经·山有枢》)

---

① "巴适",蜀语,意为舒服。

一个"死"字,尤其是"死"字暗示的一切皆无、万有成空,让一种时不我待、及时行乐的紧迫心情跃然纸上。而焦灼于光阴短促的神情,至今清晰如初(并非简单的清晰可辨);数千年光阴嫁风娶尘、折戟沉沙后,却未曾在它脸上留下一丝划痕,以至于光鲜如初,状若处子的肌肤。华夏文化中原本就不存在拯救,不存在彼岸,唯有昙花一现、万不可逆的现世;而试图修补现世之残缺的儒家人生目的论(所谓立德、立功、立言的"三不朽")、道家的飘逸人生观、墨家爱无差等的兼爱说,还有佛家"苦海无边回头是岸"的觉悟理论……均非万能冲剂,顶多算得上功效有限的解毒剂,或许香甜可口,却大体上无济于事。因为总有一些表面上看似无端端的多疑者,面对转瞬即逝的唯一现世,仅仅是在撒尿时的那一两个激灵间,就轻易窥破了生命的无意义本质——《诗经·山有枢》暗示的全部内容不过如此,但也莫过于此。李白高调吟诵的"万古愁",无名氏暗自嗟叹的"千岁忧",正可以和生命的无意义本质相互对勘,互相凝视。在不少中国人心目中,这是"根"本无从"根"除的"忧"与"愁"。它和悠悠农事一道,也和茂密的农耕并驾而行,分别滋养着中国人的精神和肉体,仁慈、宽容,富有营养和机心,但也足够让人感伤和绝望。时光总是倾向于打败一切光鲜的人生,以及人生的各种价值与意义;"时飘忽其不再,老晼晚其将及"的内心体验,"遵四时以叹逝,瞻万物而思纷"的内心敏感,从古及今,未曾有过丝毫变更,就像焦灼于光阴短促的那个饥渴的神情。有诗歌根据地撑腰,有得自农耕却又充满混杂性的下南道为宋炜"轧起"①,他制作的"汉诗"中传达出来的那股子颓废之气,基本上不需要卡林内斯库屡加称颂的那副现代性面孔,那张看起来更主要属于西方现代文明的面具——

> 如果我自己的衰老与地球暗合,为什么
> 我们的末日不能是同一天?假如地球等不及我这个
> 急切而甜蜜的大限,我会对世界说:请提前!
> (宋炜:《晚景小记》,2007年)

颓废而通达,急迫中暗含着从容,有的是那种窥破天机后难得的平静,也有的是那种真相大白后,给曾经的绝望者带来的宁静与祥和:这几行地地道道的"汉语中国诗",不仅值得人们刮目相看,还格外当得起,甚或配得上作为尊贵动作/行为的"额手称庆"。在此,下南道的混杂性足以表明:即使是无从规避的末日,还有必然到来的大限,都必须首先被理解成"甜蜜的",而不是强加的——虽然它确实是强加的。人世之残缺必须被现实地承认,只有这样,它才能充任一切现实主义思考方式的唯一起点。让人顿生踏实之念的起点。对付生命无意义本质的根本大法,乃是听天由命,不做无谓、徒劳的抵抗;面对自己必败的命运,唯一的办法,就是迎面走向它,和它四目相对,向它问好,并祝它长生。如果连它也有躲不掉的末日,那就干脆以诚服、宽厚的心

---

① "轧起",蜀语,意为撑腰。

境,与它一同结束,与它共赴最后那刻光阴。在此,看似"无为"而消极的颓废,超越了一切"有为"和积极的人生观,并于顺从、顺应的态度中,和万有达成了和解,彼此间从此两不相欠;但它仰仗的,主要(而非全部)是"整体的汉语",是农耕中国的传统资源,西方的材质顶多作为偏师而出现。但偏师并非不重要,因为它能改变传统资源的容颜。

不用说,自古以来,窥破生命无意义本质的颓废者原本就很多很多,但他们即便居于同一间茶室,依然会孤独如初。两个人的孤独并非有人乐于认为的那样,仅仅是孤独的一半;唯一不可逆的现世之上,并不当真存在关于孤独的微积分。实际上,孤独对孤独更倾向于采取蔑视和不愿待见的态度。理由很简单:每一种跟现代性相关的单子式孤独无不长相狰狞,还喘着粗气,宛若罗贝尔·穆尚布莱(Bobert Muchembled)笔下的魔鬼那般,"又高又黑,有脚有爪,驴耳,两眼发光,牙齿咯咯作响,长着硕大的生殖器,浑身还散发着硫磺的味道"。而曹孟德念想中可以"解忧"的"杜康",反倒更有可能带来"愁更愁"的不体面性结局,何况下南道本来就不仅有茶室,还有纠缠不休、咄咄逼人的咖啡馆。因此,在宋炜精心但又看似从容间制造出来的"汉语中国诗"中,连孤独都必定是混杂的,都必然是不单纯的。咖啡的焦炭味和苦腥味,夹杂着绿茶的清香,由此而来的味型当然稍显古怪,却能完好地对应于"汉诗",这单子式孤独的把兄弟:它理所当然地"创造于这个'整体'的汉语"。和陶渊明、张若虚、陈子昂那种较为纯粹的时间性孤独不同,也和同辈诗人(比如欧阳江河、柏桦、西川、王家新等)乐于表现的空间性孤独大不一样,宋炜听命于他的诗歌根据地,服从下南道的提调,尤其是顺应小妈的生育性诉求,更倾向于将农耕定义过的时间性孤独和现代性定义下的空间性孤独混合在一起。这是滋生于下南道的情感故事的本来长相,宋炜仿佛仅仅是将它们自动写了出来那样简单、随意;或者,这些情感故事不过是将宋炜当作书写工具在使用,宛若山泉不过是利用了水管就来到了我家庭前。而最终的结果无非是:宋炜制造的孤独就像过了油的蛋炒饭,既现代,又古典;既有令人迷恋的一面,也有令人不安,甚至值得唾弃的那一面:

> 唉,如果我真是瞎子,又何必还要粉子?
> 瞎子需要的不是脸,是身体,甚至是
> 身体的某个片断,哪怕它们连都不连在一起。
> 瞎子可以逮到半截就跑,也可以被自己绊上一跤。
>
> 唉,荷马、弥尔顿、博尔赫斯、阿炳,这些瞎子
> 纷纷摔倒在地,如一些被扔掉的空酒瓶。
> (宋炜:《某夜喝花酒,眼花耳热之际突遇停电,乃望天三叹,以纪其憾》,2005年)

在叹词"唉"构筑的语义空间内,包含着既坦开又隐蔽的两部分内容——只因为细究之下,叹词即结论。其一,因停电无法

喝花酒带来的失落与焦躁,而焦躁与失落导致的,正是寄存于"花酒馆"内的孤独,一种空间性的孤独。哪怕"身体的某个片段",那最有可能让人"销魂不自持"的片段,它即使在黑暗中可以被颓废者不无猥亵地享用因不为人知而免于道德指控,也无法消除花酒享用者们固有的孤独——孤独固然不是孤单,但它又何止于瘦筋筋的孤单呢?其二,古今中外那几个著名的瞎子像中西合璧、打通古今一般,集合于因"花酒馆"而来的诗篇,却不是集合于"花酒馆"本身,更平添了来自时间深处的孤独,却不由分说地加诸于宋炜这个花酒享用者之身——空间性孤独和时间性孤独的混合再次有如蛋炒饭。写作此诗的宋炜应该乐于并勇于承认:瞎子们总是处于无边无际的黑暗中,他们因自身的敏感,所以倍感孤独。事实上,黑暗即孤独;但考虑到下南道过于繁盛的生育能力,黑暗不仅即孤独,还是孤独的发酵状态:是孤独以自己充任原料,为自己酿造的苦酒。这种酒后劲十足,稍微饮用过度,便很容易造就如下结局——

连丰收也未能激起他古老的性欲。
(宋炜:《沐川县纪事:下南道的农事书或人物志》,2015年)

## 饮食男女

在下南道,混杂性的孤独、面孔狰狞的生命苦短,甚至生命的无意义本质,都不足以促成它的寄居者产生悲观厌世的情绪,反倒是激发了他们对生活加倍的热爱,成倍的眷恋。而那些自以为深刻的肤浅者、道德主义者,还有成功主义哲学的被掌控者,纷纷以为颓废即厌世,却没有能力搞明白:颓废乃是看清了生命无意义本质之真相后的通达,进而才是挽起衣袖、放开膀子和胆子去展开生活。人生的底牌早已翻开,真相早就大白,何不痛痛快快、直截了当地与生活零距离相拥抱?颓废者心中有数:一切与此相背离的生活态度,都是扭捏作态,都不诚实,不诚恳。李太白在说出"与尔同销万古愁"之前,说的可是"五花马,千金裘,呼儿将出换美酒"。在此,生活显示了它不由分说的甜,当得起也配得上"五花马"、"千金裘"为它做出的牺牲。麻、辣、酸、苦是需要培养学习之后,才能甘之如饴的味道;而原本就甘之如饴的甜,却是人人不学而能的味型,是味道中的普世原则。华夏文明并不因彼岸的缺失、拯救的虚妄与徒劳,就轻易走向对现世的否定。"行到水穷处,坐看云起时。"这等颓废风范展示的,是一种随遇而安,却永不言放弃的人生态度,是对甜的执着与依恋。李泽厚先生对此说得很精辟,但也十分家常:"从古代到今天,从上层精英到下层百姓,从春宫图到老寿星,从敬酒礼仪到行拳猜令('酒文化'),从促膝谈心到'摆龙门阵'('茶文化'),从衣食住行到性、健、寿、娱,都展示出中国文化在庆生、乐生、肯定生命和日常生存中去追寻幸福的情本体特征。尽管深知人死神灭,犹如烟火,人生短促,人世无常,中国人却仍然不畏空无而艰难生活。"秉承着下南道的旨意,还有它作为小妈的生育精神,宋炜颇为顽皮但又坚定、果敢地说:

我又饱又暖,凭什么

不思议一下淫欲?

(宋炜:《土主记事》,2003年)

话虽如此,早期的下南道更倾向于强调心态安静中的享乐,情绪平和中的颓废。此时的下南道很是真诚地认为:颓废仅需要振幅不高的音量,以及足够匀称的呼吸。而儒门的"静以养心"、道家的"唯道集虚",是其效法的对象,也是其仰慕的境界:"我内心一壶止水,对这些毫不在意,/只是收敛烛火、放松丝弦,/目注《黄庭》或《水浒》。"(宋渠、宋炜:《家语·书卷》)在1980年代中后期,亦即早期的下南道,宋氏兄弟的写作热情十分高涨,著有体量庞大的杰出组诗《家语》、《户内的诗歌和迷信》、《戊辰秋与柴氏在房山书院度日有旬,得诗十首》等,尽皆吐气若兰,静若处子,虽深谙于传自亘古的人情与世故,却几乎是在清澈见底的天真烂漫和单纯中,显示出高度的复杂性,拒绝了所有似是而非、心浮气躁的"二杆子"读者。这批杰作有如初恋的起始阶段,尽情但从不纵情于生活之甜,跟发生在下南道的情感故事仅止于拥抱,脸颊贴着脸颊,额头碰着额头,虽私密也亲密,却稍显羞涩,但又在词语和句式的长袖善舞之际,将下南道预支的古意挥洒自如,宛若张大千泼墨于宣纸,而现代性支持下的时髦情绪,更多是从后门或窗户进入诗篇,像一个打眼的完美破绽,被有意披露出来。当此之时,颓废恰如炯炯有神的目光中夹杂着些许的慵倦,懒洋洋的神情交织着更多的神采——宋炜的语言天才因下南道的小妈特征,乃在和风细雨般的安详中,显露得淋漓尽致。

但处子状态终于不以宋炜的意志为转移地结束了,又何况初恋的起始部分如此青葱、天真和单纯,哪容不得成人式的泥沙俱下。事实上,它注定不会持久:下南道呢,肯定更倾向于自己阅人众多的少妇阶段——假如不说荡妇的话。宛若与情人首次肌肤相接后,突然(或总算)体会到其中巨大的妙趣,宋炜在与生活深度交接完毕,乃于铭心刻骨的"销魂不自持"之际,有意将传统儒生的狂态和少许嬉皮士的放纵交织在一起。他炮制的"汉语中国诗"(亦即"汉诗")顿时生猛起来,活脱脱一个华夏诗歌界的"中国猛男"("中国猛男"曾是某著名国产春药的名字)。宋炜在深入虎穴般知人阅世后,尤其是"广"解风情后,很快便把自己搞成了"性事良品"一类的好东西,以至于在谈到宋炜的江湖传奇时,男人们禁不住起兴,有会心的女人们,则在精神上兀自湿润不已。但无论男女,对此都没有丝毫恶意,也无半点猥亵之心——这应该是宋炜在内心荒芜的时刻引以为秘密之傲的事情。

此处有必要插入一点诗歌花絮,以便说明生活狂态和诗歌生猛并非毫无来由,而自有其源头活水。话说早期的宋炜如他和胞兄在早期炮制的"汉诗"一般,俱有洁癖,视男女之事为大防,因此二十好几,依旧一介处男。1988年盛夏,宋炜不以为耻反以为荣地如是说:"这样暗中出现的两地其实伸手可及,/一左一右,男女礼貌而游移。"(《与柴氏在房山书院度日有旬,得诗一首》)众多原产地被标定为四川的"第三代诗人"可以作证:这实在算得上处男宋炜彼时的夫子自道。后来,他移居作为颓废之都的"成都省"(四川人对蓉城的昵称),迅速结识了李亚伟、万夏等一大泼狂热于诗歌的坏人。他们为沐川来的乡巴佬兼当代古人感到痛心疾首,决定拉他下水,但更多的,还是兄弟们有乐同享的袍哥义气。有一次,在一家简陋的妓馆(想想同样简陋的八十年代),他们将一个小姐和宋炜关在同一间屋子里。成都的二十多号青年诗人果然很"袍哥",齐刷刷跪在门外,恭请处男宋炜"呜呼"开斋,只要生米做成熟饭,他们马上就会磕头如捣蒜,以示答谢——这就是当年轰动一时并传之久远的宋炜破处事件。遗憾的是,宋炜竟然没有让他们如愿!当炜哥终于有一天第一次"罗通扫北"(清代小说书名)完毕,草就了周公之礼后,却大呼"妙哉"、"痛快",占语今词相混杂,与下南道上茶室的隔壁是咖啡馆若合符契。多年后的2014年,宋炜深有感慨地写道(但别指望他忏悔):"在我离开不求满盈的沐川,离开莫须有的下南道,进而从无所用心的成都到了大而无当的北京后,我堕落了——当然,堕落得还不够。"从此,宋炜"一定要人生有涯而美色无边"(宋炜:《万物之诗》,2014年),不仅在生活的内外、在生活的正反面花天酒地(李亚伟所谓的"乱吃乱日乱写诗"),也理所当然地将"汉诗"弄得活色生香,搞得白花花的肉身宛若《水浒传》中的"浪里白条"。

在此,下南道从处女状态渐次走"近"、接着走"进"了它的较高形式,颓废也终于出现了革命新动向,虽格外值得注意,却依然是和农事、农耕相勾连的颓废,不存在多少焦炭、苦腥样的西洋味——"桃花源"和"灯草和尚","如意金箍棒"和"这张竖嘴",都是宋炜至爱的"中国造"。仍据秦晓宇的《七零诗话》记载,传说有一次宋炜等人在北京"跟老芒克喝酒,不知饭桌上老芒克吹了什么牛,令他反感,'那咱们比比鸡巴吧,'说着宋炜便脱下裤子"。或许,就是依靠下南道的较高形态提供的大无畏的革命精神(但似乎更应该说成华夏文明中蕴含的狂儒传统),宋炜才将除艾滋病之外的所有"花柳病",宛若"多瑞秘法西啦索"一般,挨个儿得了一个遍——因为他向来不喜欢繁文缛节,更倾向于赤裸状态中的坦承相见。"套子太倒胃口了,它让快乐'隔'了一层。"2012年深冬,宋炜在北京一家比较豪华的餐厅不管不顾,大声武气地说,"就像王国维说诗词如果有'隔',便落了下乘一般。我何许人也,哪能做这等事体!"他在1996年写就的诗作中,记叙(或模拟)了一次放浪行径。其情其态,仿佛五星级酒店中的事体,和宋代或唐朝的青楼事体毫无二致——

> 唉,令人艳羡的无知!
> 居然属龙:细弱,光滑,小,连鳞也没有。
> 浑身是腰,每一次都从指缝间
> 流走,令手指由衷地疯长。
> ……
> 翌日她起身,开门见山,她将目睹……
> 北方闪烁,太阳带着远在长白山头的积雪

照亮了一个四川嫖客苍翠的面目。

(宋炜:《同一首诗的三种写法·燕歌行》,1996年)

遍读宋炜之诗,实在有必要承认,他肯定暗自信服如下信条:或许只有及时行乐,才更有可能被称作热爱生活的好方式。他的如许信念,遥接"诗经"传统,下启"汉诗"的新纪元。在此,或许存在着一个可加引号的"悖论":生命毫无意义,宋炜的长诗近作《避世书》,将这个理念挖掘到了自有新诗以来前所未有的高度;但某些事情却对生命本身富有意义,《避世书》同样将此理念揭示到了前所未有的高度。让人感动的是:这首近乎伟大的诗作人情练达,世事洞明,足够狡猾、老到与世故,却又清澈见底,天真烂漫。正是凭靠这个现象学一样质朴的码头,及时行乐以至于热爱生活,才更有了坚不可摧的理由,堵住了一切来自逻辑上的指控与漏洞。而自"破处"后,宋炜一改早先哈气若兰的宁静风格,开始在诗中张扬诗、酒、肉几经拥抱方才改组而成的花样人生,张扬的程度不用说饱满、丰盈、充沛,对生活之甜有无尽的、时不我待的眷恋和享用,再一次像过了油的蛋炒饭,古典中居住着不止一个现代性——假如可以这么表述的话。张枣在其诗中,好几次用到了"舔"字:颓废者对生活毫无止境的颓废之爱,正表现在"'舔'生活"这一极具肉感的动作上;但尤甚于此的,还是感动于被"舔"的生活反"舔"那个"'舔'生活"的人。精于欢爱的宋炜一定会说:这可就是传说中的69式啊。他当然没有说错。但正是这个令人侧目的姿势,或只有这个姿势,方能道出宋炜对生活的颓废之爱该有多么强烈——

> 现在就算我们一道
> 往更早的好时光走,过了天涯都不定居,
> 此成了彼,彼成了此,我们还是一生都走不回去。
> 看呀,千百年后,我依然一边赶路一边喝酒,
> 坐在你的鸡公车上,首如飞蓬,鸡巴高高地翘起!
>
> (宋炜:《还乡记》其三,2004年)

必须要承认,长诗《还乡记》是百年中国新诗史上不可多得的杰作,不少同道中人私下对此有着高度一致的判断。《还乡记》的这个结尾,因了男性生殖器在蓬勃中看似突兀的现身,反倒显得精彩绝伦,也才深情到令人匪夷所思的地步,还额外暗合了张枣为生活画就的69式"写生图",并于看似的猥亵和不洁中,把对生活的颓废之爱推到了顶点或极点。赵汀阳从哲学的角度论证过:所谓存在,实质上是为了永在。《还乡记》的结尾暗示的却是:永在并不是为了生命本身,而是为了永远生活,但更是为了永远热爱生活。永远向生活献出颓废之爱,而不是虚妄的永在,才是生命的实质:这就是"千百年后"又一次轮回人间时不会改变的前世主题。跟生殖器有关的那句话并无丝毫猥亵之意,它指称的:仅仅是因为对生活的爱意之深必须由它出面打点、勾兑,方能得到安抚或奖赏,方能得到修辞学上的满足。但即便生命到了尽头,也不意味着放弃生活,或居然自暴自弃地不热爱生活。宋炜在写

给朋友宋强的诗中,借宋强患癌的父亲临终前骂宋强的话,表达了虽生命终了,但对生活之爱永不终了的决心:

> 你看我:一时瘦削,缩到骨子里,可一时又
> 肿胀得如同一个症状,比被子还要铺张,体内
> 足以再住下一两个小妾。既然如此,
> 你何必还要同我争风?我要的正是张小琴这个骚护士——
> 既然她每天都让我脱,何不让她先脱?
> 如果她一心要给我打针,就不如让我先给她注射;
> 她为什么不能是我的新娘,病房和病床
> 又何以不能是我的洞房与婚床?
> ……是的,
> 我有浑身的癌,可也有浑身的爱。我不相信
> 这世上有谁能拒绝潜伏在癌中的爱。
> (宋炜:《赠宋强,并以此共勉》,2005年)

看得出来,混迹于酒色肉香的颓废,更多得自于下南道上比较极端的部分:狂儒精神。它寄居于黄肤色的茶室,初看上去,反倒更像寄居于充满苦腥味和焦炭味的咖啡馆,但终归和白肤色的嬉皮士——比如金斯伯格——有着本质的区别,仅从长相上,就可以将它们轻松地区分开来。宋炜制造的"汉诗"是地道的"汉语中国诗";除此之外,他对新诗另有贡献,甚至堪称重大,

只是吝啬的中国当下诗歌界对此没有能力辨识,因此视而不见;但更有可能的是:他们有能力辨识,却假装视而不见,并绕道而行。宋炜不仅在写作颓废之诗,还秉承华夏文化中永不瞑目的潜流,将写诗或诗本身给充分地颓废化了。其结论自然是本体论的,也必将是本体论的:诗即颓废;写诗亦即颓废。从此以后,诗拥有的如许底气让它不屑于为人民服务,不屑于为皇帝献上颂歌,也不再单纯而肉麻地歌吟痛苦、孤独和爱情。相对于宋炜制造的"汉诗",孤独,这现代性的终端产品,这个不死之癌症,归根到底算个球啊?宋炜以他杰出并且独一无二的创作,告诉当今的中国诗界:诗必须是王国和国王,坐拥不"及"物的权力,但又必须下"及"于颓废。诗是某些人的骨髓,但有时候连骨髓都不是。它是神经,是看不见,但能感觉到的生活之药:颓废并且爱着。

这就是结局或末日到来前的全部内容,值得庆幸,值得为之深深地鞠躬。

## 蔑　　视

玛利安·高利克(Marián Gálik)的妙论,正合部分的宋炜之意:所谓颓废,就是一种不合作的态度,一种心态,甚至"一种对抗"。或许,宋炜更愿意将玛利安·高利克之论向前推进半步:所谓颓废,固然是及时行乐,是"舔"生活,以至于最终被生活所"舔",但它们都得建基于蔑视的态度。颓废首先意味着蔑视;蔑视才是颓废的真正底色。生命的无意义本质倾情于对生命本身富有意义的某些事,这并不奇怪,反倒更合乎逻辑;对于宋炜这号被小妈豢养兼宠幸的颓废者,一旦找到那些于生命本身有意义的某些事,就倾向于对其他所有事视而不见。不是这些事真的不重要,而是根本就没有这些事;如果宋炜在诗中花天酒地之余,碰巧谴责某些没有意义的事,那只能说明这些事运气不好,自己现身并主动撞在了枪口上,活该倒霉。而咒骂它们,纯粹是宋炜在逮着机会给自己添乐子,并不是那些事在被骂后的委屈之际自认为的那么重要。在此,"添"正好可以被看作"舔"的摹本。它是逻辑、事实和实质上的那种摹本,并不是因为这两个字在长相上有互相模仿、抄袭之嫌——

> 这是多年未得的乡村生活,绿水青山
> 枉自多,只因为我们正好赶上了
> 封山育林,河中也忌网禁渔。但我还是要说:
> 在土主,在白衣仙人的山上,高尔夫算个球呀!
> (宋炜:《土主记事》,2003年)

下南道的茶室里住着白衣仙人,下南道的咖啡馆里有玩高尔夫的土豪。是这两者之间形成的张力,方才导致了那句颇有爆破态势的经典"川骂"。假如"川骂"长有双眼,其目光一定是向上的,轻盈的,但也一定是一闪而过不稍事停留的。这样的眼神当然很傲慢:它自信有能力灭对手于分毫间——"秒杀"恰好是对这种眼神的侮辱;而那些原本不在颓废者眼里却碰巧来到他眼里的东西,实在经不起一个眼神的毁灭性打击。但也仅此而已,宋炜接下来不会再多谈它一个字;一个眼神之后要做的,就是遗忘这件事,权当(也全当)它没有出现过。一个眼神之后,这件事旋即进入了不存在的状态、空无的状态:其寿长最多最多为一秒,无限短于庄子眼中的朝菌和蟪蛄。而蔑视在此之所以如此简洁有力,是因为颓废者早已在心智上打通了任督二脉:不可能有任何一个看起来高大、威猛的东西,能高于颓废者"舔"生活与被生活所"舔"时获取的快乐;对毫无意义的生命本身有意义的某些东西,往往十分简单,距离近到了伸手可及的地步,而最终,它支持"富裕即是多余"的结论(宋炜:《还乡记》其二)——

  我够贫穷了吧?
  但我不要,反而继续丧失。
  这世界从来就没有被得到过,只有给予。
  我打算从一个讨厌的人变成无趣的人,
  体内外一片蛙鸣……
  (宋炜:《避世书》,2007年)

  颓废性的蔑视主要出自于本土资源,其依据,不是拥有人格神的任何一种宗教,也不是任何成系统、够建制的理论学说,而是"直观"中很容易被"洞见"到的生命的无意义本质。它除了在意某些它想"舔"的事情外,对余事全无挂碍,对余物全无兴趣。这就是"我不要,反而继续丧失"的理由,简单、纯正,跟空气一样平常,却又无比重要和不同寻常。或许,这也是宋炜的诗无论看上去多么复杂,都显得清澈、通透、从容,毫不紧张和拧巴的一个德行(或境界)方面的缘由。颓废性蔑视依据的中国式伦理原则刚好是:写作无异于修行;修行达到何种境界,写作就能清澈、从容到何种程度。钱穆说得好:"中国文学之成家,不仅在于文学技巧风格,而更要者,在于此作家个人之生活陶冶和心情感映。"宋炜仰仗下南道及其繁盛的生育力(或"繁盛之阴"),打一开始,就是颓废界的高手;其秘密,正存乎于制造小妈及其"繁盛之阴"的过程中。很显然,颓废者不同于批判者,尽管看上去颓废者好像就是批判者:颓废者眼中无余物,批判者眼中全是物;颓废者对不感兴趣的东西没有欲望,因为那些没有被"舔"的东西压根儿就不存在,批判者对批判之物满是欲望,因为欲望正是批判和批判者的目的和出发点。为了能与生活构成更为专注的互"舔"关系,颓废者有必要不断降低自己、缩小自己,以至于不被任何事功主义者所注意,并由此专心于"舔"。这中间的要义不过是:在降低、缩小自己时,首先要考虑如何更有利于加大蔑视的力度——

> 我踱躞复踱躞,至今没有上路;
> 他行行且行行,早已抵达穷途。
> 他说:"一鞭斜日归来晚,只有青山小慰人。"

青山是什么？他的小嫂子、姨妹儿和老丈母！
我说："不信春芳厌老人，老人几度送余春？"
老人何谓？我的残花、败柳与寡酒……
　　　　　　　　　　　到最后，我不得不承认
我早已历尽沧桑：苍天已老，桑田焦黄。
而他也同意，万物已暗中错位，互藏其宅——
彼时，我和他俱不再显人相，而是
旁生为山田中被甘泉浇灌的一些植物：
一个是黄连，一个是苦瓜。
我们一个可药，一个可蔬，足以
把这片残山剩水熬到天尽头！

（宋炜：《万物之诗》页三，2014年）

　　即使是在绝大的苦痛中，即使是在一时无两的恶劣环境里，甚至在不可期待的来世，也从不忘怀对生活的享受，因为总有秘密的同道（即"他"）存在。即便是远隔千山万水甚或阴阳相隔，时差几个或几十个世纪，颓废者与其同道间的彼此安慰都远大于其他，对颓废者与生活的互"舔"关系也更有助力——这就是缩小自己反而能加大蔑视力度的原因之所在。而对于一个在写作中潜心修行的人，酒色反倒是神奇的补药，宛如鸠摩罗什身为佛门弟子，却通过娶妻生子，以增广业力（karma）。与此同时，下南道正在迈向它自身的更高形式：当酒色襄助修行，当修行达到更为澄澈的境地，狂儒精神与嬉皮士面目便被更高的境地所圆融,成为抑制不住的纯真之气,像传说中的内力,可以寸劲杀人。就这样,下南道早期的安静与平和,以更高的方式重新归来,宛如曾经"见山不是山"的人返璞归真一般重归于"见山是山"的视界。宋炜的这种状态在其好友李海洲笔下有夸张,但准确的表现:

> 你是一个天上的人,偶然落在重庆。/你是半部古书中的夫子/隔三差五地盗版前程。/关于女人和制度,你已收刀敛卦/静坐席间,开始少言寡语/一夜两杯红酒,你甚感无趣。//唉,世俗的两个兄长在折磨你/一个叫袍哥/他把中国最后的乡村知识分子分崩离析/从沐川穷游成都、北平,而后重庆。/另一个叫疱哥,他打开你的花花世界/植入半卷金瓶梅/还有阴雨天来拜访你的病根。//纵酒狂欢多少年?/天才的寂寞相互无法读懂。从飘逸到飘萍,世俗拒绝你/或者你用世俗诟病清澈的内心/武装莫名其妙的诗意和戎马。//多少人一笑了之,轻视竹林里逆天的兄弟/你早已百无聊赖,厌倦酒席上的千人拱手。/是的,放下家语和缓慢性爱/你读完书,首已皓,经已穷/打马东去,没有一颗小粉子相随。//唉,什么时间我们关门喝一台/只两人,取大酒。/谈谈往事,论论彀中的天下英雄。/什么时间我操刀在手,割牛睾丸两只/为你换下病根。(李海洲:《山中晨起寄宋炜》)

正是在海洲描述的基础上,方有宋炜的短诗《登高》(其一)惊鸿一瞥:

> 我在峰顶观天下,自视甚高;
> 普天之下,我不作第二人想;
> 日出只在我眼中,别无他人看到;
> 日落也是我一个人的:
> 我走出身体,向下飞,
> 什么也触不到。
> 我才是世上第一个不死的人。

这首伟大的小诗,是自有新诗以来具有罕见清澈度的诗篇,霸气十足而无自得之色,自尊却绝不自恋,洗尽了一切铅华,根绝了所谓的复杂性和一切枝蔓,经络畅通,周身通泰,并且旁若无人,不屑于歌唱和舞蹈,甚至对多余的事和物连不屑一顾的神情都早已被删除,唯余祥和的面容与浅笑,还有能让衣裤微微鼓胀的浩然之气。这首诗揭示了一个真理:最大的蔑视,就是连蔑视的念头都没有;这首诗也是暗中的昭告,是宣言:现代汉诗结盟于伟大的古典传统后,可以达到何种人迹罕至的绝顶,而操持新诗的人,从此有了丈量和比对自己的度量衡。

2016 年 3 月 9 日—17 日,北京魏公村

# 词语紧追诗绪或一个隐蔽的诗学问题

## 百慕大,窄门

百慕大(Bermuda),一个神秘无解的地方,一个令人恐惧的所在。它是死亡的乐园,是消失的天堂。无数的船只和飞机在那里失踪,海量的无辜者葬身大海。原因何在?却至今没有答案。与此同时,百慕大又是激发诗绪、惹人遐想与瞎想、撩拨想象力和灵感的尤物。它对人的好奇心充满了诱惑力。2015年,当代中国诗人冯晏写就了长诗《航行百慕大》,算得上对这个著名区域的诗学回应,也算得上对这个优质诱惑的承诺与推崇。《航行百慕大》源于作者的一次真实航行。冯晏对此有过供述:她对百慕大实在是觊觎已久,渴望亲自前去拜谒;虽然临行前做了精心准备,但登船出发的那一刹,内心仍然摇摆不定。最后,是箭在弦上的那种旅行状态,促使冯晏裹挟着恐惧心理,在船上很是呆了好几天,饱览了百慕大三角的奇"风"异"景"。在此,存在着一系列尾随着恐惧而来的伴生物①:恐惧激发了诱惑;诱惑成全了诗;《航行百慕大》则是冯晏对其诗歌写作边界的一次重要突破②。诗人对此似乎也乐于承认③。

《航行百慕大》共有五个组成部分,每部分都以"夜"命名,从第一夜按顺序铺排到第五夜:夜是《航行百慕大》的背景,也是全诗的底色,为的是突出航行地的神秘色彩与恐怖性。第一夜(即长诗的第一部分)的第一节出现了"窄门"一词,似乎在暗示或申说某种不同寻常的东西,一下子和诗绪隔岸相望,却跟百慕大随身携带的恐怖特性短兵相接——

百慕大三角,让我的虚弱通过这道窄门。

在此,窄门是一个值得玩味的词语,也是一个来得恰到好处,既不早又不晚的词语,如此低调,但又如此打眼和醒目。从比喻的角度观察,百慕大以其极端性,以其地形学上的玩孽特征,算得上西方人眼中的**窄门**。窄门原本是个宗教术语,《圣经》至少两处言及它,两处都出现于福音书:"你们要进窄门。因为引到灭亡,那门是宽的,路是大的,进去的人也多;引到永生,那

---

① 想想大卫·休谟(David Hume)的名言:"尾随发生的只有变化,岂有他哉(nothing follows from following except change)。"(参阅麦克卢汉:《理解媒介》,何道宽译,译林出版社,2011年,第22页)

② 关于冯晏诗歌写作的整体情形可参阅罗振亚、刘波:《超越中的思想之旅》,《中西诗歌》2008年第2期。

③ 参阅冯晏:《诗的格局》,《作家》2015年第11期。

门是窄的,路是小的,找着的人也少。"①"你们要努力进窄门。我告诉你们:将来有许多人想要进去,却是不能。"②从神学角度或上帝语义出发,窄门是这样一种性质的门:既可以通向死亡,也可以通往永生。对于毁灭,这个门是极宽的,绝大多数人都要经过它,奔赴自己的狗屁运;对于永生,这个门是极窄的,只有少之又少的人能通过它,奔赴天堂,享受极乐和永恒。我敢担保:《航行百慕大》中的"窄门"一词肯定不存在任何神学含义。《庄子》有言:"人生天地之间,若白驹之过隙,忽然而已。"③我们的人生,宛如小白马途经某个狭窄的缝隙,短暂到若合"符"契般"符"合"忽然"的内在语义。在蜕却神学色彩后,窄门的含义之一,大有可能就是庄子的"白驹""忽然"经过的那道小"隙"。考诸《航行百慕大》形成的整一性语境,窄门不仅意指短暂,更应当意指生与死之间的那道门槛,那条没啥面积可言的切线:窄门是集短暂之语义和生死交汇点之语义于一体的词语,极具包孕性和率性色彩。与"窄门"搭配的"虚弱"与"通过",正好从词性上暗示了这一点;但这种极具匠心的搭配方式本身对此的暗示,反倒更为有力。

鉴于窄门的如许语义,为《航行百慕大》考虑,此处有必要仿照或根据"濒死"的构词法,杜撰一个新词:"濒生"。将死而未死的瞬间叫濒死,将生而未生的临界点则叫濒生。无论从神学的角

---

① 《圣经·新约·马太福音》7:13—14。
② 《圣经·新约·路加福音》13:24。
③ 《庄子·知北游》。

度看,还是从世俗的角度观察,窄门都只能意味着:濒生的可能性远远小于濒死的可能性,就更不用说永生与濒死之间令人不安的修正比。《航行百慕大》更愿意将窄门理解为生与死的重合地:濒死意味着濒生,濒死或濒生皆有可能,只是几率不同而已。似乎还可以换一种表述:濒死与濒生重叠在同一个刹那,同一个"忽然"间,只是奔走的方向各不相同。道理十分简单,航行百慕大时,或生或死只在一线之间,濒生和濒死是重合的,端看命运和百慕大怎么安排——每一个来此冒险的旅行者,都知道这个公开的秘密。所以,《航行百慕大》一开篇就破题:"虚弱"的来源是恐惧;恐惧的来源,则是百慕大的玩孽特征和极端性。恐惧带来的"虚弱"在战战兢兢地、心虚地"通过""窄门":"虚弱"在没有多少自信地渴望濒生,却根本不可能渴望神学意义上的永生,因为"虚弱"本身就因恐惧而没多少自信。这种含金量不高的自信必须从濒死的角度去定义,方才有效,只因为窄门的内在语义始终在要求——而不是在吁求——对它做这样的理解。冯晏只在世俗的层面使用"窄门"一词;而在窄门处,"犹如爱还没被爱,一切还没开始"(第一夜)。濒生与濒死的濒临特性,窄门对濒临特性的整体包纳,都让"犹如爱还没被爱"很自然地引出了一个结论:"一切还没开始。"但"一切还没开始"并非意味着不开始,仅仅意味着"濒始",亦即将开始而未开始的临界点,或那个"忽然"与瞬间,呼应了窄门一词对濒临特性的整体包纳。而"一切还没开始"中的那个"一切",就包括了"犹如爱还没被爱"。或者换一种表述:在"一切"形式的"濒始"中,有一个"濒始"就是"犹如爱还没被爱"。

它仅仅是"濒"于"爱",但它居然在"濒"于"爱"!

## 所谓诗绪及其逻辑

《航行百慕大》以四两拨千斤的方式,让百慕大激发并且突出了人的窄门意识;《航行百慕大》则让人的存在状况的危机性瞬间凸显,并逼人直视,根本就不容商量。从表面上看,窄门意识或存在状况的危机性好像是随百慕大的出现而突然出现的,但对于冯晏,或冯晏那类天性敏感者,却早有心理上的准备:它就藏在他(或她)的心之一隅,只差某个看似神秘,或机缘巧合之中到来的外部刺激,宛若彼得·伯克(Peter Burke)所言:"正确的梦迟早会出现。"①中国古典时期的文论家对于心、物、诗三者间的关系,有过精辟并且恰切的说明。钟嵘有言:"气之动物,物之感人,故摇荡性情,形诸舞咏。"②他的意思是:人只有感于外物,方有诗一类的东西(亦即"舞咏")呈现出来,但前提是内有可感之物。否则,无论看似神秘之"气"有多大的力"气",都将全无用处——没人能唤醒一个装睡者。刘勰说得更铿锵:"岁有其物,物有其容,情以物迁,辞以情发。一叶且或迎意,虫声有足引心;况清风与明月同夜,白日与春林共朝哉!"③刘勰把钟嵘言及

---

① 彼得·伯克:《文化史的风景》,丰华琴等译,北京大学出版社,2013年,第29页。
② 钟嵘:《诗品·序》。
③ 刘勰:《文心雕龙·物色》。

的"物"具体化了:"物"大到天地、四时,小到人能看到的所有物体,以及人的皮肤能感觉到的所有东西,比如空气、雾气、水蒸气……钟、刘二公都意在强调:人只有胸中自有丘壑时,百慕大一类的外物才有可能激发人的窄门意识,以开启具有动力学特性的诗绪。T. E. 休姆(Thomas Ernest Hulme)之言理应得到钟、刘二氏的高度首肯。此人在面对加拿大北部大草原的壮美景色时,情不自禁地说:"我第一次感到诗的必须性和不可避免性。"[1]在这里,和诗之"兴"一样(即与"赋""比"并列的那个"兴"),诗绪也具有被动性:它只有在绝对的被动中,方能主动地达致自身[2]。正是在这样的情况下,冯晏才说——

> 目光被银河拦截,即便你是未来的自己。
> 一只白鲸弓起脊背,鳞片映出玄月。海浪,
> 芙蓉花飞溅,每一滴水都被海藻和未知的气息
> 放大了。一支香烟被浪花熄灭,错觉比空寂更深厚。
> 我转身,瞬间,辽阔被移除了。幼鱼降生,
> 几朵漩涡与轮船周旋着,生与死我不确定。
>
> (第一夜)

---

[1] 彼得·琼斯(Peter Jones):《〈意象派诗选〉导论》,彼得·琼斯编:《意象派诗选》,裘小龙译,漓江出版社,1986年,第168页。
[2] 参阅敬文东:《兴与感叹》,《首都师范大学学报》2016年第3期。

拜百慕大所赐,恐惧和虚弱看起来在同步增强,只是未曾明言,但隐藏在字里行间。尤其需要注意的,是如下两句:"每一滴水都被海藻和未知的气息/放大了";"生与死我不确定。"窄门对濒临性的整体包纳,在此得到了暗示。但只有胸中有"水"(观念之"水"与实体的百慕大之"水"相混合后得到的那种"水",亦即杨政诗作《雪》中所谓的"不是水,是水的灰"),"水"才有可能被"放大",并且,还会一路"放大"到结论性的"我不确定"。从"水"到"放大"再到所谓的结论,这中间隐藏着一个不易被觉察的诗学秘密。这个秘密,乃现代诗绪自身的**逻辑延伸**导致的结果;而现代诗绪自身的逻辑延伸所依附的道理,只在可见和不可见、存在与不存在之间,需要读者拥有特殊的悟性。这是现代汉诗——而非古典汉诗——特别需要的悟性,超过了"诗有别趣,非关理也"[①]所昭示、所要求的那种感悟力。陆机有吟:"驱马陟阴山,山高马不前。往问阴山侯,劲虏在燕然。"(陆机:《饮马长城窟行》)很容易分辨:陆氏的诗绪是线性的,是时间性的,整个动作、行为直到事件呈直线铺陈,诗绪的逻辑延伸看得见摸得着,条理分明,不容错乱。这在早期的新诗,亦即胡适们提倡的白话新诗中很常见,但也很快遭到了深切的质疑[②]。唐人常建有一名联:"山光悦鸟性,潭影空人心。"(常建:《题破山寺后禅院》)和陆机的诗相比,此处的诗绪是点性或面性的,亦即空间性

---

① 严羽:《沧浪诗话·诗辨》。
② 对此,今人江弱水有过很完备的检讨与审视(参江弱水:《文本的肉身》,前揭,第33—50页)。

的,诗绪的逻辑延伸被较好隐藏起来了;山光、鸟性、潭影、人心之间的逻辑关系,悦、空之间的承续线路,需要这种诗绪逻辑要求的特殊悟性从中作伐,才能得到破译或品味。古诗里的对仗,骈文里的四六,就是要延缓情绪的发展,就是要让读者停下来,慢慢和细细欣赏语言,品味诗绪要求读者必须感受、感知到的那种逻辑。这种空间性的诗绪新诗里也很多,只是表现得更隐藏,也因语言方式、句式、语气的更多变化,显得关节更为众多,因而转渡更加繁杂,直至增加了新诗的晦涩度——至少从"水"到"放大"再到结论的全部秘诀,需要有悟性的读者细细吟哦、慢慢品尝,才会终有所悟。

每个优秀的诗人对词语、句子、语气,甚至在何处断句、何处歇息、何处跨行,都非常讲究;有时还乐于同读者捉迷藏、躲猫猫。他(她)在暗示读者的同时,会把自己的意图藏起来。诱惑之妙,正在于你看不见诱惑,却能感觉到诱惑无处不在,这与初恋时的互相试探大有异曲同工之妙,也和阴谋高手间点到为止的过招方式颇为神似。和古典性的诗绪逻辑相比,现代汉诗必须仰赖的诗绪逻辑在大多数时刻,不仅需要在点、线、面维度上的持续转换,更需要在心理空间上的大幅度转折。而心理空间上的大幅度转折,总是与点、线、面维度上的转换程度很深地交织、交融在一起,肌肤相接,含舌入媾。更重要的是,它们总是倾向于彼此隐藏对方:点、线、面维度上的转换,必须让心理空间上的转折在消失中显现自身;反过来,心理空间上的转折,也乐于让点、线、面维度上的转换在隐藏中现身。这既是诱惑和诱惑之妙,也正是新诗被诟病为晦涩的原因所在,毕竟新诗至少在面对诸如窄门意识一类的书写对象时,确实比古诗显得任务重、时间紧、心态急促。而从"水"到"放大"再到所谓的结论(亦即"生与死我不确定"),就是在这种双重的"现身"或"显现自身"中得以生成,唯有合格的、有特殊悟性的、经过专门训练的新诗读者,才能将之分辨清楚。

## 死的现代性

窄门意识指称的,更主要是濒死;它突出的,是存在状态的危机性。但也时时影射与死两相厮守的生或濒生,亦即从死的方向求得定义的那种生。在冯晏处,百慕大极有可能是现代社会的同义语,但似乎更应该说成现代社会的极端形式[①]。它为现代主义诗歌提供了登台亮相的好机会,因为文学上一切形式的现代主义,都更乐于凸显事物的极端性,或人间社会的玩孽特征。似乎嗜痂之癖或寻找暗疮、阴沟(而不是桃花与泉水),更有可能成为文学现代主义的真脾性。在凶险十足的空间和时间里(比如百慕大以及它隐射的现代社会),危机、危险意识一旦被激活,自然会逻辑性地促使窄门意识跃迁为某种生死相依的"显"意识(而不是"潜"意识)。正是从这个似乎是显而易见的维度,冯晏和她的前辈与同辈诗人一道,再次发现并强化了死的现

---

① 参阅敬文东:《艺术与垃圾》,作家出版社,2016年,第3—35页。

代性。

在笃信基督的国家,每个人濒死之时,理论上都有神职人员为其祷告。这是死的古典性,它将死理解为自然事件,也许足够令人哀痛,但不值得特别惊讶,仅仅如乔治·赫伯特(George Herbert)所言:"祈祷是颠倒的雷霆。"①对于没有宗教信仰的汉民族来说,医生是和死神签约,不是和生命签约②——《黄帝内经》至少从语调上,很好地暗示了这一点③。和笃信基督的民族相比,汉族人更乐于将死理解为自然之事;无论"有生必有死"是作为一个命题,还是一种无法被抹掉的现实,都被他们判定为没有讨论的必要。从古至今,汉族人普遍相信,死并非不可接受,它仅仅是人生在世最后一件需要完成的事情,是义务,甚至是责任。不用说,永恒更靠近神学或宗教,它意味着时间被取消了,意味着某个灵魂因此凌驾于时空之上以便永远存在;不朽更靠近世俗,它意味着时间被无限延长,意味着某种精神因此深陷于时光的绵延并得以永存。汉民族对永恒没兴趣,它更乐于追逐不朽;不朽无关乎某个特定的肉身,却与这个特定肉身的血缘延续有染,所谓"立身行道,扬名于后世,以显父母,孝之终也"④。因此,它强调"不孝有三,无后为大"。这种理解生死的方式,当

---

① 转引自麦克卢汉:《理解媒介》,前揭,第78页。
② 参阅敬文东:《对几种常见病的时间分析》,《天涯》1997年第5期;参阅敬文东:《关于请假的三个片段和三首小诗》,《东方艺术》1998年第3期。
③ 参阅费侠莉(Charlotte Furth):《繁盛之阴》,甄橙译,江苏人民出版社,2006年,第45—90页。
④ 《孝经·开宗明义章》。

然是非现代性的;在现代社会——尤其是它的极端形式——到来之前,中国人对死的理解很开通。虽然古典中国的诗词歌赋里,有对于死亡的哀恸,但更多的,却是对光阴流逝的深沉叹息①。非自然死亡与现代器物、现代社会的消费特性联系在一起,比如,穿越百慕大需要借助飞机、轮船等古典时期绝不存在的物件——那顶多是他们想象中的尤物;而非自然死亡在数量上的暴增,在"质量"上的惨烈,凸显了"死之荒谬"②,而非死之自然性。人也许对自然到来的情、事、物并不恐惧,却对不知何时突然降临的东西深怀疑惧,尤其是当他(或她)对此有了自觉意识的时候,比如,航行百慕大有可能突然遇到突然到来的死。大体说来,死就在这种情形下,获得了它的现代性,并给予人以折磨心性的焦虑感。或许,这就是冯晏有意将濒死和濒生叠合在一起的原因:百慕大突然点亮了死及其现代性,使之更加醒目和打眼,就像平庸的书页上突然出现了一行黑体字。冯晏为此写道:"消失是恐惧本身,体内自带的"(第三夜);"面对消失,/所有避免都显得老旧"(第一夜)。自古以来,死当然是人"自带"

---

① 比如"人生天地之间,若白驹之过隙,忽然而已"(《庄子·知北游》);"河清不可俟,人命不可延"(《后汉书·文苑列传·赵壹传》);"四时更变化,岁暮一何速"(《古诗十九首·东城高且长》);"人生处一世,去若朝露晞"(曹植:《赠白马王彪》);"人生譬朝露,居世多屯蹇"(秦嘉《赠妇诗》);"感朝露,悲人生!逝者如斯安得停"(陆机:《顺东西门行》);"丧车相勾牵,鬼朴还相哭"(王梵志:《夫妇相对坐》);"如残叶溅/血在我们脚上,//生命便是/死神唇边的笑"(李金发:《有感》);"你是害怕死亡/给我们带来的漫长呢?/还是害怕死亡给我们带来的短暂?"(臧棣:《为什么是蝴蝶协会》)诸如此类,不绝如缕。
② 钟鸣:《涂鸦手记》,前揭,第104页。

的,却因它在现代社会上的防不胜防特性——而非自然消逝——被重新定义了;它使所有型号的避免方式不仅显得很搞笑,更显得很"过时"。而与生命的自然消逝相比,"死是如此不祥之词,也是如此不洁之物,用它去定义消逝的过程和消逝本身,无异于玷污了消逝的纯洁性。"[1]现代性定义下的死,是对死本身的侮辱,但归根到底是对人的侮辱[2]。《航行百慕大》之所以选择夜晚作为背景(或底色),是因为夜晚乃白天的中断,乃白天的反面;夜晚因掩盖和屏蔽所有事物(包括危险),而令人恐惧。吊诡的是,正因为被掩盖、被屏蔽,危险反而显得更醒目,至少在心理上显得更耀眼。就这样,夜晚强化了窄门对濒临性的整体包纳,并让这种包纳在力量上加倍,以至于在经历过心理空间大幅度转折的人那里,恐惧感得以双倍化——

> 我为引力对无人说:晚上好。
> 我因词语向空无漫游,为了踪影,
> 对航行说:谢谢你。深夜,我听见
> 泡沫熄灭,啤酒在嘴唇沿岸流淌。还有,
> 时光漏尽了人类,爱情还在发生。
>
> (第三夜)

---

[1] 敬文东:《艺术与垃圾》,前揭,第149页。
[2] 参阅田松:《死亡是一种能力》,《读书》2017年第1期。

在此,被隐藏起来的双倍恐惧感似乎让一切事物都戛然而止,很有些地老天荒的感觉,超出了"山静似太古"表征着的那种肃穆境界,一如诗人在向无人处问候,却听到无人处自有喧嚣;也一如诗人所说,即便时光漏尽了人生,该发生的,依然还在发生——比如爱情。但考诸《航行百慕大》所形成的整一性语境,生生不已的爱情不过是濒死的对生物,因其珍贵,反倒更能彰显死之现代性的狰狞面孔;但也因死之狰狞,更能彰显"爱情还在发生"中那个"还在"蕴含着的昂贵性。《航行百慕大》因此有理由数次提到死——

> 百慕大三角,消失本身就是进入真相,或者永生。
> 此刻,我手扶船栏,犹如轻握一支狼毫毛笔,
> 神秘而涌动,每一种惊恐坠掉一枚胸前的扣子。
> (第三夜)

> 百慕大消失的飞机、轮船,轻功雕刻着伤口密码,
> 消失的人没有皱纹。一条虚线,伸向地球半径之外……
> (第三夜)

特别值得注意的是:"百慕大三角,消失本身就是进入真相,或者永生。"作为一个漂亮的诗句,它突出了"永生"和"死亡"之间的张力关系,或者说悖论关系:"消失"以其饱含的损毁语义,

既和"真相"联系在一起,因为损毁本来就是事物与生命的唯一"真相";又和"永生"联系在一起,因为损毁正好从反面构成了"永生"——"永远长眠"就是"永生"的另一种表述,却不必是它的谩骂形式或贬低形式,因为这不仅是修辞,更是事实。但修辞装饰了事实。

在此,有必要再次比较一下作为词语的"消逝"和"消失"。仅仅是从直观洞见的角度也不难发现:生命的过程和时光流逝联系在一起,因此,死亡总是同消逝相关;消逝必将是时间性的,意味着逝去的一切将永不再来。消失与空间相关,遵循物质不灭定律,亦即一个东西消失后,总是存在于某个地方,从理论上讲,人们有可能将它找到,即便是大海捞针也概莫能外。《航行百慕大》的作者深通词语之经络,熟悉词语的任督二脉,却故意将消失——而非消逝——与死亡相连,此中当有深意存焉。正如冯晏的理解,现代性定义下的死亡是空间性的,它强调突然性和非自然性——空间性正好有能力满足现代死亡强烈的嗜痂之癖①。将死亡与时间性的消逝联系在一起所表征的,正好是死亡的古典性;突出的,则是它的自然性征。冯晏依靠读音几乎完全相同的两个词,恰切而非碰巧地定义了死亡的现代性,亦即窄门强化过的那种现代性,并轻而易举地区分了两种不同性质的死。词语对诗歌写作的致命性,在这里暴露无遗,但它们都自有

---

① 参阅包亚明:《现代性与时间、空间问题》,包亚明主编:《都市与文化:现代性与空间生产》,上海教育出版社,2003年,第9—11页。

其生长过程,既非人力所能强行,亦非无本之木、无源之水。

但冯晏还是继续写道:"你穿越在红光和绿海的夹层之间依次找见爱你的逝者只是你没想到这需要沉痛的重新告别。"(第四夜)在此出现的,居然是"逝者",不是看上去本该出现的"消失者"。时间性的、原本不可能再现的"逝者",居然矛盾性地存乎于空间性的"红光和绿海的夹层之间"——这是一个值得玩味的诗学情节。在这里,就像一个人被分成两半,其中的一半是另一半观察、呼唤、吁请的对象。《航行百慕大》的偶数诗篇(即第二夜、第四夜)之所以迫切需要以"你"为称谓,决不似奇数诗篇(即第一夜、第三夜、第五夜)以"我"为称谓,就是要在两个一半之间,建立一种对话关系("你"),而不是独白关系("我")。"你"能自相矛盾地在特定的空间中,找见原本不可能再现的"逝者";这种不可能的情形仅仅是在吁请性、观察性或呼唤性的对话关系中,化为了想象性的现实,也才能化为想象性的现实。而这样做,就是要在点、线、面维度上的转换中,在心理空间的大幅度转折中,尤其是在二者的相互隐藏中,表达某种不可遏止的执拗之情:死亡早已被现代性了,消逝之物将永不再现,虽然这一切看上去是难以撼动的事实,但事实有时候本来就不是为了被尊重而存在,恰好是为了被冒犯而设置,尤其是当这种僵硬的事实冒犯了人之心愿的时候。出于不可更改的宿命性,对事实的冒犯只能寄存于对词语的转换上,但词语的转换急需要心理空间上的大转折——对诗人来说,根本就不存在没有心理体温的词语。

## 诗绪和词语

所谓**诗绪**,就是从人类的所有情绪类型中,被推举出来用作揭示存在状况的某种(或某类)特殊的情绪——但情况并未运行到此便戛然而止。准确地说:拥有"应物斯感"①之能力的"七情"(亦即俗语所谓的喜、怒、忧、思、悲、恐、惊),仅仅是诗绪的表皮;它们在指向对象时的那个"指向"本身(亦即某种类似于现象学中之"意向性"[Intentionality]的东西),才是诗绪的内里②。是过程性、中介性的"指向",而非原初性的"七情",造就了诗篇,就像马克思暗示过的,是革命的中间人而非工农大众,成全了革命③。诗绪(内里伙同其表皮)是现代汉语诗歌的秘密之所在。唯有它,才能催促、怂恿诸多词语快快上路,才能渴望并要求词语达致自身,亦即让词语向诗绪靠拢,并以此成就诗篇;而在诗绪和词语之间,存在着某种追赶和被追赶、拉拢与被拉拢的角力关系。现代汉诗的内在张力,现代汉诗被感染而来的现代性,大部分将落实在词语和诗绪的关系上;正是这种张力,直接构成了现代汉语诗歌写作的动力学原则。对于新诗,这是一种本质性的,亦即生死相关的原则,却又不幸是一种在许多汉语诗人那里

---

① 刘勰:《文心雕龙·明诗》。
② 参阅赵毅衡:《形式之谜》,复旦大学出版社,2016年,第3—4页。
③ 参阅《马克思恩格斯全集》第八卷,中共中央马克思恩格斯列宁斯大林著作编译局译,人民出版社,2002年,第241—267页。

普遍缺失的原则。这种缺失正是当下汉语诗歌写作中被不幸隐藏起来的问题,更是一个被忽略、被轻视,以至于被认作不存在的问题;当下绝大多数的现代汉语诗人,总是倾向于把"以其自然方式存在着(to be as it is)"的东西视为无物(nothingness)①。而在高质量的新诗写作中,词语和诗绪总是倾向于相互较劲:诗绪,尤其是它的内里,因渴望成就诗篇而竭尽全力拉拢词语,词语因其自身的惰性或迟钝造就的大体重,却倾向于抵消诗绪的大部分拉力。越是优秀的诗人,或者,优秀的诗人越是处于其高阶性的创造时刻,也就越难调和但又必须尽力调和词语和诗绪间的矛盾。

为《航行百慕大》的整一性语境考虑,冯晏似乎有必要在"红光和绿海的夹层"与"逝者"之间,设置一种点性(或面性)维度上而非线性层面上的联系;这是诗绪逻辑针对诗篇的最终成型必须直面的任务,也是它必须承担的义务。但让空间性的"红光和绿海的夹层"与时间性的"逝者"彼此搭配,却类似于将驴弄成鸡的老公,或者,"目"居然"能坚","手"居然"能白"②。似乎是在诗绪面临重任而突然现身的一刹那,突破了词语的极限、冒犯了词语的惰性,甚至在公开嘲笑词语自身的迟钝,进而迫使词语就范并追随诗绪的步伐,方能令诗篇的屋宇完形、竣工。这种性状奇异的诗绪,是诗人的内心有感于百慕大的极端性和玩孽特征,突然

---

① 赵汀阳:《每个人的政治》,社会科学文献出版社,2010年,第163页。
② 《公孙龙子·坚白论》原文是:"目不能坚,手不能白。"此处是反用其意。

间让窄门意识显得特别醒目而导致的结局。此时此刻,诗绪的内里和表皮都显得颇为紧张,因此必须意念集中、凝神闭目;因此急需要词语紧紧追随诗绪的步调,方能在诗篇或成或败的那个生死一线天奋力挽救诗篇。冯晏仰仗高超的诗歌技艺,将词语和诗绪之间的矛盾化于无形;而不解风情的读者或没有能力的同行,还以为这里边没有任何问题可言,甚至根本不存在诗歌的动力学原则。在此,**词语紧追诗绪**是个重大的现代诗学问题;词语跟不上诗绪的情形,《航行百慕大》有过"明"确地"暗"示——

> 爱,说不出来。犹如错误和怀疑。
> 远离是一种接近,那些无法治愈的,刻进了
> 骨缝和暗礁。波纹平息不了文字深处的熔岩。
> (第一夜)

乔治·斯坦纳(George Steiner)说得好:"人类拥有了语言……就挣脱了寂静。""在先前的寂静中,人类声音收获的是回声;但在冲破寂静之后,人类的声音神奇而愤怒,神圣而亵渎。这是从动物世界的陡然割裂……"[①]这是说语言具有超强效用,

---

① 乔治·斯坦纳:《语言与沉默》,李小均译,上海人民出版社,2013年,第44页。培根的有趣言辞在此可以作为参照:"据说潘或山野之神专拣回声女郎厄科为妻(而不爱任何别的言语或嗓音),因为只有回声才是真正的哲学,哲学忠实地翻译世界的词语……"(转引自麦克卢汉:《理解媒介》,前揭,2011年,第81页)

能促使人类脱离自然界,免于成为它的一部分。但此人还在另一处数落过语言:"日常经验经常验证,语言的不足才使得欠缺能具体存在。"①相对于现代人千变万化的复杂经验,比如经由现代性定义过的死及其濒临特性,语言(词语)永远是滞后的,正所谓"那些无法治愈的,刻进了/骨缝和暗礁"。最近十几年间兴盛起来的一个词叫"无语",很是贴切地表达了在急剧变化的经验面前,语言的无能和无力。"无语"就是词语和经验不相称,没有充分表述、刻画经验的本领,几乎沦为言说上的太监②。情形恰如斯坦纳数落过的:语言的不足,只会反过来使原本的欠缺显得更醒目,宛若百慕大强化了窄门意识,强化了死亡的现代性。在现代社会,濒死几乎是随时的,濒生几乎没有可能,甚至没有任何一个人敢从逻辑上保证自己明天早晨还活着,因为空间化的现代之死不仅具有突然性,本身就是"突然"的同位语。面对这种"突然",共分五个组成部分的《航行百慕大》有分教:词语追赶得确实很"吃力",虽然它也确实追赶得很"卖力"。

李洱说过:"我常常感到这个时代不适合写长篇,因为你的经验总是会被新的现实击中,被它冲垮……现代小说中,使用频率最高的词大概是'突然'。突然怎么样,突然不怎么样。"③很显然,李洱是在数落因经验不断变化而显得吃力、显得费劲的词

---

① 乔治·斯坦纳:《斯坦纳回忆录》,李根芳译,浙江大学出版社,2012年,第81页。
② 参阅敬文东:《占梦术的秘密》,《西部》2012年第8期。
③ 李洱:《问答录》,上海文艺出版社,2013年,第39页。

语;这种数落指称的,乃是词语的**匮乏特性**。匮乏特性来自词语自身的惰性:词语在很多时候并不主动前进,它更愿意以逸待劳,以不变应万变。匮乏特性昭示(而非暗示)的是:从现有的词汇库中,很难直接挑出准确并且语义清晰的词语,去丝丝入扣般或描述或供养因现代经验而无比复杂的诗绪,尤其是它复杂的内里(亦即类似于意向性的那个"指向")。因此,"爱,说不出来。犹如错误和怀疑。"说不出来的爱就是错误,但这暗示的是词语的错误,并且这错误本身就是件值得怀疑的事情。就是在如此这般之间,诗绪总是倾向于在前边开路,或者,诗绪总是被新诗赋予了必须在前边开路的重任,但要完成诗篇,还需要词语紧随诗绪之后,不得掉队;而词语就像衣服追赶着人,要将自己加诸人身,并力求在绝对的不合人身中,努力合于人身。这就是说,每一个诗人最终只有仰仗现有的词汇库;诗绪必须以其内里伙同表皮为方式牵引词语,像欢爱方面的女高手牵引第一次和她欢爱的小男人,一次又一次更新现有的词汇库存;词语的匮乏特征必须由此得到克服,并被注入新的语义。

虽然骑着毛驴四处寻找诗意的李贺抱怨过:"长歌破衣襟,短歌断白发。"(李贺:《长歌续短歌》)但我们的古典汉语诗人终归是幸运的。在"天下"性的中国,在被"天干、地支"长久浸泡过的华夏神州,数千年以来的农耕经验几乎没啥变化,因农耕经验而来的情感模式也几乎没啥变化。大致说来,古典汉诗因此不存在词语紧追诗绪、衣服追赶主人的情形;《说文》、《尔雅》定义过的词汇库存基本管用,数千年来被诗绪、诗心千锤百炼的各色词语早已各从其类,枕戈待旦,随时准备起立、提胸,为古典诗绪效命。词语和诗绪错位,是新诗独有的情形,是文学现代性的一部分。陈世骧说:"诗人操着一种另外的语言,和平常语言不同。……我们都理想着有一种言语可以代表我们的灵魂上的感觉与情绪。诗人用的语言就该是我们理想的一种。那么我们对这种语言的要求绝不只是它在字典上的意义和表面上的音韵铿锵,而是它在音调、色彩、传神、形象与所表现的构思绝对和谐。"①很容易看出,陈氏之言专为新诗而发。对于优秀的诗人来说(不优秀的诗人在此必须剔除在外),虽然词语和诗绪错位的问题很难解决,但又并非没有希望;面临险境的冯晏说到底还是乐观的,她似乎有的是自信:

波纹平息不了文字深处的熔岩。

(第一夜)

在百慕大,在窄门意识被凸显出来的地方,在濒生和濒死同时存在的刹那,在经历过点、线、面维度上的转换后,在心里空间得到大幅度转折时,冯晏抹去夜色和迷雾,终于看清了词语(文字)拥有自我生长并丰满自己的欲望:连百慕大无垠的"波纹",都没能浇灭文字(词语)的胸腔中饱满的激情。看起来,"生生之谓易"②不仅

---

① 陈世骧:《对于诗刊的意见》,《大公报·文艺》1935年12月6日。
② 《易·系辞》。

可以称颂天、地、人,也可以称颂从来就不乏惰性的词语,那些被拙劣的诗人认为可以随意搬迁的僵尸,可以任意摆布的锅碗瓢盆。而任何一个优秀诗人,不仅要面临词语错位于诗绪的凶险之境,还须顺势而为、因势利导,满足词语自身的愿望,以期尽力减小词语和诗绪间的距离;他(或她)必须尊重并听凭词语的心愿,像让庄稼破土那般,让词语自己生长。虽然有时候"词语好像/受风的左肩"(第一夜)那般孱弱无力,但词语还有一个很重要但也许隐藏起来的特征:它总是在其自身的惰性中,渴望着能让人"又乘上了两枚即将起飞的新词"(第二夜)……

看起来,冯晏很清楚自己需要面对,以及需要解决的诗学问题:"未来,我们是否存在,只有词语知道。"(第五夜)她的意思或许是:只有神,或只有神一样富有预见性的词语,才可以也才配知道我们的未来。冯晏似乎在暗示:词语总是处于成长之中,甚至能在我们之外成长;如果我们稍有悟性,听凭词语自身的心愿,我们就有可能让走向未来的词语重新回访此时的我们,预先报告我们未来时的情形,正反讽性地意味着"目光被银河拦截,即便你是未来的自己"(第一夜)。此时,词语不仅赶上了诗绪,并且超过了诗绪,还反过来在牵引着诗绪。你可以说冯晏也许过于乐观,但似乎更应该说成她对词语有母亲般的胸怀,有母亲期待儿女成长的那种柔软心理。但情形的另一面也很可能是:词语实际上并不"知道"什么,它必须在被使用中,在一次次地刷新语义的过程中,被赋予"知道"的特性;而放牧词语的诗人(比如冯晏),必须要让词语获取它的自我意识,以至于让它脱胎换骨,成为新词。所谓新词,就是浴火重生的那个词,就是被刷新语义的那个词,就是成长起来的那个词,其目标,就是走向它前面的诗绪。而词语的未来和现实、来世和今生,都深藏于简单的一句话:"未来,我们是否存在,只有词语知道。"

罗兰·巴特(Roland Barthes)有言:"古典语言永远可以归结为一种有说服力的连续体,它以对话为前提并建立了这样一个世界,在这个世界中人不是孤单的,言语永远没有事物的可怕重负,言语永远是和他人的交遇……现代诗摧毁了语言的关系,并把话语变成了字词的一些静止的聚集段……自然变成了一些由孤单的和令人无法忍受的客体组成的非连续体,因为客体之间只有潜在的关联。"[1]江弱水对巴特之言有过很好的解读:"现代写作摧毁了语言的连续关系,将诗的语言从时间的序列中解放出来,置于以视觉为主导的空间中来。"[2]尽管罗兰·巴特申说的,很可能是法语古典诗和法语现代诗,但这段话碰巧可以描述古典汉诗与现代汉诗之间的差异,并且还没啥违和感[3]。现代汉诗的语言方式不是"连续体"而是"聚集段",也许原因很多,但词不称物、词与诗绪总是倾向于错位,无疑是更值得追究和深究的原因。如果一位新诗写作者居然没有领悟到词语和诗绪间

---

[1] 罗兰·巴特:《符号学原理》,前揭,第89—90页。
[2] 江弱水:《文本的肉身》,前揭,第35页。
[3] 这种巧合很可能来自汉语新诗的主要观念来自于西方文学,而法语诗歌无疑是其中的重中之重(参阅张松建:《抒情主义与中国现代诗学》,北京大学出版社,2012年,第8—59页),只是此处无法展开论述。

的错位关系,那一旦取消其作品的分行,最好的结局,不过是些看上去还不错的小说片段或散文片段①;正是词语和诗绪的错位感在其凸显中和被解决中,才让新诗的表达不再是连续的,仅仅是一组组"聚集段"。诸多聚集段之间的空隙,只有心理空间上的大幅度转折方可填充。语言方式的不连续,刚好是新诗现代性的重要指标之一;可以还原为小说、散文片段的新诗(加引号的新诗),则是对新诗现代性的严重冒犯——

城市的颜色被视野关掉了,犹如

---

① 此处可以举著名诗人雷平阳的著名作品《杀狗的过程》为例。以下内容就是取消了分行的《杀狗的过程》,无一字增减:"这应该是杀狗的惟一方式。今天早上 10 点 25 分,在金鼎山农贸市场 3 单元靠南的最后一个铺面前的空地上,一狗依偎在主人的脚边,它抬着头,望着繁忙的交易区,偶尔,伸出长长的舌头,舔一下主人的裤管。主人也用手抚摸着它的头,仿佛在为远行的孩子理顺衣领,可是,这温暖的场景并没有持续多久,主人将它的头揽进怀里,一张长长的刀叶就送进了它的脖子。它叫着,脖子上像系上了一条红领巾,迅速地窜到了店铺旁的柴堆里……主人向它招了招手,它又爬了回来继续依偎在主人的脚边,身体有些抖。主人又摸了摸它的头仿佛为受伤的孩子,清洗疤痕。但是,这也是一瞬而逝的温情,主人的刀,再一次戳进了它的脖子,力道和位置,与前次毫无区别,它叫着,脖子上像插上了一杆红颜色的小旗子,力不从心地窜到了店铺旁的柴堆里,主人向他招了招手,它又爬了回来——如此重复了 5 次,它才死在爬向主人的路上。它的血迹让它体味到了消亡的魔力。11 点 20 分,主人开始叫卖。因为等待,许多围观的人还在谈论着它一次比一次减少的抖,和它那痉挛的脊背,说它像一个回家奔丧的游子。"但分行之于诗或汉语新诗的重要性很复杂、很暧昧,远不是艾青或威廉斯(William Carlos Williams)认为的那么简单(参阅袁忠岳:《心理场、形式场、语言场》,《诗刊》1992 年第 11 期;参阅张隆溪:《二十世纪西方文论述评》,生活·读书·新知三联书店,1986 年,第 117—118 页)。但此处仍然无法对此展开论述。

> 海的蓝色被夜关掉。语言之光被深邃
> 关掉。已知被未知击碎了。此刻，
> 生活被晕船吐出，只留下意义，海水只推动语感，
> 甚至放弃了船。
>
> （第五夜）

"语言"被"深邃"关掉，"海水只推动语感"：这简直就是在直接针对新诗说话，在直接针对词语紧追诗绪这个诗学主题——亦即新诗的现代性——发言。"语言之光被深邃关掉"意味着：如果一个诗人想满足词语自我成长并丰满自己的愿望，他（或她）的任务之一，就是要从"深邃"中，再度把"语言之光"提取出来，让它重新照亮事物，照亮走在前边的诗绪，不让诗绪打滑，不让诗绪遭遇绊马索。所谓"深邃"，依语言哲学的 ABC，正好是语言自身的本性之一。在此，冯晏从诗学的角度对语言本性的发现很可能是重大的、有趣的：语言有时候有自己囚禁自己的癖好；它像自恋的那喀索斯（Narcissus），只有俊美如斯者，才有资格在自己迷恋自己的当口，将自己毫不犹豫地囚禁起来。冯晏很清楚，语言有此癖好，为的是跟最好的那类诗人开玩笑，因为一般性的诗人，甚至看起来很不错的诗人，根本就意识不到语言的这种顽皮性；他们能感受到的，更多是语言"一根肠子通屁眼"的直率脾气——这当然是他们在无知中对语言的诬陷，对语言的栽赃和蔑视。

"语言之光"从"深邃"中被提取出来后，也就是从自我囚禁中被解救出来后，"海水"推动的，不再只是"语感"，而是和"语

感"连为一体的语义——它们分别是语言这枚硬币或这只手掌的正反两面,恰合蒲柏(Alexander Pope)所言:"声音必须与意思相呼应。"[①]如果只有语感,语言就没有意义——它跟猿猴的叫声没多少差别。这情形,多多少少类似于卢梭(Jean-Jacques Rousseau)或哈维兰(W. A Haviland)认为的,即使是作为神秘之物的语言,也不过是这种激烈情感的伴生物[②]。所谓"这种激烈情感",就是某个优秀的诗人渴望从"深邃"之中,也就是从语言自身的囚牢中,把"语言之光"给解救出来。这种渴望如此强烈,以至于冲破了语言的边界;但更多的,是修改了语言内部蕴藏着的意义。对于新诗写作,因其面临着复杂、晦涩、多维度的现代经验,词语必须随时处于创世状态,才有能力追赶甚至能够追赶上不断变迁的诗绪;一个只能针对过往经验的词语,必须历经多次"创世",演化为能够言说被演化而来的新经验的词语。词看起来还是那个词,但它摇身一变,刷新了语义,克服了惰性,成为了新词,甚至还是冯晏期待中的未来之词。现代性强调的是"变",是不断的"变",是永远的"变",唯有"变"自身永远处于不"变"的状态中[③],因此,词的创世,词的演化,就将是一个永不

---

① 转引自韦恩·布斯(Wayne C. Booth):《隐含作者的复活:为何要操心?》,詹姆斯·费伦(James Phelan)等主编:《当代叙事理论指南》,前揭,第76页。
② 参阅卢梭:《论语言的起源》,洪涛译,上海人民出版社,2003年,第60—70页;参阅哈维兰:《当代人类学》,王铭铭等译,上海人民出版社,1987年,第290页。
③ 参阅安托瓦纳·贡巴尼翁(Antoine Compagnon):《现代性的五个悖论》,前揭,第3页。

休止的过程。而作为一个重大的诗学主题,词语追赶诗绪被《航行百慕大》表达得淋漓尽致;这个主题如何被淋漓尽致地表达,则需要回到长诗《航行百慕大》的结构上来。

《航行百慕大》的奇数部分(即第一夜、第三夜、第五夜),在书写抒情主人公在航行百慕大时的甲板上的所见、所思,以及所思、所见带来的真实思绪。这思绪显然是独白性的,是冥思式的,所以得是"我",因为那只能是"我"的独白、"我"的冥思,而"我"的独白和冥思只有"我"才能"看见",那仰仗的,乃是内视之眼。在神秘并且与濒死靠得更近的百慕大,才有这样的真实思绪:是百慕大令人打眼的极端性和玩孽特征而不是其他,凸显了关于死的现代经验,才诱发了诗人(或抒情主人公)的独白和冥思。这首诗的偶数部分(即第二夜、第四夜),在写甲板上的"我"看到沉思中的那个"我"的意识流部分;那是对"我"、对恐惧的意识流部分的描摹。这就是奇数部分步伐从容、吐气若兰,偶数部分絮絮叨叨、宛若"话痨"的原因之所在。因此,甲板上的"我",有必要将被他看见的那个沉思之"我"称作"你"。偶数部分因此有能力在两个"我"之间,建立起一种我-你关系。很显然,"我"对"你"有双重进入:首先进入那个人,也就是"你"。在此,所谓进入就是看见,一种内视性的看见,冥思中的看见。其次,是进入"你"关于恐怖的意识流部分。在此,进入依然意味着看见:"我"看见"你"脑海中关于恐惧的意识,它在流动,偶尔在翻滚,偶尔有些语无伦次,呼应于濒死带来的疑惧,还让濒临性被窄门意识所包纳。

如果将奇数部分看成《航行百慕大》的正面,偶数部分看成它的背面,正好组成了一个剧场或舞台。正面是独白(想想舞台上独行的哈姆雷特王子),是关于濒生、濒死和窄门意识的沉思;独白与关于恐惧的意识流部分相交织,"我"和"你"遥遥相望。《航行百慕大》在读者的心理空间的转折中,就这样转瞬间被戏剧化了,亦即诗篇自己为自己,并且自己以自己为模板,搭建了一个舞台或剧场。更为打眼的是,《航行百慕大》既充当剧情的展示平台,又充当演员;正面的旁白,背面的来自意识深处的絮叨,使舞台上声部众多。正是在多声部中,作为诗学主题和新诗现代性重要指标的词语紧追诗绪,不仅成为剧场或舞台的主角,还得到了多侧面的揭示,以至于无所遁形。

有理由再次强调一个常识:新诗写作者每创造一首新作时,都担负着发明一种新诗体的任务。对,不是发现,是发明,是"无中生有"——这是新诗现代性的又一个指标。这种不断被发明的新诗体就像不断被创世的词语,必须体现词语对诗绪的紧追以及词语与诗绪间的张力,这种紧张感必须被敏感的读者所察觉。否则,读者就有理由认定这首诗是失败的,或有可能是失败的。借用张枣的观点,《航行百慕大》是一首元诗(Metapoetry):它是关于诗的诗,是谈论诗学主题和新诗现代性的一首诗。因此,《航行百慕大》有两个主题:一个是明面上的,它是对窄门意识的深沉书写,它是《航行百慕大》的表皮;另一个是深层的,它是对词语紧追诗绪这个诗学问题的反复强调,是《航行百慕大》的灵魂。正是主题上的这种多声部,促成了、成就了一首不同凡响的诗作。《航行百慕大》不仅成为冯晏个人诗歌写作史上的突破之作,也为浅薄有加的当代新诗写作提供了难得的范本。

中央民族大学文化楼西区807,2016年5月17日19:00—21:00

录音整理:张皓涵

# 从唯一之词到任意一词

## 欧阳江河的诗学之问

1985年,被认为成功抵抗过"红色诗潮"①的"朦胧诗"②高潮殆尽③,"第三代诗人"④仓促间粉墨登场。是年岁杪,欧阳江

---

① 此处的"红色诗潮"特指1949年至1979年的中国大陆诗歌,他们被一种单一的意识形态所感染,产生的是单一之诗,嗓门洪亮,一副真理在握的派头,其源头可以追溯到"普罗诗歌"或抗战诗歌(参阅洪子诚等:《中国当代新诗史》,北京大学出版社,2010年,第3—18页)。

② "朦胧诗"最初是对"今天派"诗作的贬称,出自章明《令人气闷的"朦胧"》(《诗刊》1980年第8期);据钟鸣称,有一年诗人出国邀请函上的"朦胧诗"被规定的学院译家翻成"不明白诗"(参阅钟鸣:《秋天的戏剧》,学林出版社,2002年,第32页),也算一个诗学轶事吧。

③ "朦胧诗"的主力队员舒婷对此早就有一种酸酸的心理(参阅舒婷:《潮水已漫到脚下》,《当代文艺思潮》1987年第2期)。

④ "第三代诗人"这个概念至今容易引起误会,实际上它源自川渝两地的在校大学生诗人,主要提出者有万夏、赵野、胡冬等。据赵野回忆,1982年暑假的"一个黄昏,大家在嘉陵江边点燃篝火……我们已一致决定要成立(转下页注)

河在以阴郁、潮湿、颓废和腐朽闻名的西南大邑——成都,写下了一首对他而言并不十分起眼的诗歌新作,篇幅短小,名曰《打字机》。据欧阳江河彼时的同道钟鸣披露,此乃欧阳江河在阅读过麦克卢汉(Marshall McLuhan)的《传播工具新论》后的即刻之作①,展示了欧阳江河直接从书本迅速汲取词语的高超能力②。站在喜剧的层面观察,这有点类似于黄山谷对词语实施的"夺胎换骨"、"点铁成金"之术③,却基本上可以免于诋毁性的"特剽窃之黠者耳"④。但此处更值得,也似乎更需要引起注意的是:在《打字机》一开篇,作为"第三代诗人"大群

---

(接上页注)一个联合的诗社,要办一份刊物,要形成一个新的流派,以区别于当时对我们有绝对影响的朦胧诗,也提出了很多新的主张。那晚聚会的主旨是命名,一次革命的命名,一代人的命名。我们都自觉是开路先锋,在淘汰了一批各色各样奇奇怪怪的名字后,'第三代人'这个注定要进入历史的名词,得到了与会所有人的首肯。我们的分代简单却格局宏大,1949年前的不算,1949年到文革前是第一代,北岛们的朦胧诗是第二代,而我们是第三代"(参阅赵野:《一些云烟,一些树》,《红岩》2014年第3期)。

① 麦氏的大作"Understanding Media: The Extensions of Man"在台湾被译作《传播工具新论》(叶明德译,巨流图书公司,1978),在中国大陆被直译为《理解媒介:论人的延伸》(何道宽译,译林出版社,2011年)。

② 参阅钟鸣:《旁观者》,海南出版社,1998年,第877—878页;参阅钟鸣、曹梦琰等:《"旁观者"之后——钟鸣访谈录》,《诗歌月刊》2011年第2期。

③ 巧合的是,欧阳江河似乎对黄山谷情有独钟,写过一首"半长不长,两百行左右"的《黄山谷的豹》(参阅欧阳江河:《写法和读法,其实就是活法》,《花城》2017年第3期)。就我所知,另一个专门被他写到的古代诗人是谢灵运(欧阳江河:《在永嘉,与谢灵运相遇》,2011年)。

④ 王若虚:《滹南诗话》卷下。黄庭坚则说:"古之能为文章者,真能陶冶万物,虽取古人之陈言入于翰墨,如灵丹一粒,点铁成金也。"(黄庭坚:《豫章黄先生文集》卷十九)"陈言"就是书本上既有之词,甚至就是这个词在某本书中的用法,尤其是用法。

体中少数几位最重要的代表人物之一,欧阳江河就指名道姓地提到了词语,这新诗的肱股之臣,并且有意识地直指新诗写作的腹心地带:

> 整个秋天我写一首诗
> 为了救出几个字。

紧紧追随"为了救出几个字"的,乃是标点符号大后宫中作为"答应"和"常在"的句号。古人有云:"仄起者其声峭急,平起者其声和缓。"①对语调、语气、声音和口吻有如此敏感者不难获知:句号在此比叹号更管用,更有力道和嚼劲②,暗含着四川话咬牙切齿、断金碎玉的刚猛劲③。从纯粹诗学的角度加以审视,这两行诗满可以溢出《打字机》划定的势力范围,向《打字机》索讨治外法权,用以充当**欧阳江河的诗学之问**:堪与新诗相匹配的词语究竟长相为何?新诗操持者该怎样挑选词语,以至于可以将挑选上的精心程度视作对词语的拯救和救赎,甚至是救赎和

---

① 冒春荣:《葚园诗说》卷一。

② 喜欢用句号表示语调上的决绝和不容商量,从一开始就是欧阳江河在诗歌写作上重要而隐蔽的特色;这一点只要和喜欢使用破折号(——)和省略号(……)以显示犹豫和支吾的昌耀相比,就立马得到显现(参阅敬文东:《昌耀的英雄观及其在诗歌中的实现》,《绿洲》1993年第2期;参阅敬文东:《对一个口吃者的精神分析——诗人昌耀论》,《南方文坛》2000年第4期)。

③ 欧阳江河是四川人,大约四十岁时才出川生活。关于四川方言的特点,以及在当代诗歌写作中的作用,可参阅敬文东:《在火锅与茶馆的指引下》,《莽原》1999年第2期。

拯救的完成状态(亦即"救出")①？时隔三十年后(亦即2015年),欧阳江河对新诗的词语品格有更明确的追问、更具体的明知故问:"诗歌的状况某种程度上就体现为词语的状况。在今天这个时代,微信、微博、手机语言,不同的翻译语、科学用语,包括媒体语言,都对汉语的形态塑造有很大影响,带来了巨大的语言变化。当代诗歌对这种语言变化的敏感度如何,吸收能力如何？在终端的诗意或者反诗意上,又有怎样的综合能力？这是考量一首诗层次高下的重要标尺。"②时间过去了整整三十年,欧阳江河有意识地强化了当年的诗学之问:诗人的唯一现实、诗歌写作唯一的践履之处,只能是纸和笔(或者是作为纸和笔之替代品的电脑屏幕和键盘);词语不仅是关键中的关键,而且其状况和命运,将直接等同于诗的状况和命运。此间情形,有点类似于晚年的博尔赫斯(Jorge Luis Borges)在回顾平生功业时,说过的那句骄傲之言(称沧桑感或肺腑之言可能更准确):"我品尝过众多的词汇。"(博尔赫斯:《我的一生》,陈东飚译)在欧阳江河那里,词语早就不甘心于新诗肱股之臣的地位,大有僭越之心,顿生篡位之志;词语不仅仅是用作编织诗歌的丝线,它本身就直接等同于诗(亦即**直接认词为诗**)。欧阳江河的几乎所有诗作,都是对这个观念的不断强化和推演,直至将这个观念极端化。

---

① 笔者在1999年春天完成的博士论文中,对欧阳江河的这两行诗有另外的看法(参阅敬文东:《指引与注视》,前揭,第210页),笔者仍然坚持当年的看法,此处提出另外的观点,并非当年的否定,只不过表示笔者关心的问题有变。

② 欧阳江河:《通向窄门又何妨》,《人民日报》2015年4月28日。

诸多迹象足以表明：词语问题大有可能成为新诗面临的基础性问题，甚或根本性难题。只是这个问题在较长时间里不被彰显、不受待见；更多的新诗诗人和理论家倾向于聚焦诗句和诗篇，视词语为渺小之物，认为词语可以被诗句操持，被诗篇调遣。首先看到和重视大尺寸而忽视小角色，然后再被迫聚焦于渺小、低矮之物，既是人之常情，也是人的认知有限性或局限性之所在①，亦即郭璞所谓"夫玩所习见而奇所希闻，此人情之常蔽也"②。唯有新诗长大成人，词语问题才可能被敏感之士有意识地提出来，恰如朱利安（François Jullien）之所言："只有当事后回顾之际，我们才能处理最初的问题……作者唯有在完成一本书的时候，才写导言。"③从新诗史的角度观察，欧阳江河的杰出疑惑，至少称得上对闻一多的下意识呼应。闻氏写于1930年代初期的《奇迹》——它本身就有资格充任新诗史上的"奇迹"——有如下两个光棍般响当当的句子：

---

① 新诗和旧诗的根本之差，向来众说纷纭；欧阳江河及其杰出的前辈和同辈，更愿意将之归结为对待词语之态度那方面的差异。姑且不论此说是否一定有理，但就新旧诗歌的现实情况而言，此说至少是一条可以考虑的进路。而新诗早期关于诗句和诗篇方面的著名论述，基本上集中于杨匡汉、刘福春编选的两卷本《中国现代诗论》（花城出版社，1985年），此处不赘。词语问题是本文将要处理的核心问题。
② 郭璞：《〈山海经〉序》。
③ 朱利安：《进入思想之门》，卓立译，北京大学出版社，2014年，第1页。

>我只要一个明白的字,舍利子似的闪着
>宝光,我要的是整个的,正面的美。

因为句号先天的干净利落特性,这两行诗应该和《打字机》中的那两行诗一样,认领同等程度的坚定与沉着,甚至在从容中,显得更为急迫。从纯粹诗学的角度观察,闻一多这两行诗同样可以逃脱《奇迹》的管辖范围,在象征或隐喻的层面,化茧成蝶为"元诗"(metapoetics)一类的东西。"元诗"不会像其他东西那样,因"东西"一词暗含的日出、日落之意,饱含自身的存亡、成毁之忧①,因为"元诗"意味着对诗本身的定义或凝视,先天就具有不朽的特征。就是在不朽性这个稳固的层面,闻一多的深切渴望更有可能是:究竟是哪一个具体的词语,才有资格充任新诗用以准确表达某种特定状态、情态、物态和事态的唯一一个词②?这**唯一之词**如此难觅,却必须被寻觅,必须被"救出",即便是耗

---

① 关于方位词的"东西"到指称事物之词的"东西",钱穆有言:"俗又称万物曰'东西',此承战国诸子阴阳五行家言来。但何以不言南北,而必言东西? 因南北仅方位之异,而东西则日出日没,有生命意义寓乎其间。凡物皆有存亡成毁,故言东西,其意更切。"(钱穆:《中国思想通俗讲话》,生活·读书·新知三联书店,2002年,第115页)张枣对此有极好的感悟:"但道路不会消逝,消逝的/是东西……"(张枣:《一首雪的挽歌》)

② 有好事者经过一番详细考证后认为:《奇迹》乃闻氏爱恋大美女方令孺的隐秘之作(参阅李传玺:《闻一多最后的"奇迹"送给谁? ——青岛时的闻一多与方令孺》,《江淮时报》2016年9月27日)。因此,所谓舍利子那般闪光的字,一定是可以说出但暂时无从说出的字,是抒情主人公没有能力说出的字。在抒情主人公的词语库存中,很难找到这个准确的、唯一的字,但又必须找到。

上"整个秋天",也在所不惜①。只有被"救出",唯一之词才能准确应对和农耕经验(farming experience)大相径庭的,作为"新情况"的现代经验(modern experience),只因为"平庸一般的话与新情况发生撞击时,绝不会产生任何火花"②;现代经验对词语苛刻和急迫的要求,不仅体现于要精确得"像鸟,而不是鸟的羽毛"(One should be light like a bird and not like a feather)③,它更重要和更加致命的那方面,已经被2013年的欧阳江河后置性地一语破的:"写作深处的问题意识带有一种天问性质。"④时至2013年,欧阳江河的态度更为明确:现代经验笼罩下的升级版"天问"需要的词语,不再是"遂古之初"、"上下未形",也不可能是"冥昭瞢暗"——那反倒是现代天体物理学管辖的领域。

## 为欧阳江河诗学之问所做的小回顾

祖传的农耕经验随身携带着无法被掩饰的直观特性,它清

---

① 值得注意的是,此处所谓的唯一之词还没有考虑汉语一词多义的情况(参阅钱钟书:《管锥编》,中华书局,1986年,第1—3页;参阅龚鹏程:《汉代思潮》,中华书局,2005年,第104—107页),如果将此考虑进去,情形将会更加复杂。但也可以有较为简单的处理:一个词的不同含义在不同的诗作中必须得到仔细分辨。
② 卡尔维诺(Italo Calvino):《美国讲稿》,萧天佑译,译林出版社,2001年,第368页。
③ 保尔·瓦莱里(Paul Valery)语,转引自卡尔维诺:《美国讲稿》,前揭,第331页。
④ 欧阳江河:《消费时代的长诗写作》,《东吴学术》2013年第3期。

澈、质朴①,恰如卢卡奇(Georg Lukács)之所说:"星空就是可走和要走的诸条道路之地图,那些道路亦为星光所照亮。"②正所谓"窑烟幂疏岛,沙篆印回平。"(孟郊、韩愈《城南联句》)直观超越了演绎和归纳管辖的范围:"人们既不能通过演绎,也不能通过归纳来领会这种本质,而只能通过直观来领会这种本质。"③直观是现象学层面的一种思维方式。所谓现象学,就是"对直观到的本质和直观本身进行实事求是的描述"④。按其本义(或本意),直观特性更倾向于强调人与各类情、事、物蔼然相杂处,更愿意全方位委身于人所遭逢的各种物、事、情。而所有的激情和诗意,还有从一开始就必须配备的人伦物理,向来只存乎于情、人、物事的蔼然相杂处,不内在于也不外在于有缘和人相遭逢的一切物、事、情,当然,还包括除自己之外的其他各色人等⑤。

---

① 这种直观特性,以王小盾之见,早在文字出现的上古时期就出现了,黄河流域的古人"为实现人与神之间的交流",必须"采用较为直观的客观形式"(王小盾:《经典之前的中国智慧》,北京大学出版社,2016年,第231页)。直观有可能建立在中国古人对"言""辞"持不信任态度,而高度信赖"象"的基础之上。早在《周易·系辞上》就有"立象尽意"的观念,到了王弼,阐释得更为详细而干脆:"夫象者,出意者也;言者,明象者也。尽意莫若象,尽象莫若言。言生于象,故可寻言以观象;象生于意,故可寻象以观意。意以尽象,象以言著"。(王弼:《周易略例·明象》)

② 卢卡奇:《小说理论》,燕宏远等译,商务印书馆,2013年,第19页。

③ 莫里茨·盖格尔(M. Geiger):《艺术的意味》,艾彦译,华夏出版社,1999年,第11页。

④ 彭锋:《诗可以兴》,安徽教育出版社,2003年,第5页。

⑤ 郑毓瑜堪称创造性地提出:中国传统思维乃是一种引譬连类的思维,亦即通过越界、跨类的方式,在类分事物的基础上联结物/我、情/景、身/心、言/意的一套生活知识、理解框架和价值体系,由此形成迥异于西方以逻辑推演为主要认识方式的"关联式"、整体性的宇宙观、世界观和思维方式。为此,郑毓瑜用皇皇大著《引譬连类:文学研究关键词》(生活·读书·新知三联书店,2017年)展开了详细论述。

所谓道器不二,所谓"人能弘道,非道弘人"①,所谓"人与天调,然后天地之美生"②,都建立在这个数千年来坚不可摧,后来却惨遭崩解的基础之上③。这样一种植根于泥土的朴素观念,这样一种出自于谷物的清澈念想,更愿意欢喜于"心传目击之妙"④,倾情于"目击道存"⑤所表征的境界,波德莱尔(Charles Pierre Baudelaire)的睿智之言正可以用于此处而若合符契:"自然除了事实没有别的道德,因为自然本身就是道德。"⑥农耕经验的如许腰身,放纵性地滋养了汉语的肉体特征;农耕经验如其所是的容颜和相貌,则在暗中培植了汉语字词丰沛的肉感性⑦。

---

① 《论语·卫灵公》。
② 《管子·五行》。
③ 参阅李泽厚:《历史本体论》,生活·读书·新知三联书店,2008年,第106—117页。
④ 《宣和画谱》卷十八。
⑤ 参阅《庄子·田子方》。
⑥ 波德莱尔:《波德莱尔美学论文选》,前揭,第285页。
⑦ 其实,所有的语言从一开始,都有这种肉感特征。维柯(Giovanni Battista Vico)认为,诗性逻辑指的是初民们理解事物的指称形式;初民们对事物的认识只能是感觉的和想象的;初民们的形而上学就是他们的诗歌。凭籍这一能力,我们的祖先通过想象,在语言空间中,把自然界创造成了一个无比巨大的生命体。为此,维柯举了一个颇具说服力的小例子:"在把个别事例提升为共相,或把某些部分和形成总体的其他部分相结合在一起时,替换就发展成为隐喻。例如'可死者'原来是特别用来指人的,因为只有人的死才会引起注意。用'头'来指'人'在拉丁俗语中很普通,是因为在森林中只有人的头才能从远处望到。'人'这个词本身就是抽象的,因为作为一个哲学的类概念,'人'包含人体其他各部分,人心及其他一切功能,精神及其一切状态。"(维柯:《新科学》,朱光潜译,人民文学出版社,1986年,第182页)列维-布留尔(Lucien Lvy-Bruhl)此处似乎是在应和维柯:"原始人的思维把客体呈现给他自己时,……他的思维掌握了客体,同时又被客体掌握。思维与客体交融,它不仅在意识形态意义上而(转下页注)

顾随因此而有言:"文学中之有议论、用理智,乃后来事。诗之起,原只靠感情、感觉。"①顾氏乐于强调的,仍然是汉语字词饱满不竭的肉体性,尤其是肉体性遍及于古典诗词的功效与意义。缪钺在笺释沈约"歌咏所兴,宜自生民始"②一语时,也乐于如是放言:"虽无文字,(诗)亦可见诸口语,而散文之兴,则必在人类理智发达知记事与说理之后也。"③缪氏所言的"口语",以及它跟诗与歌的关系,正凸显出"口语"自身携带的及肉性,尤其是此肉体(亦即"口语")散落于彼肉体(亦即可以被直观的外物)时,所产生的仁慈和善意④。此间情形,恰如奥登(Wystan Hugh Auden)所言:"黄金时代甚至可以这样定义:'真实的人用诗说话'。"维柯(Giovanni Battista Vico)为奥登如此放言提供的理由,

---

(接上页注)且也是在物质和神秘的意义上与客体互渗。"(列维-布留尔:《原始思维》,丁由译,商务印书馆,1986年,第68页)靠什么"互渗"呢? 诗性思维。

① 顾随:《中国古典诗词感发》,北京大学出版社,2012年,第74页。
② 沈约:《宋书·谢灵运传论》。
③ 缪钺:《缪钺全集》第六卷,河北教育出版社,2004年,第5页。今人李洁非对此有更为详细考辨(参阅李洁非:《散文散谈——从古到今》,《文艺争鸣》2017年第1期)。
④ 被认作"中国通"的费正清(John King Fairbank)抱怨过:"中国哲学家认为,凡是他们提出的原理都是不需要证明的",他们的"证明""更多地依靠比例匀称这一总的思想,依靠对偶句的平衡,依靠行文的自然流畅。"(费正清:《美国与中国》,商务印书馆,张理京译,1971年,第58页)这种依靠语言的色情与肉感,来说明、论述而不是呈现抽象论题的论证方式为西方人所不齿,这是因为他们不能理解:中国哲人面对的是普通的人情物理,可以直观洞见,目击而道存,以语言的肉感特性直面对象,恰好暗示了被语言目击的对象具有鲜活的特质,本身就是水灵灵的。或许正是在这个意义上,斯宾格勒(swald Arnold Spengler)才说:"用来证明死形式的是数学法则,用来领悟活形式的是类比。"(斯宾格勒:《西方的没落》,齐世荣等译,商务印书馆,1963年,第14页)

竟然提前了两个多世纪:黄金时代(golden age)的诗意味着一种鲜活的隐喻,意味着一种充沛的感觉,一种直截了当的想象力①。

汉语字词出自农耕经验的如许特征和身位,导致了古典诗词的重大特征:对当下和即刻的直接介入,对自然和直寻的高度倡导②。最终,导致了对呈现(expression)——而不是重现(re-expression)——的极度张扬③。陈子龙因此而有言:"古人之诗也,不得已而作之……夫苏李之别河梁,子建之送白马,班姬明

---

① 参阅维柯:《新科学》,前揭,第161-162页。

② 参阅周策纵:《弃园诗话》,世界图书出版公司,2014年,第150—185页。明人谢榛说得更为明确:"自然妙者为上,精工者次之。此着力不着力之分,学之者不必专一而逼真也。"(谢榛:《四溟诗话》卷四)金圣叹对直寻理解得十分直白。他在《选批唐诗》中评温庭筠《经李征君故居》"一院落花无客醉,五更残月有莺啼"一联时指出:"逐字皆人手边笔底寻常惯用之字,而合来便成先生妙诗。"

③ 顾随:《中国古典诗词感发》,前揭,第215页。《诗品·序》:"若乃经国文符,应资博古。撰德驳奏,宜穷往烈。至乎吟咏情性,亦何贵于用事?'思君如流水',既是即目;'高台多悲风',亦惟所见;'清晨登陇首',羌无故实;'明月照积雪',讵出经史。观古今胜语,多非补假,皆由直寻。"美国小说理论家韦恩·布斯(Wayne C. Booth)甚至认为小说也得如此:"很多批评家提出,小说家若要站得住,就必须'展示'(showing)而不是'讲述'(telling)故事,以便让读者作出所有的判断。"[韦恩·布斯:《隐含作者的复活:为何要操心?》,詹姆斯·费伦(James Phelan)等主编:《当代叙事理论指南》,前揭,第63页]缪钺从情感由粗至细与诗、词、曲的文体交替角度,有过精辟的观察:"人有情思,发诸楮墨,是为文章。然情思之精者,其深曲要眇,文章之格调词句不足以尽达之也,于是有诗焉。……诗之所言,固人生情思之精者也,然精之中复有更细美幽约者焉,诗体又不足以达,或勉强达之,而不能曲尽其妙,于是不得不另创新体,词遂肇焉。"(缪钺:《缪钺全集》第三卷,河北教育出版社,2004年,第4页)很显然,这种文体的变迁加大了而不是削弱了对词语的肉感性的依赖,因为文体的变迁是为了更细致入微地刻画情感,是为了更细致地抒情(参阅王德威:《抒情传统与中国现代性》,生活·读书·新知三联书店,2010年,第7—17页)。

月之篇,魏文浮云之作,此景与情会,不得已而发之咏歌,故深言悲思,不期而至。"①呈现的直接性、呈现从何而来,以及古典诗词如何进行呈现,皆被陈氏一语破的。无独有偶,清人钱泳所持之论,极其类同于换代之际的陈子龙:"诗之为道,如草木之花,逢时而开,全是天工,并非人力。"②正是在"全是天工"的呈现——而非依靠"人力"的重现——这个无比坚实的基础上,古典诗词才会有到底是"僧推月下门"好呢,还是"僧敲月下门"更好呢的苦心经营和仔细辨析③;才会用"绿"字,依次取代"到""过""入""满"等长相甚好之字词,一锤定音为"春风又绿江南岸"④。不用说,音节响亮的"推"和"敲",骨节爽利的"到""过""入""满""绿",都具有饱满的质地,都有着丰沛的现场感,因此,都有利于对当下的物、事、人、情进行直接呈现;即使它们当中的某些词语最终遭到淘汰、不幸被弃用,那也是因为它们从一开始,便有幸获得了被弃用、被淘汰的资格⑤。虽然喜欢辨析、雅

---

① 陈子龙:《青阳何生诗稿序》。

② 钱泳:《履园谈诗·谈诗》。

③ 参阅胡仔:《苕溪渔隐丛话》前集卷十九。王夫之对"僧敲月下门"的来历另有解释。他认为,此句不来自心与景会,不是直观的产物:这句诗只不过是"妄想揣摩,如他人说梦,纵令形容酷似,何尝毫发关心?⋯⋯若即景会心,则或推或敲,必居其一"(王夫之:《薑斋诗话》卷下)。本文不采此说。

④ 参阅洪迈:《容斋续笔》卷八。

⑤ 顾随从语言文字的角度给出了另外的解释,但此解释的结果与本文此处的结果是一致的。顾随云:"对人生应深入咀嚼始能深,'高'则需要幻想,中国幻想不发达。常说'花红柳绿',花,还它个红;柳,还它个绿,是平实,而缺乏幻想。无论何民族,语言中多有 Ля(俄文字母,卷舌音)之音,而中国没有。Ля 音颤动,中国汉语无此音,语音平实。平实如此可爱,亦如此可怜。"(顾(转下页注)

好说理,是宋人在唐诗的"影响的焦虑"(the anxiety of influence)①下引以为傲的新发明、新武器②,虽然早有人为辨析与说理专门辩护过:"性情原自无今古,格调何须辨唐宋"③,但宋诗被后人一再贬损,却是不争的事实④。究其原因,很可能是宋诗为唐诗所逼,被迫或有意识地弱化甚至放弃了词语的肉感特征,冒犯甚至破坏了华夏文明中更重直观的思维传统。农耕经验归根结底是透明的,它被星光所照亮。卢卡奇因此不无夸张地称之为"极幸福的时代"⑤。

## 词语的一次性原则

欧阳江河的诗学之问、闻一多早在 1930 年代的深切渴望,

---

(接上页注)随:《中国古典诗词感发》,前揭,第 60 页)

① 很明显,此处借用了哈罗德·布鲁姆(Harold Bloom)一本书的题目亦即《影响的焦虑》(徐文博译,江苏教育出版社,2006 年)。宋人对唐人的焦虑可参阅王宇根:《万卷:黄庭坚和北宋诗学中的阅读与写作》,生活·读书·新知三联书店,2015 年,第 50—52 页。

② 袁中道有谈论生死的如下诗行:"欲穷人外理,先剖世间疑。五行因何起?天地何高卑?鹄鸟何白黑?日月何盈亏?生胡然而至?死胡然而归?天胡然而喜?鬼胡然而悲?"(袁中道:《陶石篑兄弟远来见访,诗以别之》)但即使如此,看似形而上的死生问题至少在古典诗词中——比如在《古诗十九首》、陶渊明、李白、苏轼那里——是可以直观的。

③ 戴昺:《东野农歌集》卷四"答妄论唐宋诗体者."

④ 明人苏平甚至认为宋人的近体诗只有一首可取,而且这首被认为可取的诗并非没有毛病(参阅叶盛:《水东日记》卷十记苏平语。)顾随批评宋代的西昆体为"文字障":"西昆诗用典只是文字障,及至好容易把'皮'啃下,而'馅'也没什么。"(顾随:《中国古典诗词感发》,前揭,第 200 页)

⑤ 卢卡奇:《小说理论》,前揭,第 19 页。

首先源出于农耕经验的猝然崩解,但新诗自觉并且明确地体察到这一点,在时间上是较为靠后的事情①。农耕经验的中道崩殂,则导致了现代中国人对他们遭逢到的各种情、物、事、人,再也无法既轻易,又清晰地直观,也无法被新诗直接并且轻松地呈现——呈现更多地属于古典诗学的范畴。星光早已黯淡,照不亮钢筋水泥、飞机、大炮,照不亮孤寂、阴冷、乏味的人心。而孤独的个人或个体,亦即孤岛般的单子之人②,乃是典型的现代性事件,但最好被视作现代性的终端产品,它的内部晦涩不清,一团乱麻③,真(或直)仿佛"名称任何时候都不能正确地说明它所代表的事物"④。到得这等既难堪,又难看的境地,直接性的呈现到底从何而来?又到底从何说起呢?接下来的推论,就大有顺理成章的刚猛劲头:面对密不透风的现代经验,尤其是面对现代经验咄咄逼人的挑衅之势,曾经"独擅"直观之"胜场"的词语,还有词语的肉体特征,终于大面积地丢失其领地、大规模地失效了;仅仅

---

① 早期的新诗理论家主要强调旧瓶(古诗)无法再装新酒(现代经验)这个尴尬局面,忙于在诗体这个宏观角度进行战略转换(比如胡适作于1919年的《谈新诗》),甚至重视的是"白话"而不是"诗"(参阅梁实秋:《新诗的格调及其他》,杨匡汉、刘福春编:《中国现代诗论》上,前揭,第141—145页),尚来不及考察词语和新旧时代之间的关系。较早也较为明确意识到这一点的,也许是闻一多作于1923年的《〈女神〉之时代精神》。

② 参阅敬文东:《艺术与垃圾》,作家出版社,2016年,第12页。

③ 参阅赵汀阳:《第一哲学的支点》,生活·读书·新知三联书店,2013年,第119页。

④ 库贝尔(Gustave Courbet)语,转引自迟轲:《西方美术史话》,中国青年出版社,2004年,第184页。

依靠对物、事、情、人进行直观呈现(expres-sion/showing),远不足以揭示现代经验的复杂性、含混性、晦涩性和不透明性①。

早于闻一多之深切渴望的,更加早于欧阳江河诗学之问的,是新诗草创之际胡适对词语提出的新期望:"人人以其耳目所亲见亲闻所亲身阅历之事物,——自己铸词以形容描写之。"②胡适暗中或下意识遵循的,仍然是中国的古典诗学原则:直寻式的呈现或呈现式的直寻乃胡适持论的根本所在。虽然胡氏肯定不同意这等论断,但证之以《尝试集》中的大多数作品,则莫不昭然若揭。尽管如此,作为一贯恪守"白话原教旨主义"③立场的著名人物,胡适还是很快会注意到:如此这般的"——自己铸词",当真能够成就古典诗词无法成就的那种"形容描写"之局面④。现代汉语(而非纯粹"白话")界定下的词语几经辗转,自有强劲的能力和精、气、神,去把握、捕捞和对付现代经验;古典诗词曾经惯用而泅渡新诗之中的许多

---

① 所以闻一多才愤激地说:"明清两代关于诗的那许多运动和争论,都是无谓的挣扎。每一度挣扎的失败,无非重新证实一遍那挣扎的徒劳无益而已;"(闻一多:《神话与诗》,上海人民出版社,2006年,第165页)西渡才挑衅道:"对'具有特殊规格的语言和文体'的极端偏好在长达几千年的重复强调中最终把中国文学变成了一个封闭的修辞系统。"(西渡:《废名新诗理论探赜》,《新诗评论》2005年第2期)

② 胡适:《文学改良刍议》,《新青年》第2卷第5号,1917年1月。

③ 江弱水:《文本的肉身》,新星出版社,2013年,第38页。

④ 胡适以他自己的新诗《应该》的第一句,亦即"他也许爱我,——也许还爱我——",作为例子。他反问道:"这十个字的几层意思,可是旧体诗能表得出的吗?"(参阅胡适:《谈新诗——八年来一件大事》,杨匡汉、刘福春编:《中国现代诗论》上,前揭,第3页)

词汇,在面对现代经验这个卡尔维诺所谓的"新情况"时,却显得一筹莫展、难以置喙①。在此,胡适更有可能暗示的是:现代汉语要想拥有把捉现代经验的本领,就急需要为传自亘古的诸多词语,注入分析各类物、事、情、人的能力,以便穿透、进入,甚至撕开原本就不透明的现代经验②。对胡适的言说做如此样态的解读,当然有可能,甚至原本就过高地估计了胡适的本意。但白话新诗必将遭逢这种解读所昭示的局面,却是逻辑上通畅、滑溜之事,因为新诗终将落实在词语的层面,终将对词语提出更苛刻的要求。和古典诗词相比,新诗需要更犀利的词语,因为对手

---

① 20世纪初年身居美国的胡先骕作诗、填词时,也禁不住习惯性地炮制出了"荧荧夜灯如豆"、"袅袅余音,片时犹绕柱"一类很古意盎然,很古旧中国的句子,就很说明问题。胡适对此批评说:"此词在美国所作,其夜灯决不'荧荧如豆',其居室尤无'柱'可绕也。"(胡适:《文学改良刍议》,《新青年》1917年第1期)这里还可以举一个著名的例子,亦即余光中的《等你,在雨中》:"等你,在雨中,在造虹的雨中/蝉声沉落,蛙声升起/一池的红莲如红焰,在雨中//你来不来都一样,竟感觉/每朵莲都像你/尤其隔着黄昏,隔着这样的细雨//永恒,刹那,刹那,永恒/等你,在时间之外,在时间之外,等你,在刹那,在永恒//如果你的手在我的手里,此刻/如果你的清芬在我的鼻孔,我会说,小情人/诺,这只手应该采莲,在吴宫/这只手应该/摇一柄桂浆,在木兰舟中……"余光中写这首时,距离胡适倡导白话诗已经过去了很多个年头,但存乎于《等你,在雨中》的许多字词是古诗常用的,氛围和情调亦是古典的,它们被余氏用于描写现代爱情,给人一种十分古怪的感觉,似乎让人感到自己是否再次回到了五代或南朝。

② 现代西方强调肉体性因而看似反对词语的分析性,庞德的《在地铁车站》是典型个案。这个最晚起自尼采的所谓"身体转向"(参阅汪民安等:《身体转向》,《外国文学》2004年第1期),似乎是在肉体的维度反对分析性。这看似矛盾,其实很容易理解:身体性恰好是为了缓解西方过于理性、抽象导致的远离万物,中国新诗的现代性恰好要特别接近万物的情况进行稍微偏离而借用分析性(参阅敬文东:《论新诗现代主义的内在逻辑和技术构成》,《山东师大学报》1995年第2期)。

早已变得异常强大①。这很自然地意味着:欧阳江河的诗学之问早在新诗诞生之时,就已初现端倪;只不过到闻一多甚至欧阳江河写作的年代,这个问题并没有完全得到解决,或很好地得到解决。

对于现代汉语来说,词语获取分析性(analyticity)的渠道可能多种多样,但虚词的大规模介入,很有可能是诸多渠道中颇具分量的一种,也很可能更为"直撇"②。在古诗中,虚词或许应当尽量被避免、被屏蔽③;在新诗处,则必须被仰赖、被渴慕。王泽龙等人的研究结果似乎足以表明:"白话虚词是白话作文作诗的关键因素。……如果说副词、连词的激增从逻辑关系和语义表达上为诗句长度的拓展提供了基础,那么介词和助词的使用则促进了诗句的松动变形。一方面,介词的进入构成短句或从句,使诗歌节奏发生变化;另一方面,助词的大量使用,特别是'的'

---

① 参阅敬文东:《叹词魂归何处?》(上),李森等主编:《学问》(总第三辑),花城出版社,2016年,第58—59页。

② 蜀语,意为干脆、不拖泥带水。

③ 关于古典诗词必须尽量避免虚词有很多方家的论述可资借鉴。宋人胡仔《苕溪渔隐丛话》前集卷五十引黄庭坚"诗句中无虚字方健雅";同为宋人的陶宗仪《南村辍耕录》卷九引则赵孟𫖯"作诗虚字殊不佳"。这些都是明证。但曹植可能是个比较罕见的例外。谢榛有云:"子建诗多有虚字用工处,唐人'诗眼'本于此。"(谢榛:《四溟诗话》卷三)不过,处于诗与叙事文学之间的赋却须得仰仗虚词,比如潘岳《西征赋》"观乎汉高之兴也,非徒聪明神武"、庾信《小园赋》"若夫一枝之上,巢父得安巢之所"等等。以龚鹏程之见,这些虚词起到了"泛叙物事,以启下文"和"进一步申论"的作用(参阅龚鹏程:《中国文学史》,东方出版社,2015年,第338—339页)。从这里可以看出,虚词即便在古典时期,也能起到丰富表达的作用;现代汉语仰仗虚词增加表现力,很可能只是对此的扩大化。

'着''了'等结构助词、动态助词和语气助词的出现,使诗句延展,长短不一,革新了旧诗体形式。"①但更重要,也可能出乎王泽龙等人意料之外的是:在此基础之上,古典诗词中饱具肉体性的诸多词语,在涸渡到现代汉语甚至进入新诗之中时,早已被迫削减了它们的肉体特征;火速赶来填充空位的角色,则是不透明的现代经验这个"新情况"渴望中的分析性②——虚词之功大矣哉!即使是对"五四运动"以来的汉语欧化现象持否定态度者,面对强劲的事实,也不得不承认:随着虚词被大量引入,随着句子的长度、密度和厚度不断加大③,现代汉语几乎是在"呕哑嘲哳难为听"的同时,对物、事、人、情确实具有更丰富的穿透性,更饱满的延展性。所谓"丰富"、"饱满"者也,正出自词语因适度欧化而来的分析性能;欧化和分析性甚至有能力暗示一个令人欣喜的局面:现代汉语具有自我生长的能力,顽强并且充满韧劲④。这正是瞿秋白的想法。1931 年 12 月 5 日,他致函鲁迅:

---

① 王泽龙、钱韧韧:《现代汉语虚词与胡适的新诗体"尝试"》,《中国现代文学研究丛刊》2014 年第 3 期。

② 古今都有名学者对虚词发表重要意见。从以下两例中,不难看出原本很肉感的词语在虚词的作用下如何获取自身的分析性。其一例来自刘淇:"构文之道,不外虚实二字,实字其体骨,虚字其神情也。"(刘淇:《助字辨略·序》)其二例来自吕叔湘:"实字的作用以它的本身为限,虚字的作用在它本身之外;用错了一个实字只是错了一个字而已,用错了一个虚字就可能影响很大。"(吕叔湘、朱德熙:《语法修辞讲话》,中国青年出版社,1979 年,第 65 页)为什么会影响很大?就是因为虚词能够更好地激发词语的表现能力。

③ 闻一多从叹词的角度认为,古典诗歌,比如楚辞,其句式最多不能超过十个字(闻一多:《神话与诗》,前揭,第 149 页)。

④ 参阅李春阳:《白话文运动的危机》,生活·读书·新知三联书店,2017 年,第 30—100 页。

"翻译——除出能够介绍原本的内容给中国读者之外——还有一个很重要的作用:就是帮助我们创造出新的中国的现代汉语。"①新诗诞生不久,郭绍虞就对欧化做过辩护:"新诗中原不妨使之欧化,但必须先有运用母舌的能力,必须对于国情先有相当的认识。欧化而不破坏母舌的流利,欧化而不使读者感觉到是否中国的背景,那也是成功。"②杨政,当代诗歌隐士,说得更直白:"现代汉语引进拉丁语系的句法和日语中普遍应用的双字构词法……中西两种截然不同的语系得以联结,汉语的书面表达更精准,更适合思辨和数理逻辑的推演。"③谢冕的看法很笃定:贺敬之之所以在诗歌写作上获取成功,是因为后者让"欧化的体式拥有了中国神韵"④。种种迹象足以表明:现代汉语在赢得分析性能的过程中,"呕哑嘲哳难为听"顶多是看起来不可避免的代价⑤。或许,这就是"救出几个字"的内在含义,也是"唯一之词"基本的内心诉求。而欧阳江河的著名作品《玻璃工厂》(1987年),正可以被视作欧阳江河诗学之间的杰出产物,尽管

---

① 鲁迅:《二心集·关于翻译的通信》。
② 郭绍虞:《新诗的前途》,燕京大学《燕园集》出版委员会·《燕园集》,1940年5月,第32页。
③ 杨政:《苍蝇·走向孤绝》,海豚出版社,2016年,第3页。
④ 谢冕:《中国新诗总系1949—1959卷·导言》,人民文学出版社,2009年,第4页。
⑤ 实际上,汉语欧化或欧化后的汉语,并不必然做不到流畅自如,小说家韩少功、格非,散文家钟鸣、蒋蓝,哲学家陈嘉映、学者李零等人朗朗上口的文字,早已说明了这一点;更重要的是,欧化是汉语具有生长能力的标志之一(参阅敬文东:《诗歌在解构的日子里》,北京大学出版社,2008年,第226—227页)。

该诗的确有那么一点模仿之嫌①:

> 在同一工厂我看见三种玻璃:
> 物态的,装饰的,象征的。
> 人们告诉我玻璃的父亲是一些混乱的石头。
> 在石头的空虚里,死亡并非终结,
> 而是一种可改变的原始的事实。
> 石头粉碎,玻璃诞生。
> 这是真实的。但还有另一种真实
> 把我引入另一种境界:从高处到高处。

玻璃,尤其是玻璃工厂,其内里实在没有多少诗情画意可言,因为制造玻璃对生态的破坏、对环境的污染,都极为严重,官方已经为它量身制定了相关规则。但在当下中国,玻璃和玻璃工厂却是一个不折不扣的现代性事件;诸如此类的事体值得有抱负的新诗操持者们一显身手,但此类事体更是考验新诗肾上腺激素优劣与否的试金石——不能处理诸如玻璃和玻璃生产过程的新诗不配成为新诗。而经由玻璃工厂生发出来的一切,比

---

① 《玻璃工厂》很可能模仿了蔡其矫、林一安翻译的聂鲁达(Pablo Neruda)的长诗《马楚·比楚高峰》。汉语版《马楚·比楚高峰》的第一句是:"从空旷到空旷,好像一张未捕获的网;"《玻璃工厂》的第一句是:"从看见到看见,中间只有玻璃。"《玻璃工厂》甚至还有"以空旷对空旷,以闪电对闪电"这样的句子,似乎更将模仿暴露出来。但即便如此,《玻璃工厂》仍然带有强烈的欧阳江河的个人色彩。

如:完全机械-自动化地制造玻璃、依照现代经济模式销售玻璃、根据玻璃自身习性生产花样百出的玻璃制品以谋取更多的利润,以及在玻璃与人之间构筑起来的各种经济关系、劳资纠纷、人际冲突,还有玻璃在现代性视域中获取的各种隐喻、由生产带来的异化主题等等,都是围绕资本——而非自给自足的小农经济——这个现代核心意象产生的异质物品,或隐秘现象。它们从起始处,就经纬交织、错综复杂、你中有我。其中的任何一部分,都不可能真的自外于其他部分,或从其他部分全身而退,更不可能像玻璃自身那般通体透明,以至于"从看见到看见,中间只有玻璃"(欧阳江河:《玻璃工厂》)。正是玻璃的透明特性,才导致了处于同一张玻璃两边那两个"看见"互相"看见"了对方的"看见",甚至相互"看见"了对方的被"看见"。在此,不存在被巴赫金称颂的"视觉的余额"[1];而"看见",尤其是被"看见",也算不上对某种情态、事态或物态的直观呈现,而是扎扎实实的分析,因为至少是被"看见"的那个"被",拥有更多非直观的特性。所谓"看见"的,也不是对面那个"看见"的表面,而是"看见"了对面那个"看见"的内里,以及那个"看见"的内部或脏腑,正所谓"物态的,装饰的,象征的",但尤其是"象征的"——"被"字正是对"象征的"的准确解释。因此,诸如"思君如流水"、"高台多悲风"、"清晨登陇首"、"明月照积雪"一类直寻[2]式的直观呈现

---

[1] 参阅卡特琳娜·克拉克(Katerina Clark)、迈克尔·霍奎斯特(Michael Holquist):《米哈伊尔·巴赫金》,语冰译,中国人民大学出版社,2000年,第97页。
[2] 钟嵘:《诗品·序》。

(expression/showing),诸如古罗马的市民们"称一个做爱的女人为'洗过的女人'(puella lauta),称一个常做爱的女人为'湿润的女人'(puella uda)"[①]那一类的"实话实说",或"有话好好说"[②],已经不足以把捉复杂难缠、无法彼此分离的现代经验。跟素朴、干净、清澈和较为简单的古典诗词比起来[③],新诗更有理由自我声称:俺才是真正一个"课虚无以责有,叩寂寞以求音"[④]的艰难历程。在现代性笼罩下,一切看似透明之物的生产过程都必定是不透明的,甚至连"石头粉碎,玻璃诞生"这种看似简单、铿锵的"真实"过程,都被严格看管在阴谋诡计般的生产程序之中,周遭一片黑暗,但还得期待比漆黑更黑的境地[⑤]。

正是在这里,欧阳江河展现出非凡的敏锐与才华。他很清

---

① 保罗·韦纳(Paul Veyne):《古罗马的性与权力》,谢强译,华东师范大学出版社,2013年,第173—174页。
② "实话实说"是中央电视台(CCTV)曾经火爆的一档节目;"有话好好说"是张艺谋一部电影的片名。
③ 严格地说,古典诗词之于当下中国读者,其难度主要存乎于训诂学方面,很少存乎于诗意本身(参阅敬文东:《作为诗学问题与主题的表达之难》,《当代作家评论》2016年第5期)。
④ 陆机:《文赋》。
⑤ 面对现代经验,汉语新诗和现代小说实际上拥有同样的任务,因为在"在现代社会,所有的阴谋都被小心翼翼地包裹起来,并以表面上最公开、最透明的方式,掩盖了最不可告人的各种目的和各式机心。它需要太多的转渡,它有太多看不见的环节,它根本就无法被直观洞见,它需要被撕开——它只有被撕开,才能被看见。所谓现代小说,就是要把太多的转渡、太多的黑暗环节摆到明处。……生活与社会能否被直观洞见,才是测定是否是现代社会的度量衡,也是测定小说是否具有现代性的神奇天平"(敬文东:《小说、理性、逻辑及其他》,《世界文学》2012年第1期)。

楚,如何处理物,如何处理叙事性的现代场景,尤其是如何处理围绕物和叙事性场景组建起来的现代经验,才当真称得上新诗或成或败的头号关键。经由如此这般高质量,尤其是高难度的思考,欧阳江河几乎是以一己之力,更新了对新诗的理解[①]。就是在这个刻不容缓的当口,欧阳江河才与他的诗学一问一道,苦苦寻思该使用何种颜值、胸襟和神色的词语,该在何种程度上,动用词语何种程度的分析性能,去恰切地表达玻璃的生产过程、玻璃的隐喻、玻璃有意隐喻着的精神、玻璃之精神有意囚禁起来的另一种可能更高的真实……如此等等,都无法被任何一位现代中国诗人直观洞见式地尽收眼底,却已经让新诗的肾上腺激素蠢蠢欲动,事先活跃了起来。这些过于繁复的问题,这等过于恼人的局面,必须被新诗有意挑中、青睐和宠幸的众多唯一之词所表达,否则,新诗就算不上完成了自己的任务或使命。这给欧阳江河**直接认词为诗**(亦即诗的状况就是词的状况)的观点,埋下了看似合理的伏笔;而凡是无法被直观的东西,都照例拥有数不清的死角,都存在着难以计数的拐弯处。它们倾向于共同考验词语的吞吐能力,更乐于联手检测表达自身的消化水平。

---

[①] 在此,海子可以成为一个很好的对照。1987 年,海子热衷的是农耕时代的麦子,但麦子被他神性化了;他更热衷的是破碎的、用旧了的天堂。从这个角度看过去,海子是一位活在当代中国的远古神巫,或埃及和希伯来的祭司,已经有人用整整一部书讨论这个问题(参阅胡书庆:《大地情怀与形上诉求》,河南人民出版社,2007 年)。这和欧阳江河对新诗现代性敲骨吸髓的榨取,可谓天壤之别。但这样说,没有贬低海子的意思,因为现代性肯定是新诗的首要追求,但并不是唯一的追求;而且新诗现代性并不必然保证新诗写作的成功。

陈与义有诗曰:"朝来庭树有名禽,红绿扶春上远林。忽有好诗生眼底,安排句法已难寻。"(陈与义:《春日二首》之一)简斋在雅好文治和说理的北宋面临的困难与烦恼,也许仅仅限于表达上难以做到自然和直寻(所谓"安排句法已难寻")。新诗如果对诸多无法被直观的死角和拐弯处,只能利用词语的肉体性能进行直观式、直寻式的表达(所谓触景生情)①,就是不诚实的、懒惰的和敷衍的,最终是不可靠的,毕竟直观和直寻无法真的表达现代经验。现代经验也不可能真的被直观,因为它的消息从不在表面,甚至不在腠理,而在脏腑。如果不能至少将玻璃隐喻着——而非表面着——的"另一种真实"和"另一种境界",用诸多唯一之词给精湛地表达出来,从纯粹诗学的角度观察,《玻璃工厂》就没有存活的必要②。

对此,欧阳江河有着十分明确的认识:"我的诗要保持一种狠劲儿,它要触及真实,触及现实,触及物象——词象得触及物象,否则就变成词生词的一个互动了。"③但狠劲到底来自何方?答曰:来自能够真正触及物象的那些有嚼劲的词象,长了獠牙的词象。用不着怀疑,呈现是词之眼在直观、在直视,也是词之手

---

① 参阅欧阳江河:《写法读法,其实都是活法》,《花城》2017年第3期。
② 钟鸣认为,对现代场景、现代之物的诗学重视,在新诗史上很可能始于1930年代的卞之琳(参阅钟鸣、曹梦琰等:《"旁观者"之后——钟鸣访谈录》,《诗歌月刊》2011年第2期)。如果从标志性、象征性人物的角度看,钟鸣认卞之琳为这方面的第一人并没有错。但严格讲,卞之琳对此问题远不如距离他半个世纪后的欧阳江河那么极端。欧阳江河是在到此为止的新诗史上最为重视现代场景的汉语诗人。
③ 欧阳江河、顾超:《诗歌要保持一种狠劲——欧阳江河访谈录》,《天涯》2016年第6期。

在抚摸,更是词之肌肤在"感"、在"触":呈现就是零距离地触及事物的表面,亲近事物的肌肤。分析却不仅仅是词语的"触及"能力,更是词语自身拥有的炸裂才华,也是对词语的"地盘原则"(territoriality)①展开的反叛与围剿,因为"地盘原则"居然倡议词语间在权限上互不侵犯。正是在具有炸裂能力这个更高的层面上,《玻璃工厂》中那些看似普通、简单、直白,甚至庸俗、不肉感也毫无诗意的词语(比如"物态的""装饰的""象征的""空虚""死亡""引入""高处"……),才有能力直接进入不透明的现代经验;而围绕玻璃及其生产过程组建起来的诸多隐喻,则被迫吐露了自己的秘密,最终,成就了《玻璃工厂》的艺术地位。在此基础之上,欧阳江河才会说:

> 在玻璃中,物质并不透明。
> 整个玻璃工厂是一只巨大的眼珠,
> 劳动是其中最黑的部分。
> (欧阳江河:《玻璃工厂》)②

罗杰·加洛蒂(Roger Garaudy)之言,也许能够道出欧阳江

---

① 参阅何炳棣:《何炳棣思想制度史论》,联经出版公司,2013年,第21—22页。
② 西川甚至认为"整个玻璃工厂是一只巨大的眼珠,/劳动是其中最黑的部分"是对整部《资本论》的浓缩(参阅西川:《让蒙面人说话》,东方出版中心,1997年,第192页)。

河的心声:"词的任务不是照抄事物和摹仿它们,而是相反地炸开事物的定义、它们的实用范围和惯用的意义,像撞击的火石那样从事物中得出无法预见的可能性和诺言、它们本身具有的静止的和神奇的意义,把最为平庸的现实变成一种神话创作的素材。现实包含着比日常直接行动从其中获得的更多的东西、包含着比已经在其中开辟的更多的道路、比习惯所赋予它的令人放心的勾结和默契更多的东西。"①分析即炸裂,分析即撕开,分析就是强迫人、事、情、物暴露自己,绽放和打开自己,而不仅仅将自己呈现在词语的目光之中,袒胸又露乳;或呈现在词语的手掌和肌肤之下,妩媚又可人。此间情形,依照欧阳江河多年前的话说:所谓诗,就是仰仗词语拆分事物和进入事物的能力,却又不是进入仅仅解人以渴的水,或驱人以寒的火,而是"进入水自身的渴意和火自身的寒冷"②。因此,欧阳江河才会形象地说:分析性意味着现实被猛的一下子"拉开了、撕开了",露出了掩藏多时的底裤③。至此,欧阳江河的诗学之问,被愈加强劲的现代经验给愈加强劲地凸显了出来,毕竟他遇到的对手之难缠,远甚于闻一多,更不用说胡适之。欧阳江河满可以开玩笑说:胡适所代表的,简直就是新诗的史前时期,或茹毛饮血的原始阶段。

---

① 罗杰·加洛蒂:《论无边的现实主义》,吴岳添译,百花文艺出版社,1998年,第98页。
② 欧阳江河:《作者的话》,唐晓渡、王家新编选:《中国当代实验诗选》,春风文艺出版社,1987年,第132页。
③ 简宁、欧阳江河:《如果草莓在燃烧,她将是……:欧阳江河访谈录》,《湖南文学》1999年第2期。

"从不知其名姓的古远时代起,华夏民人就被解除了一切形式的彼岸,仅余唯一一个此岸世界,宛若不可测度的宿命。"①由此,纯粹世俗性的日常生活,或者,唯一一个纯粹世俗性的生活世界(亦即胡塞尔所谓的 die lebenswelt)②,顺理成章地成为汉语诗歌——无论古今和新旧——重点侧目的对象③。农耕时代的日常生活,以及古人在它面前产生的灵魂反应(to respond),都具有等级很高的超稳定性(hyperstability)④。因此,当古典诗词试着去反映(to reflected)世俗性的日常生活时,就完全可以,甚或有资格、有权力类型化地使用词语,当然,也必定会类型化地仰赖词语的肉体性⑤。对此,葛兆光有过辩护:"当我们读到潘恩(J. H. Payne)的《家,可爱的家》(Home Sweet home)中末节

---

① 敬文东:《从万古愁说起——诗与颓废研究之一》,《汉诗》2017年第1期。
② 参阅米兰·昆德拉(Milan kundera):《小说的艺术》,孟湄译,生活·读书·新知三联书店,1995年,第16页。
③ 马歇尔·麦克卢汉对世俗化的论述很有意思:"所谓'神圣的'宇宙其实是口语词和听觉媒介支配的宇宙。相反,'世俗的'宇宙是受视觉符号支配的宇宙。由于钟表和字母把世界切割成视觉片段,所以它们扼杀了事物相互联系的音乐。视觉符号使宇宙经历了一个非神圣化的过程,并造就了'现代社会不笃信宗教的人'。"(麦克卢汉:《理解媒介》,前揭,第180页)
④ 参阅金观涛、刘青峰:《兴盛与危机:论中国社会超稳定结构》,法律出版社,2011年,第28—69页。
⑤ 缪钺先生有精辟的例证:"是以言天象,则'微雨''断云','疏星''淡月';言地理,则'远峰''曲岸','烟渚''渔汀';言鸟兽,则'海燕''流莺','凉蝉''新燕';言草木,则'残红''飞絮','芳草''垂杨';言居室,则'藻井''画兔','绮疏''雕槛';言器物,则'银缸''金鸭','凤屏''玉钟';言衣饰,则'彩袖''罗衣','瑶簪''翠钿';言情绪,则'闲愁''芳思','俊赏''幽怀'。即形况之辞,亦取精美细巧者。"(缪钺:《缪钺全集》第三卷,前揭,第6页)

时,总不会觉得它有'守拙归园田'的味道,因为英语中无论是 return 还是 go back to,都不曾有中国古诗里'归'字那种摄人心魄的召唤力,前者仿佛只是单纯的'返回',而后者蕴含了《老子》'夫物芸芸,各复归其根'的宇宙哲理,'复得返自然'的人生情趣与对'举世少复真'的失望之心……后人对这个让人感触良多的'归'字的领悟里实际上已经隐含了来历久远内涵丰富却只可意会的印象。"①但葛氏有理、有据的辩护,仍然无损于以下结论的成立:类型化地使用词语,更有可能让被反映的人、事、情、物丧失其日常性,丢失其饱满的肉感特征。对此,欧阳江河的观察显得既绵远又家常,还特意放弃了一以贯之的玄思和妙想:"在长时间的提炼中,很多东西被我们诗化以后,丧失了它的日常性。比如说月亮,它已经形成一个自动修辞,提到月亮,如'思君如满月,夜夜减清辉'这样的诗句,还有像刚才我念的'海上生明月,天涯共此时',或者是'但愿人长久,千里共婵娟','人有悲欢离合,月有阴晴圆缺,此事古难全'等等,关于月亮,它的诗性,它自动出现的诗意,你想要原创性,想要离开它,选一个真正意义上的'月亮',你得变成反诗歌的破坏性的主体。"②何为"玄之又玄"却非"众妙之门"的"反诗歌",此处可以悬置不论;所谓"破坏性的主体",就是被词语的分析性能充

---

① 葛兆光:《汉字的魔方:中国古典诗歌语言学札记》,辽宁教育出版社,1999年,第36页。
② 欧阳江河:《当代诗歌如何从日常性提炼元诗元素》,《大家》2016年第1期。

分掌控了的那些人,就是愿意如此这般操持词语的写诗者。瞧瞧那些出自于诸多温驯主体们的句子吧:"东风何时至?已绿湖上山"(丘为:《题农父庐舍》);"东风已绿瀛洲草"(李白:《侍从宜春苑赋柳色听新莺百啭歌》);"主人山门绿,小隐湖中花"(常建:《闲斋卧雨行药至山馆稍次湖亭》)……同一个"绿"字,在不同的诗人、不同的题材甚或不同的年代那里,基本上是同一个意思。"不践前人旧行迹,独惊斯世擅风流。"(张耒:《读黄鲁直诗》)这等素朴的愿望,在诗歌的直观和肉身时代,在农耕经验自愿迎合超稳定性的年头,实际上很难达成,也没必要达成。但无论如何,"绿"字在古典诗歌写作中既肉感,又卖力地工作时,隐隐约约有一种令人不安的单词现象,却是不争的事实。多年前,钟鸣就对单词现象给出过精湛的解释:"就写作本身来说,单词现象是说诗人,在选择上述那些最具代表性的熟词时,更多是通过外部的'语言暴力',而非'协同行为'来实现的。所以,单词现象也是词语的一种寄生现象。"[1]平心而论,以这样的指责口吻针对古典诗词,确实失之于严苛,但也可能仅仅是持论严苛而已[2]。

因此,欧阳江河的诗学之问到底还是在闻一多的基础上,暗含着另一个更加精辟的维度:对新诗而言,词语及其分析性只可

---

[1] 钟鸣:《秋天的戏剧》,前揭,第45—46页。
[2] 顾随也许部分性地给出了原因:"中国字单纯,故短促;外国字复杂,故悠扬。中国古代为补救此种缺陷,故有叠字,如《诗经》中之'依依'、'霏霏'。"(顾随:《中国古典诗词感发》,前揭,第77页)

能是一次性的,亦即一个诗人不能两次在同一个含义上使用同一个词。而词语在分析性层面上的一次性(可称之为**词语的一次性原则**),才是新诗现代性应当具备的主要内涵①;《玻璃工厂》则从诗歌写作的维度,诠释了何为新诗的现代性,以及该如何展现和完成一首诗作的现代性。这种无不严苛的内涵,既呼应了闻一多的热切渴望,还揭示了胡适那代诗人没能触及的问题,也将唯一之词给具体化和定性化了:唯一之词自身具有唯一性②。钟鸣盛赞过张枣,因为后者被认为发明了只对一首诗有效的私人语汇,然后是再发明、继续发明和接着再发明,以及发明、发明和发明③。高度尊重词语的一次性原则、自觉维护新诗的现代性,意味着在任何角度上,都拒绝重复别人,但首先是拒绝重复自己。这至少能部分性地解释张枣留下的作品为何如此之少④;也能解释滑向"大众化"诗潮的卞之琳,何以反讽或吊诡地越来越远离新诗的现代性⑤。不懂得浪

---

① 参阅敬文东:《指引与注视》,前揭,第 215—218 页。
② 王士强举诗人轩辕轼轲的短诗《饮中赠贺中》为例,认为此诗反复用到"深刻"一词,而且是把作为形容词的"深刻"在同一首诗中推进到作为动词的"深刻",此诗成功的关键正在于此(参阅王士强:《语言的绵延、狂欢与反抗》,《诗刊》2013 年第 3 期)。本文同意王士强先生的敏锐观察,但不同意此诗是成功的,其成功也不在于"深刻"一词在词性上的变化。由此可见,词语的一次性原则仅仅是新诗现代性的保证,却不是诗歌写作成功的保证。
③ 参阅钟鸣:《笼子里的鸟儿和外面的俄尔甫斯》,民刊《南方评论》,1992 年,上海。
④ 参阅敬文东:《抵抗流亡》,《当代文坛》2013 年第 5 期。
⑤ 钟鸣对这个问题有很精妙的道说,只不过他不是从词语的维度着眼(参阅钟鸣、曹梦琰等:《"旁观者"之后——钟鸣访谈录》,《诗歌月刊》2011 年第 2 期)。

费美学的诗人,顶多是不懂词语之一次性原则的古典诗家①,因为他(或她)更愿意相信:"绿"只可能是永远不变、千篇一律的那种"绿"②。

细微的差别对于较为粗线条的视觉原则,对于较为粗放、粗犷的直观,对于古人面对农耕经验时的灵魂反应,基本上不值得计较。"俯观江汉流,仰视浮云翔。"(苏武:《别诗四首》其四)直观意味着视觉上的整体性;而农耕生活在整体上的趋同,则倾向于支持词语在语义上和语用上的同一性③。词语的一次性原则与此刚好相反:同一个词语在不同的诗人那里,或在同一个诗人

---

① 经历过1980年代的"纯诗"和"唯美"之后,到1990年代,中国的诗人们纷纷开始了对杜甫的再发现。除了在如何面对苦难方面汲取杜甫的经验外(比如王家新、萧开愚宣称自己是这方面的继承者),很多诗人认为,杜甫每事必以诗纪之的作诗方式,至少在以下两个方面能给今天的诗人以启示:第一,绝对的日常性和人间烟火气(于坚一直是这个观点的吹捧者);第二,可以像写日记那样写诗(至少孙文波是这个观点的践履者)。此处不评论这两点的得失,只是指出:这两点更有可能破坏词语的一次性原则,进而破坏新诗的现代性。因为这两点带出来的结果是:无数首诗其实只是一首诗。

② 但这种情况不能被认作古典诗词的弱点,因为农耕经验有了这种情况反倒在诗里显得更可爱、更自然(参阅敬文东:《叹词魂归何处?》上,李森等主编:《学问》第三辑,花城出版社,2016年,第59—62页)。

③ 郑毓瑜以黄遵宪1877年游览日本"劝业博览会"写成的组诗(即《日本杂事诗》)为例并指出:这组诗之所以失败,除钱钟书所谓黄氏"假吾国典实,述东瀛风土,事诚匪易,诗故难工"外(钱钟书:《谈艺录》,中华书局,1993年,第248页),更重要的原因是,"博览会"的精髓是建立在"分类与比较"基础上的差异性,而古典汉诗强调的,则是"汉学传统透过'连类'(categorical association)所构架的物世界,在于强调天、人与万物都不断超越时空来进行接合与亲附",以至于否定差异性(郑毓瑜:《姿与言:诗国革命新论》,麦田出版社,2017年,第24页)。这是一个很敏锐的观察。

的不同诗作当中,含义应当是不一样的;其分析能力、分析的层面,还有分析的深浅度,也必将是有差异的。微小的差异在新诗写作中必须被突出:这就是新诗现代性的本有语气和内在律令。这种"被突出",只能仰赖词语的一次性原则;而一次性原则在更多的时候,仅仅意味着上一个"我"和下一个"我"只有百万分之一的差异。正是这点看似微不足道的差异,决定了一个词的前世和今生,也决定了一个人、一件事的本性:百万分之一是新诗的宗教或神祇,却不是虚无缥缈的乌托邦。但这一切,不过是因为现代经验不仅不透明,还转瞬即逝,不留痕迹,柏桦的诗句碰巧可以形容这种迅疾:"真快呀,一出生就消失。"(柏桦:《夏天还很远》)或者竟然快得像屁声一样"死在诞生之时"[1]。与农耕时代的日常生活比起来,现代经验具有超级强大的非稳定性:"所谓现代,就是今天忙不迭地否定昨天,罢黜二十四小时以前的生殖与繁衍,好像昨天是今天的污点;所谓现代性,就是未来的某一刻,唾弃眼前的这一瞬,宛若眼前笃定是未来的丑闻或笑话。现代(或现代性)乐于倡导更高、更快的速度,倾心于逐奇追新,热衷于升级、更新和换代。"[2]这种样态的非稳定性更倾向于迫使新诗选用的词语,宛如不能两次走进同一条河流的希腊人,不能两次针对同一个所谓的现代经验——这就是微小的差异必须

---

[1] 罗歇-亨利·盖朗(Roger-Henri Guerrand):《何处解急:厕所的历史》,黄艳红译,中国人民大学出版社,2015年,第26页。

[2] 敬文东:《皈依天下》,天地出版社,2017年,第6页。

"被突出"的理由之所在,也是词语的一次性原则能够成立的原因之所在。有现代性定义下的转瞬即逝存活,就决不会有任何一个可以出现两次的同一个现代经验耸立于世。欧阳江河乐于跟转瞬即逝一道,严重同意转瞬即逝与"两"次呈现出"势"不"两"立之"势"。

## 词语的直线原则

短诗《天鹅之死》作于1983年初秋,被欧阳江河后置性地视为自己诗歌写作的起点性作品①。在《天鹅之死》临近结尾的地方,出现了"谁升起,谁就是暴君"这类毋庸置疑,也无需论证的句子(或句式)。在1983年,此等表述会让某些记忆力不错的人心跳加速。

德国人卡尔·克劳斯(Karl Kraus)曾在某处指桑骂槐地说起过:"起源即目标。"作为起点性作品的《天鹅之死》,尤其是被《天鹅之死》隐蔽着和浓缩着,却又能在欧阳江河其后的写作中

---

① 在一个访谈中,欧阳江河认为,他的诗初具雏形始于1983年秋天的《天鹅之死》:"后来是我写《天鹅之死》那首诗,已有了我后来诗歌的雏形了,里面有压缩得、浓缩得很厉害的诗句,诗句背后有一个语义场,和一个思想的动力场,就是内驱力,诗意不光是表面的语言本身,它已经有了一个深度的内涵空间了。这首诗表面上是在援引希腊神话,和叶芝的《丽达和天鹅》(有关)。"(欧阳江河、王辰龙:《消费时代的诗人与他的抱负:欧阳江河访谈录》,《新文学评论》2013年第3期)事实上,在欧阳江河迄今为止最重要的诗选《如此博学的饥饿:欧阳江河集(1983—2012)》(作家出版社,2013年)中,《天鹅之死》也被象征性地放在开篇位置,有似于自己诗歌上的"创世记"。

随时扩散开来的某些精神症候,就不能不具有象征意义①。这种独断性极强的句式拥有强劲的型塑(to form)能力,以至于"升起"、"就是"、"暴君"等词语,瞬刻之间,就变得异常抽象和单一。它们的肉体性仅仅徒有其表。比如,原本可视的"升起"一词,就只能被述说、被借用,不可能直观式地被看见——那是一种抽象的"升起";词语的分析性呢,却反倒显得更加直白和坦率,大有开门见山、直奔主题的高效率,"约等于初次见面就贸然求欢,"②遵循着"两点之间直线最短"的几何学原则。以编年的方式检视欧阳江河迄今为止的所有诗篇,便不难获知:愈是在写作时间上靠后的作品,愈是倾向于远离曲线或弧线③。而如此这般建立在分析性层面上的**词语的直线原则**,亦即词语和词语彼此间快速而直接地强行对接,乃是欧阳江河差遣词语上阵厮杀时,一直遵循的头号兵法与圭臬④。

---

① 这样说应该没有夸大,因为这样的句型比比皆是:"一个无人离去的地方不是广场,/一个无人倒下的地方也不是"(欧阳江河:《傍晚穿过广场》);"谁吃蛇,谁就一生中立"(欧阳江河:《蛇》)。顺便说一句,《蛇》收入欧阳江河的第一本诗集《透过词语的玻璃》(改革出版社,1997年)时有这个句子,而到了《如此博学的饥饿:欧阳江河集(1983—2012)》(作家出版社,2013年)却被奇怪地删去了。

② 敬文东:《梦境以北》,上海文艺出版社,2016年,第1页。

③ 关于这个问题此处暂时绕过,后文将有详细分析。但仅仅从欧阳江河最近几年出版的具有编年性质的诗集、诗选,就不难直观到这个结论。这些有代表性的诗集、诗选是《如此博学的饥饿:欧阳江河集(1983—2012)》(作家出版社,2013年)、《大是大非》(以编年为方式收入了2009年至2014年的作品,并且在编排上突出了编年性,重庆大学出版社,2015年)、《长诗集》(以编年为方式,收入了自1984年至2016年的全部长诗作品,江苏凤凰文艺出版社,2017年)。

④ 参阅敬文东:《指引与注视》,前揭,第222—229页。

长诗《泰姬陵之泪》作于2009年早春,是欧阳江河再度恢复写作后,较早出现的重要作品。在《泰姬陵之泪》中,欧阳江河仍然有意识——甚或下意识——地维护了词语的直线原则;但更令人称奇、叫绝的,则是如下句子的出现,让过来人顿生恍若隔世之感:"……年轻时泪流,/老了,厌倦了,也流。/眼睛流瞎了,也流。有眼睛它流,/没眼睛,造一只眼睛也流。"(欧阳江河:《泰姬陵之泪》第11节)这种过分强调直线原则的句式,这种被一个"流"字引诱自动而快速生成的诗行,瘦骨嶙峋、定力不足,却又直接、粗暴、执拗与凶狠,简直就是对红色年代中某种惯常表述的直接翻版——但肯定还称不上升级版。过来人大都清楚地知道,被欧阳江河翻版的,乃是一句著名的话头:"有条件要上,没有条件创造条件也要上。"[①]据某些人说,这个表述因其执拗的劲头,也因其绝对性和独断性,暗含着一种既毫不妥协,又不可战胜的革命精神;词语的直线原则不仅自在其间,而且,它原本就是直线原则导致的好结果。

欧阳江河在模仿或效法毛语体时,并无反讽的成分,也无幽默感可言。直线原则很可能真的反对建基于弧线或曲线的幽默感[②]。这既是因为直线原则直来直去速度太快,在风风火火间

---

① 陈烈民:《用马列主义、毛泽东思想武装会战队伍——会战初期思想政治工作回忆片段》,政协文史委员会编:《大庆石油会战》(大庆文史资料第二辑),中国文史出版社,1990年,第92页。和欧阳江河一道同属"巴蜀五君"的柏桦也有类似的模仿:"才见社会主义的钟柏,又识/红石竹党徽及效忠国家杉树。"(柏桦:《铁笑:同赫塔·米勒游罗马尼亚》其一)这两行诗显然模仿了毛泽东的"才饮长沙水,又食武昌鱼"(毛泽东:《水调歌头·游泳》)

② 米兰·昆德拉对幽默的描述能充分证明这一点:"幽默:天(转下页注)

预先清除了幽默感;也是因为直线原则肩负着更加重大的使命,容不得任何闪失,生怕幽默感降低了使命的严肃性,以至于幽默感自动升格为奢侈品,或稀缺品。欧阳江河在直接翻版红色年代中的惯常表述时,也没有戏拟的成分,这和若许年前王朔以革命话语解构革命话语的做派,实在是大异其趣[②]。仔细分辨不难发现:如此腔调,如此直线原则诱导下生长出来的句式,更有可能源于欧阳江河诗歌写作中下意识的行为:他被某种图腾性的语言方式,尤其是被装饰这种语言方式的音色、腔调、语气和音量所掌控,却从来不曾洞悉其内情和险情[③]。要知道,任何一种观念或意识形态的阴险之处,正在于它大摇大摆地把自己弄成了所有人的潜意识,或者渴望着把自己弄成潜意识,满是性激

---

(接上页注)神之光,把世界揭示在它的道德的模棱两可中,将人暴露在判断他人时深深的无能为力中;幽默,为人间诸事的相对性陶然而醉,肯定世间无肯定而享奇乐。"(米兰·昆德拉:《被背叛的遗嘱》,孟湄译,上海人民出版社,1995年,第31页)欧阳江河的好友张枣在其著名作品《大地之歌》里也有类似于毛语体的句子:"如何重建我们的大上海,这是一个大难题。"但审视长诗《大地之歌》就不难发现,这样的句子恰好建立在反讽、戏拟或幽默的维度之上,与欧阳江河的情形完全不同。

② 参阅王蒙:《躲避崇高》,《读书》1993年第1期;参阅阎晶明:《顽主与都市的冲突》,《文学评论》1989年第6期;参阅王一川:《寓言神话的终结》,《学习与探索》1999年第3期。

③ 一个有趣的现象是:进入二十一世纪,欧阳江河那个年代出生的很多人,即使他们曾经颇为激进地反思过革命话语,但最终不少人或暗中或公开拜服于革命话语,典型者比如甘阳、刘小枫、汪晖、王晓明、蔡翔,更年长的比如张志杨、李陀等人。他们中的不少人甚至在革命话语年代因政治问题被判刑坐牢。很多学者注意到了这个现象,也有过不同的分析。关于诗人中出现的这种现象可参考钟鸣、曹梦琰等:《"旁观者"之后——钟鸣访谈录》,《诗歌月刊》2011年第2期。

素的腥臊味,却又是每一个动作/行为得以出生的基因和胚胎,得以成长和聚啸的遗传密码①——这就是意识形态的无意识特征②。而意识形态的无意识化,才是人类得以成为人类社会的公开秘密,渗透在人间生活的每一个细胞,遍布人间生活每一个细小的旮旯与角落③。而在意识形态的所有要素中,最容易被无意识化的,很可能是声音,是更为基础性的语气、语调和口吻④。完全可以改用另一套词语去陈述同一种意识形态(比如:理想状态下用汉语毫不走样地重写马克思主义),但肯定难以用

---

① 参阅敬文东:《随"贝格尔号"出游》,河南大学出版社,2010年,第27—36页。

② 阿尔都塞(Louis Althusser)是这样说的:"意识形态在多数情况下是形象,有时是概念。它们首先作为结构而强加于绝大多数人,因而不通过人们的'意识'。它们作为被感知、被接受和被忍受的文化客体,通过一个为人们所不知道的过程而作用于人。……意识形态根本不是意识的一种形式,而是人类'世界'的一个客体,是人类世界自身。……人类通过并依赖意识形态,在意识形态中体验自己的行动,而这些行动一般被传统归结为自由和'意识'。总之,人类同世界——包括历史——的这种'体验'关系要通过意识形态而实现,甚至可以说,这种关系就是意识形态本身。"(阿尔都塞:《保卫马克思》,顾良译,商务印书馆,1984年,第202-203页)

③ 路易·阿尔都塞对此有过极为精辟的论述,甚至独创了"意识形态国家机器"(Ideological State Apparatuses,简称ISAs)一词(参阅路易·阿尔都塞:《意识形态和意识形态国家机器》,李迅译,《中国电影》1987年第3期)。

④ 此处不必从理论论证出发,使用一些文学例子可能更有说服力,因为它更肉感。有过延安经历的作家吴伯箫有一篇著名的散文叫《歌声》,其中的片段完全可以为本文此处的观点作证:"感人的歌声留给人的记忆是长远的。无论哪一首激动人心的歌,最初在哪里听过,那里的情景就会深深地留在记忆里。环境,天气,人物,色彩,甚至连听歌时的感触,都会烙印在记忆的深处,像在记忆里摄下了声音的影片一样。……我以无限念之的心情,想起延安的歌声来了。延安的歌声,是革命的歌声,战斗的歌声,劳动的歌声,极为广泛的群众的歌声。"(吴伯箫:《北极星》,人民文学出版社,1963年,第49页)

另一套音响系统去做同样的事情(比如:用低音量转述被高音量包裹的某套教义,或用悲伤的语调翻译被乐观语气修饰的某个观点)。

虽然较之于闻一多的深切渴望(更不要说较之于胡适对词语的粗糙看法),欧阳江河的诗学之问既精辟,又深刻地暗示了词语的一次性原则。很遗憾,这个原则实施起来如此困难,以至于它的倡导者都难以做到:连其倡导者都将受制于词语在他脑海中形成的无意识,尤其是音响形象上的无意识。而得之于下意识的句式和词语,至少在暗中意味着对一次性原则的背叛,因为它是对某些标志性词语在同一个意义上,尤其是在同一种较为凶狠的语气中的反复使用,并且总是处于不自觉的状态。而在直线原则诱导下方可成活的单一性,则是对一次性原则的公开挑衅,因为单一性意味着词语在同一个高亢之音的指挥下,以齐步走甚或正步走为方式,被匀速推向某首诗的结尾处——匀速是一种没有表情,或表情呆滞的速度①。这种情形,塑造了词语在速度上的同一性:它喝令所有的词语彼此身高一致、腔调同一,虽然它们看起来好像都是独立的,都是有个性的。在现代社会,词语也是一个个互不相连的孤岛,寂寞、憔悴、孤单、斯人独彷徨。以欧阳江河之睿见:词语的一次性原则应当是新诗自诞生伊始,就必须得以直面的"新"问题;但很不幸,它又是常常被

---

① 参阅敬文东:《格非小词典或桃源变形记》,《当代作家评论》2012 年第 5 期。

忽略的、没有被明确意识到的"老"问题①。所以,它才会在新诗史上不同的时刻,一次次被暗示;也以不同的方式,一次次被提及,甚至不惜以其倡导者不得不背叛它而得到醒目地展现,以此警示诗歌写作的有心人②。

词语的一次性原则不容易被实施的主要理由,或许正大大半存乎于艾布拉姆斯(M. H. Abrams)的那句名言之中:"时代的语言从来就不是诗的语言。"③但大张旗鼓引用这句话的欧阳江河一定很清楚:诗的语言必将受累于时代的语言,因为诗终究无法提起自己的毛发飞离时代;任何一个时代都有格外强劲的地心引力,它在迫使诗歌委身于它,却严禁诗歌像便秘者那样责怪地心引力之弱小,以至于真的成全了便秘者的个人隐疾④。柏桦在他那部过早完成的回忆录中,记录过一位诗友的观点:"毛文体统一了新社会的口径,约定了口气和表达情感的方位,新一代人民用起来极为方便,报纸、电影和讲话、甚至恋爱都采用这种语法和修辞。"⑤柏

---

① 欧阳江河对此其实很警醒,他在很多场合,都谈到自己该如何避免词生词的局面,以及他在避免词生词方面做过何种艰辛的努力(参阅欧阳江河:《电子碎片时代的诗歌写作》,《新文学评论》2013 年第 3 期;参阅欧阳江河:《消费时代的长诗写作》,《东吴学术》2013 年第 3 期;参阅欧阳江河、李德武:《嵌入我们额头的广场——关于〈傍晚穿过广场〉的交谈》,《诗林》2007 年第 4 期等)。

② 关于这个问题,参阅敬文东:《作为诗学问题与主题的表达之难》,《当代作家评论》2016 年第 5 期。

③ 转引自欧阳江河:《谁去谁留》,湖南文艺出版社,1998 年,第 245 页。

④ 参阅敬文东:《牲人盈天下》,广西师范大学出版社,2011 年,第 24 页。

⑤ 柏桦:《左边:毛泽东时代的抒情诗人》,江苏文艺出版社,2009 年,第 154 页。但这本书最早连载于 1996 年的《西藏文学》,那时作者刚过四十岁。

桦的那位诗友到底功力不足,因而没有能力指出:毛文体(或毛语体)的实质,必将落实于词语的直线原则;直线原则在造就独断型句式时,更经济、更不费时费力,也更少废话,甚至从不废话,因为它能把众多词语迅疾地拉扯在一起,在照顾语法的同时,可以不顾及语法之外的一切。欧阳江河出生于红彤彤的1956年。可以断言的是:他的语言胎教和语言胎记,只可能是作为时代语言的毛文体(或毛语体)[①];最初,他的诗歌写作意欲挣脱的藩篱和羁绊,也只会是毛语体(或毛文体)。但同样可以断言的是:无论怎样努力,他都很难真的走出毛文体的阴影,尤其是毛文体巨大的精神辐射力,又尤其是毛文体的语调、口吻和音量,宛若一个人一生的口味十岁前就已经被决定,挥之而不去[②]。不应当忽略——但事实上很容易忽略——的是:语言不仅是词语和句式,还是声音;毛语体(或毛文体)对欧阳江河那代诗人的声音教育,必须得到正视和重视[③]。事实上,词语的直线

---

[①] 虽然回忆总是不可靠的,欧阳江河的回忆更有可能夸大其词,但他还是多多少少暗示了自己的语言胎教和语言胎记是存在的:"我十岁的时候,碰上轰轰烈烈的文化大革命,父母挨批,我整天待在军队大院没事可做。课停了。大人们呵,你们叫我拿什么消磨一个少年人的漫漫时间和滔滔精力呢?这,可是万古闲愁呵。那时,哪像现在的少男少女,耳朵里听着HIP-HOP,眼睛盯着瞬息万变的游戏屏幕,脚下踩着太空步的节奏,哪有功夫停下来,打听一下,那个叫做万古闲愁的东西是什么。对十岁时的我来说,正是那个东西,那个今日少年人不知何物、而我称之为万古闲愁的东西,将诗歌和书法,搁在我触手能及的地方。"(欧阳江河:《书法集自序》,欧阳江河:《黄山谷的豹》,辽宁人民出版社,2013年,第177页)

[②] 参阅阿城:《常识与通识》,江苏凤凰文艺出版社,2016年,第2—14页。

[③] 韩少功笔下没多少文化的农民随口就能杜撰毛主席语录,而且像模像样:"毛主席说,今年的油菜长得好;""毛主席说,要节约粮食,但也不(转下页注)

原则更多体现在声音上;更加重要的是,某种特定的声音总会被不同时代的语言或词语借尸还魂。正是有鉴于此,欧阳江河的同龄人和老熟人钟鸣才会说:"我们这代人,最后都要背负'语言的原罪'。"①所谓"语言的原罪",在更大的程度上,指的就是语言胎教或语言胎记;而语言胎教或语言胎记,就是被决定的意思;所谓"被决定",就是发誓要与你一起浪漫到老,甚至要与你同年同月同日同时死去的另一个说法。远离1956年整整三十四载的1990年,欧阳江河仍然下意识地以毛文体的语气、腔调、口吻,乃至发声方式如是说——

> 永远不要从少数中的少数
> 朝向那个围绕着空洞组织起来的
> 摸不着的整体迈出哪怕一小步。永远不
> (欧阳江河:《咖啡馆》)

柏桦在记录过那位诗友的高论后,紧接着,对1980年代的新诗写作有过极为乐观的评价:"如果说'今天'是对毛语体系作

---

(接上页注)能天天吃浆";"毛主席说,地主分子不老实就要把他们吊起来";"毛主席说,兆矮子不搞计划生育,生娃崽只讲数量不讲质量";"毛主席说,哪个往猪粪里渗水,查出来就扣他的口谷粮……"(参阅韩少功:《马桥词典》,《小说界》1996年第2期)不用说,这些酷似毛主席语录的语录,正是毛文体精神辐射力的鲜活证据。

① 钟鸣、曹梦琰等:《"旁观者"之后——钟鸣访谈录》,《诗歌月刊》2011年第2期。

出的第一次偏离(对所指的偏离),那么非非对毛语体系作出了第二次偏离(对能指的解放)。"①柏桦的乐观其实并无多少真实性可言。他的运思一贯粗疏、可爱,诗人气十足,根本没有能力把意识形态的阴险之处放在眼里,也没将这种阴险有可能捎给诗歌写作的东西计算在内。真实的情况与柏桦的粗糙估算应当差别很大:时代的语言固然从诗歌的前门被有意识地驱逐,却又偷偷从诗歌的后门无意识地溜了进来,就像窗口爬进的情人,不曾被大门迈入的丈夫所察觉,而那个丈夫还自称幸运。柏桦自己就不曾免于这种敞开后门情形——齐鲁之国的人更愿意称之为"顾头不顾腚"。所以,柏桦才很知趣地自称"毛泽东时代的抒情诗人",并以此充任回忆录的书名;而在柏桦的诗作中,极端、急躁、专制、独断的词语和句式比比皆是,快速递进的词语和句式随处可见:"必须向我致敬,美的行刑队/死亡已整队完毕/开始从深山涌进城里……"(柏桦:《美人》)像是要在快速、独断、谵妄和急躁中,再来一次农村包围城市,或者再来一次渣滓洞集中营里的刑讯逼供。而诸如"谁升起,谁就是暴君"一类的句子,诸如高音量的"永远不……"导引出的句式,还有这一类**独断型句式**统摄下辛勤劳作的列位词语臣工,尤其是诗词臣工们说一不二的音色与口吻,就算得上从后门溜进或从窗口爬进的可怜者;这些货色很可能被其下意识的炮制者所忘怀、所忽略,却被有心人尽收眼底。因此,大体量的"整个秋天"在时间就是金钱的势

---

① 柏桦:《左边:毛泽东时代的抒情诗人》,前揭,第155页。

利时代,在效率就是利润的实惠年月①,仅仅被轻描淡写地用来"救出几个字",就绝非大言欺人故作慷慨之举,而是清醒的自警、宝贵的觉悟。事实上,欧阳江河非反讽性地借用毛语体,非戏拟性地翻版革命话语,直至破坏词语的一次性原则,就已经给柏桦的乐观抹了黑,像葱、姜、蒜那般,为"柏氏牌"乐观去了腥;而北岛的《回答》无论怎么品读,从声音的角度观察,都给人一股子党旗前宣誓、歃血为盟时喝鸡血酒的感觉②,更是提前给柏桦的乐观掌了脸,开了光③。

革命年代的语言胎教和语言胎记,至少从表面上看,很容易被1980年代以来的新诗写作有意识地抵制,因为它的戾气和暴力味很容易被发现,毕竟"英雄总是倒在同一棵松树下"(周伦佑:《谈谈革命》)的词语场面,或词语的停尸陈例,很容易让人心生厌恶。但每一个时代——比如说被柏桦称道的1980年代——注定会诱惑、唆使、感染诸多词语,以至于很快形成新的诗歌词语大家族(或曰诗歌词语共同体)。这个大家族(或共同体)的成员,在看似背离时代语言的同时,会在不知不觉间,吊诡

---

① 参阅敬文东:《事情总会起变化》,台湾秀威书局,2009年,第303—306页。
② 参阅敬文东:《用文字抵抗现实》,昆仑出版社,2013年,第39页。西渡则从诗歌意象的角度,揭示出朦胧诗与此前的"红色诗篇"之间的某种因袭性,甚或同构性(参阅西渡:《当代诗歌中的意象问题》,《扬子江评论》2017年第3期)。
③ 关于柏桦自己的诗作为自己的乐观抹黑、掌脸,可参阅曹梦琰等对钟鸣的长篇访谈录(钟鸣、曹梦琰等:《"旁观者"之后——钟鸣访谈录》,《诗歌月刊》2011年第2期)。

性、悖论性地组建新的词语教条和陈规,以作用于整个家族(或共同体);陈规和教条将被这个时代的几乎所有诗家,下意识地分食、蚁聚,最终,仍然会暗中抵制直到破坏词语的一次性原则,进而获得一种伪装的新诗现代性。这种偷偷摸摸到来的情形不容易被发现,就像革命年代的语言胎记和语言胎教不容易被革命年代的诗人所察觉——"打倒法西斯"和"自由属于人民"[①]被认为天经地义,绝对地毋庸置疑。欧阳江河在跳出诗歌写作的时候,对此有着非常可贵的清醒,对得起他的诗学之问。他曾经指控过许多表面光鲜的词语,比如"家园""天空""黄金""光芒""火焰""血""颂歌""飞鸟""故土""田野""歌唱"等等。欧阳江河认为:这些词语固然已经尽可能多地挣脱了革命话语的枷锁,却又迅速沦为1980年代新诗写作中"可以无限替换的词语",突变为他眼中的"假词"(钟鸣更喜欢称之为"熟词"[②],黄庭坚则呼之

---

[①] 此为前社会主义国家阿尔巴尼亚的电影《宁死不屈》的著名台词,为欧阳江河那代人所熟知。

[②] 钟鸣给出了另一个被滥用的词语清单:凡是在1990年代涉足诗坛的人,"很难说他未曾在作品里使用过下面这些熟词,比如虚词类的'之'啊,'假如'啊;形容词和动词及主谓结构的'君临'、'众多'、'我是'、'我像'、'无言'、'不屑'、'痛'、'美丽'、'抒情'、'守望';恐怕最纷繁的还是名词类的'镜子'、'石头'、'鸟儿'、'鱼儿'、'麦子'、'燕麦'、'美人'、'苹果树'、'橡树'、'灰烬'、'终点'、'结局'、'高度'、'高原'、'事物或东西'、'青铜'、'金属'、'玻璃'、'火焰'、'老虎'、'乌鸦'、'牙齿'、'刀刃'、'帝国';外来的'夜莺'、'玫瑰'、'天堂'、'上帝'、'神'、'天使'、'希腊'、'弥撒亚'等。这些仅仅是我从民间诗歌刊物中,那些通用性最强的词语中随便挑选出来的一小部分,还不包括那些个人隐秘化用的酷嗜语,那些像标签一样在口头辗转不眠的称呼,切口,这个主义,那个主义。但丁、密尔顿、叶芝、里尔克、诺瓦利斯、荷尔德林、帕斯捷尔纳克……翻来覆去的,几乎都成了嚼舌头。"(钟鸣:《秋天的戏剧》,前揭,第45页)

为"陈言"①)。欧阳江河对"假词"有清醒的观察,知晓它们的秉性:这些词语往往会在其"升华状态中,无一例外全部呈现出无限透明的单一视境,每一个词都是另一个词,其信息量、本义或引申义,上下文位置无一不可互换,"因而"自动获得意义"②。饶是如此,欧阳江河还是来不及指出,这种情况之所以一再出现,乃是因为1980年代和1950—1970年代(甚至新诗史上所有可以被辨识出来的年代),都将分享同一个逻辑:你可以选择远离革命话语,但你不得不暂时并且碰巧信任高于世俗之上的天空,或选择信任抽象却饱含诗性的田野;而所有时代造就词语教条的能力、制造词语陈规的机制,向来如出一辙,并无实质上的差异。在短暂的新诗史上,欧阳江河的诗学之问归根到底是清醒的,是宝贵的:词语的一次性原则是新诗面对现代经验获取自身现代性的保证,但这个保证本身,却很难得到保证。正是自新诗诞生伊始就一直存在的这种宿命性,致使每个时代都有专属于自己的"熟词"(钟鸣),或"假词"(欧阳江河);这些家族性的"假词",这些共同体般的"熟词",不但影响了自己的时代,还会以潜意识为方式,以泅渡为特征,感染接下来的后生时代③。欧阳江河对此早有精辟之见,但他更愿意从积极的角

---

① 参阅黄庭坚:《豫章黄先生文集》卷十九。
② 欧阳江河:《站在虚构这边》,生活·读书·新知三联书店,2001年,第22—23页。
③ 《理解媒介》的责任编辑对其作者麦克卢汉说:"你这本书的材料有75%是新的。一本书要成功,就不能冒险去容纳10%以上的新材料。"(麦克卢汉:《理解媒介·作者第一版序》,前揭,第5页)这个例证也许能够说(转下页注)

度入手:"词已是我的亡灵。……最好的诗作,能变千年之隔为当下。伟大的诗人,不仅仅给读者一个当下的、实在的词之物象,他似乎将未来一百年之后他所想象的那个幽灵般的读者,也包括了进来。换句话说,伟大的当下写者对于百年后的读者,是一个活生生的死者,被写作深处的某些神秘契约突然唤醒了,回魂了。写,就是对于读的违约。"① 从消极的层面观察,"假词"和"熟词"也可以在欧阳江河揭示的角度上,反方向地沦为某些人的"亡灵",直至成为反讽性的"亡灵",因为并非只有好东西才被保留下来;而泅渡到下一个时代的那些词语,必将成为后人用以分辨和鉴定不同时代的重要指标,是诗歌考古学赖以成就自身的考古学坑口。就这样,一个诗学上宿命性的严重失败,却很可能反讽性地成为诗歌社会学上一个反讽性的重大胜利。

## 词语的瞬间位移

通常情况下,词语的抽象性和词语的分析能力呈正相关关系。韩少功的睿智在此特别值得信赖:词语的抽象性来自具象

---

(接上页注)明为什么上一个时代的词语会感染下一个时代。欧阳江河那代人下意识地受制于革命话语是其中的一种方式,宋初模仿晚唐,则是另一种方式。刘克庄说:"国初诗人如潘阆、魏野,规规晚唐格调,寸步不敢走作。杨(亿)、刘(筠)又专为昆体,故优人有挦扯义山之诮。"(刘克庄:《江西诗派小序》)很显然,后一种方式是出于对前一个时代的句式和词语持极为信任的态度。

① 欧阳江河:《电子碎片时代的诗歌写作》,《新文学评论》2013年第3期。

被词语有意识地漏掉[①]。当然,它也很可能源于事情成分被词语有目的地清除殆尽[②]。总之,词语的抽象性通常都是词语**再度形式化**的结果。所谓再度形式化,就是从原本已经高度形式化的"两个热爱金日成的男孩加两个热爱金日成的女孩等于四个热爱金日成的朝鲜小孩"中,萃取出单纯的"2 + 2 = 4",弃所有具体的男孩、女孩及其身体器官如敝屣,有类于"二次葬"是对埋葬本身的提纯,或对礼制的萃取与恭维。被再度形式化的词语在诸多极端的时刻,更倾向于自己和自己玩;假如它乐意,完全可以做到与外"界"完全不搭"界"。比如,把极其通俗易懂的手机贴膜,说成"智能高端数字通讯设备触屏表面高分子化合物线性处理";把人人熟悉的工地搬砖者,说成"长方体混凝土移动聚合处理师"。但正是词语的这种自慰和自摸特征,还有它的真空特性,让词语在分析性的层面上,顿时变得生猛、火爆起来,超越了原始、水灵、只倾向于触及事物表面的直观能力,而直达事物的内部,具有超强的爆炸和裂变的才华。

但诸如"升起"、"就是"、"暴君"等词语获取的抽象性,和词语的再度形式化甚少关系,它更多地源自词语的直线原则。是直线原则在直不楞登中,快速抽干或透支了词语的肉体性:"升起"只可用于陈述、冥思,既不可观,也不可感;"暴君"是谁,所指难明;"就是"本来就很抽象,用于连接不明身份的"谁"和"暴

---

① 参阅韩少功:《暗示》,人民文学出版社,2002年,第20—50页。
② 参阅敬文东:《随"贝格尔号"出游》,前揭,第66—78页。

君",就显得更为晦涩。直线原则导致的抽象性,有可能是社会语言学领域值得玩味的现象,却绝不是欧阳江河的新发明——他顶多是个下意识的继承者。作为屡屡从后门溜进诗歌文本的语言胎教和语言胎记,如此这般的语言抽象性乃是欧阳江河在诗歌领域出将入相、破虏平蛮的神器,因为它能较为轻易地轰开事物,痛抵和痛殴事物之核心;但也很可能是欧阳江河在诗歌疆场败走麦城的不祥之物,因为任何教义性的句型与词语,都必须依仗直线原则(也包括眼前这句话),从而类型化、单一性地被使用①。教义性的话语之所以必须高度仰赖词语的直线原则②,是因为词语的直线原则更有能力支持不加修饰的独断,更愿意强调词与词之间必须发生一种**瞬间位移**,以确保独断能在某种特定的高音量中瞬时出现③。

---

① 此处之所以专门点明欧阳江河与红色话语之间的隐秘关系,不是说只有红色话语才强调直线原则,而是说,欧阳江河的直线原则更有可能来自红色话语。对这个问题,欧阳江河早期的写诗伙伴钟鸣有明确的检讨(参阅钟鸣、曹梦琰等:《"旁观者"之后——钟鸣访谈录》,《诗歌月刊》2011年第2期)。

② 法国人弗朗索瓦·于连(François Jullien)对儒家教义的言说方式颇有误读,他居然认为这种教义是在很含蓄的言辞上,对臣民实施教化的(参阅弗朗索瓦·于连:《迂回与进入》,杜小真译,生活·读书·新知三联书店,2003年,第10—20页)。

③ 有毛泽东的研究者总结了毛的文风,其中备受研究者佩服的第一条就是:"理直气壮,舍我其谁。"(参阅梁衡:《理直气壮 借典助理 理从事出——关于毛泽东文风的鲜明特点》,《北京日报》2013年11月18日)这位研究者没有指出的是:这种"理直气壮,舍我其谁"的气概,是中国社会一个漫长时代的公共气概,它更主要地体现于声音的无意识化(参阅敬文东:《在革命的星空下》,《文艺争鸣》2002年第3期)。

有一句熟语尽人皆知:"上帝说:'要有光,于是有了光。'"①稍加玩味,便能看清如下事实:这句话中的每一个词都在迫不及待中,直愣愣地奔向下一个词,它的绝对性和权威性因其疾速不被质疑、不需质疑,但也来不及质疑——这就是词语的瞬间位移以及它导致的特殊效果②。瞬间位移给词语捎去的抽象性也显而易见:上帝以灵而非实体的形式存在,上帝没有具体形象;"要有光"中的那个"光",也不是现实中的太阳光:它和上帝之灵相关涉,是超验之物。性质完全相同的情形,既可以发生在"谁升起,谁就是暴君"之中,也能寄存于"有眼睛它流,/没眼睛,造一只眼睛也流"。这些诗句中的每一个词,都因直线原则和瞬间位移而带有程度不一的抽象性:"升起"自不必说;看起来肉感多汁的"流",也令人感慨地具有形而上的特性——欧阳江河很是坦率地承认了这一点③。更重要的是,这些词语都在故作镇静的急促中,直接、执拗而线性地催生下一个词;每一个词都被句

---

① 连英语里面的每一个词在祈使性的句式中都如此迅速:God said,"Let there be light", and there was light. 当然,更多的人以为这是简练。但这个句子的汉语译文,却给汉语带来了神性和超验性(参阅敬文东:《杂七杂八何成整体》,《中国艺术报》2016年2月24日)。由此可以看出,词语的直线原则自有其用处,不可一概抹杀。

② 任何教义性的表述都必须仰赖词语的瞬间位移,以促成独断以及独断的权威性。对于如此这般的独断能起到的作用,作为红色话语前掌门人之一的刘少奇有直观的评价:"在群众一切争斗中,口号的作用极大。它包括争斗中群众的要求和需要,它使群众的精神特别振作,特别一致,发生强有力的行动。"(《刘少奇文选》上卷,人民出版社,1981年,第10页)

③ 参阅欧阳江河、傅小平:《欧阳江河访谈录》,《诗歌月刊》2013年第6期。

号暗藏起来的绝对性所感染,像迈着凌波微步的段公子,在一个个猝不及防的瞬刻间,直线式地、不问对象地闪向下一个词,迅疾到了需要"交警给词的加速度开罚单"的地步(欧阳江河:《黄山谷的豹》第7节,2012年)①。

由此导致的结果之一有可能是:瞬间位移太猴急、太直接了,以至于每一个词,都会因它获取的抽象性而导致的固定形态,看上去像是被快速催熟似的,从一开始,就失去了本雅明(Walter Benjamin)乐于称颂的那种"灵韵"(aura);它们在表情丰富的掩盖下,集体性地面无表情,或表情高度一致——按照欧阳江河习惯性的构词法,那仅仅是一种"假"表情②。用不着怀疑,"假"面情(或表情一致)正是另一种性质(或另一种状态)的面无表情,就像匀速是一种"假"到令人昏昏欲睡的速度:不变声高的语调具有明显的催眠效应,也是催眠师的标准声音造型。由此导致的结果之二有可能是:每一个词都会因为瞬间位移带来抽象性的过早定型失去生长、发育的机会,就像《铁皮鼓》里拒绝成长的小奥斯卡。反过来说:正是依靠对词语生长权、发育权的暗中剥夺,以及对词

---

① 钟鸣对欧阳江河的回忆,有助于理解所谓词语奔向词语的迅疾性:"瞬息思想是为词语生动过渡服务的,趣味本身也是思想,我听过他(亦即欧阳江河——引者注)无数次讲解从罗兰·巴尔特那里演化的有关词语在描述过程中消失的造句原理。"(钟鸣:《旁观者》,前揭,第866页)

② 从诗歌史的角度而非纯粹思辨的角度会发现:瞬间位移的第一次大规模爆发期,应该在抗战年间。民族解放战争的惨烈为词语的瞬间位移提供了伦理上的合法性,但仍然无法提供美学上的保证(参阅吕进:《重庆抗战诗歌研究》,西南师范大学出版社,2009年;参阅张传敏:《七月派诗歌研究》,人民出版社,2016年)。

语的快速催熟,词语的直线原则才有能力赋予每一个它愿意赋予的词语以高度的抽象性。和来自再度形式化的抽象性迥然有别,源于直线原则的抽象性自有其惊人的奇特之处:被催熟的词语无需漏光具象,也并非一定得榨干事情成分,就能够以其表面上或看起来的肉感多汁,一种"假"的肉感多汁,来显示自己的抽象性。也就是说,如此这般的词语有子宫,却只能抽象地生育,或者顶多是佛家眼里的"名"生育;它丢失了眼睛,但仍然能够看见:一种抽象性的看见,或仅仅是"名"看见和"假"看见。如此情形,用欧阳江河自己的诗句,反而可以得到更好、更精彩的描述:

一片响声之后,汉字变得简单。
掉下了一些胳膊、腿,眼睛,
但语言依然在行走,伸出,以及看见。
(欧阳江河:《汉英之间》,1987年)

直线原则是一种暴力原则:它怂恿词语们彼此强暴,但也鼓励它们相互拥抱、接吻,哪怕它们彼此间并不真心相爱。在不少极端的时刻,直线原则甚至可以将任何不相干的词语强行拼贴在一起,比如"无产阶级文化大革命的全面胜利万岁"!"无产阶级文化大革命"不难理解(只要懂一点历史就行),"的"也不难理解,"全面胜利"很容易理解,"万岁"非常好理解。但是,"无产阶级文化大革命的全面胜利万岁"无论怎样理解,在令人倍感抽象、干瘪、乏味的同时,也令人感觉古怪:它不惜以破坏词语之间的正常秩序为代价来成就自身。这个看似不起眼的代价,不能无端端地被轻视,只因为"剥夺或改换某个特定语词在母语中习见的位置,消除或涂改它在国人心理积淀中形成的音响效果激发出的惯性情愫,需要冒险,需要胆量和过硬的理由"①。在此,让这个著名口号得以成立的唯一过硬的理由是:词语的直线原则想这么干,并且愿意这么干。因为在直线原则那里,根本不存在冒险和胆量的问题,只有老子或者爷爷我想不想做和想怎么去做的问题。但无论给人的感觉如何古怪和瘆人,"无产阶级文化大革命的全面胜利万岁"依然能够被清晰地理解,并且所指明确。但词语的直线原则并不是每时每刻都愿意卖人面情②。比如下面这个句子:"在网上商店,我问售货员:/有没有比豹子快的鞋?"(欧阳江河:《黄山谷的豹》第6节)作为词语的"豹子"、"快"、"鞋"彼此间原本没什么关系;依据正常的逻辑(而非语法),要将它们组合进同一个句子,尤其是组合到某个短句中,是一件相当困难的事情。此时此刻,让这三个词瞬间位移得以"排排坐吃果果"的,思前想后,只能是欧阳江河的诗歌神器——它来自并不遥远的语言胎记和语言胎教。这个句子的问题,根本就不在于它有意混淆了"坚"和"白",因为混淆"坚白"在更多时刻,反倒有可能是诗甚至好诗的出源地③——"鹰击长空,鱼翔浅底"(毛泽东:《沁园春·长沙》)

---

① 敬文东:《皈依天下》,前揭,第12页。
② "面情"一词并非笔者生造,它出自明人文秉(参阅文秉:《烈皇小识》卷一)。
③ 参阅钱钟书:《七缀集·通感》,生活·读书·新知三联书店,2002年,第6276页。

就曾被无数人交口称赞。它的问题在于：这种跟语法若合符契的词语"拉郎配"不仅没有意义，这种跟逻辑无甚关联的"乱点鸳鸯谱"不仅所指不明，还很无聊，近乎于无话找话——它是词语的无性繁殖，是词语关起门来自我抚摸，更有可能是对语言胎教和语言胎记的创造性使用，但终归是一种词语的装置物①。

瞬间位移不仅容易导致词语丧失生长、发育的机会，还会以此为基础，唆使所有词语都具有成色不一的霸道性。毛泽东说："一切反动派都是纸老虎。"②欧阳江河则说："看见什么，什么就一起碎身；"（欧阳江河：《泰姬陵之泪》第8节）"……这颗/色即是空的/灯笼般的孔雀泪，/开不开屏它都是蓝色的；"（欧阳江河：《泰姬陵之泪》第11节）"给词穿上运动鞋或许会好些。"（欧阳江河：《老男孩之歌》，2014年）这些诗句蛮霸到只下判断不做论证的地步，哪怕仅仅是**来自语气上的论证**③。霸道性是词语的直线原则应当具备的品格，但是它并不来自词语自

---

① 这一类的例证比比皆是，尤其是2006年再次恢复写作后，情况愈加严重，非常典型的作品有《痒的平均律》(2009年)、《老虎作为成人礼》(2012年)、《四环笔记》(2014年)、《老男孩之歌》(2014年)、《古今相接》(2016年)等。

② 《毛泽东选集》第五卷，人民出版社，1977年，第500页。

③ 所谓语气上的论证，就是用更好、更软性的语言方式说服人，降低独断型句式的生硬度，但仍可收独断型句式之实。传说夏目漱石问他的学生I love you怎么翻译，学生说"我爱你"。夏目漱石说：日本人怎么可能讲这样的话？"今夜月色很好"就足够了。张爱玲有次问朋友如何翻译I love you，朋友翻译成"我爱你"。张爱玲说：文人怎么能讲这样的话？"原来你也在这里"就足够了。I love you这样的表述其实骨子里有一种独断性，像爱情和婚姻的绝对排他性。夏目氏、张氏的表述不仅大大降低了I love you的排他性，而且更有说服力。不管来自互联网的这两个故事是否真实，但对于理解何为语气上的论证已经足够。

身,因为每一个处于鳏寡孤独状态的词语在理论上都是无辜的;而不加入句子的词语没有意义,或者无所谓有意义还是无意义①,黎锦熙因此主张"凡词,依句辨品,离句无品"②。词语的霸道性更多出自直线原则鼓励下,渐次蓬勃起来的独断型句式;在词语的直线原则和独断型句式之间,有一种互相激发和相互催生的关系,宛若一枚袁大头的正反两面,并最终成全了购买力不菲的袁大头。但此处尤其值得注意的是:霸道性暗示了词语的类型化使用,这就让原本严重的问题雪上加霜般愈发严重起来。所谓类型化,就是霸道性能让所有屈服于直线原则的列位词语臣工,尽皆拥有令人不安的单一性;而从单一性自身的角度一眼望过去,词语在长相和神情上都高度一致,几至一个词就是所有词。这让词语立马从另一个角度,处于欧阳江河曾经指控过的状态:"可以无限替换。"此情此景,宛如红色年代中所有词语的内部,要么充满了愤怒的吼声,要么就是赞美的掌声,两者必居其一。而掌声总是倾向于和掌声相似,吼声

---

① 这个观点是语言哲学的老生常谈。但也有人认为这样的老生常谈不适合汉语的实际情形。今人傅修延认为,"单个的汉字是最小的叙事单位,汉字构建之间的联系与冲突(如'尘'中的'鹿'与'土'、'忍'中的'刃'与'心'),容易激起读者心中的动感与下意识联想;而在词语层面,由寓言故事压缩而来的成语与含事典故的使用,使得汉语交流过程中呈现出丰富的隐喻性与叙事性。"(傅修延《中国叙事学》,北京大学出版社,2015 年,第 81 页)傅氏说得十分精辟,但他不应该忘记的是:这些词也仅仅是在词典的意义上具有的叙事性,在未得到句子的调教时,词典意义上的叙事就是盲目的,是没有方向感的,因而是没有太多实际意义的。

② 黎锦熙:《新著国语文法》(订正本),商务印书馆,1924 年,第 29 页。

总是乐于跟它自己相像。不是说欧阳江河下意识间,在直接使用语言胎记和语言胎教直接认可的词语;而是说,他在按照胎教和胎记认可的精神与方式,下意识地唆使他那个时代的词语尽快上路以组成诗篇,尤其是在音色、腔调、口吻和语气等方面。以欧阳江河之睿智、之机警,完全有可能超然于他那个时代的所有"熟词"或"假词";但语言胎教和语言胎记的基本精神,尤其是装饰胎记和胎教的音响形象,却蛮有可能控制住个人性情恰好如欧阳江河者①,进而下意识地感染欧阳江河自己的词语——假如真有专属于他个人的词语。要知道,一个人选择哪种哲学,端看他是哪种人。这种原本隐蔽和掩饰得很好的精神,一旦碰巧得到欧阳江河的创造性使用,在极端的时刻,词语就有可能迅速滑入纯粹能指的境地,沦于词语装置物的泥淖。比如,读者根本没有必要弄清楚"有没有比豹子快的鞋"究竟是什么意思,也没有必要搞明白这句话究竟在应对何种复杂难缠的现代经验,因为这些词语在瞬间位移后结成的独断型句式——哪怕它以疑问的语气出现——原本就没什么意义②;即

---

① 笔者曾仔细分析过四川方言的大嗓门、雄辩、绝对化等特点,这对四川人欧阳江河在诗歌写作的声音方面有巨大的影响。也就是说,作为四川人的欧阳江河很容易接受语言胎教和语言胎记中的绝对性和独断口吻(参阅敬文东:《指引与注视》,前揭,第24—38页)。

② 完成《黄山谷的豹》五年后的2017年,欧阳江河说,他写这首长诗"是想通过对当代诗歌写作的追索,通过对中文写作深处的汉语性的招魂般的追索,重新获得古人诗歌里面失传了的东西"(欧阳江河:《写法和读法,其实就是活法》,《花城》2017年第3期)。但作者的解释不能被当真,何况他的意图是否实现还是个问题。因此,欧阳江河的自我解释不影响此处的结论。

使从整首诗的上下文看,也很难辨析其意义①。它顶多只有词语装置物层面上的价值,能让读者体会到词语的任意搭配带来的好玩、有趣,甚至乏味的快感,有如幼童欣欣然随意搭配积木以成建筑;或者,就像韩少功笔下的那个"伪成年人",不过是"把每一个城市都当积木,把每一节列车都当浪桥,把每一个窗口都当哈哈镜……"②

## 心 与 脑

通常情况下,听作家与诗人解释其作品的寓意(或喻意),是一桩危险的事体③;自近现代以来,不少中国作家和诗人乐于这类引人上"钩"、诱人上"当"的"勾"("钩")"当",比如巴金、姚雪垠、周国平、余秋雨之流④。但偶尔也有例外。 欧阳江

---

① 此处说欧阳江河这句诗没有意义并且不可理解,但欧阳氏决不能拿费希特1795年7月2日致赖因霍尔特信中的话为自己辩解:"任何可理解的东西都以一个更高的领域为前提,它在这个领域中被理解。所以,正因为它可以理解,它才不是最高的。"(倪梁康:《译者的话》,胡塞尔:《现象学的观念》,上海译文出版社,1986年,第11页)理由很简单,欧阳江河那句诗的不可解仅仅是出于词语的任意搭配,而非来自更高的领域。

② 韩少功:《日夜书》,上海文艺出版社,2013年,第8页。

③ 这等结局连纯粹的理论家都不能例外。安托万·孔帕尼翁(Antoine Compagnon)说得好:"你只需任由某位理论家们高谈阔论,时不时地带点嘲弄意味地打断他一下:'是吗?'你就能见到他不顾一切地赤膊上阵!"(安托万·孔帕尼翁:《理论的幽灵》,吴泓缈译,南京大学出版社,2017年,第8页)

④ 钱钟书为此提醒自己:"我们在创作中,想象力常常贫薄可怜,而一到回忆时,不论是几天还是几十年前、是自己还是旁人的事,想象力忽然丰富得可惊可喜以致可怕。我自知意志软弱,经受不起这种创造性记忆的诱感,(转下页注)

河就很坦率地供认:"我是几乎不写抒情诗的人。"①征之以事实当不难发现:这是一个值得信赖的夫子自道②。在另一处,欧阳江河也传达了相同的看法:他的诗歌写作想要得到的,根本就"不是那种优美和打动人心的诗意。那些对我来说都太简单了"③。检视其作品约略可以猜测:欧阳江河需要的,很可能是那种反抒情的抒情性;以他之见,唯有这种抒情性,才有资格谓之为"大"。欧阳江河很自信地说:"哪怕是对抒情的克制和回避,嘲讽和批判,都会变成它的大抒情的一部分。"④他似乎倾向于认为:那些"优美"的抒情性,那些能够"打动人心的诗意",不过是少不更事者的课外余事,会因为"年轻人的清纯本身所具有的激动、挫折感和欣喜若狂的东西",一直处于欧阳江河倡导的"对抗性、批判意识等等之外",而显得特别没劲,特别文艺腔和文艺"范"⑤——西川似乎更乐于痛快地呼之

---

(接上页注)干脆不来什么缅怀和回想了。"(钱钟书:《写在人生边上·重印本序》,生活·读书·新知三联书店,2003年,第1页)

① 欧阳江河、李德武:《嵌入我们额头的广场——关于〈傍晚穿过广场〉的交谈》,《诗林》2007年第4期。

② 当然,欧阳江河偶尔也会写一点抒情诗,比如《放学的女孩》(1986年)、《春天》(1990年)、《春之声》(1995年)以及组诗《最后的幻象》(1988年)等,但确实数量很少,而且抒情性已经少到了不能再少的地步。欧阳江河也承认它们是抒情诗(参阅欧阳江河、张学昕:《"诗,站在虚构这边"——欧阳江河访谈录》,《诗人空间》2005年第4期)。

③ 欧阳江河、傅小平:《欧阳江河访谈录》,《诗歌月刊》2013年第6期。

④ 欧阳江河、李德武:《嵌入我们额头的广场——关于〈傍晚穿过广场〉的交谈》,《诗林》2007年第4期。

⑤ 欧阳江河、傅小平:《欧阳江河访谈录》,《诗歌月刊》2013年第6期。

为"文学嫩仔"①。在完成《天鹅之死》整整三十年后,欧阳江河依然故我地如此反思——或曰责难——诗歌的抒情特性,至少对之抱以高强度的警觉;而作为起始之作的《天鹅之死》本身就显得抒情稀薄,几近于无,直至成为抒情的极寒和极荒地带——这是欧阳江河乐于承认的事实②。

陈世骧从比较文学的角度,手脚麻利地辨析出中国古典文学在总体上,具有一种颇为执拗的抒情传统③。高友工甚至认为诗歌批评都应该是抒情性的:"艺术家把他的'心境'写成了诗;而批评家把他读'诗'的'心境'写成了'诗评',故此浓缩却仍是感性的。"而这种样态和颜值的诗歌评论,就被高氏直接唤作了"抒情式批评"(Lyrical criticism)④。最近几十年来,这个貌不惊人的观点在海外汉语学术圈得到了大规模的鼓噪,受到过很多学者的追捧⑤,近些年也开始登陆大陆中国,并产

---

① 参阅西川:《诗人观念与诗歌观念的历史性落差》,《今天》2008年春季号;参阅姜涛:《浪漫主义、波西米亚"诗教"兼及文学"嫩仔"和"大叔"们》,孙文波主编:《当代诗》第1辑,文化艺术出版社,2010年。

② 欧阳江河很坦率地承认,《天鹅之死》本身就是反抒情的作品(参阅欧阳江河、王辰龙:《消费时代的诗人与他的抱负:欧阳江河访谈录》,《新文学评论》2013年第3期)。欧阳江河的《天鹅之死》和宋炜写于1990年的同名短诗正好一比,后者那种节制、内敛,却有抑制不住的深情或许更令人信服。

③ 参阅陈世骧:《中国文学的抒情传统》,生活·读书·新知三联书店,2015年,第3—9页。

④ 高友工:《美典:中国文学研究论集》,生活·读书·新知三联书店,2008年,第81、83页。

⑤ 对抒情传统的来历、学术谱系的详细考辨、梳理和研究,来自中国大陆青年学者徐承(参阅徐承:《中国抒情传统学派研究》,中国社会科学出版社,2015年)。

生了持续性的影响①。而自有新诗以来,抒情性也一直被诗内、诗外的诸多信众,固执地认作新诗的"头"号特征②,有如该隐(Cain)额"头"上的记号。他们更倾向于认为,"智慧思想,似乎不重要"③;即使是乐于在新诗中被乐于表达的"智慧思想",也"必须经过感情的锻炼与澄滤,然后才能表露",然后,才有可能免于宋诗雅好说理之讥,因为"诗是感受 to feel 而不是理解 to understand 的艺术"④,因为"做诗底动机大都是一种情感(feeling)或是一种情绪(emotion)"⑤。甚至自新文学运动以来,除开新诗以外的其他各色文体(比如小说、话剧、散文等),也普遍被认为受到过抒情主义程度不等的浸染与熏蒸⑥——这似乎从其侧面,再一次加固了新诗的抒情特征。而侧面,总是更有力量,更见其分量,因为侧面从未以加倍别人为目的,也从未有过这等念想、这等"活雷锋精神"。所以,它不经意间所起的作用,反倒有类于寓言之"十言而九见信也"⑦,显得更可亲、可靠。但汉语——无论古典或现代——界定和笼罩下的

---

① 但也有学者对此提出了冷静的质疑,并且言之成理(参阅徐岱:《抒情作品与审美伦理》,《美育学刊》2014 年第 3 期)。
② 参阅张松建:《抒情主义与中国现代诗学》,北京大学出版社,2012 年,第 8—75 页。
③ 俞平伯:《俞平伯全集》第 3 卷,花山文艺出版社,2001 年,第 521 页。
④ 于赓虞:《诗之情思》,《晨报·副刊》1926 年 12 月 4 日。
⑤ 俞平伯:《俞平伯全集》第 3 卷,前揭,第 521 页。
⑥ 王德威几乎是用了一整部近三十万字的篇幅论述这个问题(参阅王德威:《抒情传统与中国现代性》,生活·读书·新知三联书店,2010 年)。
⑦ 陆德明:《经典释文》。

抒情特征,都必将落实或建基于感叹的层面①,否则,抒情特征就会显得过于抽象与空洞,仅仅停留和满足于它的字面意思。而感叹,又总是跟人间世事的难易,跟凡间尘世的顺逆和凸凹多方勾连②,因此而有太多的悲欢之叹③。但一般情况下,汉语支持的感叹更愿意同悲叹靠得更近④,倾向于远离甚至逃离欢乐

---

① 参阅敬文东:《兴与感叹》,《首都师范大学学报》2016年第3期。
② 李泽厚很精辟地猜测说:"汉字(书面语言)重大特点在于它并不是口头声音(语言)的记录或复写,而是来源于和继承了结绳和纪事符号的传统……从起源说,汉文字的'存在理由'并不是表现语言,而是承续着结绳大事大结、小事小结,有各种花样不同的结来表现各种不同事件的传统,以各种横竖弯曲的刻划以及各种图画符号('象形')等视觉形象而非记音形式(拼音)来记忆事实、规范生活、保存经验,进行交流。它不是'帮助个人记忆而使用的一些单个的标记',而是集体(氏族、部落的上层巫师们)使用进行统治的整套系统的符号工具。"(李泽厚:《由巫到礼 释礼归仁》,生活·读书·新知三联书店,2015年,第160—161页)李先生的高论放在此处则意味着:字词和作为字词之结局的诗,必须针对作为事情的人间世事,才是有效的、具体的,才让抒情特征免于抽象与空洞。
③ 参阅敬文东:《感叹与诗》,《诗刊》2017年第2期。
④ 比如刘鹗就貌似夸张地说起过:"《离骚》为屈大夫之哭泣,《庄子》为蒙叟之哭泣,《史记》为太史公之哭泣,《草堂诗集》为杜工部之哭泣;李后主以词哭,八大山人以画哭;王实甫寄哭泣于《西厢》,曹雪芹寄哭泣于《红楼梦》。王之言曰:'别恨离愁,满肚腑难陶泄。除纸笔代喉舌,我千种想思向谁说?'曹之言曰:'满纸荒唐言,一把辛酸泪;都云作者痴,谁解其中意?'名其茶曰'千芳一窟',名其酒曰'万艳同杯'者:千芳一哭,万艳同悲也。"(刘鹗:《老残游记·自叙》)无论是"征"之以史还是"证"之以史,刘鹗之言都正确无比。挚虞更将感叹(尤其是悲叹)上升到文体的高度:"哀辞之体,以哀痛为主,缘以叹息之辞。"(挚虞:《文章流别论》)换代之际的石涛有一副自画像:一个老僧端坐于掏空的树干中冥思,旁边有石涛的题词:"图中之人可呼之为瞎尊者后身否也。呵呵!"——这可能是古代中国首次或唯一一次预先出现的手机式感叹(参阅巫鸿:《废墟的故事》,肖铁译,上海人民出版社,2017年,第49页)。

之叹①,因为凡间尘世恰如辛弃疾所言:"叹人生,不如意事,十常八九。"②

自新诗伊始,对抒情性的强调就一直是无可争议的主流;在不少时刻(比如在早期郭沫若、郭小川、贺敬之等人那里),抒情性甚至极端到了令人不安的程度,最起码有违含蓄、内敛的古典诗教③,更与中国人谦让有加的民族性格相去甚远④。顾随的古典诗论称得上一语中的,仿佛专为郭沫若等人量身定制:"诗中伤感便如嗜好中的大烟,最害人又最不容易去掉。"⑤更为关键的是:过度抒情极有可能影响新诗对现代经验的准确表达,比如,《天狗》就把根本不存在的个人自由意识,夸张到失"真"甚至失"贞"的程度(社会学意义上的正面效应此处暂时不用涉及);面对各种复杂而具体的状态、情态、物态和事态,唯有冷静的应

---

①  也许正因为如此,才有人伪托李白而做《笑歌行》,很可能是为了跟太多的悲叹与哀叹开玩笑[认为《笑歌行》是伪托李白之作的古有苏轼,近有钱钟书(参阅钱钟书:《七缀集》,生活·读书·新知三联书店,2002年,第118页)]。

②  辛弃疾:《贺新郎·用前韵再赋》。吕正惠据此断言:"像陶渊明、杜甫、李商隐,他们的伟大之处正在于:他们让我们深切地了解到,当人一旦放弃了'自我实现'时,或一旦承认了'自我实现'的不可能时,人就只能深陷于无法自己的悲哀之中。这就是中国文学无处不在的'哀歌'。"(吕正惠:《抒情传统与政治现实》,华中师范大学出版社,2012年,第3页)

③  参阅钱钟书:《七缀集》,前揭,第125—131页。

④  此处可以举两个人的为例,女神时期的郭沫若(不妨想想他的《天狗》、《晨安》、《立在地球边上放号》等作品);红色年代的郭小川。后者甚至写下了看上去气吞山河的诗句:"啊啊,你们这一代/将是怎样的/光荣!/不驯的长江/将因你们的奋斗/而绝对服从/国务院的命令……"(郭小川:《致青年公民》)二郭简直把抒情推向了滥情的境地。

⑤  顾随:《中国古典诗词感发》,前揭,第86页。

对,方可做到教科书或手术刀般的精准——而对现代经验的精准分析,正是新诗现代性的必然要求,词语的一次性原则正是为此而设。虽然在新诗史上,反对或质疑过度抒情的声音一直存在,但总体上火力不足①;而反对或质疑抒情的人,也并未从创作实绩的角度,给出过精彩或足够令人信服的答案:它们在质量上稍显单薄,在数量上更为贫瘠。因此,欧阳江河的**反抒情诗学**以及他对此所做的精彩实践,还有他诸多堪称杰出的作品,揆之于新诗史,自有深远的意义。

但无论现代经验如何繁复,无论它在何等程度上仰赖词语的一次性原则,也无论新诗被认为应当如何冷静复冷静地表达现代经验,更无论某些新诗写作者接受瓦莱里、艾略特、奥登和燕卜逊(William Empson)等人的启迪,为新诗的现代性考虑,有可能对抒情特性抱以警惕之心,但新诗终将与心相关,与心相依偎②。因此,严格说来,反抒情诗学在欧阳江河之前,并未真的出现过,或者作为某种现象真的存在过。作为一种最晚起自里尔克、艾略特等人的文学新神话,"诗是经验之转化而非情感之宣泄"的说教,却既不可以,更不可能全然罢免心在诗歌写作中所起的作用。唐·库比特(Don Cupitt)很有些"麻雀仰着飞"③的派头。他说:"不是先有经验,再有语言的表达;不是先

---

① 对此问题的综述可参阅张松建:《抒情主义与中国现代诗学》,前揭,第77—85页。
② 参阅张松建:《抒情主义与中国现代诗学》,前揭,第12页。
③ 蜀语,意为故意反着来,说反话,反着做事等。

有对上帝或者终极者的神秘经验,再有对上帝或者终极者的表达。而是相反,先有语言,再有经验;先有关于上帝或者语言,再有关于上帝或终极者的经验。"①但有可能出乎唐·库比特意外的是,无论从哪个角度观察,"心有郁结者"的广泛存在,向来都是不分古今的事情;"郁结者"们"狭世路之扼僻,仰天衢而高蹈,邈姱俗而遗身,乃慷慨而长啸"②的悲叹情形,也应该是"古今无不同"③,并非尽如唐·库比特所言,全是语言或表达给出的新发现。因此,诸如欧阳江河之抒情和反抒情的诗学问题,在这里,满可以等价性地转化为另一个更加具体的设问:新诗的操持者是否可以——甚至必须——戴着面具,以便专注于对现代经验的精准转化却无关乎心性,并由此免于情感的宣泄甚或过度宣泄,继而免于郭沫若、郭小川、贺敬之那样的滥情之泥淖?

司马迁从心性而非文学成就的角度对屈原真心有赞④:"其志洁,故其称物芳";并曰:观其书,"想见其为人"。⑤农耕经验统治下的中国词章之士,更愿意热衷于、有志于并且致力于诗歌和

---

① 唐·库比特:《后现代神秘主义》,王志成等译,中国人民大学出版社,2005年,第2页。
② 成公绥:《啸赋》。
③ 王小波:《王小波文集》第三卷,中国青年出版社,2000年,第153页。
④ 以吕正惠之见,先秦两汉之人没有后世所谓的文学观念,作文时首先考虑的是将事情说清楚,反倒拥有了古朴劲而免于后世文人作文之酸劲(参阅吕正惠:《抒情传统与政治现实》,前揭,第46—66页)。
⑤ 参阅袁可嘉:《论新诗现代化》,生活·读书·新知三联书店,1988年,第40—52页。

心性之间的同一性①;"诗言志"的观念,或许早已暗示了"诗"与"心"("志")正相等同,并早于"文如其人"之观念的被提出②。宋人郭若虚因此而有言:"人品既高矣,气韵不得不高。"③家铉翁也有倡议:"序诗者即心而言志,志,其诗之源乎？本志而言情,情,其诗之派乎？自心而志,由情而诗,有本而末不汨不迁。"④恰如郭、家二氏所见,在较为理想的状态下,中国古典诗词(甚至造型艺术)更愿意、更乐于和心相同一;而与万物、与读者坦诚相见,所谓"不惜歌者苦,但伤知音稀"(《古诗十九首·西北有高楼》),则是古典诗词操持者们的重大心愿⑤——如果不能说成最大心愿的话。其间的情形,有类于尧、舜之间的真诚关系:"昔尧殂之后,舜仰慕三年,舜坐则见尧于墙,食则睹尧于羹。"⑥因此面具,被认为和反抒情诗学特别相关的什物,在远古中国,就是不可思议的东西⑦;在古典诗词不无严正的法眼中,一切尽皆源于心

---

① 参阅敬文东:《说心性》,《汉诗》2016 年秋季卷。
② 一般认为扬雄的"故言,心声也;书,心画也。声画形,君子小人见矣"(扬雄:《法言·问神》),乃是"文如其人"最早的出处,比出自于《上述·尧典》的"诗言志"晚多了。
③ 郭若虚:《图画见闻志》卷三。
④ 家铉翁:《则堂集》卷三。
⑤ 日本学者松原朗认为,中国古典诗歌史上离别诗占了相当大的比例,而离别赠诗在理想情况下必须坦诚,诗与志同,因为"诗歌本身就是从唯恐与他人断绝关系的情感中生发出来"(松原朗:《中国离别诗形成考论》,李寅生译,中华书局,2014 年,第 4 页)。
⑥ 范晔等:《后汉书·李固传》。
⑦ 比如说:"书画以人重,信不诬也。历代工书画者,宋之蔡京、秦桧,明之严嵩,爵位尊崇,书法、文学皆臻高品,何以后人吐弃之？湮没不传,实因其人大节已亏,其余技更一钱不值矣。吾辈学书画,第一先讲人品。"(松年:《颐园论画》)

性,境(景)由心生的观念并非佛教东渐的产物,正如扬雄所谓"言,心声也;书,心画也"①。在这里,诗学上抒情和反抒情的疑难杂症,真(正)可谓"新"革命遇上了"老"问题②。

但新诗写作有必要为面具稍作辩护:面具并非不洁之物,亦非必然性维度上的虚伪之物,尽管它确实有可能对抒情构成阻隔,以至于成全了欧阳江河不抒情,甚或反抒情的诗学抱负。对于新诗来说,面具存在的真实理由大致是:无论如何,新诗确实是对现代经验的复杂转换,而非古典诗词那般单纯的情景交融,或真情的直接性流露。因此,转换多多少少具有间接性,古典诗学强调的"直寻"对此有望而生畏之感,词语的肉体特性更会对之望洋而兴叹——毕竟词语的肉体特性更愿意触及万物的表面,其目的,似乎也只在万物的表面。而现代经验从其开端处,就拒绝透明,紧缩大门,恪守秘密,无法被直观洞见,唯有对它实施语言爆破和词语轰炸这"自古华山一条路"。到得这等高危的境地,欧阳江河更倾向于同他的诗歌前辈或大多数同辈看法迥异:转化现代经验需要的语言分析性能必须自带面具,或者自带面具性格。面具在这里更多地意味着:让心暂时屏住呼吸,让热血在狭小的四居室内降低呼啸,以有利于脑进行冷静的计算,或更为诡诈的算计——毕竟"计算是中性的,算计却极具冷笑性质"③。除此之外,面具还意味着:现代经验急需要被仔细计算

---

① 扬雄:《法言·问神》。
② 明眼人能够看出,此处的这个句子有意模仿或戏仿了红色年代的著名语句:"老革命遇到了新问题。"
③ 敬文东:《颓废主义者的春天》,北岳文艺出版社,2013年,第51页。

和算计,才能被精确转换,才能精准地剖析现代经验的肠肠肚肚,而不仅仅是现代经验的区区表层肌肤。计算或算计之完成,无法完全依靠或仰仗词语的肉体特性①。"心血来潮"堪称肉体特性的另一种说法;"被胜利冲昏了头脑"则是某些人别有用心地将"脑"当作了"心"的替罪羊。但两种说法都意味着不冷静,意味着不利于算计,甚至有害于计算——整部《孙子兵法》谈论的无非就是这件事,正所谓"多算胜,少算不胜,而况于无算乎"②?在此基础之上,面具还特别意味着"直接"由冷静的算计而来的那种"间接"性。与过度抒情(比如"女神"时期的郭沫若)需要的直接性刚好相反,新诗的现代性急需要面具带来的间接性,因为它在冷静中获取的分析性,能够保证现代经验的被转换获取它自身的精确性。早在1930年代早期,梁宗岱就一语道破了精确性本该拥有的内涵:"真是诗底唯一深固的始基,诗是真底最高与最终的实现。"③

有一个额外的情况不得不详加考虑,亦即新诗自诞生之日起,就必须面对一个糟糕的局面:它所使用的词语,已经预先被

---

① 勒内·贝尔热(Rainer Berger)说:"如果说语词历来应该是物的指称,以至二者长期以来一直混淆不清,那么我们今天正在发现,语词现在是,而且始终是铸造工具:正如语言学家所充分证明的,语词之所以是工具,是因为语词从一开始就始终是器械和机制。这种器械和机制以一致同意的指号和符号为出发点,其功能在于必须建立一个社会的成员相互沟通所需的工具。"[勒内·贝尔热:《从镜子到后历史》,雅克·施兰格(Jacque Seagram)等编:《哲学家的和他假面具》,徐友渔编选,社会科学文献出版社,1999年,第91页]但维柯早已暗示了词语的肉体性,所谓"铸造工具"、"器械和机制"云云要么是后起的,要么首先是肉体性的。

② 《孙子兵法·始计第一》。

③ 梁宗岱:《诗与真·诗与真二集》,外国文学出版社,1984年,第5页。

赋予了面具特征。这让原本复杂的问题,立马有了那么一点雪上加霜的味道。对此,耿占春说得很通透:20世纪在全球范围内的一个重大特点,乃是"完成了对现代民族语言的改造,它系统地、彻底地颠倒了语义:公仆就是老爷,主人就是奴隶,民主就是专政,自由就是集中,共和就是压迫,服务就是剥夺,真理就是谎言,宣传就是欺诈,革命就是反革命,政治就是治安"[1]。面对这种性征诡异的词语面具,新诗早早陷入了"敌军围困万千重"(毛泽东:《西江月·井冈山》)的险境[2];新诗唯有施以自己的面具(亦即经计算而来的冷静及其间接性),才有可能——仅仅是有可能——对词语自身的面具进行消化:这相当于对一种特殊的现代经验进行的诗学转换,展开的诗学对决[3]。到得这步田地,应该任何人都不愿、也不忍心责怪新诗为自己设置面具,以抑制过度抒情,毕竟"心画心声总失真,文章宁复见为人"(元好问:《论诗三十首》其六),更何况如此这般的现代经验根本就不可以、不可能被人赤诚相见[4]。

---

[1] 耿占春:《世俗社会与诗歌》,张曙光等主编:《中国诗歌评论》2012年秋季号,上海文艺出版社,2013年,第83页。

[2] 如果说胡适、郭沫若、新月诸君、现代诸子有幸没有面对这种强迫的词语面具之局面,那么,自1920年代中期开始的普罗诗歌运动就没那么幸运了,从此以后的漫长岁月,新诗写作者不得不面对这种局面(参阅郭晓林:《惶惑与无奈——父亲在林县的日子里》,郭晓惠等编:《检讨书——诗人郭小川在政治运动中的另类文字》,中国工人出版社,2001年,第308页)。

[3] 从北岛那一代诗人开始的艰难努力,至今尚不能说已经彻底完成了转换(参阅敬文东:《用文字抵抗现实》,前揭,第41—43页)。

[4] 韦恩·布斯(Wayne C. Booth)从社会学和人情物理的角度,(转下页注)

新诗的现代性除了强调词语的一次性原则外,理论上任何词语皆可入诗——这当然是真实的,因为这体现了新诗的胸襟和开放性,却并不意味着某首具体的诗作依据自身的语境,不会、不该和不敢禁用某些词语,尤其是当某些词语既不带来欧阳江河拒斥的"优美",又不能对现代经验进行精确转换的时

---

(接上页注)给了面具有可能获取合理性——而非合法性——以另一种解答:"假如我们不加修饰,不假思索地倾倒出真诚的情感和想法,生活难道不会变得难以忍受吗?假如餐馆老板让服务生在真的想微笑的时候才微笑,你会想去这样的餐馆吗?假如你的行政领导不允许你以更为愉快、更有知识的面貌在课堂上出现,而要求你以走向教室的那种平常状态来教课,你还想继续教下去吗?假如叶芝的诗仅仅是对他充满烦忧的生活的原始记录,你还会想读他的诗吗?假如每一个人都发誓要每时每刻都'诚心诚意',我们的生活就整个会变得非常糟糕。"[韦恩·布斯(Wayne C. Booth):《隐含作者的复活:为何要操心?》,詹姆斯·费伦(James Phelan)等主编:《当代叙事理论指南》,前揭,第66页]新诗中被韦恩·布斯不幸言中的案例比比皆是。余秀华的某首诗是个好例证:"我爱上了他,并产生了和他交合的冲动/但是上午的阳光太强烈了,他应该不喜欢这样的天气/和他做爱应该在雨里完成/雨越大越好。事后他一定会记下他阴茎的状况/把这个时间后推许多年/我不会因为孤独和一个人做爱/他也应该如此/但是如何摘出我的羞耻之心是必须之事/我应该蒙上他的眼睛/我不确定他能看到什么,但是许多事情/瞄一眼就穿了/好像在上帝面前脱下衣衫/我改变着他给我的/来龙去脉/如果雨让我愈加坚硬/就是说我不讨好他,而让他在一个动作上/完成一首失败之诗"(余秀华:《读朵渔的诗》)没有必要怀疑,抒情主人公对诗中的"他"情感真挚,并且不打算掩饰其真挚的情感,彻底撕去了面具,有着令人震惊的坦率。但即使不从卫道士的立场出发,这首诗也不会让人感觉舒服,至少诗中的"他"——假如"他"真的存在——不愿意抒情主人公将这等私密之事公之于众。这正是叶嘉莹女士的清醒之处:"真诚的作品也有所不同,那就是:你的真诚所表现的是什么?"(叶嘉莹:《好诗共欣赏》,中华书局,2007年,第31页)毕竟真诚地做坏事也肯定算得上真诚,最起码在词语的层面上占有了真诚,甚至强暴了真诚。即使是一贯主善的古诗也不例外,比如,大魔头黄巢的言志之作在杀气腾腾中,就有一种因其过于真诚而带来的掩饰不住的邪恶:"待到秋来九月八,我花开后百花杀。冲天香阵透长安,满城尽带黄金甲。"(黄巢:《菊花》)

候①——这当然也是真实的,因为它体现了新诗必须具备的伦理原则。词语本该自有禁忌,因为人伦必有禁忌。或许,就是在这个意义上,莱昂内尔·特里林(Lionel Trilling)才深有感慨:西方自古推崇的是诚挚(Sincerus),追随着资本主义而来的,则是对真实(Authenteo)的过度推崇。莱昂内尔·特里林不无坚定地认为:后者是前者的堕落形式,因为真实仅仅是认识论层面上的观念,没有估算或者拒绝估算其伦理价值②。在古代中国,诚首先跟宗教有染③,所谓"祷祠祭祀,供给鬼神,非礼不诚不庄"④。这意味着:诚从初始处,就与心相连,并在世俗而非宗教的层面传至当下⑤。在古典中国,甚至还不乏"有心为善,虽善不赏;无心为恶,虽恶不罚"⑥之类的极端言论,它强调和倡导的,无非是心与诚连,善莫大焉。一向与美、善相并列的真需要的,似乎是计算和算计,更多与脑相关⑦;在古典中国,善与美相

---

① 古典诗词不存在这个问题,因为古典诗词严格遵循直观原则,有严格的禁忌,许多词语是不能入诗的,因而词语是有限的(参阅敬文东:《指引与注视》,前揭,第58—60页)。

② 参阅特里林:《诚与真》,刘佳林译,江苏教育出版社,2006年,第4—25页。

③ 对此问题可参阅贾晋华:《诚之宗教起源》,李森等主编:《学问》第5辑,花城出版社,2017年,第43—56页。

④ 《礼记·曲礼上》。

⑤ 牟宗三对此大有会心:"在敬之中,我们的主体并没有投注到上帝那里去,我们所作的不是自我否定,而是自我肯定(Self-affirmation)。仿佛在敬的过程中,天命、天道愈往下贯,我们的主体愈得肯定。"(牟宗三:《中国哲学的特征》,台湾学生书局,1984年,第20页)

⑥ 蒲松龄:《聊斋志异》卷一"考城隍"。

⑦ 对"真"而非"诚"的关心在现代西方可谓兴盛一时,多年前,我对此有过较为详细也较为较真的讨论(参阅敬文东:《随"贝格尔号"出游》,前揭,第63—74页)。

等同①,这刚好与西方之美出源于真大异其趣②。心关乎温度③,更有可能成就善,但并非不戴面具的所有诚都必然为善,因为心并不能保证善自动成立、自动成真,"坏心眼"、"心存歹念"之类的构词法就是明证。圣奥古斯丁(St. Augustinus)从神学的角度说得更为笃定:"婴儿的纯洁不过是肢体的稚弱,而不是本心的无辜。"④脑倾向于拒绝温度,因为温度会烘烤冷静,以至于变得又"热"又"躁",最后,既失去了"冷",又消灭了"静"⑤。

---

① 参阅李泽厚、刘纲纪主编:《中国美学史》第一卷,中国社会科学出版社,1984年,第135—143页。

② 参阅约翰·济慈:《济慈书信集》,傅修延译,东方出版社,2002年,第51页。

③ 韩少功有一妙文曰《心想》,其中有妙言,曰:"真正燃烧着情感和价值终决的想法,总是能激动人的血液,呼吸和心跳,关涉大脑之外的更多体征,关涉整个生命……它显然不是一个智商的问题,不光是一个或很多个聪明脑袋就能解决的问题。"(韩少功:《在后台的后台》,人民文学出版社,2008年,第63—64页)中国古人对诗与心的关系看得极为重要,且听近人缪钺的高论:"昔之论诗者,谓吾国古人之诗,或出于《庄》,或出于《骚》,出于《骚》者为正,出于《庄》者为变。……盖诗以情为主,故诗人皆深于哀乐,然同为深于哀乐,又有两种殊异之方式,一为入而能出,一为往而不返,入而能出者超旷,往而不返者缠绵,庄子与屈原恰好为此两种诗人之代表。庄子持论,虽忘物我,齐是非,然其心并非入槁木死灰。……庄子虽深于哀乐,而不滞于哀乐,虽善感而又能自遣。屈原则不然,其用情专一,沉绵委曲。……盖庄子之用情,如蜻蜓点水,旋点旋飞;屈原之用情,则如春蚕作茧,愈缚愈紧。自汉魏以降之诗人,率不出此两种典型,或偏近于庄,或偏近于屈,或兼具庄、屈两种成分,而其分配之比例又因人而异,遂有种种不同之方式,而以近于屈者为多。……古论者谓吾国诗以出于《骚》者为正。"(缪钺:《古典文学论丛》,浙江大出版社,2009年,第80—81页)

④ 奥古斯丁:《忏悔录》,周士良译,商务印书馆,1963年,第10页。

⑤ 中国古人认为,"燥"是"躁"的来源之一:心之焦"躁",源于心性之"燥"烈,所谓"清气大来,燥之胜也"(《素问·至真要大论》);所谓"燥万物者,莫叹乎火"(《易·说卦》)。

脑更愿意经由计算和算计而关乎面无表情的真,但并非所有因面具而来的真都无关乎善,无关乎诚。欧阳江河冷静得近乎刀刻的如下诗句,就有不易察觉的善与诚弥散其间:

> 落日自咽喉涌出,
> 如一枚糖果含在口中,
> 这甜蜜,销魂,唾液周围的迹象,
> 万物的同心之园,沉沦之园,吻之园
> 一滴墨水就足以将它涂掉。
>
> (欧阳江河:《最后的幻象·落日》,1988年)

虽然"一滴墨水就足以将它涂掉"确实把前面那几行诗句暗含的抒情色彩给成功地"涂掉"了[①],但毕竟在被"涂掉"之前,抒情性确实存在过,一首诗必不可少的诚和善也存在过。《落日》甚至对词语的瞬间位移也做了必要的限制,词语奔向词语的速度大为减弱,不那么猴急和蛮霸。这意味着,在理想状态下,在词语不严格遵照直线原则的诸多时刻,跟脑靠得更近的反抒情诗学更有可能,也更有机会对新诗做出贡献:在抑制滥情的基础上,深入作为现代经验的落日,并且仰仗词语的一次性原则,准确、细致地解剖仅属于当下中国的那轮落日。由此,将现代"落

---

① 同样的句子也出现在写于1994年的长诗中:"但一切都不会长久,除了落在纸上的雪,/仅一滴墨水就可以涂掉它们。"(欧阳江河:《雪》第18节)

日"同"落日照大旗"、"长河落日圆"的"落日"彻底区分开来。这颗"自咽喉涌出"的"落日",再也不是古典的"落日",因为后者只能在词语的当下直观或直寻中徐徐落下,激起感伤、生命苦短等古典诗绪①,不可能分析性地被"涌出"。"涌出"不仅与直观中的下落方向相反,它体现的,还是词语的炸裂能力,既抽象,又饱满多汁,还展示了脑对现代经验的算计才华。很难想象,作为词语的"涌出"会再次和"落日"相搭配;这种情况如果再一次出现,就是僭越,就是对新诗现代性的有意挑衅。

古典诗词仰仗词语的肉体特征直观万物的表面,自然与心更为相关,抒情的成分更加浓厚——心关乎温度。即使是"行到水穷处,坐看云起时"(王维:《终南别业》)、"采菊东篱下,悠然见南山"(陶渊明:《饮酒》其五)一类不温不火的诗句,也顶多是沉静、安静、洁净和稳重;它体现的,是华夏文化中备受推崇的儒雅、内敛、含蓄,不可能是枯槁而面无表情,与大脑计算和算计过后的精确无关,只与直观时屏住呼吸和强忍着热乎的那颗心有染,有一个瞬间的直觉式顿悟和通达,却不关乎词语的瞬间位移。词语不仅没有被催熟,还在暗中像草木一样慢慢成长。在这里,也有薄如蝉翼的面具存在,却心中有数而不动声色。顾随有言:"不动声色是'雄'(英雄、奸雄),不著色相(才)是'佛'"②——看起来,王维仅靠这两行名句,似乎不足以称之为

---

① 关于古典诗绪和现代诗绪的区别可参阅敬文东:《词语紧追诗绪或一个隐蔽的诗学问题》,《作家》2016年第11期。
② 顾随:《中国古典诗词感发》,前揭,第33页。

"诗佛";陶渊明也不能以"悠然"之心态,无可争议地成为道家的诗人①。自胡适以来的新诗,虽逐渐仰仗词语的分析性能,也逐步学习着、试探着致力于现代经验的诗学转换,但在短暂的游弋和慌张后②,很快走上了纯粹抒情主义的老路数,与心而非与脑靠得更近③,更倾向于对面具的解除,不动声色的主静传统则被高亢的内心之声所取代④。郭沫若宣称的"抒情诗是情绪的直写"⑤,就是**新诗主心论**的明证⑥;郭氏"女神时期"诸多张牙舞爪的作品,可以被视为对主心论真诚而杰出的实践⑦。虽然这种

---

① 至少龚自珍根本不相信陶渊明是道家诗人。有诗为证:"陶潜酷似卧龙豪,万古浔阳松菊高。莫信诗人竟平淡,二分梁甫一分骚。"(龚自珍:《舟中读陶诗》)
② 所谓短暂的游弋可参阅张松建:《抒情主义与中国现代诗学》,前揭,第9页。
③ 参阅西川:《大河拐大弯》,北京大学出版社,2012年,第50—53页。
④ 钱穆对华夏古典美学的主静传统看得很清楚,对之既有褒扬也有批评:"中国民族在大平原江河灌溉的农耕生活中长成。他们因事事的自给自足,渐次减轻了强力需要之刺激。他们终至只认识了静的美,而忽略了动的美。只认识了圆满具足的美,而忽略了无限向前的美。他们只知道柔美,不认识壮美。"(钱穆:《湖上闲思录》,生活·读书·新知三联书店,2000年,第54页)
⑤ 郭沫若:《论节奏》,《创造月刊》第1卷第1期(1926年8月)。
⑥ 与徐志摩等人有交往的英国人朱利安·贝尔于1936年某日从武汉致信身在英国的母亲:"中国人不能理解'现代主义',但他们却欣然接受浪漫主义最糟糕的作品,像沉溺于杜松子酒的黑鬼,这就是仅仅依靠敏感生存的下场。"[转引自帕特丽卡·劳伦斯(P. Laurence):《丽莉·布瑞斯珂的中国眼睛》,万江波等译,上海书店出版社,2008年,第89页]这正好描述了新诗主心的非现代性局面。
⑦ 郭沫若说,他在日本写《凤凰涅槃》时,白天在课堂上写了一半,晚上又来灵感,"伏在枕上用着铅笔只是火速地写,全身都有点作寒做冷,连牙关都打战。"(郭沫若:《郭沫若论创作》,上海文艺出版社,1983年,第204页)这或许是新诗主心的身体性、生理性证据。

实践看起来体现的是"一种不假思索、照单全收的浪漫主义余绪"①,但更应该被视为对中国古典诗学的现代延续——中国古典诗学才是真正主心的诗学,因为终归是"心"而非"眼"在关照(或观照)万物②。一般认为,直到卞之琳、西南联大做教授时期的冯至,以及"九叶诗人"的出现,词语的分析性能,这新诗的现代性,才得到较大规模和较为深度地使用;事物的表面则开始被词语的分析性能轰开,事物内部的秘密终于得以显现③,一种被称之为"深度抒情"的抒情方式露出了地表。而所谓"深度抒情",就是心与脑充分混合,但脑所占的比例更高,优势更为明显。此时的面具拥有的厚度,足以拦截所有试图偷窥它的他者之目光;那些目光被面具所反射,从哪里来,终将回哪里去——光学原则不容亵渎④。又经过长达三十年的心脑比例失调,还有独断型和绝对性的大嗓门后,北岛等人在1970年代末期,才

---

① 敬文东:《作为诗学问题与主题的表达之难》,《当代作家评论》2016年第5期。

② 艾兰(Sarah Allan)女士将"万物"译作Myriad living things(艾兰:《水之道与德之端》,张海晏译,上海人民出版社,2002年,第108页),"不但强调了'物'(things)之繁多(Myriad),更突出了'物'之繁盛,尤其是'物'之生意、生机和生气(living),既跟古汉语中'万物'的原意恰相吻合。"(敬文东:《从心说起》,《天涯》2014年第5期)如此这般的"万物"在古典诗学原则中需要的是"心"、或"心眼"进行整体关照,而不是用脑进行拆分,这是"万物"之于主心之古典诗学原则的关键之处。

③ 钟鸣对卞之琳的看法可以为此作证(参阅钟鸣:《畜界,人界:新版弁言》,上海人民出版社,2010年,第3—5页)。

④ 对这个问题迄今为止做了最详尽梳理的学者是张松建(参阅张松建:《抒情主义与中国现代诗学》,前揭,第86—112页)。

总算接续上了**新诗主脑论**的传统,接续上了新诗真正意义上的现代性①,并被后来者迅速发扬光大。有这个大背景存在,欧阳江河的反抒情诗学就显得特别地意味深长。

## 新诗唯脑论

美国批评家 J. C. 兰色姆(John Crowe Ransom)说得不赖:所谓现代诗,乃"有罪的成人"之诗②。在不透明的现代社会,尤其是在现代经验瞬息万变以至于"魔幻现实"的当下中国③,所有的成人都得靠脑子生活,都得靠计算和算计谋生。恰如钟鸣所说:"繁荣的时代,就是计算的时代。但没人计算它的风格。"④可是,又该怎样"计算它的风格"呢? 心一向被认作多余的,甚至搞笑的部分,因为"心好"或"好心"会使你的生活处于飘摇状态——这对于"有罪的成人",情形就更其如此。谓予不信,不妨扶起一个摔倒在街沿的老男人,或跌坐在马路上的老女人试试? 宛如孙悟空调笑猪八戒的微末本领不过是"放屁添风",

---

① 参阅敬文东:《重读杜运燮的〈秋〉》,《诗刊》2017 年第 1 期。戴望舒 1930 年代认为"诗不能借重于音乐,它应该去了音乐的成分";"诗不能借重绘画的长处"(戴望舒:《论诗零札》,梁仁编:《戴望舒诗全编》,浙江文艺出版社,1989年,第 691 页)。戴氏所论,其实就是在强调新诗主脑论。

② 参阅赵毅衡:《重访新批评》,百花文艺出版社,2009 年,第 10 页。

③ 关于中国当下的魔幻现实主义特征,请参阅敬文东:《小说与日常生活的神秘性》,《扬子江评论》2017 年第 2 期。

④ 钟鸣:《旁观者》,前揭,第 262 页。

却可以给老孙降妖伏魔时"壮些胆气"①,心也仅仅是在"坏心眼"这个起心不良的层面,在"心机"和"心计"这个无足轻重的意义上,给了脑一点点施自侧面的辅助,也算略略辅佐了一把算计与计算,称得上为脑自带的凌凌威"风""放屁添风"——这就是在现代性条件下,中国人的现实处境,也好像应该成为诗歌写作的现实处境。

对此,欧阳江河似乎体悟极早。1988年,他就在一首有名的诗作中,给出了一个有似于循环论证的那种论证,和心与脑在新时代赢取的新关系遥相呼应:之所以"这并非一个抒情的时代",仅仅因为"草莓只是从牙齿到肉体的一种速度"。这种速度不仅抽象,而且失去了草莓本该拥有的多汁和饱满,展现出直线原则笼罩下一贯性的瘦骨嶙峋,一贯的笃定和独断。反过来说也成立:唯有"并非一个抒情的时代",才有可能导致事物之间一种既简单、又任意的随机关系:"草莓只是从牙齿到肉体的一种速度"(欧阳江河:《最后的幻象·草莓》)。能随意将"草莓"与"速度"直接搭配,还以系词"是"将之串联一体并通电发光的,正是词语的瞬间位移,更是瞬间位移对词语的催熟能力(在这首诗中程度显得相对要弱一些)。而在背后为之撑腰、鼓劲的,当然是词语的直线原则:它迫使词语们像吃了春药那般,急于在彼此间发生关系;而在某些极端的时刻,甚至还促使它们不乏饥不择食的紧迫心理。但这种急匆匆的词语媾和,或许会发出兴奋的喊叫声,却不能真的令词语们彼此着床、受孕,有的只是一副隔山打牛放空炮

---

① 吴承恩:《西游记》第七十五回。

的神情。结论至此呼之欲出:对于欧阳江河及其耗时漫长的诗歌写作来说,脑的极端重要性起始于《天鹅之死》的朦朦胧胧,中经《草莓》一类作品的自觉自愿,大成和大盛于长诗《泰姬陵之泪》及其后续作品。欧阳江河的诗歌写作越是在时间上往后推移,心脑之间的比例就越是失衡:脑的比例愈来愈高,侵占了心本该享用的地盘。最后,终于达致有脑无心的境地,直至破坏新诗主脑并以脑驭心的基本原则,旁逸斜出为欧阳氏独有的**新诗唯脑论**。反抒情诗学恰恰是唯脑论的必然结果;唯脑论早已把面具的厚度增加到了无穷大。面具后面的真面目再也没人能够看清。

革命话语的本意(亦即欧阳江河的语言胎教和语言胎记的本意),并非让词语失去热情和重量,恰恰相反,是要它们充血、亢奋、双眼布满血丝,以便在独断性的高音量中,表达革命的疾风骤雨;以便在轰轰烈烈中,开展疾风暴雨的革命。词语不仅仅是述说,述说不仅仅是行动,作为行动的述说原本就是为了生产述说之外的其他行动,最后如其所愿地生产了行动①。这种性质的词语必定心脑并用:既是对心的净化与荡涤,所谓"灵魂深处闹革命";又是对脑的管制与规训,所谓"狠斗私字一闪念"。但这种性质的词语过分倾情于直线原则,乐于实施词语的瞬间位移(这词语上作为神功的"乾坤大挪移"②),因此,它们能迅速获取有如黄

---

① 参阅杨玉成:《奥斯汀:语言现象学与哲学》,商务印书馆,2002年,第142-147页。

② "乾坤大挪移"神功乃金庸的杜撰,出自其长篇小说《倚天屠龙记》。

袍加身般的极端化和霸道性。由此而来的独断型句式,尤其是盛纳这种句式的音响形象,将迫使所有的词语在其使用上,都呈现出单一性的面孔,进而破坏词语的一次性原则,词语因此迅速变得空洞和抽象,直至无所谓心还是脑,最后,达致既不过心也不过脑的地步。这样的情形或许更应该说成:词语最终将以无所谓过心还是过脑为方式,去完成过心或者过脑。在此,主观意图和客观效应之间,拥有一种类似于二律背反的关系;革命话语终于为自己制造了上好的反讽:词语更有可能仅仅是一些散落在脑际、出没于唇齿间的符号,不充血、不亢奋,双目痴呆,两眼无神[①]。在下意识间,也在选择何种哲学端看他是何种人的那个层面或意义上,新诗唯脑论碰巧继承了革命话语对词语的规训所留下的遗产:散落一地的符号。搭积木般的词语装置物,正来源于散落一地的符号,这革命话语的遗产。说欧阳江河的诗歌写作是对这种情形的上佳推演,并且在写作时间上越是靠后推演得越极端,仅仅是指他在过脑的层面上极端化地使用词语,跟心没啥关系。此间状况还可以说成:欧阳江河将革命话语控制下词语既不被过脑又不被过心的情形,改写为极端仔细并且算计又算计之后的只过脑,不过心;他在非常用"心"和铁了"心"地只过"脑",不过心。如此这般被算计的词语组成或构架的诗行注定冷血(而不仅仅是冷智),还很可能有一种暗藏起来的轻薄和无情,但独断性的语气、口吻和高音量,却处于从不缺席或从不迟到早退的状态当中——

---

① 参阅陈松岑:《"文革"语体初探》,《中国语文》1998年第3期。

北漂人,买不起房

就租房,租不起就画。

海水直接画到纸糊的天花板上,

裸浴,带电上升,升到第三十三层。

(欧阳江河:《四环笔记》,2014年)①

新诗的现代性必须首先跟脑相关,心更多地处于王佐的位置;如此这般心脑合作获取的较为冷静的间接性,如此间接性支持下的词语的分析性能,才是新诗转换现代经验、逼迫现代经验吐露秘密的独门兵器。钟鸣的冷静观察,大体上能佐证这种兵器之于新诗的极端重要性:"'当众抒情'(就语境而论,与当街撒尿同),已不作为发明者(柏桦)的一般讥诮,倒变相成了普罗文艺特征。最有趣的是,此煽动性特质,在发明者本人的叙述中最为活跃。即使大家的'绣花荷包'(张枣语)当当地满了,性感富足,生出'彬彬'雅人,也是暴动与浪漫得天下后放松的混血。越专制,越诗化;越混账,越技术。"②大致说来,这种性质的兵器不曾现身于古诗,它更多是作为新诗之为新诗的保障和护法而露面,宛若"涌出"和"落日"之间的搭配不可能出现于古典诗词。反抒情诗学原本可以因其善于用脑带来的冷静,去抑制过度用心导致的滥情,从而维护、

---

① 这几行诗具有强烈自动写作的特性,比如由"买"到"租",由"画"海水而"裸浴"而上升至"三十三层",都是自动的。但这个极为重大的问题只得容后探讨:这正是本文的主旨所在。
② 钟鸣:《危险的批评》,未刊稿,2017年,成都。

进而加强新诗的现代性。但新诗唯脑论导致的,却不是欧阳江河念想中的反抒情诗学,而是因面具过于厚重无法抒情,甚至是对抒情特征的根本性否认。在此,新诗唯脑论意味着抒情的不可能性,更意味着抒情能力的丧失,也意味着抒情迎娶了专属于它自身的勃起功能障碍(Erectile Dysfunction)。像革命话语的既有做派那样,欧阳江河也终于为自己制造了上好的反讽,他对此并非全无意识。在一个对谈中,他有过不乏坦诚的夫子自道:"我其实认为,如果有这样一种包含了反抒情力量的力量,是真正一种诗学意义上的抒情。而这种东西是任何史诗都具有的一种东西。"①话虽如此,但也仅此而已。欧阳江河因反对抒情反讽性地走上了不可能抒情之路,甚至抒情无能之途,就得在这路途上继续飙飞,毕竟语言胎教和语言胎记从来不是好惹的硬角色。

顾随对心脑关系早有比对:"(魏)文帝最能以冷静头脑驾驭热烈感情。而六朝多只有冷静头脑没有热烈感情,所以只是写很漂亮的一些话,我们并不能受其感动。"②"以冷静头脑驾驭热烈感情"应该被新诗许为知言:冷静——甚或冷智——并不必然导致冷血,就像热情——甚或激情——并不必然会让经验在被转化的过程中大有闪失,"十四行时期"的冯至、晚年的穆旦和昌耀,都是这方面的绝佳例证。如果词语只经过脑的计算与算计,

---

① 欧阳江河、李德武:《嵌入我们额头的广场——关于〈傍晚穿过广场〉的交谈》,《诗林》2007年第4期。
② 顾随:《中国古典文心》,北京大学出版社,2014年,第197页。

不经过心的过滤与抚摸,如果词语只接受直线原则的调配,不尊重自己的自由意志,词语的内部就没有它原本该有的春夏秋冬和生老病死①,有的只是麻木和无动于衷,只是词语从新诗唯脑论那里感染来的算计与计算,不会带来任何感动和心跳,顶多是顾随所谓的"漂亮话"。比如:劝告、调侃那些既买不起房也租不起的北漂们,把"海水直接画到纸糊的天花板上",然后,再"裸浴,带电上升,升到第三十三层"。当革命话语渐行渐远,却独独留下它外套般的语气、腔调和口吻;这些口吻、腔调和语气,就有可能被另一套看似新奇的词语所征用。如果出自唯脑论的诸多词语下意识将这身外套据为己有,甚至催促穿了这身外套的词语去描写爱,那也不过是对爱的占有,严重时就是对爱的毁灭②。独断性的爱,还配称爱吗?世上当真会有这种音质强硬的情话③?好在欧阳江河几乎从不写爱(完稿于1996年的长诗《雪》可能是仅有的例外),他因此避开了这中间极有可能存在的

---

① 著名策展人张维在总结新人文画时提出,一根线条里"有春夏秋冬,有生老病死"(参阅张维:《渗透与开拓——对新人文画五位画家的艺术解构》,未刊稿,2017年,江苏常熟),此处是模仿了张维的精辟之言,特此致谢。

② 此处很可能存在一个有趣的对比。《关雎》"毛诗序"云:"是以《关雎》乐得淑女以配君子,忧在进贤,不淫其色;哀窈窕,思贤才。"钱钟书征引过往文献,训"哀"为"爱"(钱钟书:《管锥编》第一册,中华书局,1986年,第65—66页)。看来"爱"即"哀","哀"即"爱",诗中之"爱"正与"哀"同,但绝不是对"爱"的占有和毁灭。

③ 何炳棣通过分析弥尔顿的《失乐园》认为:"西方宗教及文学上,爱起源于人的寂寞感,由寂寞而引起的对异性伴侣的要求是与人的原始性驱力无法分开的。"(何炳棣:《何炳棣思想制度史论》,前揭,第440页)不管何氏分析是否正确都可以肯定:爱必须得有足够的温度,必须是轻柔的。

尴尬与危险。但一种冷酷的、枯槁的、硬的,亦即垂直性极强的诗句和诗篇被欧阳江河制造出来,就是理所当然之事。所谓垂直性,就是诗句甚或诗篇因词语的直线原则和瞬间位移,不再是有起有伏、错落有致的心电图,而是心电图的直线形式——一种表征死亡,或者濒临死亡的形式。

欧阳江河满可以说:无情在本质上也是抒情,起码是抒情的特殊形式。但地球人都知道,这从来都不是事情的真相,也不应该是事情的真相。抒情当然可以有悲欢,也可以有歌哭,但不可以有冷酷或冷漠。歌哭、悲欢可能在摄氏零度以上,也可能在摄氏零度以下,但冷酷和冷漠,尤其是冷漠,不配有温度,但更不配计之以温度①。温度之于冷漠和冷酷,类似于"白"之于目"坚",或者更多是俗语"鸡同鸭讲"昭示的那种错位感、扑空感②。孙

---

① 这里有一个非常有趣的旁证,可以证明新诗唯脑论大有来历。早在1911年出版的由黄人编撰的《普通百科新大辞典》(宣统三年,上海国学扶轮社版)中,就不存在和"心"、"诗"相关的任何词条。这也许是一种神秘的暗示。郑毓瑜据此认为:这情形早已表明:"可以理所当然不必顾及传统'在心为志,在言为诗',以及所谓'诗言志'乃至于'诗教'的整套论述。"(参阅郑毓瑜:《姿与言:诗国革命新论》,前揭,第28页)

② 以欧阳江河之见,他一直试图倡导一种至少是和简单的抒情颇有区别的"大国写作":所谓大国写作,就是"写作中的宇宙意识,千古意识,事关文明形态"(欧阳江河:《电子碎片时代的诗歌写作》,《新文学评论》2013年第3期)。欧阳江河认为:与抒情诗相背离的大国写作"就该是俯视性的,有高度概括性的。但现在诗歌都成了什么小玩意儿,写来写去都只有小情趣,只有眼前利益……作为这样一个大国家的诗人,难道不该超越那点小小的个人情趣,有更大的抱负,更久远的责任感吗?"(欧阳江河、傅小平:《欧阳江河访谈录》,《诗歌月刊》2013年第6期)这种种说辞姑且不论其道理何在,仅仅是对于抒情的不可能性来说,不过是托词与借口。

犁说得既朴素,又大方:"真正想成为一个艺术家,必须保持一种单纯的心,所谓'赤子之心'。有这种心就是诗人,把这种心丢了,就是妄人,说谎话的人。"①这等言说对欧阳江河有可能言之过重,但他的诗歌写作至晚自《天鹅之死》开始,确实当得起一句美国俚语:"这家伙冷得跟一条黄瓜似的。"(to be cool as a cucumber.)②早在1987年,欧阳江河就曾以无可奈何甚至略带感伤,却又坚定不移的语气,预言过和断言过这种局面的终将来临:

> 最美丽的也最容易破碎。
> 世间一切崇高的事物,以及
> 事物的眼泪。
> (欧阳江河:《玻璃工厂》,1987年)

## 咏 物 诗

据欧阳江河说,在印度参观泰姬陵时,他被风景的壮丽、建筑的雄奇所震慑,尤其是被悠久、奇异的历史人义地理所冲击,无端端想起了泰戈尔的著名诗句"宝石是时间的串珠之泪",而非谭嗣

---

① 孙犁:《文学和生活的路——同〈文艺报〉记者谈话》,《孙犁全集》第五卷,人民文学出版社,2004年,第242页。
② 转引自唐诺:《眼前:漫游在〈左传〉的世界》,广西师范大学出版社,2017年,第16页。

同著名的土特产"无端歌哭因长夜"(谭嗣同:《除夕感怀》),禁不住痛哭一场,乃有长诗《泰姬陵之泪》问世。这既体现出欧阳江河"直接从书本活学和概括"以抽取词汇的非凡才能①,也让他宠爱有加的《泰姬陵之泪》,赢得了类似于词源学意义上的显耀出处。对于欧阳江河这类公开宣称"最终的葬身之地是书卷"的读书人(欧阳江河:《公开的独白》,1986年),自称"老来我阅读,披着火焰或饥饿"的诗歌写作者(欧阳江河:《最后的幻想·书卷》,1989年),词源学意义上的出处显得更为紧要。《泰姬陵之泪》完成数年后②,欧阳江河无意中道出了其间的秘密,算得上对这个紧要出处迟到而隐秘的回应:"我是把眼泪作为一种物质形态入诗的。"③这种追忆性、辩白性很强的道说,在得到严加审视后,满可以被认作暗合于 T. S. 艾略特(Thomas Stearns Eliot)的一贯主张:所谓现代诗,就是给情感寻找一种"客观对应物"(objective correlative),以便至少是在"逃避自我"的层面上,冷静地处理情感④。艾略特看似玄虚甚至不无机械的主张,大体上可以被视为心脑混用并且以脑驭心——亦即新诗主脑论——的另一

---

① 钟鸣:《旁观者》,前揭,第878页。
② 《泰姬陵之泪》实际上从未完稿,收入欧阳江河的个人文集《如此博学的饥饿》时,在题目后就用了"节选"二字,并加了括号。
③ 欧阳江河、傅小平:《欧阳江河访谈录》,《诗歌月刊》2013年第6期。
④ 参阅艾略特:《艾略特文学论文集》,李赋宁译,百花洲文艺出版社,1994年,第4—10页。但弗莱(Northrop Frye)却认为,艾略特代表的文学理论,乃是一种杂拌式的西方黄油块,其成分是:基督教的奶油团、古典主义和保皇主义这两种奶油;其逃避自我和寻找客观对应物的《荒原》就由西方黄油块浇筑而成(参阅陈慧:《布罗姆"棒"打弗莱为哪般?》,《读书》2017年第7期)。

种表述，但它也是对心努力为脑"放屁添风"的优雅化，至少是洗尽了后者随身携带的甲烷气味。但有心人很快就会发现："物质形态"的眼泪大有超越，甚或凌驾于客观对应物之上的架势。在长诗《泰姬陵之泪》中，眼泪不是要被动化地成为某个、某种特定情感的外化形式，而是要以半个主体性的身位，主动成为被冷静刻画的对象；不是眼泪为《泰姬陵之泪》而生，恰好相反，是《泰姬陵之泪》有必要为眼泪而设。这就是"眼泪作为一种物质形态入诗"的真实含义；接下来将会看到，起码也是它最基本、最具有欧阳江河个人烙印的那种含义。

钟鸣对欧阳江河的痛哭持怀疑态度[1]，因为唯脑论的被掌控者居然也会哭，听上去是一件古怪的事情。但欧阳江河有可能真的为泰姬陵抛洒过泪水。此处不妨先听听他现场感很强的自述：泰姬陵给予的"那种震撼是从眼睛来到头脑和内心。坐车返程时，我一言不发。泰姬陵的气场太大了，我一时无法跳出来。回到住宿的地方，我就开始写诗，并不成熟的句子，比较零散。后来大家叫吃饭，我旁边坐着西川、格非，有人开我玩笑，说我怎么不说话。我说了几句，突然间就泪流满面，那眼泪像泉涌一样止不住，而且毫无来由。最早发现我哭的是西川，他很喜欢印度，所以他也很感动。我觉得这是幸福

---

[1] 在和曹梦琰等人于2010年8月14日下午的对谈中，钟鸣说："我觉得（欧阳）江河不像会流泪的诗人啊。"（钟鸣、曹梦琰等：《"旁观者"之后——钟鸣访谈录》，《诗歌月刊》2011年第2期）

的眼泪,因为幸福和热爱。这是我唯一一次没有现实的具体原由而流泪。"在此,很有趣,并且特别值得注意的事情是:跟新诗史上所有多愁善感并倾向于主心的诗人一样,欧阳江河并非没有感动和被感动的能力,甚至令人吃惊地具有体察幸福和爱的本领,还不乏密集性的抒情冲动。这当然有可能是真实的。但对于欧阳江河,这种较为罕见的真实性仅限于现实生活。一旦面临诗歌写作或走入虚构世界,他立马就和他多愁善感的同行们区分开来,自动受制于,不,主动效忠于唯脑论,将泰姬陵有可能引发的抒情内质、感慨和唏嘘,给预先清除殆尽。所谓"物质形态"的眼泪,既得之于新诗唯脑论:因为唯脑论伙同词语的瞬间位移,迅速催生甚至催熟了"物质形态"的眼泪,使之不再发育和生长,以便专心致志地满足于它半个主体的身位。但它也支持了新诗唯脑论:因为"物质形态"的眼泪至少能够证明,唯脑论不仅拥有君临词语的威力,也有凌驾于事情之上的本领——它能把诸如痛哭这类颇为极端的事体,更多和更大程度地转换为词语,让其存乎于二维的纸面,或电脑屏幕。上述两项相加,更有能力坐实一个对欧阳江河来说十分简单的事实:"物质形态"的眼泪是一种跟心无关,仅仅跟词语和泪腺有染的液体,甚至谈不上粘稠和透明。按照欧阳江河一贯的构词法,"物质形态"的眼泪至少有一半更像"假"眼泪。欧阳江河很清楚:《泰姬陵之泪》只倾向于提取眼泪的物质性;眼泪自身的温度(所谓热泪)、眼泪表征的抒情性(所谓歌哭和悲叹)、眼泪对他人的柔情(所谓同情与悲悯)或对自身的感伤(所谓自恋或自哀)……统统消失殆尽。作为"物质形态"之眼泪的肱股之臣,《泰姬陵之泪》更接近于欧阳江河心目中的**咏物诗**。或许,这才是问题的关键,才是问题的"大是大非"①之所在。

新诗唯脑论堪称欧阳江河的独家发明;欧阳江河对之拥有永久性的专利权和荣誉权。虽然在《天鹅之死》中,唯脑论已初见端倪;但仍然需要等待两年后写成的《蛇》(1985年),唯脑论才更能展露出它清晰的面容②:

> 首尾之间,腰在延长。
> 所有的词语中,一个词在延长,
> 在耽误,引伸,蠕动。
> ……
> 天堂即悬挂,
> 腰的诱惑弱于水。
> 词根的蛇,众词之词,纸的挪动。

这决非通常意义上的咏物诗,因为《蛇》并未沿着一般咏物诗

---

① 欧阳江河写有一首长诗,名曰《大是大非》(2014年);出版过一部诗集,名曰《大是大非》(重庆大学出版社,2015年)。
② 作于1984年的长诗《悬棺》可能是新诗唯脑论的辉煌之作,但不如短诗《蛇》来得直接。前者完全可以被视作词语的集中营,在更大的程度上,是一首精心的任意之作,从欧阳江河诗歌创作的内在逻辑上说,《悬棺》既是起点,也是终点——但这个问题容当后论。

"先细描物状,进而,由物观我,再则人物交融"①的惯常线路,而是遵照新诗唯脑论,将"我"与所咏之物坚决、严格、不留"面情"地区分开来;与此同时,对词语展开细致入微的算计,并迅速将"蛇"给异常冷静的**词语化**。但这决非通常情况下,甚或通常意义上的词语化。"欧阳牌"词语化的处理方式大致上是这样的:在词语和真实之蛇居中的某个位置(不一定非得在正中,也不必一定是在黄金分割点上),安放诗中之蛇。或者,还可以这样来表述:诗中之蛇的左边,是货真价实的词语;它的右边,则是如假包换的蛇,而非蛇的区区意象。"欧阳牌"词语化的最终结果是:《蛇》将其所咏之物变作了词-蛇,就像《泰姬陵之泪》最终将所咏之物处理成词-泪,维护了"物质形态"之"泪"以半个主体的主动身位。词-蛇既不是单纯的词,也不可能是单纯的蛇。它实在称得上新诗史上闻所未闻、从来未得一见的东西:词语最终变成了物的一部分,物则最终成为词语的一部分。在这里,蛇的"首尾之间,腰在延长",等价于"所有的词语中,一个词在延长,/在耽误,引伸,蠕动"。这种情形也可以被说成:蛇的"首尾之间,腰在延长"这件"事情"发生的时间,重叠于"所有的词语中,一个词在延长,/在耽误,引伸,蠕动"。否则,"词根的蛇,众词之词,纸的挪动"就会显得很突兀。有理由认为:和"词根"之"蛇"有关的这行诗,应该是对词与蛇同时延长,从而成为词-蛇这个重大诗学事件的上佳总结。否则,同

---

① 郑颖:《台湾现代咏物诗:从古典咏物,入物质文化之境》,《深圳大学学报》2012年第5期。

时延长的蛇与词,也就同时失去了意义。更重要的是:它们同时丧失了落脚处,成为一种停于半路东张西望,因而无法得到完成的东西,更没有能力返回原处。它们像是进入了琥珀的状态,透明却死寂,死寂却透明。此间情形,可以在欧阳江河写于1996年的诗句中,得到更进一步的验证:

> 雪在深深落下。
> 雪落下因为达到了某个平面:不仅是纸上。
> 一些消除了见解的神秘读音萦绕不散,
> 词与事物的接触立即融化了。
>
> (欧阳江河:《雪》第1节,1996年)

"纸"在此处代表的是词语,或者至少是词语的等价物;"不仅是纸上"暗示的,则是雪肯定在词语中(纸上),但又肯定不全在词语中(纸上):诗中的雪介乎于词与真实的雪之间,也就是"词与事物的接触立即融化了"所描述、或暗示、所影射的那种状况,如同柏桦所谓的"痛影射了一颗牙齿"(柏桦:《痛》),抽象中有具象,具象中有抽象。因此,"欧阳牌"词语化的结果,乃是**词-物**的诞生(词-蛇或词-泪只是对词-物的具体化,或代入式)。从巧合的角度观察,词-物很有可能在向卡尔维诺致敬。卡氏认为:"可以这么说,一件物品在故事中出现时,它就具备了一种特殊力量,变成了磁场的一个极或某个看不见的关系网中的一个眼。物品的象征意义有的明显有的隐含,但总会存在。因此可以说,任何一篇故事中任何一件物品都是具有魔力的东西。"①欧阳江河发明的词-物(不是词与物)意味着:词和物结成了一种类似于"互助组"的关系;词语不再是对物的简单反"映",或浅层次的反"应",而是彼此间的相互进入。如果没有词-物,对于操持新诗唯脑论的欧阳江河来说(而不是对其他任何诗人来说),就既不存在物,也不存在词。这实在是一个异常重大的诗学事件:欧阳江河从其诗歌写作的初始处,就有意识地改变了通常的词、物关系,甚至超越了米歇尔·福柯(Michel Foucault)对词与物所持的超凡脱俗之高见。这使得《蛇》、《雪》一类的咏物诗,完全不似新诗史上其他所有样态的咏物诗。后者是词语必须高度服务于物,亦即词为物设,而物为词役。导致这种根本性差异的,乃是<u>立场迥然不同的词语观</u>;站立在不同词语观背后的,则是新诗唯脑论与新诗主脑论甚至新诗主心论巨大而根本性的差异②。

但欧阳江河的真正贡献,或者说,他和新诗史上其他所有诗人的根本差别,刚好在于:依仗独一无二的词语观和新诗唯脑论,也仰仗由此派生出来的词语化(亦即词-物),欧阳江河仗势

---

① 卡尔维诺:《美国讲稿》,前揭,第348页。
② 咏物诗在新诗史上并不罕见,比较早的如沈尹默的《三弦》、徐志摩的《一块晦色的路碑》、闻一多的《红烛》《闻一多先生的书桌》、废名的《灯》与《星》、戴望舒的《白蝴蝶》、卞之琳的《圆宝盒》《白螺壳》与《尺八》,比较晚出的如郭小川的《青纱帐-甘蔗林》、曾卓的《悬崖边的树》等,都是托物言志。但它们也有差别,有的偏向主心论(比如《一块晦色的路碑》《红烛》《白蝴蝶》《青纱帐-甘蔗林》),有的偏向主脑论(比如《闻一多先生的书桌》、《灯》与《星》、《圆宝盒》、《白螺壳》、《尺八》)。

欺"己",迫使自己迄今为止的几乎所有诗作,都得是欧阳江河意义上的咏物诗,词-物则是"欧阳牌"咏物诗最主要的标志。这意味着:决不走向托物言志的古典主义老路(比如陆游的《卜算子·咏梅》,以及毛泽东"反其意而用之"的同名小词),也必须远离主心论与主脑论支持的咏物样态,亦即现代性支持下的托物言志(比如闻一多的《红烛》,卞之琳的《圆宝盒》、《白螺壳》与《尺八》,曾卓的《悬崖边的树》、牛汉的《华南虎》,甚至里尔克被汉译的名作《豹》)。这是新诗唯脑论的内在逻辑催生的普遍后果:冷静地算计词语后,被算计的词语在面对所有的情、事、物、人时,都比新诗主脑论——就更不用说主心论——界定下的词语更具有攻击性,更富有侵略性;更强、更猛的侵略性和进攻性导致的,则是词语不仅要分析对象,不仅要进入对象,还要在进入对象后压根儿不准备撤出对象,大有一副"景不留客客自留"的殖民者架势。欧阳江河很清楚,词语之所以如此这般卖命地工作,为的是在处理、分析对象的过程中,不至于像托物言志的其他咏物诗那样,把对象给"虚化掉",最后,只剩下一些"拟人化、情景化或者心灵化"之类"务虚"的东西①——词-物更具有"务实"的秉

---

① 对于通常意义的咏物诗,欧阳江河有绝对独到的见解:"中国没有这样的传统,很少直接用词来处理物。虽然中国的咏物诗很多,但中国所有的咏物诗在咏物的过程中都把物给虚化掉了,把物给拟人化、情景化或者心灵化了。把物变成了人的情感的一部分。就是说物本身不在了。只留下对物的遐想或者物所引起的情绪上的东西。不能直接处理物,也就是削弱了诗歌中应有的物质性的内涵。从某种角度上讲,这也反映了中国诗词对物的立场——美学立场。但它也同时带来了一个问题,就是中国诗歌长时间没有办法直接处理物。"(转下页注)

性,因为被"咏"之"物"始终拥有半个主体的身位。

当此之际,得之于革命话语的独断口吻和绝对化语气,有可能从正面激励、鼓励和奖励这种局面;绝对化语气和独断口吻起到了"加持"的作用,决非"放屁添风"一类小买卖可堪比拟;而如果使用得当,独断口吻和绝对化语气也能得到正面的应用,譬如配伍得当的砒霜可以成为救命的良药。因此,欧阳江河自有创作以来的几乎每一首诗作,都得处理广义的"物",并将广义之"物"给词语化(亦即词-物)。这情形还可以说成:欧阳江河将所有可以和能够用于诗歌写作的素材,包括事、人、情——更不用说狭义的物——都必须处理成广义的"物"①,比如"人民和领袖不过是些字眼"(欧阳江河:《肖斯塔科维奇:等待枪杀》,1986 年);再比如"我从词根直接走进落日"(欧阳江河:《最后的幻象·落口》,1988年)。欧阳江河从这个看似不可能存在的"自古华山一条路",极好地抑制了汉语的肉体性,将新诗中自郭沫若以来的滥情主义之泥淖弃若敝屣,将贺敬之、郭小川一类迈着正步的虚假浪漫主义

---

(接上页注)(欧阳江河、张学昕:《"诗,站在虚构这边"——欧阳江河访谈录》,《诗人空间》2005 年第 4 期)他刚好在相反的方向上处理物,因而成就自己的诗歌写作。

① 中国哲学家陈嘉映在调停奥斯汀(J. L. Austin)和斯特劳森(P. F. Strawson)的哲学"械斗"后认为:"首先在【现实】世界里的,是此起彼伏的事情,这个世界是时空不曾分立的绵延;其次可说到人-物在世界里,这个世界是一个空间化的世界。所谓空间化,意味着我们把事情看作物体的行动、状态、属性、物体和物体的联系。……【现实】世界不是物的总和,也不是事实的总和,而是事情的总和。"(陈嘉映:《冷风集》,东方出版社,2001 年,第 197 页)但即便如此,本文还是按照陈例,让"物"不仅指代一般的物质,而且指代围绕物组建起来的一切,甚至包括人与事,这样做为的是让论述尽可能简化和简洁。

一扫而空,强化甚至是越过了由冯至、卞之琳、穆旦等人领衔的所谓深度抒情,直至为新诗赋予了迄今为止最锋利的解剖能力。欧阳江河及其咏物方式意味着:没有任何一种现代经验不是新诗可以处理的;没有任何一种广义之物不可以被新诗施之以"欧阳牌"词语化,进而得到深入骨髓的打整。有理由认为:欧阳江河就是新诗中"冷静"和"锋利"的代名词;他的形象,就是诗人相对于万物无所不能的硬汉子形象,不仅绝少脂肪,甚至无需仰赖过于发达的肱二头肌,或肱二头肌的过于发达。

但这里有一个无从解释的神秘性,必得事后才可以被指出、被确认:并非所有同时代的诗人都如欧阳江河那样,机缘巧合地认领了革命话语遗留的高音量、绝对化口吻,更没有像欧阳江河那样,巧合性地认领了为抒情性实施绝育手术的新诗唯脑论①:抒情也有专属于它自己的性器官②。之所以有这等结局出现,很

---

① 关于这种巧合性的神秘性,我曾有过粗浅的议论。巧合可以定义为:"'事情命中注定要发生'(安德鲁·本尼特、尼古拉·罗伊尔:《论文学中的神秘性》,汪正龙译,《江西社会科学》2006年第11期)。但'命中注定要发生'的那件'事情',只是所有已经做好'发生'准备,并且都有可能'发生'的'事情'当中,唯一一件当真'发生'了的'事情';而所有可能发生的'事情'在能够'发生'这件事情上,机会均等。不多不少,一个颇为神秘的疑问正好存乎于此:那'唯一一件'事情不知何德何能,却又偏偏是它?而'唯一一件'中那个充作定语或谥号的'唯一',细想之下,正好是对'命中注定'的准确注释,也是这个词组所能拥有的唯一含义。面对'命中注定要发生'的这件'事情',所有人都乐于承认它事实上已经'发生';却倾向于忘记,或干脆忽略还有那么多原本可以'发生',却终于没能'发生'的'事情'"(敬文东:《论巧合》,《当代文坛》2017年第3期)。

② 此处必须申明的是,说抒情自有其性器官并非我的发明,乃是受到了麦克卢汉的启发。麦氏认为:"从生理上说,人在正常使用技术的情况(转下页注)

可能跟欧阳江河的个人性情有关。但个人性情是无从解释的东西,只得归入神秘难解的领域①。因此,维特根斯坦(Ludwig Wittgenstein)才更愿意说:"神秘的不是世界是怎样的,而是它是这样的。"②或许,就是在"是这样的"这个神秘无解的层面上,与其说欧阳江河主动为汉语新诗做出了杰出贡献,不如说他在不乏绝对性的被动中,命中注定要为新诗做出杰出的贡献,以构建咏物诗为其主要方式;在冒险的层面上,甚至不妨说成唯一的方式。所谓"不乏绝对性的被动",就是才华被迫加诸其身的意思(想想"黄袍加身"暗示的那种暧昧不清的被动性);而如此这般被强加的才华,则意味着一种义不容辞的责任,必须被善待,不得被欧阳江河随意暴殄天物③。

检视欧阳江河迄今为止的全部作品不难发现,他是新诗史上极为罕见的,从一开始就拥有特定的**诗歌方法论**,并一直坚持、坚定、坚决使用这种方法论的诗人。这既让他的作品彼此之间相互照应,构成了一个整一、自洽的系统;又让其作品随着写作时间的不断推移,反过来强化了诗歌方法论,从而加固甚至极

---

(接上页注)下,总是永远不断受到技术的修改。反过来,人又不断寻找新的方法去修改自己的技术。人仿佛成了机器世界的生殖器官,正如蜜蜂是植物界的生殖器官,使其生儿育女,不断衍化出新的形式一样……心理学里动机研究的功绩之一,是揭示出人与汽车的'性关系'。"(麦克卢汉:《理解媒介》,前揭,2011年,第63页)

① 参阅刘小枫:《拯救与逍遥》,华东师范大学出版社,2007年,第346页。
② 维特根斯坦:《逻辑哲学论》,郭英译,商务印书馆,1985年,第96页。
③ 此处的行文受到瑞·蒙克的大著《天才之为责任:维特根斯坦传》(浙江大学出版社,王宇光译,2011年)的启发,特此致谢。

端化了这个自洽、整一的系统①。欧阳江河的诗歌方法论的主要内容无非是:新诗唯脑论、新诗唯脑论对词语的直线原则和瞬间位移的操控,以及由此而来作为普遍后果的词语化(或曰词-物)。这是三十多年来欧阳江河秘而不宣,至今仍然功夫不辍的诗歌法器。别忘了,早在 1985 年,欧阳江河就是一个直接**认词为诗**的写作者;而新诗唯脑论尤其精于对词语的算计、考量、分拣和辨析。它的本意,是要词语主动放弃温度,放弃可以被温度定义的一切要素,尽可能变得冷静、更冷静、再冷静,以此获取精准分析事物(亦即"咏"广义之"物")的能力,像外科手术刀一般锋利,也像春秋时期的郑国执政者子产,其"冷静"乃是为了保证其"准确"②。新诗唯脑论全身心关注的,首先是词语;紧接着,是被算计的词语如何把广义之物词语化。因此,从逻辑上说,较之于新诗主脑论或者新诗主心论,新诗唯脑论更有能力为词语的直线原则、词语的瞬间位移提供方便③。它对它们拥有近乎于绝对的权力;而怎样使用这种权力,全然存乎于新诗唯脑论的

---

① 如果我的观察没错,新诗史上与欧阳江河类似的人,很可能只有他的前友人钟鸣,但钟鸣绝无欧阳江河那么极端。我对钟鸣的诗歌语义系统的自成体系有过很肤浅的分析(参阅敬文东:《指引与注视》,前揭,第 229—263 页)。

② 参阅唐诺:《眼前:漫游在〈左传〉的世界》,前揭,第 17 页。

③ 比较一下遵从新诗主心论的郭沫若被"心"所控而进入迷狂的境地,就明白为何唯脑论更能有效地掌控词语。郭沫若有云:"诗的本职专在抒情,抒情的文字便不采诗形,也不失为诗。"(郭沫若:《论诗三札》,杨匡汉、刘福春编:《中国现代诗论》上,花城出版社,1985 年,第 60 页)顺别说一句,欧阳江河对词语的冷静把控,既不同于新诗史上的众多诗人,更不同于直观之下诸如"推敲"一类的练字者。这里边有根本性的区别。很可能是欧阳江河提升了新诗对词语的认识,当然,其间的危险也正可能出现在这里。

一念心,一念心则取决于面对何种复杂难缠的现代经验。如果没有新诗唯脑论,词语的直线原则以及瞬间位移要么不存在,要么失去了意义,要么不重要,要么就是另一种和新诗全不搭界的东西。上述种种,从逻辑上昭示了如下可能性:唯脑论在操持词语的直线原则、在调控词语的瞬间位移时,有能力做到收放自如,有能力在应该轻重缓急的当口,做到轻重缓急;当然,更有可能在各种原因的唆使、催促和怂恿下,变得异常极端、浑身充血,像喝高了或打了鸡血针似的。

谢天谢地,在欧阳江河的早期创作阶段,新诗唯脑论总体上显得不那么峻急、"直撇",离喝高了和打鸡血针的状态还比较遥远。当比较平和的唯脑论在比较温柔地操持直线原则和瞬间位移的当口,几乎顺理成章地为欧阳江河催生了一批数量不菲的杰作:《手枪》(1985年)、《肖斯塔科维奇:等待枪杀》(1986年)、《汉英之间》(1987年)、《玻璃工厂》(1987年)、《一夜肖邦》(1988年)、《最后的幻象》(组诗共12首,1988年)、《智慧的骷髅之舞》(1987年)、《快餐馆》(1989年)、《拒绝》(1990年)、《春天》(1990年)、《咖啡馆》(1990年)、《傍晚穿过广场》(1990年)、《春之声》(1991年)、《计划经济时代的爱情》(1992年)、《晚餐》(1992年)、《关于市场经济的虚构笔记》(1993年)、《晚间新闻》(1993年)、《纸币,硬币》(1994年)、《雪》(1996年)、《时装街》(1997年)、《致鲁米》(2013年)、《祖柯蒂之秋》(2016年)等等。这些"欧阳牌"咏物诗生产的词-物关系,都值得信任。虽然它们直来直去,却硬朗、冷峻、无需发达的肱二头肌作为点缀,因而不乏迷人的风姿;虽然都无温度可言,还有独断型句式和音势殷勤作陪,却有着外科手术刀般的锋利与冷静,把围绕广义之物搭建起来的诸多现代经验,给前所未有地劈开了。而所谓音势,大致上是指声音具有的某种"姿势"。依钟鸣的精当理解,不乏玄虚的音势"就个人来说,是先语的,它分散在他(诗人—引者注)的气质和器官里,所以说它是内蕴的、存在的;而内蕴一词,可说是上帝(一种社会学的又是哲学的精神属性)遍在于宇宙的(immanently),所以,它也是外在的,它一贯如一,即使偶尔被蒙蔽,但绝不会消失"①。因为新诗唯脑论暂时处于温柔、平和的状态,所以,宿命般得之于革命话语的独断性音势,就能够以其肯定的语气、口吻和腔调(亦即一种姿势),去加固词-物之于现代经验的犀利度。这样的强硬举止不但不惹人反感,反倒因其个性上的坚定,更让人信赖和羡慕;词语的分析性能则恰到好处地炸开了各种广义之物,并让"物质的特性返回到语言,就变成了语言的一部分"②,成就了令人信服的词语化(亦即词-物)——请再想想砒霜偶尔会有的正面效用。

仔细体察不难发现:新诗史上这批难得一见的杰作,在处理具体的事态、情态、状态、物态以及各种叙事性的现代场景时,词

---

① 钟鸣:《笼子里的鸟儿和外面的俄尔甫斯》,民刊《南方评论》1992年,第8页。
② 欧阳江河、张学昕:《"诗,站在虚构这边"——欧阳江河访谈录》,《诗人空间》2005年第4期。

语的直线原则微微伸着懒腰,显得谦逊而惬意;词语稍微放慢了奔向下一个词语的速度,显得很内敛,甚至还有一种难以察觉的节制和羞涩。它们应和着独断但不特别惹人厌恶的音势,虽然偶尔有些急吼吼,却完全可以被接受,因为那是对现代经验真正有效的进入。所谓新诗唯脑论处于平和、温柔的状态,乃是指语言胎教和语言胎记被唯脑论控制在语气坚定、具有正面功效的幅度内,更有能力尊重,也更愿意遵守词语的一次性原则,更能维护新诗的现代性,也就更能自洽于三十多年前欧阳江河的诗学之问。革命话语的独断音势除了令人不安的霸道外,在类似于砒霜被运用得精妙绝伦的那个层面上,也有从正面肯定物、事、情、人的能力;而处于温柔、平和状态的唯脑论,正好激发和鼓励了这种有利于诗歌写作的潜能——这应该是欧阳江河的幸运之处,也是新诗的幸运之处。

在过于短暂的新诗史上,以词-物为核心的"欧阳牌"咏物诗独此一家,别无分店,也就自有它抹不掉的特殊性:它强调所有的新诗作品,理论上都应该是能够炸开现代经验的咏物诗;它强行改变了词与物之间的惯常关系,进而更新、强化甚至提升了新诗解剖现代经验的能力,也为新诗提供了认识晦涩现实的新路途。最终,它让词语深入事物内部,继而说服词语停留于事物内部,并以词-物为形式,将事物扣为人质,用以充当现代经验已被咏物诗彻底曝光的"钢鞭"[①]证据。除此之

---

① 重庆话,意为过硬的、铁打的、推不翻的等。

外,"欧阳牌"咏物诗还帮助欧阳江河建立起自身的诗人形象:冷智、强硬、戴着厚厚的面具(而非有点幽默感的鸭舌帽),一副不达目的誓不罢休的智者和冷汉子面容[1],一种混合了海明威和高仓健的古怪容颜。但如此这般的诗人形象不容小觑,因为诗人形象原本就是诗歌的一部分,也是诗歌阅读、理解、阐释和接受的一部分,甚至是诗歌史的一部分:它会强化读者对"欧阳牌"咏物诗的印象,并在强化的过程中,或多或少改变"欧阳牌"咏物诗的本来含义[2]。

## 诗歌方法论的超速运转

在短暂的新诗史上,除过早停笔[3]和过于短命的诗人[4],有可能因时间仓促来不及改变诗风,未曾改变写作方向和方法者恐怕少之又少。造成这种情况的原因,当首推百余年来中国社会-政治的过于激荡;这种不定期的周期性生理紊乱(卡尔·曼海姆谓之为"社会性的里比多"),给词语、句式、语气、诗形(亦即诗歌形式)以种种严格、苛刻的束缚[5],当然,也给了它们以种种

---

[1] 牟宗三说:"汉子二字颇美。有气有势,又妩媚。"(牟宗三:《生命的学问》,三民书局,2009年,第230页)但这个观察不适合此处用于修饰欧阳江河的那个"汉子"。

[2] 关于诗人形象与诗人之诗歌间的关系,西川有过很有趣也很深入的探讨(参阅西川:《大河拐大弯》,前揭,第46—56页)。

[3] 比如周作人、冰心、宗白华、废名、林庚、朱自清、闻一多等。

[4] 比如徐志摩、朱湘、殷夫、海子、戈麦、顾城等。

[5] 参阅敬文东:《说诗形》,《汉诗》2016年春季号。

新的机遇、新的可能性——这种具有宿命性的历史事实,当真令人无话可说。但除此之外,还有存乎于诗歌写作内部的原因。在此,满可以拿昌耀和欧阳江河作一个比对。昌耀漫长的诗歌写作,正处于社会-政治持久的大变革、大动荡之中;这让他的研究者们不费吹灰之力,就可以至少将其创作切分为两个大的阶段。张光昕细致而充满才情的研究结果足以表明:其分界线可以锁定在 1978 年;此前此后的写作,虽然不敢说判若两人,起码在精神气质上相差甚大[①]。但成就昌耀为大诗人的原因,除了这些外在的、可视的、强制性的因素外,还有他对诗歌本身进行的精湛、细微而不可视的思考。这种思考导致的写作转向极为明显;其标志性的作品,可以认定为写于 1985 年仅仅三行的短诗《斯人》。"斯人"前,昌耀关注外部现实的力度更大[②];"斯人"后,关注内心世界更甚。这次因诗歌内部原因导致的诗学转向(或曰自我蜕变)至关重大,因为昌耀的诗歌成就,更有很可能取决于"斯人"后[③]。至少可以认定,昌耀的写作经历了两次根本性的转型,既被动又主动。和昌耀相比,无论是生理年龄还是诗

---

[①] 参阅张光昕:《西北偏北之诗:昌耀诗歌研究》,台湾秀威书局,2013 年,第 91—101 页。

[②] 比如昌耀写于大饥荒岁月(1961—1962)的长诗《凶年逸稿》中居然有如下句子:"啊,美的泥土。/啊,美的阳光。/生活当然不朽。"这当然很奇怪,因为这首诗同时还写道:"在那些日子我们因饥馑而恍惚。"这就是关心外部世界的证据。

[③] 参阅敬文东:《对一个口吃者的精神分析》,《南方文坛》2000 年第 4 期。

歌年龄,欧阳江河都整整晚了一辈,其情形也全然两样。自从认领——或曰发明了——诗歌方法论后,欧阳江河的诗歌写作在词汇、语调、句式、口吻等角度,几乎在质的层面上不受社会-政治动荡的影响,也就不曾真的改变过诗风①;他只在诗歌写作的内部,进行苦心孤诣的经营,进行词语层面上的微型调整。所谓在内部调整和经营,不外乎强化他的诗歌方法论,寄望于词-物(亦即词语化)拥有更强大的力量,以应对外部世界的疯狂变化。欧阳江河对他的诗歌方法论信心百倍:随着社会现实(亦即现代经验)的愈加疯狂,他只得将其诗歌方法论愈加推向极端,但也只是将之愈加推向极端而已,似乎无需更多、更艰难、更费心机的工作。

有种种迹象表明,欧阳江河在1998年初秋写出短诗《毕加索画牛》,再到2005年元旦后第七天写出短诗《一分钟,天人老矣》,中间有数年时间完全停止了写作。关于停止写作又恢复写作的目的、理由和机缘,一贯长于雄辩的欧阳江河当然自有话说:"我曾有意停写了八九年。我担心:我的写作会不会变成一种惯性的东西,会不会跟心灵和生活的处境脱离开来? 词,会不

---

① 一个显著的例子是钟鸣提供的。欧阳江河以其驱遣词语的惯常方式,惯常的句式和诗形,于1990年2月,写出了跟词语本身靠得更近的长诗《马》。估计是他自己也注意到了这一点,很快于同年9月写出了《傍晚穿过广场》(参阅钟鸣、曹梦琰等:《"旁观者"之后——钟鸣访谈录》,《诗歌月刊》2011年第2期)。但欧阳江河自己都不承认这首诗跟那个事件有关(参阅欧阳江河、李德武:《嵌入我们额头的广场——关于〈傍晚穿过广场〉的交谈》,《诗林》2007年第4期)。

会变得抽象,变得像呵的气一样稀薄,像一种勾兑出来的东西,原酿的东西会不会已经从中消失了?勾兑的东西是没有时间的,它要么是将时间看作格式化的配方,要么是对时间的取消。"①在欧阳江河的自我表白中,确实有很多令人刮目的自警,也有不少令人感动的清醒。但情况并非他想象的那样乐观,因为自警和清醒并不是轻易就能达致的境地。很容易得知,《毕加索画牛》之前的作品,大多建立在新诗唯脑论的平和运转之上。因此,词语的直线原则和瞬间位移尚无需猴急;词语被催熟的程度,也远没有其后那么严重,尚具有生长、发育的能力,面具化的幅度也没能达致它的极端化境地;而绝对化的音势、口吻、腔调,还有独断型句式,反倒更能让词-物发挥威力,起到全面"加持"的作用,最终造就了一批杰作。虽然极端化的作品在这段时间里,也时不时冒出头来,在暗中抹黑欧阳江河的诗歌方法论,但总体上属于特例的范畴,尚不值得大惊小怪②。

欧阳江河的诗歌方法论似乎有一种很特别的本领:通过新诗唯脑论的高速运转,迫使、催促或者命令词语的直线原则和瞬间位移快速行动,就能轻松自如地应对外部世界的剧烈变化。这就是说,现代经验有多疯狂,诗歌方法论就能以其运转速度上同等程度的疯狂,导致同等疯狂的词语化(词-物),就能对疯狂

---

① 欧阳江河:《电子碎片时代的诗歌写作》,《新文学评论》2013年第3期。
② 比如《马》(1990年)、《去雅典的鞋子》(1995年)、《风筝火鸟》(1995年)、《感恩节》(1995年)等,这几首诗的词语化(词-物)过于极端,词语与词语之间的焊接强硬到几乎是任意的。

的现代经验予以近乎完美地展现。欧阳江河非常信任他的方法论,这也是他几十年来拒绝改变诗风,以不变应万变的缘由之所在;他颇为自信地认为:他的诗作已经达成了对外部世界的深入剖析①,对所有重大的"噬心主题"②都进行过有效的批判,还自认为完成了一个大诗人才能完成的工作③。但这确实不是事情的全部真相之所在。

---

① 对这一局面,聪明绝顶的欧阳江河心知肚明。对于 1990 年代中国的巨大变化,他认为自己认真在诗里应对了。在一个对谈中,他说:"实际上,1989 年前我写的东西并不很多。这个界限如果用具体的作品来区分的话,那就是《快餐馆》这首诗。在这之前我写了一组诗叫《最后的幻像》,应该看作是我 80 年代写作的最后一组重要的诗,发在 1990 年的《人民文学》上。这一组诗有一定影响。我很少写抒情诗,他应该看作是我告别青春的一组抒情诗。那么《快餐馆》就已经基本上具有我 90 年代写作的特征了。细心的读者会发现,我开始更注重引入叙述性,但不是叙事,叙述不一定就一定要叙事。"(欧阳江河、张学昕:《"诗,站在虚构这边"——欧阳江河访谈录》,《诗人空间》2005 年第 4 期)欧阳江河说得很诚实,但他忘记了一个事实:表达了什么不是诗,怎么表达的才是诗;他确实在《快餐馆》里输入了叙述性,但这丝毫不改变他的诗歌方法论。的确,他也敏感地注意到 21 世纪以来盛行一时的消费主义,他也认为自己在诗里勇敢地直面了这个问题。而在另一处,他说得更为自警:"总而言之,现在很多东西都越来越依赖消费、流通,哪怕是语言交流本身都成了消费逻辑的一部分。即使是所谓的反消费,都可能是一种变相的消费行为。那么,从这一切消费中跳出来,保留不被消费的特权。我相信这在诗歌里还能够做到。"(欧阳江河、傅小平:《欧阳江河访谈录》,《诗歌月刊》2013 年第 6 期)但同样的问题是,《凤凰》只不过是在不那么极端的意义上使用他的诗歌方法论,并不能证明他在诗歌写作上有何质的变化。

② 参阅陈超:《生命诗学论稿》,河北教育出版社,1994 年,第 19 页。

③ 这就是欧阳江河多次提到的"大国写作":所谓大国写作,就是"写作中的宇宙意识,千古意识,事关文明形态。当今美国可以想象宇宙、想象外星球的战争,想象高科技的很多东西,但美国没有办法想象万古。美国压根儿没有万古,整个国家的历史才几百年"(欧阳江河《电子碎片时代的诗歌写作》,《新文学评论》2013 年第 3 期)。

有如《斯人》之于昌耀是一首值得分析的转向之作,《一分钟,天人老矣》之于欧阳江河,乃是一首格外值得重视的复出之作:它对恢复写作的欧阳江河或许具有某种预示性或预言性。此处满可以从这首诗中随便抽取任何一个片段用于分析(但为了方便,也为了更具备说服力,此处就像普洛普[Vladimir Propp]挑选俄罗斯民间故事那样,直接使用这首诗开头的数行吧):

一分钟后,自行车老了。
你以为穿裤子的云骑车比步行快些吗?
你以为穿裙子的雨是一个中学教员吗?
一分钟,能念完小学就够了。
一分钟北大,念了两分钟小学。
一分钟英文课,讲了两分钟汉语。
一分钟当代史,两分钟在古代。
半封建的一分钟。半殖民的一分钟。孔仲尼
或社会主义的一分钟。
一分钟,够你念完博士吗?
一小时,一学期,一年或一百年
　　　都在这一分钟里。
即使是劳力士金表也不能使这一分钟片刻停顿。
春的一分钟,上了发条就是秋天了。
要是思春的国学教授不戴瑞士表

戴国产表会不会神游太虚?

没有人知道,停笔罢诗的那几年究竟发生了什么①,才让欧阳江河重新提笔作诗时,词语的直线原则、词语的瞬间位移一时间,变得前所未有地活跃与亢奋,宛如离开水面的鲫鱼,忘我复兼忘情地活蹦乱跳;唯脑论则处于前所未有的高速运转之中,以至于《一分钟,天人老矣》中的每一个句子,都拥有一副毋庸置疑的面孔,表情高度一致;《一分钟,天人老矣》中的每一个词,都直挺挺地将自己快速砸向下一个词,不管下一个词究竟是男是女、是鸡是兔,反正捡到篮子里的都可以是菜,宛若词语的多米骨牌效应,直至《一分钟,天人老矣》的最后一个词,并且态度出奇地一致。是不是外部世界较之于停笔前变得更加疯狂,才让欧阳江河加速使用他的诗歌方法论? 或让他的方法论疯狂提速? 卡尔采夫斯基(Sergey Kartsevsky)论述说:"能指(语音)与所指(意义)沿着'现实的斜面'不断滑行。每一方都'大于'对方派定给自己的角色:能指寻求表现自身,抛开自身所属的符号而另辟途径……正是由于符号结构内部非对称的二元关系,一种语言体系才能发展:符号'恰当的'位置由于要应付具体的情景而不

---

① 欧阳江河曾解释过,重新提笔写诗前几年因生活变故他在美国待过很长一阵子,因为英语不好,整天沉默,这影响了他在美期间的诗歌写作中的声音,比如长诗《纸币,硬币》(1994 年)就是十分极端的例子(参阅欧阳江河:《写法读法,其实都是活法》,《花城》2017 年第 3 期)。但这也仅仅可以姑妄听之,不能当真。

断发生变动。"①《一分钟,天人老矣》中词语的情形,与卡尔采夫斯基描述的状态刚好相反:这些独断型句式中的每一词,都几乎可以被替换为任何一个词,而不改《一分钟,天人老矣》之原意于分毫、之初衷于万一。比如:为什么不可以是两分钟、一小时或三十秒而一定得是"一分钟"?为什么不是报废的平板车、剑阁县一张过分简陋的餐桌或海淀区某扇摇摇欲坠的大门老了,却一定得是"自行车老了"?或者为什么一定要老?死了不是更好吗?为什么不可以是穿西装的云、戴帽子的柳树或什么也不穿的火烧云,却一定得是"穿裤子的云"(这句话本身就是马雅可夫斯基的诗句)?或者为什么一定得是云?而这些穿西装的云、戴帽子的柳树或什么也不穿的火烧云为什么一定要"骑车",并且一定要"比步行快些"呢?坐地铁、飞机、乌篷船或高铁不行吗?慢一点不可以或者不被允许吗?事实上,对于《一分钟,天人老矣》,这样的问题游戏——而非欧阳江河所谓具有"天问性质"②的问题意识——可以无限拖延下去,根本就不存在结束的那一刻③。"一分钟"、"自行车老了"、"穿裤子的云"、"骑车"和"比步

---

① 转引自卡特琳娜·克拉克、迈克尔·霍奎斯特:《米哈伊尔·巴赫金》,前揭,第22页。

② 欧阳江河:《消费时代的长诗写作》,《东吴学术》2013年第3期。

③ 欧阳江河早期典型的咏物诗比如《手枪》,因为诗歌方法论运转平缓,在造就词-物时尚不极端,因此可以结束于"她的手拒绝了人类/从她的胸脯里拉出两只抽屉/里面有两粒子弹,一支枪/要扣响时成为玩具/谋杀,一次哑火";《一分钟,天人老矣》因诗歌方法论的过于疯狂,没有任何理由结束于"一分钟落日,多出一分钟晨曦。/一分钟今生,欠下一分钟来世。/一分钟,天人老矣"。

行快些"……在被上述任何一个词语（或句段）冒名顶替后，肯定不会改变这首诗的意义——假如它真有意义的话。这样的诗学局面，有可能轻松推出某种词-物关系（此处应该是词-时间），甚至还有可能炸开所谓的现代经验，却严重破坏了词语的一次性原则。颜炼军仅仅以长诗《凤凰》（2012年）为例，已经指出过欧阳江河在词语和句式上较为严重的自我重复①；如果仔细比较一下恢复写作后的作品与停笔前的作品，自我重复的程度应当更加令人触目惊心。但这完全是没法子的事情。

诗歌方法论在平和运转的当口，会让"欧阳牌"咏物诗具有不可比拟的力量，在很多时候甚至远超其同侪，因为处于这种运转状态的方法论，更有能力照顾到它即将面临的现代经验：它对词语和经验都是友好的，甚至还面带微笑。在不那么急吼吼的行进过程中，诗歌方法论的态度很明确：它倾向于决不漏掉广义之物每一个值得吟咏的细节。这就从逻辑上，预先解除了冒犯词语一次性原则的可能性，遵守和尊重了欧阳江河的诗学之问②。当外部世界变得愈加疯狂，当消费主义席卷全球，诗歌方

---

① 参阅颜炼军：《"大国写作"或向往大是大非》，《江汉学术》2015年第2期

② 欧阳江河对此当然心知肚明："我在写《手枪》这首诗的时候，我的词本身，也就是诗歌本身，它描写手枪这个对象，手枪本身的特性反过来给予我这首诗一种词上面的、也是语言上的一些特征。物质的特性返回到语言，就变成了语言的一部分了。《手枪》这首诗本身，也就是它的语言有点像手枪本身的物质特点，咔咔咔，很硬的，那种可以拆卸的零件的感觉。《玻璃工厂》这首诗也是，写玻璃的透明性。诗的语言也具有玻璃的特点。比如冷、透明、干净。因为中国诗歌语言有两种：一种是透明性的语言，一种是非透明性的语言。我的（转下页注）

法论不得不直面它们时,方法论不是想方设法改变自身的内涵,以求得内部的质变,应对外部的巨变;而是基于对自身的自恋式信任,拒绝自我改造,只在内部提高运转的速度——这是一种典型的物理学意义上的改变。最终的结局是:被迫疯狂运转起来的方法论只得将注意力转向自身,转向对词语、句法和音势的"自嗨"(Self-high)式建设。这样做的结果是:诗歌方法论忽略了所咏之物值得吟咏的许多细节,丧失了抚摸细节的机会与能力,所获的词语化(亦即词-物)更具有"假装"的神色。在这种时刻,出现欧阳江河明确反对过的"词生词"现象,以至于在词语和句式上自我重复,就是很自然的事情,不自我重复反倒令人费解。有了这等刚愎自用的诗歌方法论,一切都变得异常简单;几乎所有复杂难缠的现代经验,都看似得到了轻松自如、滔滔不绝、音势高亢地处理,强化了欧阳江河词语暴君的身位。这从逻辑上导致了一个无法克服的恶性循环:欧阳江河越是强调更深地介入现实,所谓"我的诗要保持一种狠劲儿,它要触及真实,触及现实"[②],他就越有可能提升诗歌方法论的运转速度以自救,因此,他就会越加卖力地制造"假"词-物,直至近乎完全地丢失

---

(接上页注)《玻璃工厂》和《手枪》这两首诗使用的语言就不一样。《手枪》用的是不透明的语言,而《玻璃工厂》用的是透明的语言。透明的语言就是我在描写玻璃的时候,它反过来成为我的语言特点,语言特色的一部分,诗的特色的一部分。"(欧阳江河、张学昕:《"诗,站在虚构这边"——欧阳江河访谈录》,《诗人空间》2005年第4期)

② 欧阳江河、顾超:《诗歌要保持一种狠劲——欧阳江河访谈录》,《天涯》2016年第6期。

了现实。当欧阳江河把散落一地的词语,这革命话语最后的遗产,编织成篇后,得到的结果必然是:词语之下,空无一物。① 1993 年的欧阳江河还知道词语替代不了现实:"一场革命视普遍的饥饿为权力,/它否定了在食物中飞翔的牙齿/和时间,却否定不了食物本身。"(《晚间新闻》,1993 年)但到了恢复写作的 2005 年,尤其是在《一分钟,天人老矣》被完成之后,欧阳江河已经深陷于词语组成的无物之阵,再也无力把捉曾经真实无比的现实,比如:那"否定不了"的"食物本身"。一个可能很不起眼,却非常有说服力的例证在这里:写于 1990 年初的《遗忘》经过极少也极小的几处更动后,变为 2008 年 5 月的《天人无泪》。在《天人无泪》的篇末,作者有自注:"为汶川地震,改写旧作《遗忘》。"《遗忘》里纪念某个惨烈事件的句子、语气和腔调,在更换少数几个词语(而不更换其他一切)之后,至少被欧阳江河认为可以用来吟咏另一个惨烈的事件,并且没有任何不妥之处。在此,广义之物的特殊性丧失了,剩下的,只是为所咏之物定制的词语外套,抽象而冷血。由此,满可以获得一个逻辑上畅通无阻的推论:只要改变几个表征场景、时间和事件的词语,《遗忘》即使在其他方面一任原貌,也可以用于展示古今中外任

---

① 武田雅哉很敏锐地指出,在《续齐谐记》中的"阳羡鹅笼"那则故事中,古代中国人"从容徜徉于惟有词语创造的形象空间。他们知道通往那只能用词语量测的时空的狭路,若无其事地暗自往返于其中。在那样的世界中,时间和空间可以自由伸缩,若想测量它,是绝对测不出来的。里面有的,只是'词语'和词语的舞步所编织的故事"(武田雅哉:《构造另一个宇宙:中国人的传统时空思维》,任钧华译,中华书局,2017 年,第 3 页)。这和此说所说的"词语之下,空无一物"截然不同,因为前者只是一个杜撰的故事,故事本身却自有其所指和内涵。

何一个惨烈的事件——这就是**词语的无物之阵**拥有的内涵。《一分钟,天人老矣》之后的欧阳江河,已陷入了这个恶性循环的泥潭,无力自拔,却也乐此不疲。《一分钟,天人老矣》为欧阳江河的再次写作,开了一个不祥之头:词生词的现象在此之后愈演愈烈,几至于无以复加和如入无人之境的地步。这之后所有看似重要的作品,尤其是《泰姬陵之泪》之后(包括《泰姬陵之泪》在内)的长诗写作,几乎全都在忙于和乐于制造如"真"包换的"假"词-物。其间的所谓现实,所谓对现实的批判和抵抗,更多地限于词语、腔调和句式的层面,却在极力向漂亮(而非优美)不断靠近①。

事情的真相很可能在这里:不是诗歌方法论不愿意改变自我内涵,也不是它不愿改变咏物的方式,而是它竟然宿命性——无从解释的宿命性——地一条道走到黑,因而没有能力找到新路途。无奈之下,诗歌方法论只好自我敲诈,不断在极端之路上将自己越逼越紧,也越逼越远。这让欧阳江河的诗歌写作越是在时间上靠后,越是喘着越来越重的粗气,大有八百里加急的劲头。只不过唯脑论运转得极为快速,看热闹的诗歌读者——时髦的说法叫"吃瓜群众"——从外部看上去,情况不惟不那么紧迫,反倒步履潇洒,几至在滔滔不绝的语势中,迈开了轻盈的凌波微步,并且轻而易举就炸开了事物的表面,就像"牛闯进菜园子"②。但无

---

① 这些作品至少包括:《泰姬陵之泪》《凤凰》《黄山谷的豹》《笑的口供》《问题所在》《四环笔记》《老男孩之歌》《"中国造"英语》《大是大非》《看敬亭山的21种方式》《自媒体时代的诗语碎片》《祖柯蒂之秋》《古今相接》等。

② 毛泽东致萧三信中的话,参阅萧三:《毛泽东同志的青少年时代》,人民出版社,1951年第42页。

论如何,这都是一件君有疾"在骨髓,司命之所属"①一般重大的诗学事件,可惜局内人竟然毫不自知,自信之下也似乎不愿自知。

## 词语装置物

张清华提供过一件诗歌轶事:1998年春,在北京的北苑饭店召开过一次诗歌理论研讨会。欧阳江河在会上发言,"大意是说我们处在一种'被虚构'的文化情境中,而虚构正是一切社会对于个体完成统治与叙述的基本方式。欧阳江河进而'德里达式'地指出了一切'作为存在的形而上学'的虚伪性,'时代'、'人民'、'正义'、'现实'……统统都是被虚构出来的。他的发言之后有一个短暂的沉默,随后有质疑的声音,但均被他逐一顶回,逼得一旁的老诗人郑敏追问他:'GDP是虚构,股票是虚构,一切都是虚构,那么母亲也是虚构的吗?'欧阳江河笑答:'当然都是,母亲也是虚构。'"②欧阳江河也曾以更简洁的表述,证明了张清华的诚实,附带着证明了这个故事的真实性:"不仅词是站在虚构一边的,物似乎也在虚构这边。"③考虑到欧阳江河眼中的"物"乃广义之"物",母亲的虚构特性似乎也就顺理成章。但

---

① 《韩非子·喻老》。
② 张清华:《欧阳江河:谁是那狂想和辞藻的主人》,《名作欣赏》2011年第11期。
③ 欧阳江河、张学昕:《"诗,站在虚构这边"——欧阳江河访谈录》,《诗人空间》2005年第4期。

此处的尴尬正好在于：欧阳江河受制于直线原则的率真和直不楞登，更兼被瞬间位移的快疾、迅猛所逼迫（想想郑敏老人的问话速度，尤其是她的问话方式），只得仗势欺"己"，一反常识、常理和常态，径直宣称母亲也是被虚构的。因此，他才会在一首跟母亲有关的诗里如是写道："暑天的豆腐"被母亲"切出了雪意。/土豆听见了洋葱的刀法/和对位法，一种如花吐瓣的剥落，/一种时间内部的物我两空。/去留之间，手起刀落。/但母亲手中并没有拿刀"（欧阳江河：《母亲，厨房》，2009年）。这样的母亲形象，还是人家新诗唯脑论在不那么严酷和疯狂时的诗学产物呢。但它大约能够证明：欧阳江河并非不知道事情的真相为何如；那个能将豆腐切出白雪之精神却居然没有拿刀的母亲，至少有一半不是虚构的。问题到底出在何处呢？答曰：出在欧阳江河丧失了说母亲不是虚构所需要的那种能力，那种健康的心态，就像韩少功笔下的职业哭丧人因为习惯了假哭，反倒在真的需要哭泣时没有办法调集泪水[1]。在此，荣格（Carl Gustav Jung）所言很富有启发性："每一名罗马人都生活在奴隶的包围之中。奴隶及其心态在古代意大利泛滥成灾，不知不觉间，每一名罗马人在心理上都变成了奴隶。因为他们不断生活在奴隶的氛围之中，所以他们也透过无意识受到了奴隶心理的浸染。谁也无法保证自己不受这样的影响。"[2]长期被诗歌方法论所包

---

[1] 参阅韩少功：《韩少功精选集》，北京燕山出版社，2006年，第181页。
[2] 转引自麦克卢汉：《理解媒介》，前揭，第36页。

围、所熏蒸,每天沉浸于和呼吸于诗歌方法论散发的气息,欧阳江河就像罗马人感染了奴隶的心态那般,早就没有力气反抗诗歌方法论。他和方法论早已连为一体,几至"剑在人在,剑亡人亡"的境界。他拜倒在自己的发明物脚下,却岔开话题,指责他的批评者们为"胡扯",因为批评者把他的诗歌语言称作"诡辩式语言";欧阳江河对自己的语言方式的命名是:"悖论式语言",或者"矛盾修辞法"。顾盼之间,欧阳江河对这种自我命名面有得色①。

欧阳江河心中有数:"矛盾修辞法"或"悖论式语言"是其诗歌方法论的直接产物②,有"命中注定"一词所表征、所刻写的那种神秘无解性。在"悖论式语言"或"矛盾修辞法"不那么疯狂的时候,也就是还没有达致"母亲是虚构的"那种高寒段位时,它们给欧阳江河带来的,有可能是杰作,也有可能是对广义之"物"巴心巴肝的剖析(亦即获取词-物以便深度"咏物"),甚至还有可能成为新诗史的骄傲,毕竟在条件较为严格的理想状态下,以背反的言辞对付魔幻而背反的现实,很可能奇兵般地收到奇效。事实上,"欧阳牌"咏物诗自打一开始,就在"手起刀落"的母亲"手中并没有拿刀"那种既不很高,也不很低的段位上,一以贯之地

---

① 参阅欧阳江河、王辰龙:《消费时代的诗人与他的抱负——欧阳江河访谈录》,《新文学评论》2013年第3期。
② 这样性质的句子比比皆是:从1987年的"拥有财富却两手空空/背负地狱却在天堂行走"(欧阳江河:《智慧的骷髅之舞》),到2014年的"驾座上坐着一个无人/没了脚,但固执地踩着刹车"(欧阳江河:《四环笔记》),欧阳江河一直乐此不疲。

使用"矛盾修辞法",或"悖论式语言"。作为一个如此这般经常在河边行走的人,欧阳江河难免没有不打湿其皮靴的时刻——这事口说无凭,有诗为证。

姜涛很严肃地指出:长诗《凤凰》中的两个句子——"得给消费时代的 CBD 景观/搭建一个古瓮般的思想废墟"——实为《凤凰》之主旨①。《凤凰》很可能是欧阳江河恢复写作后的至爱之作,也是他恢复写作后被谈论得最多的作品。根据欧阳江河的事后自述,姜涛的断言,大体上接近于写作《凤凰》时的基本想法:"《凤凰》这首诗的写作,对应于徐冰的一个大型装置艺术作品《凤凰》,这个作品由建筑废料制作而成,本身就内含了反消费的性质。徐冰这个作品凝聚了很多元素,劳动、资本、金融、革命、社会、市场、艺术,还有关于凤凰的命名和传统。思想与物质,黄金与垃圾,同时飞起。给凤凰一个构成,然后在构成内部,让它像一个自我完成的宇宙一样,一个包含了时间、包含了我们对珍贵的理解的东西,让它形成一个构成。然后让凤凰对应于我们的消费时代,对应于我们生活本身的现实。无论它是垃圾或是黄金,是美的东西或是丑的东西,诗歌和艺术都把他纳入某个范畴以后,最后会变得如此打动人心,深具诗的、艺术的特质。"②但本着段位不高的"矛盾修辞法"或"悖论式语言"在长诗《凤凰》中的被使用,一种有趣的写作现象出现了:

---

① 参阅姜涛:《"历史想象力"如何可能:几部长诗的阅读札记》,《文艺研究》2013 年第 4 期。
② 欧阳江河:《消费时代的长诗写作》,《东吴学术》2013 年第 3 期。

人类从凤凰身上看见的
是人自己的形象。
收藏家买鸟,因为自己成不了鸟儿。
艺术家造鸟,因为鸟即非鸟。
鸟群从字典缓缓飞起,从甲骨文
飞入印刷体,飞出了生物学的领域。
艺术史被基金会和博物馆
盖成几处景点,星散在版图上。
几个书呆子,翻遍古籍
寻找千年前的错字。
几个临时工,因为童年的恐高症
把管道一直铺设到银河系。
几个乡下人,想飞,但没机票,
他们像登机一样登上百鸟之王,
给新月镀烙,给晚霞上釉。
几个城管,目送他们一步登天,
把造假的暂住证扔出天外。
证件照:一个集体面孔。
签名:一个无人称。
(欧阳江河:《凤凰》第6节)

徐冰设计出雕塑巨制《凤凰》的外形草图后,得把剩下的工作交付施工队,毕竟他既不懂施工过程中需要的力学原理、材料工程学规则,很可能还不懂渺小如电焊技术一类的活儿。和大多数当代艺术家没什么两样,徐冰在雕塑《凤凰》的制作——而非创作——过程中能够充当的,也是点子大王的身份,顶多是工程设计师的角色①,或者资本家的身位②。长诗《凤凰》第6节模拟的主要内容,乃是工地现场,以及为描摹工地现场做准备的内心独白。这都不成问题。成问题的是因果关系上的混乱:自己成不了鸟,才买鸟;鸟即非鸟这个不言而喻的现实导致了艺术家造鸟;因为恐高症,施工现场临时请来的民工,才把搭建凤凰的钢管铺向了银河系……一切似乎都来得太顺畅、太滑溜了;而滑溜和顺畅,则得之于似是而非、以假乱真的因果关系。自己成不了鸟,就一定得买鸟吗?到底是谁规定的?为什么不可以买蛇(欧阳江河经常写到蛇,而且还经常以蛇设喻)?按照长诗《凤凰》的逻辑,狗也可以是非狗,为什么不造狗?天狗的"飞奔"(亦即郭沫若《天狗》层面上的那种"飞奔"),当真比凤凰的飞翔在神话学意义上低一个等级?这又是谁规定的呢?为什么不可以是龙?难道龙"腾"的寓意,竟然没有凤"飞"(不是"舞")的寓意来得深刻?为什么不可以是从高空跳

---

① 韩少功对当代艺术的"小说家言"或许比一般的艺术批评更能搔到痒处:"看来世界已经大变,我在日新月异的艺术之下已是一个老土,在青花大瓷罐面前只有可疑的兴奋,差不多就是装模作样。我左瞧右看,咳了七八声,把下巴毫无意义地揉了又揉,说眼下的艺术越来越像技术,画家都成工程师了。"(韩少功:《日夜书》,前揭,第6页)

② 同为艺术家的邱志杰为此写道:"艺术家们塑造品牌,雇佣民工把自己变成资本家,甚至为此去进修管理学;他们到处寻找空白,注册专利,为此不怕恶心自己。"(邱志杰:《小札记》,《人民文学》2014年第5期)

下的心理癔症,而一定得是方向相反的恐高症,才导致钢管倾向于银河系而不是天狼星,也不是雕塑《凤凰》隐喻着的那个肮脏的地面,那个消费主义的魔幻性的中国?和对付《一分钟,天人老矣》一样,这样的问题游戏也可以无限延伸下去。当代中国的观念艺术号称批判现实,并从对现实的批判中获取合法性,但它的寓意原本就极为随意和任意;它的批判力量(假如真有这样的力量,而且是有效的),更多存乎于力所能及的解释,或解释的力所能及。因此,描摹一个当代艺术的施工工地,原本就需要谨慎、再谨慎,稍有疏忽,就会把自己套进去,套到某个无聊、无趣的观念之中,更何况还对之采取亦步亦趋的拜服态度。但严格讲,这也不是问题所在。真正的问题是:欧阳江河为应对消费社会的疯狂而启动诗歌方法论时,在不得已间,终于让"矛盾修辞法"或"悖论式语言"轻度疯狂起来,导致了过于滑溜、过于轻松的写作,显得轻薄有加;而这种面相肃然的写作样态,则隐含着一种自动写作的架势。只不过这种架势给诗歌写作捎去的危害,还非常有限:因为诗歌方法论尚处于轻度疯狂的状态,所以,长诗《凤凰》获取的词-物尚能部分性地批判消费时代,维护了欧阳江河创作《凤凰》时的初衷。而长诗《凤凰》被人赞美和诟病的原因,也多半系乎于此①。一旦"矛盾修辞

---

① 趋于赞扬一极的文章可参阅吴晓东:《后工业时代的全景式文化表征——评欧阳江河的〈凤凰〉》(《东吴学术》2013年第3期)、姜涛:《为"天问"搭一个词的脚手架——欧阳江河〈凤凰〉读后》(《东吴学术》2013年第3期)、杨庆祥:《"在天空中凝结一个全体"——〈凤凰〉的风景发现和历史辩证法》(《南方文坛》2013年第4期)等;趋于批评一极的可参阅颜炼军:《"大国写作"或向往大是大非》(《江汉学术》2015年第2期)。

法"或"悖论式语言"为应对外部世界的疯狂,变得远远超过写作《凤凰》的那种疯狂时,其结局就不再是自动写作的问题,更可能是**词生词**①:一种极为不妙,并且极度令人沮丧的诗学事故,却又不是李白在《将进酒》中使用的"顺笔写法"②。早在1990年,新诗唯脑论尚处于温柔、平和的状态,就已经出现了诸如此类既语焉不"详",也命运不"祥"的句子——

> 即使这意味着无处容身,意味着
> 财富中的小数点在增添了三个零之后
> 往左边移动了三次。其中的两个零
> 架在鼻梁上,成为昂贵的眼镜。
> 镜片中的一道突然裂开的口子
> 把人们引向视力的可怕深处,看到
> 生命的每一瞬间都被无穷小的零
> 放大了一百万倍的
> 朝菌般生生死死的世代。
>
> (欧阳江河《咖啡馆》,1990年)

---

① 参阅敬文东:《颂歌、我-你关系、知音及其他》,《当代文坛》2016年第4期;参阅敬文东:《感叹诗学》,作家出版社,2017年,第205页。
② 顾随通过对李白《将进酒》的剖析,指出这首诗用的是"顺笔写法",这是指语言自身的自述性,而非词生词(参阅顾随:《中国古典诗词感发》,前揭,第73页)。

半决绝的语气、毫不迟疑的音势,究竟是否下意识地得之于语言胎教和语言胎记,姑且按下不表。此处更值得关心的情况,乃是这九行诗暗中受制于**词语的视觉效应**这个显而易见的事实;其句法的构成,直至写作本身的推衍,也更主要被视觉效应拉拽着、跟跄着,而又快速地向前迈进。在此,视觉性的"三个零"是关键中的关键:"往左移动了三次"之后,其中的两个"零"要魔术一般,毫无道理也毫无来由地变身为"眼镜",被架在不知是谁的鼻梁上,或者随便架在某个人的鼻梁上;剩下的那个"零",也犹如变戏法一样,毫无道理和毫无来由地,居然变作了"口子"。然后,才有通过这个"口子"应声到来的"看到";紧接着,才有"看到"的内容:那被无数个新的"零"主宰和定义着的渺小之物。这种建基于视觉效应以构建诗行的方式,更多具有"撞大运"的嘴脸,原本抱的就是中"六合彩"的赌徒心理。它就像毫无方向感的梦游,既不存在写作上的必然性,也不意味着诗学上的非如此不可,更看不出作诗者的深谋和远虑,有的只是见"零"——而非见"猎"——心喜支配下的那种侥幸心理,并被"零"牵引着向前迈进,大有"走到哪里黑,就在哪里安歇"[①]的架势。如果没有圆圈般的"零"造成的视觉效应,如果没有视觉效应引发的想象力和诱惑力,如果没有想象力和诱惑力支配下产生的词语行动,欧阳江河想要如其所是(As it is)地完成这几行诗,就是不可能的事情。道理很简单:如果这些"如果"一旦成

---

① 蜀语,意义为随便做到什么程度都行。

真,就会立即使欧阳江河丧失词语从视觉上给予的指引,而不单是肤浅的灵感;也会立即使欧阳江河失去来自词语从视觉上给予的参照,这夜间航行的北斗星,从而变得寸步难行。顾随有言:"诗中对仗,文中骈偶,皆是干连,而非发生。所以中国多联想而少思想。"①在引譬连类的层面上,这等考语满可以冒险授予词语的视觉效应,以及由它引发的过于单薄,甚或很不靠谱的诗学后果。视觉效应乃是汉语字词馈赠给中国人的一种视觉想象力;视觉想象力在文字游戏的层面上,自有其效果和趣味性。因此,词章之徒大可偶一为之以求自得其乐,却万不可当真,更不得指望它能带来有效的表达,尤其是对一首诗来说自成体系的表达,甚至自洽的表达。

视觉效应拥有的想象力,很投直线原则和瞬间位移的脾气,因为视觉想象力具有一种直不楞登的线性特征,一种快速生长和催熟词语的能力,任性、怪癖,却满是诱惑力。在新诗唯脑论不那么峻急的当口,在视觉效应被新诗唯脑论控制得较好甚或很好的时刻,视觉效应给诗歌写作带来的危害,尚不至于太大。这等轻度的诗学疾病,这种程度、成色不高的词生词,有时还会给诗歌写作平添一种旁逸斜出之美,就像痨病为其患者提供绯红的脸蛋,在美容和美貌之余,还让患者免于胭脂带来的开销与破费。谁又能否认,林黛玉惹人怜爱的美貌没有疾病的功劳?毕竟废话有时候真的能缓冲真理自身的板结和凝滞:比如,动用

---

① 顾随:《顾随全集》第三卷,河北教育出版社,2001年,第287页。

和接受了视觉效应的《咖啡馆》之所以能成为杰作,形成的词-物之所以具有强大的爆破力,词章之徒玩弄文字和被文字玩弄的自得其乐,就自有其贡献。同样的情形,也出现在早期杰作诸如《手枪》、《快餐馆》、《汉英之间》、《玻璃工厂》等诗篇之中①。

但仰仗视觉效应,终归是一种消极写作;其消极的程度,应该与诗歌方法论的峻急程度呈正相关关系。《一分钟,天人老矣》被完成之后第七个年头完成的长诗《笑的口供》(2012年),可以被看成欧阳江河仰仗视觉效应的登峰造极之作。全诗从头至尾被视觉性的"笑"②所牵引、所控制,迫使诗歌写作在任何一个方向上,随意、随便铺陈诗行,基本上是想到什么就写出什么,坦率到了袒胸露乳的地步,词语的直线原则被发挥到肆无忌惮的程度,词语的瞬间位移则闪转腾挪指东打西,其风度有如"一个人朝东方开枪/另一个人在西方倒下"(欧阳江河:《手枪》,1985年);而新诗唯脑论甚至将自己放纵到了无脑的境地,彻底放弃了对词语的有效算计与把控,却看不出被吟咏之物(亦即"笑")在现实中,有任何疯狂的劲头值得诗歌方法论突然加大运转的马力。《笑的口供》与其说是长诗,远不如说是彼此间毫无关联的223个诗歌碎片的平行罗列,并且没有任何确切的

---

① 比如《快餐馆》第7节一共十七行,几乎完全以盐的形象、盐给予的视觉想象力铺陈出来。但因为新诗唯脑论尚处于谦虚状态,盐的视觉效应导致的旁逸斜出之美,给这首诗带来的效果是正面的——砒霜再一次施展了救命能力。

② 想想现在手机、电脑上图像性的笑——☺——与文字的"笑"何其相似,就不难明白此处为何更看重"笑"的形象而不是读音。

意义——

  笑的泪水比哭还多。眼泪的热成分,被冰镇起来了。(第4节)
  请准许一个人假笑。正如造假是在造真,这个真不仅仅是一个仿真。做旧也是做一个新。(第34节)
  请准许一个人偷笑。笑即使安装了门也不可能上锁。(第35节)
  笑是个男的,却怀有身孕。(第80节)
  笑积攒了一些绿色事物,以便闯红灯时备用。(第154节)
  得给灯一样的笑安装一个开关,在梦里关掉它。因为它无法入梦。　(第210节)
  笑,人神一体。(第221节)
  万古闲愁,都在这一笑里了。(第223节)[①]

  整个《笑的口供》全是这一类唬人一跳的句子。"矛盾修辞法"或"悖论式语言"比比皆是。在此,句号显示的,不是语调上的平缓和平静,而是内在的独断和毋庸置疑,它为独断型句式的粉墨登场立下了犬马之劳;而犬马之劳依靠的,正是句号干净利落没有废话的滑溜德行。这些"得瑟"着的句子,伙同貌不惊人的句

---

 ① 请注意:这里引述的每一节都是这一节的全文。《笑的口供》就是由如此容颜的223个片段随意连缀而成。

号,不仅将《一分钟,天人老矣》公开昭示的预见性给充分地,甚至通货膨胀般地予以兑现,还将之推到了极致;也把"三个零"引发的那种较为合理——并且较为自然——的想象力,删除殆尽,以至于将视觉本身隐藏了起来,直至高度地抽象化。1988年,欧阳江河颇有预见性地写道:"可以把已经弹过的曲子重新弹一遍,/好像从来没弹过;""可以/把肖邦弹奏得好像没有肖邦;""可以把肖邦弹奏得好像没有在弹。"(欧阳江河:《一夜肖邦》,1988年)二十四年过后,欧阳江河现身说法般硬生生地做到了:可以把已经用过的视觉效应重新用一遍,好像从来没用过;可以把视觉效应使用得好像没有视觉效应;可以把视觉效应使用得好像没有在使用——这种并非恶意的词语替换,这种并非搞笑的句型套用,也许能够说明何为词生词,也能够显示词生词的不同样态与腰身。

当然,**词语的听觉效应**带来的想象力,也是欧阳江河的诗歌方法论从其起始处就乐于征用的老模式。此处就以欧阳江河引以为傲的《泰姬陵之泪》作为例证——

  日心,地心,人心,三种无言
   因泪滴
  而缩小,小到寸心那么小,比自我
  委身于忘我和无我还要小。
  一个琥珀般的夜空安放在泪滴里,
  泪滴:这颗寸心的天下心。

(欧阳江河:《泰姬陵之泪》第1节)

这些从古到今的泪水在我眼里

静静流了一会儿。

这些尊贵的泪水不让它流有多可惜。

这些杯水就足够流,但非要用沧海来流的泪水。

这些因不朽而放慢步伐,但坚持用光速来流的泪水。

这些从孔雀变身而来,折成扇子还在开屏

　　的泪水。

这些夺魂的泪水,剜心的泪水,断骨的泪水。

这些神流过,古人流过,今人接过来流,

像罪人一样流的泪水。

(欧阳江河:《泰姬陵之泪》第4节)

上引第1节里的第一关键词是"心",其次是"小";上引第4节里的第一关键词是"泪水",其次是"流"或"流过"。它们的读音干脆、滑溜;单音节的词听上去爽快、精悍("心"、"小"、"流"),双音节的词听上去,则有流水般的潺潺声("泪水"、"流过")。跟词语的视觉效应性质相同,这些词从听觉上,也很投诗歌方法论的脾气,很对新诗唯脑论的胃口。而它们焕发出的听觉想象力,则被听音察色功夫了得的欧阳江河候个正着,并立马进行征用。艾略特说很精辟:"所谓听觉想象力,就是对音乐和节奏的感觉。这种感觉一旦深入到思想情感之下,便使每一个词语充满活力:深入到最原始、最彻底遗忘的底层,回归到源头,取回一些东西,追求起点和终点。"①虽然艾略特之言有可能过高估计了听觉想象力之于欧阳江河的意义,但至少有一点是真实的:几个关键词塞壬般发出的声音,诱使欧阳江河顺着声音指示的方向,不断往前推移诗句,直至形成诗篇。而声音焕发出或诱导出的想象力,则是欧阳江河构建诗句和谋划诗篇的主要施工图;除此之外,听觉想象力还为词语的直线原则和瞬间位移提供了施力的方向,甚至目的地。和词语的视觉效应一样,词语的听觉效应在引导诗歌写作时,也具有"撞大运"的性质,偶然性和随机性都很大,一旦掌控失误,一旦一念心出现偏差(一念心随时都会出现偏差,所谓"情生于阴,欲以时念也"②),立马就有文字游戏之厄运脱胎转世。更为关键的是,"撞大运"诱导出来的诗句虽然很可能漂亮有加,细细品味和体察,却整体上显得单薄、乏力和空洞。"心"和"小"从音调上诱使诗歌写作几经辗转,最终落实到一个漂亮的句子:"这颗寸心的天下心。""泪水"和"流"发出的声音被诗歌写作直线式地反复拉拽,甚至过度使用,最终,也不过落实于不那么漂亮的句子:"像罪人一样流的泪水。"这给人一种大山临盆阵仗虽大,却生出一只小老鼠的感觉。吴晓东对此的把脉堪称准确:"过度修辞的后果之一是将世界修辞化和文本化。"③文本化和修辞化的潜台词就是单薄;它意味着诗歌和所咏之物

---

① T. S. Eliot, *The Use of Poetry and Use of Criticism*, New York: Barnes & Noble, 1955, p. 118—119.

② 《白虎通德论》卷八引《钩命诀》。

③ 吴晓东:《后工业时代全景式文化表征——评欧阳江河的〈凤凰〉》,《东吴学术》2013年第3期。

若即若离,意味着词-物大有空洞化的弊端和嫌疑,距离"欧阳牌"咏物诗的初衷渐行渐远。

就像《笑的口供》把词语的视觉效应推向极致,《痒的平均律》(2009年)则把词语的听觉效应送至登峰造极之境。"痒"不是靠形象(它没有形象),仅仅是依靠它的读音激发的想象力,就让欧阳江河至为轻松地推衍出近百行诗作。不用说,正是诗歌方法论在其内部加快了运转的速度,并征用了跟它很对脾气的听觉效应,尤其是征用了听觉效应自身的直不楞登品格,才造就了作风极端的《痒的平均律》。当疯狂起来的诗歌方法论放弃有效算计词语以凝结有效的词-物,却又专注于词语、句式、语调或者音势自身的走向时,任何广义上的渺小,甚或无聊之物,都可以得到看似滑溜、顺畅的吟咏,比如市井味十足的川菜(欧阳江河:《北京川菜》,2014年),比如脂肪很多的肥肉(欧阳江河:《念及肥肉》,2012年),再比如这种奇葩的痒,这没长骨头和喉结的痒,这被割去了汗毛、阴茎的痒,这被逼着长了酒糟鼻子和腋毛的痒——

  痒以为
 史料被咬出了奇香,咬出了玉。
 但被咬的不是你的今生,
 是你的古代,是比童话还小的你。
 痒就是公主与王子相对而痒,
  两个痒在时间之外对秒,也不知
  今夕何夕

……

> 我们坐在痒的酒吧,听雨,听巴洛克。
> 巴赫坐在星空中,弹奏管风琴之痒。
> 但今夜痒怎么听都欠缺肉体感,
> 因为调音师不知道什么是痒。
>
> (欧阳江河:《痒的平均律》,2009 年)

当真是"欠缺肉体感"啦!就像滚筒洗衣机借助离心运动将衣服甩干,词语在超高速的瞬间位移中,纷纷将肉身损毁殆尽,只剩下词语的影子,或影子般的词语。不!没有肉身的东西,应当连影子也没有[①]:比如,到底什么是"两个痒在时间之外对秒"?究竟何为"痒就是公主与王子相对而痒"?"调音师不知道什么是痒"到底是何意义,又到底有何意义呢[②]?因此,至少在《痒的平均律》和《笑的口供》中,词语只拥有一种假的分析性能;

---

① 参阅敬文东:《指引与注视》,前揭,第 7 页。
② 这情形有点像黄庭坚。黄庭坚《病起荆江亭即事》之一:"翰墨场中老伏波,菩提坊里病维摩。近人积水无鸥鹭,时有归牛浮鼻过。"钱钟书认为,这首诗用典有六十二岁尚能上阵厮杀的马援,菩提道场得道的如来佛,还有维摩诘害病,更有将唐人诗句'隔岸水牛浮鼻渡''点铁成金'为'时有归牛浮鼻过',却不过是表达了极为简单的意思(钱钟书《宋诗选注》,生活·读书·新知三联书店,2002 年,第 159—160 页)。顾随则说:"诗之工莫过于宋,宋诗之工莫过于'江西派',山谷、后山、简斋。人谓山谷诗如老吏断狱,严酷寡恩。不是说断得不对,而是过于严酷。在作品中我们要看出它的人情味。而黄山谷诗中很少能看出人情味,其诗但表现技巧,而内容浅薄……功夫用到家反而减少诗之美。"(顾随:《中国古典诗词感发》,前揭,第 207 页)欧阳江河看似努力在诗歌方法论内部进行苦心经营,实际上正当得起钱钟书和顾随对黄庭坚的评价。

假的分析性能在愈加疯狂起来的唯脑论驱使下、催促下,会越变越滑溜,越变越圆滑,也越变越玩世不恭——一种词语自身的虚无主义,一种词语自己不把自己当回事的破罐破摔,一种词语溜冰后产生的迷幻状态。在此,词语是以进入所咏物的内部为名,行分析性能随意将自己投向所咏物的表面之实,因为它根本就没有任何爆破才能,也无力进入事物的内部。一种假的东西又何来力气呢?因此,连投向所咏之物的表面都是假的,仅仅是看上去像那么回事、有那么回事;顶多是词语在自我运行中,提到了所咏之物,无心地、下意识地朝所咏之物喊了几嗓子,比如说"痒",比如说"笑"。因为对词语来说,声音无论如何都不会是假的,毕竟没有声音的词,只能是死词[①]。

为什么一定要"准许一个人偷笑"?"笑即使安装了门也不可能上锁"是真的吗?那要是上了锁呢?是不是上了锁就不准一个人偷笑?笑可不可以不是个男的,而是一头公牛,也没有怀孕(以上针对《笑的口供》)?难道不可以在空间之外对秒吗?为什么不可以是渔夫和其贪婪之妻相对而痒?凭什么说痒欠缺肉体感一定是因为调音师不知道什么是痒?难道调音师知道什么是痒,痒就不欠缺肉体感了(以上针对《痒的平均律》)?就是在诸如此类永无休止的问题游戏中,诗歌写作突然变得异常简单:

---

[①] 欧阳江河发明了一个很有趣的概念:反词。他认为只有从反词的角度才能真正理解词语(参阅欧阳江河:《站在虚构这边》,前揭,第24—42页)。但反词这个概念殊不可解,因为欧阳江河至少没有给我们举出哪怕一个反词的例子。推测起来,他很可能是被"反"这个词给迷住了。

只需要在语言胎教开出的高音量中,只需要在语言胎记认可的独断型句式的内部,词语和词语随便组合、随意发生关系就行了。这种情形还可以说成:以词语在交配上的原始共产主义为方式,假装到达所咏之物的表面,欧阳江河就算完成了"欧阳牌"咏物诗。就词语和词语毫无表情、无所用心地发生关系这个角度进行观察,诸如《痒的平均律》和《笑的口供》一类诗作就可以无限制地写下去,永远不该有表征结尾的那一行探出头来。事实上,在诗歌方法论高速运转的极端时刻,无论是视觉效应还是听觉效应,都可以让任何一个词语被替换成它自己之外的任意一个词语,并且绝对不会影响诗篇将要和原本想要传达的意义。这个不幸而惨烈的诗学局面,首先导致的结果是:新诗现代性严格要求的唯一之词,还有唯一之词自身的唯一性,终于被"欧阳牌"咏物诗替换为**任意一词**。就这样,欧阳江河从词语的一次性原则出发,反讽性地走向了欧阳江河诗学之间的反面。紧接着导致的结果必然是,也只可能是:因为顶多只能无心地、下意识地呼唤所咏之物,没有影子只有声音的词语必将仅仅以其音声,整体性侵占所咏之物应该占据的位置,实体性质的词-物一跃而为**假词-物**,亦即只有词,没有物。这意味着,"欧阳牌"咏物诗因假词-物最终只有词,没有物;只有纯种的、自慰式的词语化。咏物诗就这样把所咏之物给彻底、干净地搞丢了。

欧阳江河拒绝改变诗风,是出于对其诗歌方法论自恋式,并且下意识地的信任;他似乎有理由相信:外部世界愈疯狂,只需要应对以诗歌方法论内部运转上的疯狂,就已经足够,就能很好地获取词-物,进而精准表达外部世界自身的疯狂劲头。依照米歇尔·福柯收拾理性精神的一贯思路,如果自信过头,就一定会导致一种非理性的**自信无意识**。所谓自信无意识,就是让欧阳江河在下意识中,对诗歌方法论给予无条件地信任;而任何形式的无条件原本就带有疯狂、疯癫的劲头,认领了非理性具备的一切特点。不祥的任意一词,还有更为不祥的假词-物,就是自信无意识开的花,结的果。这些不祥的花和果,除了咏物而不幸弄丢了广义之物,直至彻底丧失对现代经验的把捉,直至完全无力转换现代经验,还把它更糟糕的那一面,直接留给了诗歌写作,进而伤害了诗歌写作本身。在极端的时刻,或在自己给自己制造反讽的层面上,由"欧阳牌"咏物诗"进化"而来的"冒牌"咏物诗,必将陷于**语言诗**的泥淖。

所谓语言诗,就是语义的空转游戏;所谓语义的空转游戏,就是词语将不涉及、不指称任何广义之物,一任词语在能指的层面上随意滑动①。语言诗"自嗨"式地满足于如此性征的语义空转:它把词语的能指游戏本身,当作了诗歌写作的目的②。欧阳江河作于2011年的《江南引》,有可能是这方面的极端之作。《江南引》的第一句,就是一个任意一词和另一个任意一词随意

---

① 参阅敬文东:《具象能拯救知识危机吗?——重评韩少功的〈暗示〉》,《当代作家评论》2014年第5期。

② 参阅张子清:《外国语言诗》,《国外文学》2012年第1期;参阅 Lee Bartlett, "What Is 'Language Poetry'?", *Critical Inquiry*, Vol. 12, No. 4. (Summer, 1986), pp. 741—752。

搭配而成的漂亮的废话。它足够漂亮,但也足够废话:"前世的花,能开出今生的这片月光吗?"接下来的两句,则是对第一句中的"花"和"开"进行的自动回应:"一朵花,暗藏起自己的天姿,/把大城市塞进小村庄去开。"开头这三个不表征任何现代经验、没有任何确切所指的诗行,差不多可以被视作《江南引》的结构原型。就像针脚追赶雨脚一样,《江南引》的上一个词在如此这般追逐下一个词,直至追逐更下一个词,直至最后一个词;下一行诗在如此这般没有任何所指地呼应上一行诗,直至最后一行在呼应倒数第二行。如此这般的《江南引》,简直就是一个放大了的、因诗歌写作而假装拥有严肃性的词语接龙游戏①,一种极为典型的"词语纵欲"②。更要人老命的是:词语纵欲让原本较为轻度的自动写作(Automatic Writing),终于变得疯狂起来;而疯狂起来的自动写作,正可谓不折不扣的语言诗。诸如《四环笔记》(2014年)、《自媒体时代的诗语碎片》(2016年)一类的作品,都程度很深地感染了这种病症——

庄子从太古那边打的过来,
中间穿越了佛的肺叶。

---

① 自称"第三代诗人"代表者的杨黎,一直认为诗是废话,甚至围绕他,出现了所谓的废话诗。无论说诗是废话,还是废话是诗,都是语言游戏,都指向语言自身,最极端则是滑向能指游戏。在这个意义上,欧阳江河的语言诗和杨黎的废话诗性质相似,最大的区别可能是出在语言的营建上:杨黎甘居下流,欧阳江河更多自以为是的文气和雅致。

② 钟鸣:《旁观者》,前揭,第227页。

> 手机里的孔夫子
>
> 听见讲中文的尼采先生在咳嗽。
>
> 不朽,只剩一小时的锂电。
>
> 存入银联卡的马尔克斯
>
> 消磁之后,还剩半个马克。
>
> (欧阳江河:《四环笔记》,2014 年)

接下来引用的文字,来自超现实主义者布勒东(André Breton)与其朋友合著的《磁场》[此处故意将小说引文分行排列,既是为了达致罗吉·福勒(Roger Fowler)所谓的"视韵"效果[1],更是为了和《四环笔记》中的片段相比较]——

> 我们的监狱长是由心爱的书构成的,
> 可是我们无法越狱,因监狱里香气四溢,
>     催人入梦。
>
> ……
>
> 大家可以从这条血腥的走廊经过,
> 那儿是我们的原罪,
> 这是一幅美妙绝伦的绘画,
> 只不过画面是灰蒙蒙的而已[2]。

---

[1] 参阅罗吉·福勒:《现代西方文学批评术语词典》,袁德成译,四川人民出版社,1987 年,第 113 页。

[2] 陈焘宇等主编:《外国现代派小说概观》,江苏文艺出版社,1996 年,第 133 页。

两段引文何其相似乃尔！文学史能够提供的基本常识是：超现实主义追求的，乃是大麻、酒精和海洛因支配下的自动写作，不受意识控制，意象与意象随意连缀，动作和动作互不连贯，却又在强行中必须连贯。据说，这是为了进入"手术台上一把雨伞和一架缝纫机碰在一起"[①]的那种奇妙状态，并以此来抵抗过于刻板和谨严的理性精神[②]。不知道超现实主义是否达到了它的目的；《四环笔记》一类的作品，却因受制于疯狂运转起来的诗歌方法论，陷入了自动写作自身的疯狂状态和加速状态，进而把自己加冕为**词语装置物**，却无关乎除它之外的任何广义之物，唯余能指层面上"自嗨"式的满足。钟鸣悲喜交加地说起过："要论诗歌的进步，除了'词'的胜利，就人性方面，我看是非常晦暗的。"[③]虽然最近几十年来，"每个人都在潜心算计词语，词语也在被算计中，听取诗人们的指令各从其类，何时立正、稍息，何时走正步、稳扎马步，根本就不成其为问题"[④]，但如此这般被辛苦算计的词语，却至少在欧阳江河那里沦陷于无物状态。这无论如何，都堪称新诗史上一个意味深长的诗学事件[⑤]。由此看来，

---

[①] 转引自乔治·萨杜尔：《世界电影史》，徐昭等译，中国电影出版社，1982年，第235页。

[②] 参阅本雅明：《本雅明文选》，陈永国等编译，中国社会科学出版社，1999年，第189—201页。

[③] 钟鸣：《畜界，人界》，上海人民出版社，2010年，第2页。

[④] 敬文东：《在神灵的护佑下》，《天涯》2011年第4期。

[⑤] 北岛的《无题》中有如下诗句："一个早晨触及/核桃隐秘的思想/水的激情之上/是云初醒时的孤独。"欧阳江河指出了诸多寓意："核桃的意象暗示某种神秘的开放性，水和云涉及深深刻划过的身体语言，而'初醒时的孤（转下页注）

欧阳江河的诗学之问还得再次提到议事日程,将成为反复之问,甚至长久之问;而曾经发出此问者,将因自信无意识的恒久存在,沉醉于甚或陶醉于漫长的梦游,逐渐从他原本前途无量的正午,走向黯然无趣的黄昏。

2017 年 7 月 7 日,北京魏公村

---

(接上页注)独'所证实的则是犹在梦中的感受"。北岛的《创造》有如下诗句:"船在短波中航行/被我忘记了的灯塔/如同拔掉的牙不再疼痛。"欧阳江河写道:"拔掉的牙留出向下的空洞,灯塔向上耸立,船在水平线上前行,这三个不同的方向都指向历史的失忆"。江弱水很客气地认为:"我得承认我个人的知解力只能达到这样的层次:可以看到核桃的封闭性而看不到它'神秘的开放性';可以体会'历史的失忆'却体会不了'三个不同的方向'。我会冥顽不灵到以至于认为,如果上面的牙拔掉就会留下一个灯塔似向上的空洞。……欧阳江河的解释,我不怀疑他的持之有理、行之有利,只是我想审慎地提出一个'节''度'何在的问题,因为我相信,他正是在作'过度阐释'"(江弱水:《抽思织锦:诗学观念与文体论集》,北京大学出版社,2010 年,第 88—89 页)。江弱水此番评价之所以堪称客气,是因为他不忍心将词语装置物这个真相点破;江氏对欧阳江河言论的引用足以表明:后者早就在骨子里暗含着语言诗或词语装置物之无可奈何的决心。

# 从超验语气到与诗无关

## 小引或汉语的世俗特性

中国是唯有现世绝无彼岸的国度,曾令初来乍到的"一神论者"(monotheism)目瞪口呆,百思难获其解①。以西川之见,有彼岸相候的民族热衷于心比天高的通天塔,以供接近上帝、一睹天颜之需;只有现世的种族更倾向于个头不高的鹿台,以为酒池肉林、娱乐享受之用②。到得极端之时,甚或达致夏桀商纣的水准:"桀蔽于末喜、斯观,而不知关龙逢,以惑其心而乱其行;纣蔽于妲己、飞廉而不知微子启,以惑其心而乱其行"③。出于天下无神论者所见略同之由,或他们原本一家之因,鹿台④之用正合

---

① 参阅史景迁(Jonathan D. Spence):《利玛窦的记忆宫殿》,章可译,广西师范大学出版社,2007年,第57—80页。
② 参阅西川:《深浅:西川诗文集》,中国和平出版社,2006年,第236—237页。
③ 《荀子·解蔽》。
④ 鹿台为商纣所筑,"七年而成,其大三里,高千尺。"(刘向:《新序·刺奢》)

敌基督者(The Antichrist)波德莱尔(Charles Pierre Baudelaire)之言:"享受是一门学问。五种感官的运用需要特殊的启蒙。"①在中国,虽然"统治权需以'报应'(deservedness)为基础的观念……至少可以追溯到商代"②,但在一个过早便世俗到骨髓和血液的国度,超验性的"政治报应说"早让位于新的政治教条——"天命靡常,惟德是依"③;"皇天无亲,惟德是辅"④,而唯有无私地"化育万物",才有资格被"谓之"以"德"⑤。这或许就是孔夫子"为政以德"⑥的基础,或雏形⑦。因此,从很早开始,华夏智慧更倾向于"把最高的真理,理解成一种德性的自觉"⑧;由

---

① 《波德莱尔美学论文选》,郭宏安译,人民文学出版社,1987年,第213页。

② 张光直:《美术神话与祭祀》(郭净译,辽宁教育出版社,2002年,第22页)。日人白川静则将诸如此类的行为当作修辞处理:"我认为,具有预祝、预占等意义的事实和行为,由于作为发想加以表现,因而把被认为具有这种机能的修辞法称为兴是合适的。这不仅是修辞上的问题,而是更深地植根于古代人的自然观、原始宗教观之上;可以说一切民俗之源流均在这种发想形式之中。"(转引自叶舒宪:《诗可以兴:孔子诗学的人类学阐释》,《中国文化》1993年第1期)

③ 《诗经·文王》。

④ 《左传·僖公五年》。

⑤ 《管子·心术上》。"德"在英语世界常被译为 virtue(美德)、inner power(内在力量)、potency(超凡力量)等(参阅艾兰[Sarah Allan]:《水之德与道之端》,张海晏译,上海人民出版社,2002年,第115页),由此可以看出它是一种世俗性的强大力量,却可以起到超验的天本应起到的作用。

⑥ 《论语·为政》。

⑦ 许慎《说文》谓:"德,升也。从彳,惪声。"又释"惪",谓:"外得于人,内得于己也。从直,从心。古文。"桂馥《说文解字义证》:"古升、登、陟、得、德五字义皆同。"由此可见,从很早开始,"政治报应说"已被宣布为不合法。

⑧ 高尔太:《论美》,甘肃人民出版社,1982年,第252页。

此,一种普适性的"文化至上主义"(culturalism)兴而盛焉①。与世俗中国的情形恰相对照的,则是早已丧失天堂、失去拯救的现代西方人;他们中的某些超级敏感者,甚至"拒绝每天的真实而去培育一种梦境般的'人造天堂',有时是通过吸入毒品后产生的幻觉来达到的"②。在这伙性急者眼里,甚至每一座山峦都可以是,也应该是,甚至必须是和必然是"一座精灵的隐修院"③。在如此这般寂静有加的"隐修院"里,连看似简单、平常的计时方式,都大大地有别于俗世④。

作为无彼岸国度的符号性对称物,或声音性呼应物,汉语原本就是一种非常世俗化的语言,"节奏单一如连续的枪"(欧阳江河:《汉英之间》)。在它的浑身上下,在它的字里行间,尽皆人间烟火气;泥腥味、草木味、油盐味,以及让某些人顿起出尘念想的檀香味,当然,更有"一种下劣性"的俗气味(Vulgarity is a lowness that proclaims itself)⑤,既纯且厚,挥之不去。天人关系几

---

① 参阅姚大力:《中国历史上的民族关系与国家认同》,《中国学术》2002年第4期。

② 薛雯:《颓废主义文学研究》,上海人民出版社,2012年,第5页。

③ 米什莱(Jules Michele):《山》,李玉民译,上海人民出版社,2011年,第46页。

④ 这里有一则轶事可以说明这一点:1582年10月4日,教皇格列高利十三世"宣布次日为10月15日,现代历法就此诞生。'失去10天'使整个基督世界怨声载道,惶惶不安;人们为自己少活10天而愤怒,奴仆们因为主人少发10天的工资而生气。"(杜君里:《历史的细节》,上海三联书店,2013年,第148页)

⑤ 阿尔德斯·赫胥黎(Aldous Huxley)语,转引自钱钟书:《钱钟书散文》,浙江文艺出版社,1997年,第56页。

经辗转、多方演变,最终,"道"居于汉语言说的中心位置,但无神论层面上的自我意识也许萌芽得更早,早到和甲骨文相依偎的晦暗年代①。所谓自我意识,依朱莉娅·克里斯蒂娃(Julia Kristeva)之见,就是可以反观自己,并具有"制造意义的能力"②。作为最高智慧,"道"似乎更接近于赵汀阳所谓的"命运的知识"(knowledge of necessity and knowledge of fortune)③,统辖和关联着所有的自我,以及无神论、世俗化的自我意识。在恰如其分或如其所是(as it is)的层面上,白居易对"道"有过极简主义般的描述:"奉而始终之,则为道。"④很显然,这是对"道"的恒常不易特性进行的公开称颂⑤。韩非子,中国历史上著名的口吃者⑥,对此有过毫不结巴的精确表述:"唯夫与天地之剖判也俱生,至天地之消散也不死不衰者谓常。"⑦班固则曰:"道悠

---

① 周策纵认为,自我是时间和空间的参照,也是时间和空间的定位器。他很具体地说:"《说文解字》:'自,鼻也,象鼻形。'甲骨文里的自字正像鼻形。我认为,指着自己的鼻子说这就是我自己,乃是很自然的方式。""自"字"最早见于《盘庚》,如:'非予自荒兹德。'可是《今文尚书》中的篇章如《皋陶谟》《禹贡》里的'自'字却只作由、从解……从自我的地位做出发点故引申有由、从之义。"(周策纵:《弃园诗话》,世界图书出版公司,2014年,第165页)

② 朱莉娅·克里斯蒂娃:《文体·互文·精神分析》,生活·读书·新知三联书店,2016年,第2页。

③ 赵汀阳:《每个人的政治》,社会科学文献出版社,2010年,第4页。

④ 白居易:《与元九书》。

⑤ 有人认为,老子所谓的"知和曰常,知常曰明"(第55章),其中的"常"似应该引申为"常态"(normality, normal behavior, normal conditions)、"正常"、"不反常"(谢扬举:《老子"自然"概念的实质和理论》,《湖南大学学报》2009年第1期)。

⑥ 参阅《史记·老子韩非列传》。

⑦ 《韩非子·解老》。

长而世短。"①香山居士心里莫不"门儿清":位居汉语中心位置的恒常之"道"从"不远人"②;人之"道"自然更不待言说。中国的古贤哲们早已有言在先,提前打过招呼。因此,郑国的子产才说:"天'道'远,人'道'迩"③。从很早开始,汉语就远离了"六合之外",颇为果决地跟"怪力乱神"割袍断义、划清了界限④,正所谓"高处不胜寒,起舞弄清影,何似在人间"(苏轼:《水调歌头》)⑤。这导致了"中国文化的主流,是人间的性格,是现世的性格"⑥。

朱利安(François Jullien)慧眼独具:中国思想的第一句话,乃是数千年来常被提及的"元亨利贞"。这四个铿锵、专注的汉字,携带着伟大的语义环环相扣,蜂拥而来,顺势而至。但它们展示的,却是打一开始就没有主语和认领者的某个进程、不可被垄断与私相授受的某个过程。这个进程(或过程)具有不由分说

---

① 班固:《幽通赋》。
② 《中庸》第十三章。
③ 《左传·昭公十八年》。
④ 发生在"'尚书'时代"的"绝地天通"很可能是导致这种情况的主要原因(参阅《国语·楚语下》、《帝王纪》、蔡沈:《书经集传》等相关文献);绝地天通之后,汉语更多地负责描写和消化世俗生活,对世俗生活的承载乃是它的主要任务(参阅敬文东:《牲人盈天下》,广西师范大学出版社,2011年,第6—9页)。
⑤ 李泽厚对这中间所体现的人间性、现实性和世俗性有非常深刻和精彩的分析(参阅李泽厚:《华夏美学》,生活·读书·新知三联书店,2008年,第186—197页)。钱钟书征引多种古籍证明:即使是"学道求仙之衷曲",亦不过"摆脱凡人之患苦,却恣适凡人之嗜欲,腰缠而兼跨鹤,有竹不俗而复有肉不瘦者"(钱钟书:《管锥编》,生活·读书·新知三联书店,2007年,第986页)。
⑥ 徐复观:《中国艺术精神》,华东师范大学出版社,2001年,第1页。

的自明性,不像希伯来思想的第一句话"起初,神创造了天地……"那样,暗含着一个主宰性的"大他者"(Big Other)。由此,朱利安下结论说:"是故,中国未曾需要安置'神'。"①或许正因为这一点,龚鹏程才会"英雄所见略同"那般,如是放言:"先秦诸子及大小戴记中充满着这样的问答形式:'何谓 x?''所谓 x 者,谓……'或'所谓 x 者,y 也。x 谓之 y 者,以……'"②龚氏精辟地认为:这种独具中国特色的问答方式从表面上看,确实像在"以字解字";究其实质,却当真是在"以事释字"。因此,汉字字义的最终答案或谜底,从来不曾掌握在超验性的上帝或神的手里,也就无所谓报应还是不报应③。而"事"在华夏中国固有的思想谱系中,一如朱利安一口认定的那样,乃绝对世俗之"事",同现实经验生死相依,跟所有型号的神与超验性,不存在任何像样的关系。这就是董仲舒断言的"《春秋》之辞多所况,是文约而法明也"④。所谓"况",就是借事明义。汉语因此坐实了它无可争议的**世俗特性**;世俗特性则让"中国古代没有宗教正典(religious canon),没有神圣叙事(sacred narrative)……缺乏超验观

---

① 参阅朱利安:《进入思想之门》,卓立译,北京大学出版社,2014 年,第 48—53 页。但中国思想史的中国研究者不会将"元亨利贞"当作华夏思想的第一句话,他们更愿意将《尚书·尧典》当作最古老的文献,那么第一句话应该是"昔在帝尧,聪明文思,光宅天下"(参阅张祥龙:《〈尚书·尧典〉解说》,生活·读书·新知三联书店,2015 年,第 3—4 页)。
② 龚鹏程:《汉代思潮》,中华书局,2005 年,第 112 页。
③ 对于基督教文化来说,字义的终极答案肯定存乎于上帝处,因为整个世界都是上帝之灵亦即上帝之言的结果(参阅《圣经·创世记》)。
④ 董仲舒:《春秋繁露·楚庄王第一》。

念(transcendental concept)，它们直接面向自然界——水以及所润育的植物——寻求其哲学概念得以建构的本喻(root mteaphor)"①。这诸多的"没有"和各种"缺乏"，尤其是超验观念的空位，对古往今来的汉语诗歌影响甚巨②。

白居易在"道"说了"道"的"面相"后，还不忘适时地为诗"相面"："言而发明之，则为诗。"但香山居士心中有数：他心目中的"诗"，只可以"合为'事'而作"③——亦即"饥者歌其食，劳者歌其事"④所标举的世俗之"事"，对称并呼应于绝对世俗的汉语。卡莱尔(T. Carlyle)很是"嘚瑟"地说起过："诗人(poet)和神启的创造者(inspired Maker)，像普罗米修斯一样，能够创造新的象征，能给人间带来又一把天堂之火。"⑤但这更有可能是西方的诗人仰仗不那么世俗的语言，在某个特定时刻认领的天职；也很可能是西方诗歌在某个特殊阶段必须具备的功能，对称并呼应于得到过神启的语言，超验并且背靠"宗教正典"与"神圣叙事"。在中国，古老的《弹歌》以功利性的"逐肉"收尾，《诗经》以世俗性的"关关雎鸠"起兴⑥，

---

① 艾兰：《水之道与德之端》，前揭，2002年，第2页。
② 赵汀阳认为，这其间的秘密之一，就是中国向来以历史为本，其要害在于"人要以人的世界"——而非神的世界——"来回应一切存在论的问题"(赵汀阳：《历史、山水及渔樵》，《哲学研究》2018年第1期)。
③ 白居易：《与元九书》。
④ 《公羊传·宣公十五年》，何休注。
⑤ 转引自贡布里希(E. H. Gombrich)：《艺术与人文科学——贡布里希文选》，杨思梁等译，浙江摄影出版社，1989年，第80页。
⑥ 《毛诗序》所谓"关雎，后妃之德也"，"乐得淑女以配君子，忧在进贤，不淫其色；哀窈窕，思贤才，而无伤害之心焉。是关雎之义也。"虽然此解很迂腐，但它始终跟德性、善联系在一起，却完全是经验的、人间的而非超验的和天上的。

《离骚》以"帝高阳之苗裔兮"生发感叹,乃当仁不让之"事"①;汉语从过于久远的岁月开始,就拥有了自决权,就更是无从选择的结局,犹如人不能选择其父母②。世俗性的汉语所到之处,尽皆诸如此类的诗句:"蜉蝣之羽,衣裳楚楚。心之忧矣,於我归处;"(《诗经·蜉蝣》)或者:"风碎池中荷,霜翦江南绿;"(谢朓:《治宅》)以及:"吴宫四面秋江水,江清露白芙蓉死;"(张籍:《吴宫怨》)还有:"记得江南烟雨里,小姑鬟影落春澜……"(汪兆铭:《晓烟》)③更还有——

> 一样,祖孙三代同居一室
> 　减少的私生活,
> 　　等同于表演;下一代
> 由尺寸的残忍塑造出来
> 　假寐是向母亲
> 　　和父亲感恩的同时

---

① 谢榛得道之言可以为此作证:"《古诗十九首》,平平道出,且无用工字面,若秀才对朋友说家常话,略不作意。及登甲科,学说官话,便作腔子,昂然非复在家之时。……魏晋时,家常话与官话相半,迨齐梁,开口俱是官话。官话使力,家常话省力;官话勉然,家常话自然。"(谢榛:《四溟诗话》卷三)

② 比如,汉语没有自己的史诗,创世神话也出现得很晚(参阅袁珂:《中国古代神话》,华夏出版社,2013年,第20—40页),似乎都可以为此作证。

③ 《周礼》郑注引郑司农(众)云:"兴者,托事于物。"孔颖达《毛诗正义》解郑司农语云:"兴者,托事于物,则兴者,起也。取譬引类,起发己心,《诗》文诸举草木鸟兽以见意者,皆兴辞也。"《周礼》、郑玄、郑众、孔颖达之言,无他,尽皆俗人俗世之意。

学习取乐的本领……

啊,一样,人与牛

在田里拉着犁铧耕耙

生活犹如忍耐。

(萧开愚:《向杜甫致敬》第一首)①

由此,黄子云乃有素朴之言:"三百篇下迄汉、魏、晋,言情之作居多,虽有鸟兽草木,借以比兴,非仅描摹物象而已。"②很容易看出来,"事"总是更愿意委身于"情","情"更希望依附于"事";"情"和"事"在经验的层面上抱团取暖、相互依赖,视超验为无物,正所谓"《黍离》《麦秀》从来事,且置兴亡近酒缸。"(王安石:《金陵怀古四首》其一)即便是"拜上帝教"别有用心的信奉者,妄人洪秀全,在其歪瓜裂枣般的文字当中征引上帝之名以成诗③,最终,却因汉语的世俗特性而自带喜感,顶多归诸于笑话者的行列,而非庞德(Ezra Pound)称颂的"不朽者之列"④——

---

① 因此,王通才明确地说,诗有绝对世俗性的四名五志。四名:"一曰化,天子所以风天下也;二曰政,蕃臣所以移其俗也;三曰颂,以成功告于神明者也;四曰叹,以陈悔立戒于家也。凡此四者,或美焉,或勉焉,或伤焉,或恶焉,或诫焉,是谓五志。"(王通《中说·事君篇》)

② 黄子云:《野鸿诗的》。

③ 洪秀全自称是在大病中接受了上帝的恩赐,并于病中自作占梦词:"朕奉上帝圣旨、天兄耶稣圣旨下凡,作天下万国独一真王!"(扬州师范学院中文系编:《洪秀全选集》,中华书局,1976年,第76页)

④ 庞德在《希腊隽语》(西川译)中有两行诗:"当我倦于赞颂晨曦和日落,/请不要把我列入不朽者的行列。"

手握乾坤杀伐权,斩邪留正解民悬。

眼通西北江山外,声振东南日月边。

玺剑光荣承帝赐,诗章凭据诵爷前。

太平一统光世界,威风快乐万千年①。

## 西川的诗歌新路数

新诗取代古典诗词后,虽然在长相、身板和三围方面与后者大异其趣②,弄出了很多新花样、新"板眼"③,但在世俗性的层面上却一以贯之,未曾稍减分毫,更不遑多让④。究其缘由,仍得归诸于汉语的世俗性,或世俗性的汉语:语言不仅有它挥之不去的宿命,还将受制于和无所遁形于它自身的宿命。无论是胡适所谓的"人人以其耳目所亲见亲闻所亲身阅历之事物,——自己铸词以形容描写之"⑤,也无论是于赓虞所谓的"诗是感受 to feel 而不是理解 to understand 的艺术"⑥,更无论是穆木天所谓的"感情、情绪,是不能从生活的现实分离开的,

---

① 扬州师范学院中文系编:《洪秀全选集》,前揭,第 4 页。
② 参阅敬文东:《说诗形》,《汉诗》2016 年春季卷(长江文艺出版社,2016 年 3 月)。
③ 蜀语,意为"花样"。
④ 许德邻编撰《分类白话诗选》时(上海崇文书局出版,1920 年 8 月),就很务实地将早期新诗分为写景、写实、写情、写意等类型,暗示的就是其浓厚的世俗性。
⑤ 胡适:《文学改良刍议》,《新青年》第 2 卷第 5 号,1917 年 1 月。
⑥ 于赓虞:《诗之情思》,《晨报·副刊》1926 年 12 月 4 日。

那是由客观的现实唤起的"①,都是支持和倡言诗歌世俗性的素朴主张,暗合于既古老又强劲的诗骚传统,更与作为绝大思想史事件的"天人分际"遥相呼应、暗通款曲②。而无论是郭沫若中气十足、欢快乐观的"我们欢唱,我们翱翔。/我们翱翔,我们欢唱。/一切的一,常在欢唱。/一的一切,常在欢唱"(郭沫若:《凤凰涅槃·凤凰更生歌》),还是何其芳略带哀怨和缠绵的"啊,你终于如预言所说的无语而来/无语而去了吗,年轻的神?"(何其芳:《预言》)也都是跟超验性无关的情感,同神性没有瓜葛的情绪。"翱翔"和"欢唱"着的"我们"乐于隐喻的,乃是世俗性的新生或者脱胎换骨,在情绪高昂的"五四"时代,那并非不可想象、不可期许之事;它乐于指向的,则是一个衰败民族的希望与前景,也在诸多可能性管辖的范围之内,世俗并且充满了现实感。而那个不打招呼,一声不吭独自离去的"年轻的神"呢?也不过跟爱情有些许关系,极有可能是青春期旺盛、生猛的力比多把那个"年轻的神",搞得有那么一点点"神叨叨"而已,骨子里仍然是一股子拉家常的语气,实在谈不上口吻方面的超凡与脱俗。

如果"却顾"新诗的"所来径"(李白:《下终南山过斛斯山人宿置酒》),当能清楚地窥察到:起于世俗语言的新诗和超验性(亦即神性)上规模、成建制地发生关系,或许最

---

① 穆木天:《平凡集》,新钟书局,1936年,第78页。
② 关于绝地天通的最早记载和实质内容请参阅《国语·楚语下》。

早始于1980年代中前期开始诗歌写作的骆一禾、海子和西川①。早在1986年,西川就曾煞是认真地说起过:"诗歌在三种层次上出现等级之差:一机智、二智慧、三真理。但我所谓的真理是一种猜测,它源于智慧的思维表达。"②多年以后,西川承认,整个大学期间,他特别迷恋甚或有瘾于两本书:《圣经》和《埃涅阿斯纪》。那两本伟大的作品在西方拥有源头的性质和地位;它们仿佛成了西川和神性接头的口令,跟超验性会面、聚首的暗号③。但具有类似效果的《五十奥义书》,东方的神圣经典,在超验性方面给他带去的深远影响似乎也不容低估与忽视④。有理由认为:西川早在1986年提及的"真理",决非庸俗马克思主义者津津乐道的命题相符于客观现实⑤;这种成色的"真理"势必

---

① 与此同时,海子在骆一禾的影响下热衷于神化农耕时代的麦子(参阅西渡:《壮烈风景》,中国社会出版社,2012年,第191—232页);他倾心于破碎的、用旧了的天堂。他的诗中也有神性和超验性,但其口吻是绝望的、哀怨的,即使歌唱也带着哭腔,更有甚者,海子和他塑造的自我形象更接近远古时期——比如古埃及和古巴比伦——的祭祀(参阅海子:《海子诗全编·诗学:一份提纲》,上海三联书店,1997年,第889—913页)。可以说,骆一禾、海子和西川共同为汉语新诗输入了超验性或神性。但本文的主旨是通过西川检计一种特殊的诗歌语气,以及这种语气在新诗流变中的利弊得失。为主旨单纯和论述专一,暂且将骆一禾、海子抛在一边,以俟续陈吧。新诗史上较早在诗中明确写到上帝或耶稣的可能是李金发:"即月眠江底/还能与紫色之林微笑/耶稣教徒之灵/吁,太多情了。"(李金发:《题自写像》)但是很显然,这跟超验性没多大关系。
② 西川:《艺术自释》,《诗歌报》1986年10月21日。
③ 参阅西川:《让蒙面人说话》,东方出版中心,1997年,第233页。
④ 参阅西川:《深浅:西川诗文集》,前揭,第167页。
⑤ 真理当然是一个难题,对此问题笔者曾经有过粗浅的综述(参阅敬文东:《随"贝格尔号"出游》,河南大学出版社,2010年,第63—74页)。

与超验挂钩,更倾向于同神性有染,距离俗人与俗世(所谓的客观现实)十分遥远。它来自启示而非经验,既不可实证或证实①,更不可证伪②。在此,费希特(Johann Gottlieb Fichte)的观点特别值得信赖:"人们将选择哪一种哲学,这就要看他是哪一种人。"③而具肉身凡胎究竟碰巧成为社会学意义上的哪种人,自有其深不可测的天意和深意存焉,自有其不可让渡的神秘性,肉身凡胎者岂可得知,又岂容得知?但无论如何,作为几代来华传教士殚精竭虑的心血成果,汉语版本的《圣经》预先为汉语赋予的超验性(或神性),却理应充任"天意"和"深意"得以"存焉"的前提,也应当成为"神秘性"得以成立的先决条件④。

---

① 有关启示真理和实证真理,舍斯托夫(Lev Shestov)有过极为精辟的论述(参阅舍斯托夫:《雅典和耶路撒冷》,徐凤林译,浙江人民出版社,2000年,第6页)。

② 卡尔·波普尔(Karl R. Popper,)认为,凡不可证实的东西都不可证伪;凡不可证伪的东西要么都是启示性的,要么都是假的(参阅卡尔·波普尔:《猜想与反驳》,傅季重等译,上海译文出版社,2005年,第190—200页)。

③ 费希特:《费希特著作选集》(第二卷),梁志学等译,商务印书馆,1994年,第667页。

④ 参阅刘意青:《〈圣经〉的文学阐释》,北京大学出版社,2004年,第15—32页;参阅朱一凡:《翻译与现代汉语的变迁》,外语教育与研究出版社,2011年,第49—98页。另外值得注意的是,自近代以来几代翻译家在翻译跟宗教有关的文学作品对汉语超验特性的型塑也不容低估,比如吴岩翻译的泰戈尔的《吉檀迦利》(上海译文出版社,1986年)。不妨比较如下几个来自汉语的文本。"谭晋玄……一日方趺坐,闻耳中小语如蝇,曰:'可以见矣。'开目即不复闻;合眸定息,又闻如故。谓是丹将成,窃喜。自是每坐辄闻。因俟其再言,当应以觇之。一日又言。乃微应曰:'可以见矣。'俄觉耳中习习然似有物出。微睨之,小人长三寸许,貌狞恶,如夜叉状,旋转地上。心窃异之,姑凝神以观其变。忽有邻人假物,扣门而呼。小人闻之,意甚张皇,绕屋而转,如鼠失窟。"(蒲松龄: (转下页注)

西川对此的观察堪称准确和犀利,透辟和干脆:和合本《圣经》"所使用的既不是古汉语,也不是我们现在所谓的现代汉语,它是介乎两者之间的一种特殊的语言。一种人工语言。这倒符合《圣经》的身份——那是上帝的语言,或上帝授意的语言"①。充分世俗化的汉语就此杂糅了新成分、新因素;有这等优质的天意、深意、神秘性,以及认识、熏陶,甚至有意识的自我训练,在西川的诗歌写作中出现成色厚重的《圣经》语气,出现辨识度蛮高的超验口吻,就应当是题中应有之义——

> 你必经历这雨敲打,
> 你灵魂中那浊重的一面
> 必经这雨的敲打而变得光洁,
> 变得坚硬,像不断升高的山岳
> 耸立在地上所必需的根基那样。

---

(接上页注)《聊斋志异·耳中人》)再比如:"神农以赭鞭鞭百草,尽知其平毒寒温之性,臭味所主,以播百谷,故天下号神农也。赤松子者,神农时雨师也,服冰玉散,以教神农,能入火不烧。至昆仑山,常入西王母石室中,随风雨上下。炎帝少女追之,亦得仙,俱去。至高辛时,复为雨师,游人间。今之雨师本是焉。"(干宝:《搜神记》卷一)以上两个例子都是汉语里边讲述鬼神故事的,和汉语版《圣经》的语气相比,或者和吴岩所译的《吉檀迦利》的语气相比,它们都充满了人间性,稍加辨析便知道与超验无关。

① 西川:《大河拐大弯:一种探求可能性的诗歌思想》,北京大学出版社,2012年,第6页。

(西川《汇合·雨季第一》第 2 节,1985 年)①

用不着多么仔细地品味,便不难发现:和郭沫若诉说"欢唱"着的"我们"时使用的口吻大为不同,跟何其芳数落"年轻的神"时动用的语气很不一样,这五个吟唱着、朝某个方向飞翔着的诗句,早已浸泡于神性的语气和口吻,并为超验性的口吻和语气所包围、所吞噬,直至被高度感染和扩散。在西川的早期创作活动中,长诗《汇合》以其体量的庞大和身份的贵重,有如安居皇室深宫的嫡长子,深得西川的宠幸与厚爱②。在此,不妨预先给出一个具有推导性质的结论:至晚从 1985 年算起,在汉语新诗写作中,出现了在此之前几乎从未出现过的语气或口吻,密集而厚实;这种口吻和语气跟超验紧密相连,跟神性全面接壤。它在梁实秋所谓新诗不过是"用中文写的外国诗"③之外,再一次为汉语诗歌——而不仅仅是历史短暂的新诗——加添了新的异质性成分;前者是诗形(亦即诗歌形式)或长相以及姿色层面上的,后者则显得更为致命:它是内质层面上的,堪称新诗的筋骨和血脉,大有牵一发而动全身的架势。

---

① 请注意《汇合》的各个篇名:"雨季第一"、"挽歌第二"、"造访第三"、"激情第四"、"哀歌第五"、"远游第六",从表面上看,这类似于中国古籍的篇名,内里则是对上帝六日创世的呼应。这在西川一篇旨在说明《汇合》创作过程的短文里有所暗示(参阅西川:《让蒙面人说话》,前揭,第 232—237 页)。
② 参阅西川:《深浅:西川诗文集》,前揭,第 277 页。
③ 梁实秋:《新诗的格调及其他》,《诗刊》创刊号(1931 年 1 月)。

## 对西川的诗歌新路数所做的背景性回顾

陈世骧的观点来得十分笃定:相较于古希腊的史诗特色,中国古典文学的最大特点,乃是它颇为打眼的抒情传统①;"情"则被洋气的现象学家界定为"生存时间结构造成的意义波澜"②。假如抒情传统当真存在③,也似乎有必要落实于作为纯粹情感表达,或纯粹语气/口吻的感叹,方可避免过度的抽象性,进而变

---

① 参阅陈世骧:《中国文学的抒情传统》,生活·读书·新知三联书店,2015年,第3—9页。

② 张祥龙:《拒秦兴汉与应对佛教的儒家哲学》,广西师范大学出版社,2012年,第33页。

③ 陈世骧的观点在海外华人学术圈影响巨大,比如蔡英俊就有过"英雄所见略同"般的看法:"魏晋以降,缘于现实哀乐之刺激,中国诗人发现了以情感为生命内容与特质的自我主体。并由对个人生命特质之肯定,建立了六朝'诗缘情'之说。汉《诗大序》所重视所强调的'志',是本于政治教化的社会群体共同、社会公众的志意。'缘情'说则在文学的根源上建立了文学的精神特质即个人生命性质的观念。"(蔡英俊:《比兴物色与情景交融》,大安出版社,1990年,第30页)连艺术史家也承认这一点:"远在晋唐,中国的诗人们品察万物,均以抒情寄兴为主,即使在宋代宫廷中的院体画家,虽有明察秋毫的技艺,却仍更看重情趣的捕捉。"(迟轲:《西方美术史话》,中国青年出版社,2004年,第111页)对抒情传统反对最力者,当数台湾学者龚鹏程。龚氏云:"陆机《文赋》专论辞条与文律,不谈作者道德修养及作者如何抒情言志的问题;陆云论文,先词后情……近人讲文学史,拿一套抒情史观瞎糊弄,在陆机说'诗缘情而绮靡'的缘情上做文章,大谈缘情的魏晋如何跟言志的汉朝势不两立,魏晋之缘情又如何显示了人的自觉,此等自觉又如何建构了审美主体。不知缘情而绮靡者,重点在绮靡而不在情,情甚且还可因绮靡之文造出……讲魏晋玄学的人,又喜欢从其论名理、说玄言去看,认为是哲学史上重要一章,不知其论理只是作文,"而无所谓理(龚鹏程:《中国文学史》东方出版社,2015年,第167页)。这里特别拎出,以示公允。

作可感觉、可触摸的东西①,因为"只有让你看见和摸到,才能让你得到理解"②——也许,唯有紧靠肉体的认识,或者能够触及肉体的感知,才是理解抽象观念的物质基础③。这可能就是希伯来谚语"认识就是做爱"所昭示的那种境况。约翰·伯格(John Berger)因此有话要说:人们"触摸事物,就是把自己置于与它的关系中"④。以此为基础,充满世俗特性的汉语才更可能成为"一种宜于、也易于感叹的语言。它造就了汉民族的性格,也把这种性格带入了汉语诗歌的书写当中。从根本上说,感叹是汉语诗歌的宿命。"⑤但感叹更应该直接被视作汉语的命脉和根基所在,归属于汉语的基因层面;而来自基因层面的力量是如此强大,以致于到了让"各类实词也都有叹词化用法"的地步⑥;作为一种氛围,甚或被本雅明称道的"灵韵"(Aura),感叹能够浸润、熏蒸几乎所有的

---

① 参阅敬文东:《兴与感叹》,《首都师范大学学报》2016年第3期。
② 参阅 George Lakoff and Mark Turner, *More than Cool Reason: A Field Guide to Poetic Metaphor*, University of Chicago Press, 1989, p. 2。
③ 神学家邓斯·司各脱(Duns Scotus)提出了此性(thisness)的概念。詹姆斯·伍德(James Wood)对此的解释可以证明本文此处的观点:"所谓特此性,我指的是那些细节把抽象的东西引向自身,并且用一种触手可及的感觉消除了抽象,把我们的注意力集中到它本身的具体情况。"(詹姆斯·伍德:《小说机杼》,黄远帆译,河南大学出版社,2015年,第48页)
④ 约翰·伯格:《观看之道》,戴行钺译,广西师范大学出版社,2005年,第2页。
⑤ 敬文东、谢阳:《感叹是汉语诗歌的宿命——敬文东访谈录》,中国诗歌网 http://www.zgshige.com/c/2017-11-27/4804702.shtml,2017年12月24日10:53时访问。
⑥ 刘丹青:《实词的拟声化重叠及其相关构式》,《中国语文》2008年第1期。

汉语词汇——在此,作为语气的感叹有类于溶液和熏烟。这个看似玄虚的问题,一点都不难得到理解和解释:在一个没有彼岸存在,却又过于多灾多难的国度,人们早已丧失了呼告的能力,丢失了呼告的欲求,只因为可以被呼告的对象丧失得更早,并且更决绝,也更为毋庸置疑①,令天下民人皆如瞽者那般"仰视而不见星"②。这情形,恰如海子略带超验特性的哀叹和悲鸣③:

> 该得到的尚未得到
>
> 该丧失的早已丧失。
>
> (海子:《秋》)④

---

① 参阅舍斯托夫(Lev Shestov):《旷野呼告》,方珊等译,上海人民出版社,2004年,第9—25页。叶舒宪认为,诗经中的"雅""颂"可以理解为圣诗,有向神呼告的意味(参阅叶舒宪:《诗经的文化阐释》,湖北人民出版社,1994年,第47—50页)。但需要知道的是,《诗经》中只有"国风"才配称作其后古典汉语诗歌的传统,"雅""颂"中的祈祷和呼告早已消失(参阅胡应麟:《诗薮》内编卷一)。《吕氏春秋·顺民篇》有言:"昔者汤克夏而正天下,天大旱,五年不收。汤乃以身祷于桑林,曰:'余一人有罪,无及万夫,万夫有罪,在余一人;无以一人不敏,使上帝鬼神伤民之命。'于是剪其发,磨其手,以身为牺牲,用祈福于上帝。民乃甚悦,雨乃大至。"《荀子·大略》记载的商汤的祷词更生动:"政不节欤?使民疾欤?何以不雨至斯极也!宫室荣欤?妇谒盛欤?何以不雨至斯极也!苞苴行欤?谗夫兴欤?何以不雨至斯极也!"商汤之言可以算作汉语版的呼告。皇帝的"罪己诏"算不算呼告还有待分析。至于被称作"示现呼告"的修辞法也仅仅是一种修辞而已,有关于世俗而无关乎超验与天空,比如柯岩的《周总理,你在哪里》:"周总理,我们的好总理,/你在哪里呵,你在哪里?/你可知道,我们想念你/——你的人民想念你!"

② 《荀子·解蔽》。

③ 参阅天成:《略论秋日心态》,《济南大学学报》1995年第1期。

④ 此处之所以说这两句诗带有超验性,是因为这首诗的开头两句是这样的:"秋天深了,神的家中鹰在集合/神的故乡鹰在言语。"

本尼迪克特·安德森(Benedict Anderson)恰如其分地认为:汉字"创造了符号共同体,而非声音共同体"①。和基督教的声音共同体在功用上刚好相反,世俗性的符号共同体没有能力为其使用者提供呼告或呼告物,只因为它拥有几乎绝对的世俗特性②。里尔克(Rainer Maria Rilke)呼告性的"主啊,是时候了……"(里尔克:《秋日》,北岛译)肯定不存乎于汉语的原始基因层面③,却至少可以被汉语版《圣经》之后的汉语所表达④。西川很早就注意到:在这个符号共同体中,"'天'虽然成为了……最核心的文字之一,但人文的传扬显然将'天道'与'天空'剥离开来。"⑤因此,从极为古远的时刻开始,中国人头顶之上的,就

---

① 参阅程巍:《语言等级与清末民初的"汉字革命"》,刘禾主编:《世界秩序与文明等级》,生活·读书·新知三联书店,2016年,第354页。

② 段玉裁说:"许君以为,音生于义,义着于形。圣人之造字,有义以有音,有音以有形……圣人造字实自像形始。"(段玉裁:《说文解字·叙》)这段话包括两个意思:义-音-形是语言隐意或得意的顺序,而形-音-义是造字的顺序;中国的语言的能指和所指之间并不是任意的关系。"造字之序,始形、次事、次意、次声,四门而止。最初造字,只如作画,象形在先;象形皆实字。有物即有事,故象于形外,别出像事一门;象事在半虚半实之间。至象意则全为虚字,但有其意,并无形事之可言;故象意皆虚字。一实、一虚、半虚半实:可造之字,尽此三门。"(廖平:《六书旧义》)这或许就是符号共同体的确切意思。

③ 张祥龙在训释《尚书·尧典》中的"平秩东作"一句时说:帝舜"告诉老百姓,这个时候到了,可以干什么了,只是一种时机提示"(张祥龙:《〈尚书·尧典〉解说》,前揭,第57—58页)。这里的"时候到了……"是无神论的圣人之训诫,不是里尔克的有神论之呼告。

④ 当代汉语女诗人李南有一首诗,用到了类似于里尔克的呼告语气:"主啊! 现在我只能跟你说话/别的时候发呆、玩手机、看译制片。/你给我的不多也不少/阳光、空气和粮食,千万柄刀刃上的血。"(李南:《小调》)这样的呼告语气自然、简朴、不做作,很难说其间没有西川等人的先导作用存焉。

⑤ 西川:《深浅:西川诗文集》,前揭,第237页。

既是"同尘世混合的天空",也是"被震住的天空(I'uranogée)"①。而两相"剥离"导致的普遍后果,正存乎于至圣先师深沉的喟叹(而非呼告)之中:"天何言哉?四时行焉,百物生焉,天何言哉?"②但与"天"两相"剥离"而后获致的"道"(或曰"气"),似乎比天更加尊贵,也似乎更为器宇轩昂③:"道为天地之本,天地为万物之本,以天地观万物,则万物为万物,以道观天地,则天地亦为万物。"④"天地者,元气之所生,万物之祖也。天地成于元气,万物成于天地。"⑤在汉字组成的符号共同体中,不会给予超验性的天以像样的存身之处,这正严丝合缝般呼应于汉语的世俗特性;即使"天道"真的存在,也必须以"人道"为中

---

① 巴什拉(Gacheton Bachelard):《火的精神分析》,杜小真译,岳麓书社,2005年,第59页。梁思成甚至认为,中国古代建筑上者乃"翼展之屋顶",下者乃"崇厚阶基之衬托",人居其中,体现的是天地人的关系结构(梁思成:《中国建筑史》,百花文艺出版社,1998年,第15页)。在这个关系结构中天只是"三才"(亦即天地人)之一,具有极强的世俗性。

② 《论语·阳货》。假如"天何言哉"只是孔子对天生疑,那么,孔子西狩获麟哭而作歌叹息,则可以理解为夫子无视天的存在:"麟之趾,振振公子,于嗟麟兮!麟之定,振振公姓,于嗟麟兮!麟之角,振振公族,于嗟麟兮!"(此处从高亨说。参阅高亨:《诗经今注》,清华大学出版社,2010年,第5—6页)

③ 陈白沙在将"天"转化为跟"道"相等同的"理"之后,有一段慷慨激昂的论述:"终日乾乾,只是收拾此理而已。此理干涉至大,无内外,无终始,无一处不到,无一息不运。会此则天地我立,万化我出,而宇宙在我矣。"(陈献章:《与林郡书》其六)人(亦即"我")的地位至高,高于一切有神论文化之中的人,更无神存在的任何可能性。黄宗羲也说得十分孤绝:"夫在天为气者在人为心,在天为理者在人为性。"(黄宗羲:《明儒学案·诸儒学案上四》)

④ 邵雍:《皇极经世》卷十一上。

⑤ 《白虎通·天地》。

介,才能得到恰切的理解,至少是获取理解的可能性①。邵康节说得极为清楚:"物皆有理我何者?天且不言人代之。"②《说文解字》形象地训"圣"为"通也,从耳"。李泽厚据此断言:"所谓'从耳'即'闻天道'"③——神秘的"天道"必须经由肉感的"耳",毫无神秘感可言的小蒲扇,才能得到准确的辨识④。作为全球闻名的"中国通",费正清(John King Fairbank)颇为敏锐地发现:汉语具有"对偶句的平衡"特性,故而能为类比式逻辑提供润滑作用⑤。费氏如此放言不羁,意在指控世俗化的类比思维低级不法,导致的结论最多只具有修辞上的优势。斯宾格勒(Swald Arnold Spengler)所持观点刚好与费氏针锋相对:"用来证明死形式的是数学法则,用来领悟活形式的是类比。"⑥或许,正是受制于汉语来自基因层面的特性,太史公才颇为"平衡"并且十分鲜"活"地类比道:"夫天者,人之始也;父母者,人之本也。人穷则反本,故劳苦倦极,未尝不呼天也;疾痛惨怛,未尝不呼父母也。"⑦有上述种种缘由助拳、压阵,"天"在这里更可能出源于

---

① 参阅《朱子语类》卷六、卷十八。张法从饮食文化方面讨论过天早已被世俗化,并征引《史记·郦生陆贾列传》中"民人以食为天"句以说明之(参阅张法:《中国饮食之美的观念基础》,李森等主编:《学问》第6辑,花城出版社,2017年,第21—33页)。
② 邵雍:《伊川击壤集》卷六。
③ 李泽厚:《己卯五说》,中国电影出版社,1999年,第58页。
④ 参阅敬文东:《牲人盈天下》,前揭,第33—43页。
⑤ 费正清:《美国与中国》,商务印书馆,张理京译,1971年,第58页。
⑥ 斯宾格勒:《西方的没落》,齐世荣等译,商务印书馆,1963年,第14页。
⑦ 《史记·屈原贾生列传》。

"对偶句的平衡"自身的需要,并不当真作为被呼告、被吁求的对象;或者,那仅仅是对呼告的模仿,顶多是二手的吁求,是人在苦痛之极时下意识的行为,毕竟"天"在中国,确实曾经有过崇高、神圣的地位①。陡罹大祸的苏东坡未曾呼天,只是安慰自己要么"江海寄余生"(苏轼:《临江仙·夜饮东坡醒复醉》),要么"诗酒趁年华"(苏轼:《望江南·超然台作》);阳明子被廷杖后远谪贵州龙场驿时也未曾呼天,而是反求诸己:"险夷原不滞胸中,何异浮云过天空?夜静海涛三万里,明月飞锡下天风。"(王阳明:《泛海》)刘子翚因此才说:"天地亦无心,受之自人意。"(刘子翚:《病中赏梅赠元晦老友》)而作为"未尝不呼父母者"的芸芸众生,中国古人早就不相信"天"真的拥有被呼告的价值与地位——

> 老天爷,你年纪大,
> 耳又聋来眼又花;
> 你看不见人,听不见话。
> 杀人放火的享尽荣华,
> 吃素看经的活活饿杀!
> 老天爷,

---

① 《宋史·富弼传》有言:"人君所畏惟天,若不畏天,何事不可为者?"在这里,"天"仍然是记忆性的,是一种隐喻,而不是真的有一个人格神的"天"存在。董仲舒更说过:"道之大原出于天,天不变,道亦不变。"(董仲舒:《举贤良对策》三,《汉书·董仲舒传》)但据张祥龙解释,这里的天与道都出自于一种原发性的"元",所谓"元"乃是一种本源性的"时-气"(参阅张祥龙:《拒秦兴汉和应对佛教的儒家哲学》,前揭,第75—79页)。

> 你不会做天,
> 你塌了吧!
> 你不会做天,
> 你塌了吧!①

这种经由复杂情由而来的咏诵,极有可能是抒情传统有必要落实于感叹的根本原因。和汉语自身的世俗特性相对应,作为语气的感叹必定是世俗的、经验的、人间的,赞叹式、惊讶性的"啊……"和惋惜复兼哀悼性的"唉……",是感叹的基本形式②;呼告作为一种不无峻急、紧迫的语气,却更多只能是宗教的、超验的、面向天空的,呈爆破态势的口吻乃是它的基本语势(the force of an utterance)——"主啊……"在看似轻轻的发声中,蕴含着巨大的潜力,暗藏着急迫的心情,却怕冒犯神灵只敢轻声相向③。

---

① 艾衲居士:《豆棚闲话》。但早在"诗经"时代,就有了对天的控诉与谩骂:"昊天不佣,降此鞠讻! 昊天不惠,降此大戾!"(《诗经·节南山》)"浩浩昊天,不骏其德! 降丧饥馑,斩伐四国!"(《诗经·雨无正》)

② 参阅郭攀:《叹词、语气词共现所标示的混分性情绪结构及其基本类型》,《语言研究》2014年第3期。虽然"啊"等叹词历史不长,却不影响此处对古人之语气的定性描述,闻一多早已说过:"古书往往用'猗'或'我'代替兮字,可知三字声音原来相同,其实只是啊的若干不同的写法而已。"(闻一多:《神话与诗》,上海人民出版社,2005年,第149页)

③ "主啊,是时候了……"显然是一种虔敬语气,是祈祷性的,是小音量的;但呼告语气也可以是高声的,亦即呈爆破态势的。同一个里尔克如是写道:"大地! 不可见的! /如果不是这种再生, /你急切的召唤又是什么?! /大地,亲爱的大地! 我要!"(里尔克:《杜伊诺哀歌》,孙周兴译)

恩斯特·卡西尔(Ernst Cassirer)说得准确无误:"创世的描绘无非是有关光明诞生的故事。"①但神性层面——而非共工怒触不周山层面②——的创世行为意味着:它一旦发生,其子民就得以进入光照之中为平生之职事,也必得终生专注于其职事。与此相对应,身陷困厄之中的子民乃有机会甚或权力,向光明发出呈爆破态势的呼告,以求得到超验性的拯救(而非世俗层面的超度)③。反过来,拥有拯救能力的创世者必将以权威的语气(亦即神的语气),向其子民发出训诫。因为神(或拯救者)具有非经验特性,训诫语气必将是超验性的、只能是超验性的,预先就沾染了上帝的气息,或神学的语义。从语气上说,呼告必须和训诫相呼应,不得错位,更不得颠倒——颠倒就是渎神。按照西川的理解,"上帝接受敬拜,但拒绝亲近。"④莫里斯·布朗肖(Maurice Blanchot)则在隐喻的层面警告说:"能见上帝者,必死无疑。"⑤作为训诫语气的行动性(或动作性)产物,渎神(比如亲近上帝,甚或真的见到了上帝)必将引来惩戒,大到滔天的洪水,

---

① 卡西尔:《神话思维》,黄龙保等译,中国社会科学出版社,1992年,第110页。
② 《列子·汤问》中的这个故事显然是世俗性的:"共工氏与颛顼争为帝,怒而触不周之山,折天柱,绝地维,故天倾西北,日月星辰移焉;地不满东南,故百川水潦归焉。"
③ 参阅刘小枫:《走向十字架上的真》,上海三联书店,1995年,第114—132页。
④ 西川:《深浅:西川诗文集》,前揭,第238页。
⑤ 莫里斯·布朗肖:《从卡夫卡到卡夫卡》,潘怡帆译,南京大学出版社,2014年,第91页。

小到变乱(Babel)——它可以粉碎语言的同一性,或者一致性。仿佛是要呼应恩斯特·卡西尔一般,安东尼奥·高迪(Antonio Gaudi)说得很有趣:"直线属于人类,曲线归于上帝。"①是否可以倾听这样的理解或解释:呼告与训诫虽然两相对应,却绝不对等(上帝与其子民何曾对等过呢?);训诫以看似曲折,实则至为直接的方式——比如隐喻和箴言——达致其信奉者或子民那一边②,它体现出来的,乃是一种"能动的塑造力"(shaping power)③,具有不言而喻的急迫性;呼告却必须以清晰的言辞直达上帝的居所,以显示情况的危急程度,显示拯救的急迫性,进而凸显拯救者自身的重要地位,以及训诫语气的至关紧要——祈祷不仅是次级甚或最低程度的呼告,根本上是"颠倒的雷霆"④。在神学语义中,呼告的直接特性早已走入它自身的化境,甚或它自身的无意识状态:

---

① 转引自魏文婷:《高迪的自然主义艺术》,《文艺生活》2014年第11期。

② 麦克卢汉(Marshall McLuhan)认为,"'隐喻'(metaphor)一词由两个希腊语素 meta(变化)和 pherein(传送)组成,其意义是搬运或运输。"(麦克卢汉:《理解媒介》,何道宽译,译林出版社,2011年,第111页)而隐喻的间接性或曲线性质,詹森(Mark Johnson)有很好的理解:所谓隐喻,就是让两个不同的领域在"看成"(seeing-as)或"想成"(conceiving-as)的认识活动中,完成互动作用,以达成某种清澈的理解(Mark Johnson, The Body in the Mind, The University of Chicago press, 1987, p. 70.)。上帝语义由曲折的"想成"和"看成"到"清澈的理解",正是隐喻的曲线本质。

③ 盛宁:《思辨的愉悦》,东方出版社,2010年,第11页。

④ 乔治·赫伯特(George Herbert)语,参阅麦克卢汉:《理解媒介》,前揭,第78页。

> 在深夜,当教皇的眼睛沉睡
> 他的阴茎也会站起来歌颂上帝①

但同样是在神学语义给定的框架内,晨勃(morning wood)被认为极有可能"抵消睡前祷告所攒下的人品"②。而出于天空"被震住"的原因,也缘于它跟尘世相混杂的特性,汉语文学因其媒介(亦即汉语)上的世俗特性,向来缺乏呼告的行为和呼告的语气;普遍存在着的,是既作为动作/行为,又作为语气/口吻的感叹(除了偶尔存在的二手吁求)③。虽说不同的感叹各有其不同的体量、颜值、腰身和命运④,正所谓"嗜好与俗殊酸咸"(韩愈:《酬司门卢四兄云夫院长望秋作》),但和所有形式的呼告相反,各种不同形式的感叹向来没有出自更高处(亦即超验处)的呼应性语气(亦即超验性的训诫),它更多地在知音、知己,最不济也得在感同身受的层面上,被其他感叹所应和、所酬唱,直至构成种种面相各异、体态不一、性质不同的互文关系(Intertex-

---

① 奥蒂(Sharon Olds):《罗马教皇的阴茎》,李森主编:《新诗品》第一卷,云南大学出版社,2007年,第23页。
② Theresa Fisher:《海绵体的血泪史》,boomchacha 译。
③ 屈原的《天问》有可能被人误解为呼告,实际上跟超验和神没有任何关系(参阅刘小枫:《拯救与逍遥》,上海人民出版社,1988年,第89—168页)。郭沫若在话剧《屈原》中专设了一场"雷电颂",让屈原向雷电发问。但屈原对雷电的激情独白仍然算不上呼告,因为屈原连天都怀疑,何况次一级的雷与电?
④ 在本文中,感叹既表征一种情绪,也同时作为一种说话的语气(或者口吻)而出现,但无论情绪还是语气,都是跟汉语和新诗同时有关(参阅敬文东:《感叹与抒情》,《诗建设》2017年第一卷,作家出版社,2017年,第206—224页)。

tuality)①。离别之诗和赠答之诗一时间蔚为大观②,诚所谓"折花逢驿使,寄与陇头人。江南无所有,聊赠一枝春。"(陆凯:《赠范晔》)黄宗羲因此有素朴、典雅之言:"孔子曰:群居相切磋。群是人之相聚。后世公燕、赠答、送别之类是也。"③但使用现代汉语的龚鹏程说得或许更具体,也更周密:"既然诗是抒情的,读诗者,也当然要以透过诗句去了解作者内在的情志思虑为目的。此即所谓知音说。创作面的抒情论与阅读面的知音论,彼此遂形成互动的关联。"④龚氏已经暗示,甚或道明了何为感叹与感叹之间的相互应和,也点明了这种应和的重要性和必要性,甚至必然性和紧迫性。自难以考辨的远古时期开始,和俗世相依偎的汉语就一直沦陷于和深陷于如此这般的局面:失去了呼告、呼告物和拯救,却又必须直面多灾多难的惨烈之境⑤,所谓"可怜无定河边骨,犹是春闺梦里人"(陈陶:《陇西行》其二);所谓"春秋生成一百倍,天下三分二分贫"(张咏:《悯农》)!因此,汉语更可能现实性甚或逻辑性地支持感叹与感叹之间相互应和、抱团取暖,知音乃其最高

---

① 参阅卜寿珊(Susan Bush):《心画:中国文人画五百年》,皮佳佳译,北京大学出版社,2017年,第15页。

② 据日本学者松原朗统计,孟浩然、王昌龄、岑参、高适等盛唐诗人的离别诗约占他们整个作品的四分之一(参阅松原朗:《中国离别诗形成论考》,李寅生译,中华书局,2014年,第3页)。

③ 黄宗羲:《南雷文定·汪扶晨诗序》四集卷一。

④ 龚鹏程:《近代思潮与人物》,中华书局,2007年,第371页。

⑤ 作为大灾难的大屠杀在此不必谈论,其惨状可参考斯蒂芬·平克(Steven Pinker)在《人性中的善良天使》(安雯译,中信出版社,2015年)一书的相关论述;仅从"教衰俗敝,远远同志莫不各有天伦之苦"(张履祥:《杨园先生全集》卷二四"答吴仲木"条)一句中,自可体会何为古中国的多灾多难。

形式①,正所谓"知音见说无双,解移宫换羽,未怕周郎"(周邦彦:《意难忘·美人》)。而出于"叹人生,不如意事,十常八九"②这个早已被汉语承认,并且痛加认定的现实境遇,所谓感叹,必将以哀悲充任其主要形式,出任其精神底色③,恰如瓯北先生的喟叹:"国家不幸诗家幸,赋到沧桑句便工"(赵翼:《题遗山诗》);也恰如鲁国名士周丰所言:"墟墓之间,未施哀于民而民哀。"④

有人认为:中西思想的核心差异,在于一为逍遥(中),一为拯救(西)⑤。也有人心情复杂地对这等判断持同情态度,思索再三,称其为还算"搔到了痒处"⑥。爱莲心(Robert E. Allinson)描述过"逍遥游"一词在英语世界的语义之旅:"逍遥游"常被汉学家们译为"Happy Wandering"或"Going Rambling Without a Destination"。爱莲心颇具匠心地认为:这些译法可能"在语言学上是合适的,而在哲学上却是一种误导。'逍遥游'指的是心灵在任何一个想象的方向移动的绝对的自由,一种只有在达到了超越的境界或超验快乐的境界以后才可能的自由的水平。这种只有经过心灵转化才能得到的境界是一种心灵能够无拘无束

---

① 参阅敬文东:《说我-你》,《汉诗》2016年夏季卷(长江文艺出版社,2016年,第228—332页)。

② 辛弃疾:《贺新郎·用前韵再赋》。

③ 参阅敬文东:《感叹与诗》,《诗刊》2017年第2期。

④ 《礼记·檀弓》下。

⑤ 刘小枫为此写了厚厚一部《拯救与逍遥》(上海人民出版社,1988年),曾在1980年代末引起了巨大的反响,夏中义对此反响有过生动、深刻的描述(参阅夏中义:《新潮学案》,上海三联书店,1996年,第179—247页)。

⑥ 参阅刘东:《也谈忧乐:与庞朴先生论学术》,《读书》1992年第8期。

的活动的境界,因为它不受任何特殊立场的局限性的约束",因此,将"'逍遥游'译为'The Transcendental Happiness Walk'较好"①。但征之以漫长的中国史,爱氏理解的那种逍遥实在难觅其踪;证之以错综复杂、头绪繁多的中国思想史,庄子与他心爱的逍遥游实为绝大的异数,除了庄子本人没心没肺鼓盆而歌的那三两个时刻,从不曾当真示人以常态之面目②。即便是喜谈"三玄",而尤嗜老庄的王弼、何晏,孟浪有加的阮步兵和嵇中散,又何曾真的逍遥过?"阮籍猖狂,岂效穷途之哭"③;刘伶爱酒,"死便掘地以埋"④;"杨子见逵路而哭之,为其可以南,可以北。"⑤究竟逍遥何在?略查(而无需细查)彼等诗文生平,在在都是有声或无声的感叹,"唉……"而非"啊……"的语气无处不在⑥,以至于连以赛亚·伯林(Isaiah Berlin)所鄙夷的"退居内在

---

① 爱莲心:《向往心灵转化的庄子——内篇分析》,周炽成译,江苏人民出版社,2004年,第2页。

② 有论者在解析中国古代的自由观念时,极为精辟地认为:"这种无关对象或他者的自由,与庄子的逍遥游有点类似。庄子的逍遥游发生在'无何有之乡',不是'人间世'的事情:人们在'无何有之乡'可以逍遥,而在'人间世'则一切皆'寓于不得已',必须遵循人间世的各种规则。正是在这个意义上,可以说传统中文里的'自由'如同逍遥游一样,是一个人独处时候的自在随意,与他人没有关系,与人际没有关系,与安排人际关系的礼仪制度没有关系。'自由'的含义是一个人在人际之外、制度之外、规矩之外的自得自在。"(陈静:《自由的含义:中文背景下的古今差别》,《哲学研究》2012年第11期)

③ 王勃:《滕王阁序》。

④ 刘义庆:《世说新语·文学》。

⑤ 《淮南子·说林训》。

⑥ 庄子"欲为孤犊"(《庄子·列御寇》),"宁其生而曳尾于途中"(《庄子·秋水》),表面看是为了适性逍遥,实则是一种深刻的颓废(参阅敬文东:《在神灵的护佑下》,《天涯》2011年第4期)。

城堡"①,也几乎不存在多少像样的可能性。即便是杜甫"白日放歌须纵酒"(杜甫:《闻官军收河南河北》)的狂喜,也必以"眼枯即见骨,天地终无情"(杜甫:《新安吏》)的绝望打底;袁宏道声称:"今日蒙庄通大旨,间烧藜火注《逍遥》,"(袁宏道:《五月十二日退如生辰,蒙以诗见示,聊使二章奏报其二》)但袁中郎的生平际遇究竟为何如,可谓尽人皆知。无需怀疑,感叹不是"一神论"者所谓的"灵魂之便溺"(seelisch auf die Toilene gehen)②,它仅仅是中国人内心声响的语词外显,但首先是语气(或口吻)上的外显形式。顾随说:"人要能在困苦中并不摆脱而更能出乎其外,古今诗人仅渊明一人做到。(老杜便为困苦牵扯了。)陶始为'入乎其中',复能'出乎其外'。"③顾随想说而没能说完的话在这里:陶潜也顶多有那么一点颜回之乐罢了④,跟逍遥实在是搭不上关系⑤。至此,结论似乎应该呼之欲出:和既沉重又超验之拯救遥相对举的,不可能是既无拘无束又世俗味道厚重的逍遥之游;与呼告相对举的,只能是绝对世俗性的语气:感叹。而感

---

① 以赛亚·伯林:《自由论》,胡传胜译,译林出版社,2003年,第204页。
② 参阅钱钟书:《管锥编》,中华书局,1986年,第58页。
③ 顾随:《中国古典诗词感发》,北京大学出版社,2012年,第56页。
④ 苏轼对此有极为精湛、简洁,而且极具"对偶句的平衡"特征的说法:渊明"欲仕则仕,不以求之为嫌;欲隐则隐,不以去之为高。饥则扣门而乞食,饱则鸡黍以迎客。古今贤之,贵其真也"(苏东坡:《东坡题跋·书李简夫诗集后》)。
⑤ 参阅李长之:《李长之文集》第六卷,河北教育出版社,2006年,第543—549页。陶诗中也有内证:"先师有遗训,忧道不忧贫"(陶潜:《癸卯岁始春怀古田舍》其二);《时运》更是从儒家的角度谈论自己的人生追求,所谓"咏而归";《荣木》谈论的干脆就是"朝闻道夕死可矣"。

叹的质地,必以哀悲为主体①。

虽说新诗成功地取代了古典诗词,却也接管了作为祖传之语气(或口吻)的世俗性感叹:这是汉语随身携带的宿命性导致的结果,自然无需多言。无论是浪漫主义者郭沫若夸张性的"啊啊"(《凤凰涅槃》)、"哦哦"(《日出》),还是象征主义者李金发(《里昂车中》、《北方》)和王独清(《我从CAFÉ中出来》)的"啊",甚至是热衷于"啊"的现代主义者卞之琳(《西长安街》)、冯至(《十四行集》第十九首)和穆旦(《控诉》),以及乐观并且酷爱叹词的郭小川、贺敬之,都沿袭了这种既宿命又世俗的感叹,却不曾被来自更高处(亦即超验性之高处而非世俗性之高处)的训诫语气所回应、所规训、所挤兑②。虽然在一个较为短暂的时期内(1949年—1980年),新诗内部原本洗之不去的感叹被强制性地洗去了哀与悲,代之以大喜与大乐③,近乎于反向的"诗妖"④,但最终,还是不得不归于本位,在语气(或曰口吻)上,再次承续了汉语的古老传统。

有这个硕大的背景存在,西川的诗歌新路数所具有的意

---

① 参阅吕正惠:《抒情传统与政治现实》,华中师范大学出版社,2012年,第3页。

② 但1949年以后的很多年内,上述人等的上述感叹必将得到规训,受到了世俗层面的惩戒(参阅敬文东:《叹词魂归何处?[下]》,李森等主编:《学问》第4辑,花城出版社,2016年,第187—192页)。

③ 参阅敬文东:《叹词魂归何处?[下]》,李森主编:《学问》第4辑,前揭,第194—197页。

④ 关于诗妖,《汉书·五行志》中之上有云:"君炕阳而暴虐,臣畏刑而柑口,则怨谤之气发于歌谣,故有诗妖。"

义——无论正面的还是负面的——很快就会得到彰显,也很容易得到披露。

## 语气之由来

1986年,西川以23岁之低龄,已经就新诗有了笃定的信念。他说:"衡量一首诗的成功与否有四个程度:第一,诗歌向永恒真理靠近的程度;第二,诗歌通过现世界对于另一世界提示的程度;第三,诗歌内部结构、技巧完善的程度;第四,诗歌作为审美对象在读者心中所能引起的快感程度。"[1]后两项更关乎写作技术,关乎读者对诗作产生的反应,共鸣也许是值得诗歌追求的指标;前两项则关乎超验和神性,显得尤为关键和致命,但更打眼的是,它显得尤为自觉。"永恒真理"仅属于至真至善和至美者,凡人顶多能够靠近,却不可抵达;"另一个世界"则跟永恒相连,预先就和时间断绝了关系(亦即葛朗台充满会计口气的"两讫了"),有类于"跳出三界外,不在五行中"昭示的那等境地,是一个纯粹而洁净的空间性存在物。打一开始,"另一个世界"就具备"自有永有"(I am who I am)[2]的特性,远不是亨利·列斐伏

---

[1] 西川:《艺术自释》,《诗歌报》1986年10月21日。在谈到早期诗作时,西川有相当诚恳的自述,值得信赖:"与其说这些描述自然、农业、爱情、愿望的纯洁善良的诗篇向读者涌来,不如说它们在向远方逃遁。作者在写作这些诗篇时并未认识到世界在时间中的自我否定性。"(西川:《虚构的家谱》,中国和平出版社,1997年,第1页)

[2] 《圣经·出埃及记》3:14。

尔(Henri Lefebvre)所谓的"被压迫的空间"[①]可堪比拟——那是一个被彻底解放了的空间,封闭、寂静,却圆满、洁净和肃穆。此时的西川是否愿意像里尔克那样,学习着"和超越我们之上的一切建立联系"呢[②]? 西川给出了肯定性的回答,态度既坚定,又诚恳。对此,柯雷(Maghiel van Crevel)有过准确的观察:"(19)80年代的西川是'纯诗'的坚定倡导者。值得注意的是,'纯诗'在(19)80年代中国大陆话语中更多地关涉到文学文本所构造的世界的明确清晰、合乎逻辑、高贵脱俗的特点。'纯诗'的意义主要在伦理和美学方面。它很少包含戏剧性的紧张,拒绝沾染所有的世俗事物。"[③]正是依靠对戏剧性和俗人俗事采取的强硬态度,西川才得以窃据半个造物主的位置,最起码也是先知,或者天使的身位[④]。不用怀疑,神性或超验拒绝充满巧合的戏剧性[⑤],尤其是拒绝戏剧性身上沾染的紧张感,因为超验和神性更倾向于强调它们自身的必然性:在上帝语义中,没有偶然性存活的场域或机会,更何况紧张感所昭示的慌乱和不安呢? 不

---

[①] 亨利·列斐伏尔:《空间与政治》,李春译,上海人民出版社,2008年,第54页。

[②] 参阅茨维坦·托多罗夫(Tzvetan Todorov):《走向绝对》,朱静译,华东师范大学出版社,2014年,第85页。

[③] 柯雷:《西川的〈致敬〉:社会变革之中的先锋诗歌》,穆青译,《诗探索》2001年第1—2辑。

[④] 陈超对这一点有很精辟的论述(参阅陈超:《西川的诗:从"纯于一"到"杂于一"》,《华中师范大学学报》2012年第1期)。

[⑤] 关于巧合与戏剧性的关系,可参阅敬文东:《论巧合》,《当代文坛》2017年第3期。

安和慌乱属于人类,恰如约翰·但恩(John Donne)所言:"无论什么死去,都是由于没有平衡相济。"(约翰·但恩:《早安》,傅浩译)但西川在窃取半个造物主或先知的位置之前,是对其圣徒身份的有意加冕和构建①:

> 而这陋室冰凉的屋顶
>
> 被群星的亿万只脚踩成祭坛
>
> 我像一个领取圣餐的孩子
>
> 放大了胆子,但屏住呼吸
>
> (西川:《在哈尔盖仰望星空》,1985年)

和李太白的"不敢高声语,恐惊天上人"(李白:《夜宿山寺》)相比,西川这几行诗在细究之下,可以被认定充满了超验性。李白的天空居住的是人,不是仙②,更不可能是神;西川的天空居

---

① 此处如此断言决非故作惊人之语,有西川的自供为证:"我一入大学,读的第一本书就是《圣经》。因为在这之前,《圣经》是禁书,在中学读不着。我一进大学,就发现开架阅览室里有一本,是复印的。《圣经》可能培养了我的某种宗教感,对宗教的兴趣。"(西川:《深浅:西川诗文集》,前揭,第295页)

② 道教认为仙不过是得道之人,不是超验的神。《洞元自然经诀》曰:"天寿有尽,地寿有终,仙寿无终。"葛洪说得更确切:"欲求仙者,要当以忠孝、和顺、仁信为本,若德行不修而务方术,皆不得长生也。"(葛洪:《抱朴子·对俗》)更何况在世俗性汉语的培植下,中国人更注重世俗的生活,并不羡慕神仙:"愿作鸳鸯不羡仙。"(卢照邻:《长安古意》)清人陈存懋也有同样的看法:"一枕黄粱梦太久,是因是想总荒唐。人生自有天伦乐,不是神仙也不妨。"(陈存懋:《卢生祠题壁》)赵汀阳说得更精辟:"神仙生活虽然超现实,却同样世俗,神仙长生不老的意义只在于永享世俗之乐,因而神仙只是另一种世俗存在。"(赵汀阳:《历(转下页注)

住的,则是以无形之灵而示人的神。仙自有其仙风道骨可观、可言;神却全然无形,只有看不见的灵,甚至名姓都没有(上帝究竟叫什么?)。否则,被西川称颂的祭坛就是空的、无用的、不及物的,而且是多余的。明道有云:"人语言紧急,莫是气不定否?曰:'此亦当习,习到自然缓时,便是气质变也。'"①西川因为对《圣经》和超验语气有较早的亲近和亲炙,似乎无需变化气质,语气就自然而和缓。但汉语诗歌中如此圣洁、虔诚的境界,如此澄明、安静的场面,却并非简单到被一部《圣经》所型塑(to form),或者被一部《埃涅阿斯纪》所铸就,甚至不仅仅来自《圣经》中"上帝的语言",或"上帝授意的语言"②。西川在其诗作中,就曾坦率地谈到过源自别处的写作资源,这资源似乎隐隐围绕《圣经》而组建:

> 你要读西川的诗,因为
> 他的诗是智慧的诗
>
> 一个法号"惟印"的僧人
> 指点他认识梆、典和屋檐上的铃铛。
> 那经历过五次洗礼的人

---

(接上页注)史、山水及渔樵》,《哲学研究》2018年第1期)
① 朱熹等:《近思录》卷五。
② 西川:《大河拐大弯:一种探求可能性的诗歌思想》,前揭,第6页。

把他从寒冷多雾的北国山中
带到天朗气清的南国绿地。①
那满腹忧愁最后得睹天光的人
引导他穿越晦暗的林莽,
爬向春草繁茂的高山之巅。②

(西川《汇合·雨季第一》第6节,1985年)

即便如此,这种圣洁、虔诚的境界,这等澄明、安静的场面,还应该——也肯定——有更为隐蔽的来源。因为西川碰巧是中国人,又碰巧赶上了这个国家一段极为古怪的历史境遇。其古怪的程度与面相,恰如李亚伟的戏谑、放肆之言:"我不说一段历史,因为那段历史有错误/……因为历史只是时间而已,政变和发财!"(李亚伟:《怀旧的红旗》第1首)但这种质地和样态的历史自有其功效:它注定会给它的子民留下遗产、教益,甚至胎记,因为在人与其遭逢的历史之间,必然存在着一个"会心会意的层面"(at a soulful level)③,但更有可能是因为"人之像其时代,胜于像其父亲"④。"话说马克思主义的普遍原理同中国革命的具体实践相结合后,其宗教-神学思维,还有受这种思维奉承、恭维

---

① 西川在此自注:"指歌德。"
② 西川在此自注:"指但丁。"
③ 参阅周濂:《你永远都无法叫醒一个装睡的人》,中国人民大学出版社,2012年,第172页。
④ 转引自 Marc Bloch, *The Historian's Craft*, New York: Vintage Books, 1953, p. 35。

与巴结的救世方案,也萧规曹随般"①,入住于1949年后的诗歌抒情体系,入住于能够成全此等诗歌样态的一切要素,比如,领取圣餐的那个孩子,尤其是那个孩子的虔敬口吻②。虽然这等虔敬语气较之于革命话语(或曰宗教-神学思维)要求的语气低沉得多、平缓得多,也质朴得多,但就虔敬本身而言,并无性质上甚至程度上的任何差异。它们都出自某种不言而喻的原罪意识(original sin)③。救世方案是一种相貌古怪的拯救方式;它一半

---

① 敬文东:《小说与神秘性》,未刊稿,2016年,北京。
② 马克思的宗教-神学思维其实很容易被发现,也很容易被理解。西方的文献在此姑不征引,今人刘东就说得很不赖:"这里发生的事实无非是,亚伯拉罕宗教的某种意识又转而促使人们,反过来利用达尔文的学说本身,创造出新型的、以'进步'历程来验明正身的,并且以'历史'名义来自我展现的'绝对'。这样一种作为造物主的'绝对',尽管有其各种的表现形式,尤其是有着黑格尔-马克思式的表现形式,而分别显现为'世界精神'或'历史合力',但终不过是上帝观念的某种代称而已。"(刘东:《进化与革命:现代中国的思想丕变》,《读书》2016年第12期)
③ 拿西川的语气和北京第四中学的"红卫兵"在文革初期创作的《牛鬼蛇神嚎歌》相比,情况马上就明白了——
1 5 1 2 | 3 1 | 1 5 1 2 | 3 2 |
我 是 牛 鬼   蛇 神, 我 是 牛 鬼   蛇 神
0 0 0 | 0 0 0 |
我有罪,我有罪
6 5 3 3 | 2 1 | 3 3 2 3 | 5   5 |
我 对 人 民   有 罪, 人 民 对 我   专 政
6 5 3 3 | 2 2 |
我要低头 认罪
3 3 2 3 | 5 5 | 6 5 3 3 | 2 1 |
只许 老老 实实, 不许 乱说 乱动,
3 3 3 2 3 | 5 5 | 6 5 3 3 | 2 1 |
我要是乱说 乱动, 把我 砸烂 砸 碎,

(转下页注)

世俗一半超验,应和着马克思主义披着世俗外衣的宗教-神学思维①;而以"早请示、晚汇报"曾经的辉煌声势、令人目眩的阵仗,想必能够很好地证实世俗和超验的两相混杂,才是这种拯救方式的精髓之所在。因此,郭小川才会以"识时务者为俊杰"的口气,心悦诚服地说:"无产阶级革命文学的最高使命是歌颂伟大领袖毛主席。"②到得这等紧要关头,青春年少时为"年轻的神"惆怅不已、暗自神伤的何其芳则如是高唱:"啊,让我们更英勇地开始我们的新的长征!/我们已经走完了如此艰辛的第一步,/还有什么能够阻拦/毛泽东率领的队伍的浩浩荡荡的前进!"(何其芳:《我们最伟大的节日》)歌颂势必启用(说"征用"可能更准确)虔敬语气(颂歌语气是这种口吻的最高形式),亦即圣徒或准

---

(接上页注) 5 5 6 6 | 0 7 7 | - - ||
　　把我　砸烂　　砸碎
(王友琴:《文革受难者》,开放杂志出版社,2004年,第386页)

① 神学家拉加茨(Leonhard Ragaz)认为,社会主义-共产主义不过是"神的王国的记号",共产主义就是人间天堂,或者地上的上帝之城邦;卡尔·巴特(Karl Barth)认定:真正的基督徒必然是社会主义者,真正的社会主义者必然是基督徒(参阅 Denis R. Janz:*World Christianity and Marxism*, oxford University Press, 1998, p. 21、p. 26.)。

② 郭晓林:《惶惑与无奈——父亲在林县的日子里》,郭晓惠等编:《检讨书——诗人郭小川在政治运动中的另类文字》,中国工人出版社,2001年,第308页。郭小川做到了这一点。郭氏的同类贺敬之这样赞美郭氏:"郭小川提供的足以表明其根本特征的那些具有本质意义的东西,就是:诗,必须属于人民,属于社会主义事业。按照诗的规律来写和按照人民利益来写相一致。诗人的'自我'跟阶级、跟人民的'大我'相结合。'诗学'和'政治学'的统一。诗人和战士的统一。"(贺敬之:《郭小川诗选英文本·战士的心永远跳动(代序)》,《郭小川诗选续集》,河北人民出版社,1980年,第4页)

圣徒的口吻[①],忏悔和虔敬则是圣徒口吻的一体两面[②]。但即便如此,郭小川也顶多说对了一半,因为在救世方案造就的相关谱系中,被歌颂的对象事实上被分成了很多个层级。郭氏只点明了无产阶级革命文学的"最高使命",却没能如实道出这种样态的文学应该拥有各种不同级别的"使命",以对应于面相古怪、层级分明的拯救方式[③]。稍加观察便会得知:和"早请示、晚汇报"一同兴盛和壮大起来的,乃是气象古怪的半神(demigod);但半神不只一种型号,它们各有体量和身段,血脉却整齐划一,高度一致。郭氏的失误委实令人难堪和遗憾,因为这很容易忽略一个原本相当打眼的事实:歌颂的等级制度因半神的层级化而建立,语气的等级制度也因半神的层级化而铸就。两种等级制度共同意味着:最高级别的"使命"必须使用音量最高的颂歌语气

---

① 有人认为,"语气(modality)是指说话人根据句子的不同用途所采取的说话方式和态度。口气(tone)是指句子中思想感情色彩的种种表达法。"(孙汝建:《语气和口气研究》,中国文联出版社,1999年,第9页)但本文为了论述的方便将语气、口气和口吻相等同,不加区别的使用。

② 此处可以奥古斯丁(Saint Aurelius Augustinus)夹杂着虔诚和忏悔这两种语气的文字片段为例:"美好的东西,金银以及其他,都有动人之处;肉体接触的快感主要带来了同情心,其他官能同样对物质事物有相应的感受。荣华、权势、地位都有一种光耀,从此便产生了报复的饥渴。但为获致这一切,不应该脱离你、违反你的法律……"(奥古斯丁:《忏悔录》,周士良译,商务印书馆,1996年,第30页)

③ 在这个特殊的拯救方案构成的时代里,知识分子除了使用颂歌语气,就是被改造。这个问题的线索不来自中国传统,而来自西方传统;在西方传统中,知识分子遭讽刺和鞭挞的历史很悠久。这从一个小例子中可以看出:西方历史上最早的一部笑话集成书为公元前6世纪,命名为《爱笑者》(philogelos),收集了265个笑话,其中110个是嘲笑学究(scholastikos)的(参阅简·布雷默等编:《幽默文化史》,北塔等译,社会科学文献出版社,2001年,第15—16页)。

(虔敬语气是其最低形式)①；然后，才随层级的逐步降低，依次递减其语气。颂歌语气的最低点，恰好是愤慨语气的起始点，用以针对各种半神的否定者和蔑视者。在此，革命话语因其拯救成分的先验存在，更改了古典汉语诗歌中感叹与感叹相互应和的传统；与半神相对应的，更有可能是一半世俗一半超验的**颂歌语气**，却无所谓知音的存在与否。即使知音存在，也得成为革命话语的知音。更准确的表述在这里：所谓革命话语的知音，就是低矮着腰身，像谜底的洞悉者那般，对不同层级的半神进行心无旁骛地赞颂。西川在新诗重新觉悟，并试图远离革命话语(或曰宗教-神学思维)的关键时刻(1980年前后)②，受《圣经》激发，受其他同类著作刺激，奇迹般用一种纯粹超验性的虔敬语气，置换了两种等级制度要求的一半超验一半世俗的口吻。种种迹象足以表明：就像真理总是不期而至一样，这更有可能是一种歪打正着的奇迹。宗教-神学思维原本在骨子里就支持《圣经》语气，或者自带了《圣经》语气③；事情的真相因此更有可能是：这种语气

---

① 传统中国当然也有虔敬语气和虔敬的行为存在。明道先生有言："敬以直内，是涵养意。言不庄不敬，则鄙诈之心生矣；貌不庄不敬，则怠慢之心生矣。"(《二程集》卷一)但是很显然，明道所谓的敬是绝对无神论的，与西川有神论的敬和革命话语需要的半神论的敬，都不相同。

② 西川对此有非常明确的观察和论说："自1979年以来，中国诗人大约只干了三件事：第一件，由'今天派'诗人为中国诗歌重新引进'良知'和诗性语言；第二件，由新生代诗人主观地为诗歌染上了人为的大众色彩；第三件，由无法归类的几个诗人为诗歌注入了精神因素并确立了它的独立性。"(西川：《一个发言》，《今天》1992年第1期)

③ 宗教-神学思维被理解的另一个路数是："凡是想提供历史 （转下页注）

和《圣经》等著作上下其手,俘获了西川,也俘获了西川的诗歌写作。这是西川的幸运;其后的事实将很快会表明:从一定程度上说,这也是新诗的幸运。

没有呼告的俗世也有它的训诫语气存在。这种语气来自圣人、皇帝,还有"以吏为师"①时期的各级官员②。所以夫子才坦言道:"君子有三畏:畏天命、畏大人、畏圣人之言。"③在古典中国,虽然训诫语气和汉语的世俗特征相呼应,乃是一种绝对世俗性的语气,却依然不乏强硬性和强制性,它的最高级别,当然存乎于具有代表性的"奉天承运,皇帝诏曰……"之中。而相貌古怪的拯救方式所拥有的训诫语气,则暗含着些许超验的特征,再一次应和了马克思主义的宗教-神学思维,先验的正确性自在其间,并且毋庸置疑。试看毛泽东的训诫口吻:

---

(接上页注)目的论(比如人间天堂)的人,其思维必将是泛宗教性的;凡是想提供救世方案的理想主义者,其思维也必将是泛神学性的——比如,早就有人从没有彼岸、不存在拯救与超验的儒家学说那里,窥察到了神学的影子。"(敬文东:《小说与神秘性》,未刊稿,2016年,北京)

① 李斯语,参阅《史记·秦始皇本纪》。

② 一般来说,圣人之言更有资格以训诫语气的方式被运用,其理由如下:"唯天下至圣,为能聪明睿知,足以有临也;宽裕温柔,足以有容也;发强刚毅,足以有执也;齐庄中正,足以有敬也;文理密察,足以有别也。溥博渊泉,而时出之。溥博如天,渊泉如渊。见而民莫不敬,言而民莫不信,行而民莫不说。"(《礼记·中庸》)董仲舒甚至说:"岂可以居贤人之位而为庶人之行哉?"(《汉书·董仲舒传》引董仲舒语)帝王或首领有资格动用训诫语气的理由是:"是以圣人曰:'受国之诟,是谓社稷王;受国不祥,是为天下王。'"(《老子》78章)意为只有代国家受难,才有资格成为首领。文吏有资格动用训诫语气的理由如下:"文吏,朝廷之人也……以朝廷为田亩、以刀笔为耒耜、以文书为农业。"(王充:《论衡·程才篇》)

③ 《论语·季氏》。

教育者必须先受教育①!

全世界人民团结起来,打败美国侵略者及其一切走狗!全世界人民要有勇气,敢于战斗,不怕困难,前赴后继,那末,全世界就一定是人民的:一切魔鬼通通都会被消灭②!

我们应当在自己内部肃清一切软弱无能的思想。一切过高地估计敌人力量和过低地估计人民力量的观点,都是错误的③。

下定决心、不怕牺牲、排除万难、去争取胜利④!

在这里,诸如语气强硬的"受教育"、"错误"、"牺牲"、"胜利"云云,都围绕人间天堂——或建于尘世的上帝之城邦——这个既定的历史目的论而设置,因而从其娘胎处就自带了一半的超验色彩。西川则这样写道:

当你迎来晴朗的时日时
你要怀念我。
到大海之滨去点七堆篝火,

---

① 《毛主席论干部政治理论教育》,毛泽东思想湖北省党校革联总部出版,1968年,第25页。
② 《中国社会主义革命和建设教学参考资料3(下)》,杭州大学中共党史教研室,1984年,第1290页。
③ 《深入学习无产阶级专政理论》,河北师范学院政治处编,1975年,第84页。
④ 《毛泽东选集》第3卷,人民出版社,1991年,第1101—1102页。

并沉思我所说的话。

当月亮在西天隐没,海潮退去,

你要将这七堆火扑灭——

它们带有黑夜的毒气。

你要坐在一块青石上注视那水,

因为雨的灵将化为那水

在日光的照耀下腾达穹庐之极。

(西川:《汇合·雨水》第7节,1985年)

这显然是因为模仿造物主而来的半个造物主的语气,祈使性的"要"字居于核心地位。在此,"要"字既意味着造物主的仁慈,因为它给信众指出了获取拯救的方向和通途;又意味着造物主的旨意不容商量和抗拒,因为它天然具有强制性。与宏伟的半是鸡鸣半是天宫的训诫语气相比,半个造物主的训诫语气是一种饱含仁慈的命令,整体的超验性早已充盈其间。姜涛将这种语气很睿智地名之为箴言语体,并对它的来历有过猜测,对它的功用有所期许:"对'箴言'语体的迷恋,在西川的写作中是一以贯之的,这与他早年对《圣经》等经典性作品的阅读偏好有关。……'箴言'诗体不仅有美学的、精神的价值,其本身就包含了特定的价值诉求。"[①]这个特

---

① 姜涛:《"混杂"的语言:诗歌批评的社会学可能——以西川〈致敬〉为分析个案》,《上海文学》2004年第9期。

定的价值诉求,就是对天堂的钦羡,对拯救的渴慕;天堂不染杂质,拯救绝对可靠。但和虔敬语气(亦即最低形态的颂歌语气)遭遇的情形完全一样,训诫语气(或称箴言语体,或简称**箴言体**)并非仅仅出自《圣经》及其同类作品;革命话语(亦即宗教-神学思维)暗中给予西川以莫大的帮助,却是完全可以理解也不难理解的事情,毕竟没人不受他(或她)那个时代的声音教育。声音具有胎教的特性;语气、声调和口吻自有它难以被割舍的意义。季札至鲁观乐,听到《唐风》,曰:"思深哉!其有陶唐氏之遗民乎?不然,何忧之远矣。非令德之后,谁能若是!"[①]季札给出的启示或许是:在各种性状和不同内容的教育中,具体的知识或者很容易被忘记,或者很容易得到改造和整容,包裹这套知识的声音系统或音响形象却难以被忘怀,挥之而不去,像窖藏了多时的陈年梦魇。和古典汉语诗歌中绝对的世俗特征相比,革命话语有能力迫使它那个时代的汉语吃里扒外,将不多不少的超验性纳于自身,进而与西川熟悉并令他感动的《圣经》语气里应外合,以至于在"堡垒最容易从内部攻破"的层面上,成就了西川诗歌写作中厚重的箴言体(亦即训诫语气)和颂歌语气。如此这般充分考虑到具体历史境遇对西川进行的语气教育,虽然有可能失之于言过其实,也有可能夸大其词,却至少可以免于源自历史主义方面的马失前蹄。

---

① 《左传·襄公二十九年》。

# 语气之功效研究

一半是西川发明,一半是西川变向(或变相)承继的超验性颂歌语气和训诫语气,为新诗输入了在此之前未曾有过的调式,丰富了汉语诗歌对情感的表达、对经验的转换。从此,经验的转换和情感的表达可望以歌唱的方式来进行①。柯雷敏感、细致地指出:"通常说来,西川作品的听觉特征是很明显的。"②但西川早期诗歌的听觉特征更多源自歌唱,却应该是不争的事实。在西川之前的新诗写作中,也许并不缺少歌唱者,但他们要么呼应于汉语的世俗特性,低吟浅唱着充满人间烟火味的个人情感(比如徐志摩、何其芳、朱湘、戴望舒等),要么呼应于救世方案对汉语的修理和篡改,引吭高歌着英镑一般巨额的时代主题,成功地摒除了小我,凸显出合唱而非独唱的本质,具有强烈并且宿命性的史诗色彩(比如贺敬之、郭小川、闻捷等)③。前者哀伤、凝

---

① 当然,这里的歌唱是比喻性的,单指语言自身的韵律,而非真的音乐性。龚鹏程就文字艺术的渐渐显贵有很好的说法:"整体看来,文字艺术取代了音乐艺术,乃是古文化与汉代以后文化的大转变,影响着整个艺术体系、教育体系,不可等闲视之。"(龚鹏程:《中国文学史》,前揭,第65页)

② 柯雷:《西川的〈致敬〉:社会变革之中的中国先锋诗歌》,穆青译,《诗探索》2001年第1—2期。

③ 史诗原本就是合唱的,其本质是单一化。卢卡奇(Georg Lukács)说:"严格地说,史诗中的英雄绝不是一个个人。这一点自古以来被看作史诗的本质标志,以致史诗的对象并不是个人的命运,而是共同体(Gemeinschaft)的命运。因为价值体系规定史诗的领域,所以这价值体系的完善和完整就有 (转下页注)

重,甚至不乏绝望的情愫,"倾心死亡"(海子:《春天,十个海子》),是祖传的哀悲之叹在新诗中的延续,是古老的血脉再次绽放后嫡出的后裔,是纯粹世俗性的;后者因为拯救方案的被实施——或在假想中被认为已经成功实施[①]——而显得极度乐观、庄严,对未来充满了无限美好的想象,世俗超验平分天下的颂歌语气甚至突破了感叹语气管辖的范围,直至超越感叹,进入大欢喜的境地,哀悲之叹被前所未有地扫地以尽。单从语气的角度观察,后者较之前者更有能力为汉语诗歌输入新鲜血液,只是其成其败,需要另当别论,或者需要从长计议[②]。西川的歌唱却因超验的深度加盟而不食人间烟火,纯净得不掺任何杂质,就像某些谎言纯粹得没有一句真话。他的歌唱因纯净和不食人间烟火而显得轻盈、平静、从容和安详;因颂歌语气对歌颂对象的绝对信任、因训诫语气对被训诫者充满信心,绝少悲观、绝望、感

---

(接上页注)理由创造一种过于有机的整体,以致其中某一部分就无法如此远地与自身相分离,无法强烈地依赖自身,使表现为内心深处的东西变成人格。"(卢卡奇:《小说理论》,商务印书馆,燕宏远等译,2012年,第59页)巴赫金认为:史诗只能有一个视角;单一性是史诗在视角上的根本特性。在史诗中,主人公的行动具有普遍意义;其思想对整个史诗世界也具有必不可少的普遍意义,史诗作者的"思想观点是同唯一可能的普遍的思想观点相吻合"(《巴赫金文集》第三卷,白晓春等译,河北教育出版社,1998年,第120—121页)。

① 这在同一时期的所有样式的文学创作中——举凡诗歌、散文、小说、戏剧等等——都无一例外(参阅敬文东《太过坚强的空间和过于脆弱的意志——关于20世纪后半叶中国文学空间主题的札记》,《阅读》,2004年第2期[中国社会科学出版社,2004年])。

② 对此问题有详细研究是王家平,他著有皇皇30万言的《文化大革命时期诗歌研究》(河南大学出版社,2004年出版)。

伤的情绪,轻盈中自有坚定,纯净中自有拯救。有超验性的歌唱从旁掠阵,以至于诗歌之于西川,已经简单到了"这出于神恩的文字,一行行/写满白纸"(西川:《梦见诗歌》,1990年)的地步:

> 明天是众神的节日,沉睡的人们啊,起来
> 不要不相信你们眼前的奇迹——
> 为什么我会看到石榴开花?
> 为什么我会听到遥远的音乐?
> 倘若你们跟随我
> 众神定会欢呼在荒原的尽头
> 把我们迎接
> 沉睡的人们啊,请相信即使天上没有众神
> 我们也能用露水和霞光创造出他们……
> 
> (西川:《汇合:激情第四》第四首"僧侣或期待之歌")

在中国新诗史上,这种音色的歌唱满可以被目之为首创(而不仅仅是原创)①。它因为受制于和无所遁形于超验或神性,而纯净得没有任何现实内容,更不存在柯雷所谓的"戏剧性紧张"。

---

① 歌唱是西川诗歌的重大特征,尤其是其早期。此处再举数例,此后本文就不再纠缠这个问题。《南风》(1991年):"而南风的领路人啊/他究竟是什么样子? /……啊,南风的坟墓,南风的死亡。"《野地里的荷花》(1992年):"啊,野地里的荷花被长风/吹得嘴唇干裂//我若连声呼唤'荷花,荷花'/会有什么事情发生?"《十二只天鹅》(1992年):"湖水茫茫,天空高远:诗歌/是多余的。"但与西川同时开启此类语气的骆一禾、海子此处暂不涉及。

"石榴开花"、"听到遥远的音乐"云云,连安德烈·布勒东(André Breton)倡导的超现实主义都算不上,更不只是临空蹈虚;它们仅仅出自训诫语气(或箴言体)的自治和自明特性。而众神得以在霞光和露水中被造出,也源自颂歌语气的自为运转。虔敬的态度造就了诸神:这是虔敬语气所能获致的最高成就,所能达致的最高果位,因为它并不仅仅用于对虔敬者自身的拯救,宛如佩索阿(Fernando Pessoa)所说:"上帝纯粹是文风的一种效果。"①当两种超验性的语气黄袍加身那般加诸西川之身,西川几乎是在一个眨眼即逝的"瞬态化"之间,立即获得了自动歌唱的能力②,再外加一副镀金的好嗓子③。从此,新诗在如此这般的歌唱中,一个空灵、臆想、无中生有的超验境界,在一个绝对世俗化的国度得以出现,在一种绝对世俗性的语言空间中现身;而不需要也不依赖现实内容的诗篇,也得以高调登场④。无论如何,这都算得上西

---

① 佩索阿:《惶然录》,韩少功译,上海文艺出版社,2017年版,第274页。

② 麦克卢汉的内爆理论(implosion)从比喻的意义上,似乎可以解释-理解这种自动歌唱的能力(参阅李曦珍:《理解麦克卢汉》,人民出版社,2014年,第44—45页)。海子似乎对自动歌唱持警醒的态度,他认为,"有些句子肯定早就存在于我们之间,有些则刚刚痛苦地诞生——它们硬是从胸腔中抠出这些血红的东西。"(《海子诗全编》,上海三联书店,1997年,第874页)但那是另一个层面的问题,此处不赘。

③ 十分有趣也很巧合的是,西川刚好拥有一副适合朗诵和演讲的好嗓子,是演讲和朗诵的高手,极受欢迎(参阅朵渔:《我悲哀地望着我们这一代人》,中国人民大学出版社,2016年,第269—270页)。

④ 此处这样说也许会有人拿出李商隐尤其是他的《锦瑟》为例进行反驳,因为反驳者完全可以说,即使不明白《锦瑟》所本之事为何,单语句本身之美就可以是诗。但无论如何,为《锦瑟》寻找本事者历代不乏其人,只不过无法确定其本事而已。最新的成果可参阅秦晓宇:《锦瑟无端》,《读书》2011年第3期。

川的诗歌新路数为汉语诗歌做出的贡献,因为他在机缘巧合中,几乎凭借一己之努力,就有限度地修改了汉语的世俗特征,为汉语诗歌诉说形而上的神性世界,提供了较为坚实的基础,但尤其是提供了可以如此诉说的可能性①。这种贡献的最高形式,或许是给原本世俗性的汉语提供了关于天堂的想象:

> 金灿灿的一万道大门
> 却依次打开,一道璞玉的阶梯
> 通过所有的大门向高处延伸。
> 列队而下的众鸟饮海水而醉,
> 一朵野百合循着无尽的阶梯缓步攀登。
> 当她闻听钟声响彻大海,
> 更高的地方布满星辰:
> 天王星、海王星、冥王星划下天宇的疆界,
> 而琴王星更在这疆界之外弹响了弦琴!
> 多么正确的高度,圣心登临的高度!
> 俯身大海,不必再为命运而拍手叫好,
> 却得以为歌唱而歌唱,为静默而静默!
>
> (西川:《汇合·远游第六》第 7 节,1989 年)

---

① 华夏思想强调道器不二,不支持西方意义上非此即彼的形而上学(参阅牟宗三:《中国哲学的特征》,台湾学生书局,1984 年,第 20 页;参阅李泽厚:《己卯五说》,前揭,第 52 页),西川从这个角度至少为汉语诗歌写作注入了新内容,无论如何都首先值得肯定。

这极有可能是在对作为导师的但丁致以厚重的敬意和谢意,因为在字里行间,《神曲》的影子和气息早已扑面而来。作为一种被构想的空间,这种天堂想象或许有如列斐伏尔认为的那样,"虽然也能激发人的热情,但它们的重点是心灵而不是肉身。"① 这种对神之居所和行为的超验性模拟,在西川、海子、骆一禾之前的汉语诗歌中还不曾出现,即使偶尔出现也不具备如此大的规模,昙花一现或惊鸿一瞥可堪形容。

吉川幸次郎和朱光潜的观察都很到位:中国古典诗文普遍缺乏虚构的兴趣②,甚至新诗也不能完全自外于这种怪异的现象③。这很可能是汉语因其感叹特征,因感叹带来的普遍的顺应心理(比如张载所谓的"存,吾顺事;没,我宁也"④),更愿意致力于在人与人之间、在人与自然之间,甚至在人与时间和空间之间,构建一种和谐与祥和的关系;这种关系必须以它的真实、可靠和素朴

---

① 参阅爱德华·索亚(Edward W. Soja):《第三空间》,陆扬等译,上海教育出版社,2005,第37页。

② 参阅吉川幸次郎:《中国诗史》,章培恒等译,安徽文艺出版社,1986年,第1页;参阅朱光潜:《中国文学之未开辟的领土》,《东方杂志》1926年第6期。

③ 帕特丽卡·劳伦斯(Patricia Laurence)注意到徐志摩等人虽然将十九世纪的浪漫主义带到了中国,却没有突出浪漫主义特别强调的想象力(亦即虚构),"取而代之的是一种突出个性、突出反抗精神的个性化的浪漫主义。"(帕特丽卡·劳伦斯:《西莉·布瑞斯珂的中国眼睛》,万江波等译,上海书店出版社,2008年,第165页)徐志摩们一如伊格尔顿(Terry Eagleton)主张的那样,直接将想象力当作了一种意识形态(伊格尔顿:《二十世纪西方文论》,伍晓明译,陕西师范大学出版社,1986年第23—24页)。

④ 张载《西铭》。

为基础,它必须有所张本于客观而真实的物、事、情、人①。而"传统诗论强调的'即目'、'直寻'、'现量','情感须臾,不因追忆','从旁追忆,非言情之章也'云云,都将诗视为诗人某种片段性的自传"②,甚至使诗变作"特殊的日记条目"③,不宜虚构。西川及其同志们的出现,从根本上改变了这一局面,他们笔下涉及的内容不可能再像杜诗那样,可以被后人准确地系地,精确地系年④;但他们必须同时清楚的是:凭空创造或想象一种新的时空形式,既是对写作能力的极大考验⑤,也是对世俗性汉语的重新锻造与打整,并且必须首先是对语言的改造与磨砺⑥。天堂被两种超验语气呼唤出来,原本就是为了改造语言:它为汉语加添了呼告的

---

① 参阅缪钺:《古典文学论丛》,浙江大出版社,2009 年,第 80—81 页。王文进则从历史主义的维度给出了解释:"'形似之言'对六朝诗的影响,是相当复杂的,就表面而言,改变了诗人对待大自然的态度,就语言结构而言,由于媒介的特性使得形似的追求绝无凝滞刻板之虞,尤其当其欲追肖自然之时,更能将语言的潜质充分逼诱出来,语言与形似之间乃形成一相互诱发的关系,语言愈是要追肖自然,愈是需要以本身的多变性来修饰自然,就是在这种情形下,逐渐形成唐诗的风貌。"(王文进:《咏怀的本质与形似之言》,蔡英俊主编:《中国文学巅峰之境》,黄山书社,2012 年,第 109 页)

② 萧驰:《诗与它的山河:中国山水美感的生长》,生活·读书·新知三联书店,2018 年,第 4 页。

③ Stephen Owen, *Traditional Chinese Poetry and Poetics*: *Omen of the World*, The Universsity of Wisconsin Press, 1985, p. 41.

④ 洪煜莲的《杜甫:中国最伟大的诗人》(曾祥波译,上海古籍出版社,2011年)很可能是给杜诗系地系年诸作中,最成功的著作。

⑤ 参阅骆一禾:《海子生涯(代序一)》,《海子诗全编》,上海三联书店,1997年,第 2—3 页。

⑥ 参阅耿占春:《改变世界与改变语言》,社会科学文献出版社,2000 年,第 7—16 页。

能力和呼告性的语气。众所周知,呼告语气和呼告的能力在汉语中失传已久;当汉语使用者将它们遗忘殆尽之际,它们突然像是毫无由来一样重新出现时,的确令人惊讶和欣喜:

> 一万年的和平,什么人血流成河?
> 一万里的丰收,什么人忍饥挨饿?
> 一个盲人在夜的花园中踽踽独行
> 那些天穹的岩石冰冷
> 今夜,他在这大地上留下足迹……
> （西川:《汇合:激情第四》第3首"占星术士或命运之歌"）

踽踽独行的他,在大地上留下足迹的他,这个盲人,因为得到神性的支持,有能力向上、向那个超验并且永恒的居所发出呼告:既然神已经允诺永久性的和平与丰收,为什么还有那么多人悖论性地流血与饥饿? 所有罪恶理应归诸于人,就像所有的荣耀理应归功于主。就这样,在神性和世俗的人性之间,出现了难以弥补的鸿沟。但这正好是可以呼告和能够呼告的理由:唯有分裂,能够成就关联;也正好是呼告语气得以出现的理由:唯有分裂,才能够在绝境中,激发撕心裂肺的呼喊。就像"莎士比亚的大多数独白都是针对观众,我们变成了上帝的代理人"一样[1],西川的读者也至少变作了上帝的经纪

---

[1] 詹姆斯·伍德(James Wood):《不负责任的自我:论笑与小说》,李小钧译,河南大学出版社,2017年,第31页。

人。这都应当归功于西川的创造。对于汉语诗歌写作来说,这样的创造也许并不重要,或其重要性顶多只是表面现象;这中间的关键和要害恰恰是:超验性的颂歌语气、训诫语气,还有由此而来的呼告语气,让西川有机会和能力大幅度修改汉语诗歌中传统的感叹语气:

> 啊,往世的月光!寂静的大地!
> 穿过黑暗的大门,听见风的絮语
> 被祝福的火焰熊熊燃烧
> 照见那些赤裸的花瓣——
> 信仰未来的躯体……
>
> (西川:《幻象九章·往世书》)

有趣的事情终于发生了:超验语气在此征用了世俗性的感叹语气;"啊……"在这里表征的是赞颂和惊讶,却早已被西川赋予了超验的色彩与意味:超验语气能够感染、征辟、利用和修改绝对世俗性的感叹口吻。虽说革命话语对"一弹再三叹,慷慨有余哀"(《古诗十九首·西北有高楼》)所表征的那种口吻(或语气)也有修改和打整,但终归是有限的,并且是脆弱的,毕竟半神从来不是真神,世俗性的"啊……"最多得到一半的超验化,但超验化可能比不被超验化还要糟糕;更何况这种性质和样态的修改因其虚假、夸张到令人生厌的程度,活该以失败而告终。"啊……"在得到救世方案百分之五十的超验化后,作为被拯救的对象,也作为呼告者,人民终于变作了语气词;人民一词既空洞无物,又超验到了抽象的程度:人民即无人①。这局面刚好是对救世方案的嘲讽。与此截然不同,西川因为创造(或曰虚构)了一个纯净得几乎不掺一丝杂质的世界、一个几乎不涉及任何现实内容的时空,暗合了史蒂文斯(Wallace Stevens)的咏诵:"说着绝对事物的言语,并无身体/一个脑袋由暴动与叛乱呼叫而来的厚嘴唇……"(史蒂文斯:《正在倒下的人们》,陈东飚译)然后,西川才以此为基础,并以其诚恳、安静而不事夸张的典雅风格,较为彻底地抑制住了感叹语气中的消极成分,出人意料地为新诗增添了新的表现维度。至少在目前为止,这种有类于异国情调的风味是成功的,或者,在许多批评家眼里是成功的②。

龚鹏程从"作者之谓圣,述者之谓明"的圣人之训中③,提炼出令人眼睛一亮的神圣性作者观。龚氏精辟地指出,"在神圣性作者观的时代,不论作者是否可以确指,作品都代表众人的声音,其意旨是普遍的,对每个人都有意义,所以才会传述广远。其意含又往往是外指的,带领众人去认识世界、理解社会、体会宗教与历史。这时,作品通常总是充满了赞颂的态度。是对天地、神祇、祖先、国族社会、伟人圣哲的讴歌……其

---

① 参阅欧阳江河:《听听今晚谁在演奏舒伯特》,《读书》2002年第2期。
② 已故著名评论家陈超就对西川歌唱性质给出了极高的评价(参阅陈超:《西川的诗:从"纯于一"到"杂于一"》,《华中师范大学学报》2012年第1期)。
③ 《礼记·乐记》。

中均充满了惊异、欢乐、唱叹、颂美。人生不是没有忧苦,对社会不会没有批评,但整个精神却是以赞颂为主的"①。相对于中国极为漫长的经学传统,龚氏之言自有其深湛的道理。但也不应该由此而忘记:在神圣性作者观丧失其领地后,讽喻而非颂歌才是汉语诗歌的核心②,恰如陈子龙所说:"我观于《诗》,虽颂皆刺也——时衰而思古之盛王。"③更不能被忽略的是:因为救世方案对颂歌语调的征用已经疯狂到无所不用其极的地步,所以,当新诗重新觉悟而启程、开拔之后,竟然长时间丧失了赞美的能力④,甚至是羞于赞美和不屑于赞美⑤。西川仰仗超验语气(尤其是其中的颂歌口吻),以虚构为方式,在几乎不征用任何现实内容的情况下,扭转了这一窘境和颓势,重新为汉语输入和加载了赞颂的能力,直抵龚鹏程极力称许的那种境地:一种非个人性的赞颂;一种对非个人性存在物的颂扬。

语气上的转换还造就了另一个打眼的结果:它让西川得以越过长达一个世纪的西方现代主义,呼应或接续了西洋文学中

---

① 龚鹏程:《汉代思潮》,商务印书馆,2005年,第84页。
② 参阅钱钟书:《宋诗选注》,生活·新知·读书三联书店,2002年,第2—4页。据统计,在安史之乱之前,杜甫做五排17首,其中大多数献给了各路权贵(参阅莫砺锋:《杜甫评传》,南京大学出版社,1993年,第35页),但这些挖空心思之作,在杜诗中根本没什么分量,就是因为讽喻才是汉语诗歌的传统。
③ 陈子龙:《陈忠裕全集·论诗》。
④ 参阅敬文东:《在神灵的护佑下》,《天涯》2011年第4期。
⑤ 参阅敬文东:《颂歌、我-你关系、知音及其他》,《当代文坛》2016年第4期。

的古典主义传统①,唯美、超验、整饬、典雅,克服了汉语诗歌原本不太容易克服的感伤气质②。陈世骧认为,感伤气质是华夏美学的重大特点:通过"有限的时间"(finite time)表现"无限的时间"(infinite time),最终表达"宇宙之悲哀"(cosmic sorrow)③。西川以其对感叹语气的成功抑制和有效修改(比如将之超验化),明显摆出了一副反现代主义的架势;其诗作(至少是《致敬》[1992年]之前的作品),几乎从不处理新诗被认为理应处理的现代经验。这种经验向来以晦涩难懂著称,以转瞬即逝

---

① 参阅西川:《大意如此》,湖南文艺出版社,1997年,第2页。

② 关于古典诗词中普遍存在的感伤问题,有人对此写了厚厚一本书(参阅余党绪:《古典诗歌的生命情怀》,上海教育出版社,2015年)。钱钟书的《诗可以怨》(参阅钱钟书:《七缀集》,生活·读书·新知三联书店,2002年,第115—132页)更将这个问题简洁而深入地剖析了出来。顾随甚至说出了很极端的话:"《红楼梦》便是坏人心术,最糟是'黛玉葬花'一节,最堕人志气,真酸。几时中国雅人没有黛玉葬花的习气,便有几分希望了。"(顾随:《中国古典诗词感发》,前揭,第86页)究其原因,乃是因为"诗之本……盖忧时托志之所作也"(陈子龙:《几社六子诗序》)。归庄从实证的角度说得更清楚:"潘安仁之赋《秋兴》也,惟余归芜吟蝉,游氛橘叶,清露流火,禽虫草木,物色之间,津津不置,其所感者浅也。若杜少陵之八诗,则宫阙山河之感,衣冠人物之悲,百年事变,一生行藏,皆在焉;而感时起兴之意,不过玉露、寒意数言而已。"(归庄:《归庄集》卷三)当然,古典诗歌也为克服感伤做过努力,但这种努力并不算特别成功。今人刘东对此有过精辟的观察:"翻检一下《全宋词》,就会发现,原来被宋诗超越了的'悲哀',全躲到宋词里了。这里,简直是一片愁的海洋……毫无疑问,这里是集成着曹植的'惊风飘白日,光景驰西流,盛年不再来,百年忽我遒'(《箜篌引》),继承着阮籍的'清露被皋兰,凝霜沾野草。朝为美少年,夕暮成丑老(《咏怀》),也继承着李白的'黄河走东溟,白日落西海,逝川与流光,飘忽不相待'(《古风》)的,是对自己之有限生命只能享有有限快乐的懊丧和惋惜。"(刘东《思想的浮冰》,上海人民出版社,2014年,第220页)

③ 参阅陈世骧:《陈世骧文集》,辽宁教育出版社,1998年,第60—62页。

闻名。能否完好地处理现代经验,一向被认作新诗现代性的关键之所在。很难设想,西川动用的超验语气不被深度修改、不被重新组装,就有能力直接处理这种经验,毕竟超验语气和烂俗、杂乱、倾向于随风而逝的现代经验确实水火不容,不能轻易以辩证性的口气说"火,水妃也"①,或称"水,火之牡也"②。因此,西川暂时还不屑于犹如布莱希特(Bertolf Brecht)赞扬卡尔·克劳斯(Karl Kraus)所说的那样,愿意"以自己的经历来显示他的时代毫无价值"③。与此刚好相反,西川费尽心力想要证明的是:在一个烂俗的世界上,还有一个至美而超验的时空存在——这个时空当然出自虚构,也只能出自虚构。这就是被语气决定的写作现实,因为语气本来就具有超强的文本生产能力,更因为语气原本就是修饰观念的立体声④。它让生活于现代中国的西川更像一位活在欧洲中世纪的行吟诗人,精致、典雅、从容而迷人⑤。

保罗·德曼(Paul de Man)以肯定的语气认为:反讽乃文学

---

① 《左传·昭公九年》。
② 《左传·昭公十七年》。
③ 转引自霍斯鲍姆(Eric Hobsbawm):《断裂的年代》,林华译,中信出版社,2014年,第122页。
④ 参阅敬文东:《牲人盈天下》,前揭,第20—22页。
⑤ 但西川对此有过自警。他深知,即使是古典主义诗人也并非只有整饬、唯美和歌颂。他在一篇文章中,专门提到过约翰·邓恩(John Donne),尤其是邓恩咏诵人间惨景的诗篇《尘世剖析》(西川译):"毁灭与生俱来:母亲们悲叹/儿女生不逢时,却争着投胎。/横冲直撞地奔向人间,/只落得头破血流多惨。"(参阅西川:《深浅:西川诗文集》,前揭,第176页)

现代性的标志之一,因为现代主义文学受形势所逼,一直就是言在此而意在彼,满是无奈和无赖的嘴脸①。德曼陈述的那种现代主义处境,至少对早期的西川是不可思议的。训诫语气、颂歌语气以及呼告语气和反讽实在难以兼容,更不得混搭,因为按其本意,超验语气总是倾向于虔敬、庄严和崇高,视一切低矮、琐碎、世俗之物为无物,亦即柯雷所谓的"拒绝沾染所有的世俗事物"。反讽在超验语气看来,是不诚实的,拥有骗子的一切特征。出于完全相同的道理,被超验语气掌控的彼时西川也不可能理解诙谐,因为一个充满诙谐能力的"幽默家有发现骗子的锐利眼光,却不总能认出圣徒"②——毕竟超验语气原本就是专为圣徒而设。也是出于完全相同的理由,西川更不可能亲近诙谐,因为在他那里,连植物都沉浸在神学语义当中:"这些神秘的祈祷着的柏树……"(西川:《天籁·柏树》,1986年)。据巴赫金讲:"玩笑和诙谐不是来自上帝,而是来自魔鬼;基督徒只应当始终不渝,一本正经,为自己的罪孽悔过和悲伤。"③ 而"始终住在顶层

---

① 参阅保罗·德曼:《解构之图》,李自修译,中国社会科学出版社,1998年,第28页。
② 毛姆(William S. Maugham):《总结》,孙戈译,译林出版社,2012年,第22页。
③ 巴赫金:《弗朗索瓦·拉伯雷的创作与中世纪和文艺复兴时期的民间文化》,李兆林等译,河北教育出版社,1998年,第85页。在同一本书中的第77页巴赫金还写道:"诙谐具有深刻的世界观意义,这是关于整体世界、关于历史、关于人的真理的最重要的形式之一,这是一种特殊的、包罗万象的看待世界的观点,以另一种方式看世界,其重要程度比起严肃性来,(如果不超过)那也不逊色。"而在第78页更是写道:"在文学中只有在描写个别人物和社会 (转下页注)

的人们无法感受到来自街上的影响"①。即使在世俗化的中国古代,即使在世俗性的语言空间当中,贵为天子的魏文帝也必须背靠卑俗的"俳说",方有资格"以著笑书"②。但事情的有趣或吊诡正在这里:依安托瓦纳·贡巴尼翁(Antoine Compagnon)之睿见,"真正的反现代派同时也是现代派,今日和永远是现代派,或是违心的现代派。"③但事情的真相究竟为何如呢?

## 历史的强行进入或再论诗意

正当西川有意绕过曾经生机勃勃的现代主义,借道于、醉心于超验语气,以组建晶莹剔透的诗歌空间时,针对超验语气的质疑声也接踵而至。钟鸣半是戏谑、半是认真地称其为"仿古崇高"④——"仿古"二字似乎有意针对整饬有加的古典主义;肖开愚另辟蹊

---

(接上页注)底层的低级体裁中才有诙谐的地位。诙谐,或者是轻松的消遣,或者是对有缺点的和底层的人们的一种有益的社会惩罚。"这刚好和西川的纯净的空间形成了鲜明对照:西川写的崇高的事物。詹姆斯·伍德对此也有敏锐的观察:"旧约中有几次提到了耶和华的笑,但全是嘲笑的例子,不是与众人一起笑;在诗篇第二篇,我们读到,上帝要'笑'外邦,'让他们受尽嗤笑';在诗篇第三十十篇,我们再次读到,上帝要'笑'恶人,'因为他受罚的日子将要来到。'"(詹姆斯·伍德:《不负责任的自我:论笑与小说》,前揭,第 4 页)总之,这里的笑是严肃而非诙谐的。

① 安迪·梅里菲尔德(Andy Merrifield):《居伊·德波》,赵柔柔等译,北京大学出版社,2011 年,第 29 页。
② 刘勰:《文心雕龙·谐隐篇》。
③ 安托瓦纳·贡巴尼翁:《反现代派》,郭宏安译,生活·读书·新知三联书店,2009 年,第 2 页。
④ 钟鸣:《旁观者》,海南出版社,1998 年,第 779 页。

径,不点名地评论道:"有不少诗人在诗作中写出'上帝'、'神'、'神祇'之类词汇,违反了汉语文明的传统和他们个人的真实信仰。"①凡斯种种,既无视西川的诗歌新路数为新诗做出的贡献,也很有可能失之于苛责,却又并非全无道理,更非无的放矢。事情的部分真相更有可能是:审丑而非审美,才是现代主义文学最基本的底色;审美之于波德莱尔以降的文学现代主义,委实是一件羞于启齿的事体。埃·吉尔伯特(K. E. Gilbert)等人颇为极端地认为,"'为艺术而艺术'这个思潮中的大部分成员,都把美奉为神,因此,他们都犯了过分崇拜的罪过"②。艾略特(Thomas Stearns Eliot)则另辟蹊径,他的著名观点在汉语学界早已耳熟能详:现代主义诗歌不过是对经验的转换而已;现代诗歌必须具备一副功能强劲的肠胃,用以消化粗糙晦涩、桀骜不驯的现代经验。艾略特就这样规避和悬置了审美问题。刘东的观察值得借鉴和信赖:达利(Salvador Dali)的青铜圆雕《带抽屉的维纳斯》,是较早被塑造出来的现代主义"丑神",也是现代诗学在审丑方面的上佳范例;但唯有波德莱尔,才算得上"丑艺术的真正宗师"③。作为被一致公认的现代主义鼻祖,波德莱尔言之凿凿

---

① 肖开愚:《90年代诗歌:抱负、特征和资料》,贺照田等主编:《学术思想评论》,辽宁大学出版社,1997年,第224页。
② 埃·吉尔伯特等:《美学史》,夏乾丰译,上海译文出版社,1997年,第660页。
③ 参阅刘东:《西方的丑学》,北京大学出版社,2007年,第141页、第184页。固然,波德莱尔在其文论中也会充满激情地提到美:"一个人有钱,有闲,甚至对什么都厌倦,除了追逐幸福之外别无他事……这种人只在自己(转下页注)

地坦陈道:"无论你属于哪一派,无论你有何偏见,你不可能在看到这么众多贫病的人为了制造出精致的产品,呼吸着车间的尘土和棉花毛,受着水银的毒害而无动于衷的。他们居住在满是蚤虱的穷街陋巷,最谦卑伟大的美德和最凶残的罪犯杂居一室。"①此情此景,宛若弗洛伊德(Sigmund Freud)调侃的那样:只有耶稣的圣像被反讽性地置于两个窃贼的画像之间,才算得上现代社会的真正隐喻,但说成现代社会更为基础性的能指(而非引申出来的所指),或许更加准确与合理②。波氏宣称:"任何存在的东西都不能令我满意。自然是丑的……"③多年后,贡布里希(E. H. Gombrich)很好地呼应了"丑艺术的真正宗师",他轻描淡写地说:绘制出《尖叫》的表现主义者蒙克(Edward Munch)"会反驳说痛苦的呐喊并不美,仅看生活中娱人的一面就不诚实。因为表现主义者对于人类的苦难、贫困、暴力和激情深有所感,所以他们倾向于认为固执于艺术的和谐与美只是由于不肯老老实实而已。在他们看来,古典名家的艺术,拉斐尔或科雷乔的作品,显得虚假、伪善"④。正因为如此,苏珊·桑塔格

---

(接上页注)身上培植美的观念,满足情欲,感觉以及思想,除此没有别的营生。这样,他们就随意地、并且在很大程度上拥有时间和金钱,舍此,处于短暂梦幻状态的非分之想几乎是不能付诸行动的。"(《波德莱尔美学论文选》,前揭,第499页)但其中的意味很容易被品味出:这里的美早已经不是古典意义上的美,而是一种颓废之美,靠近丑的一端。

① 波德莱尔:《恶之花·序言》,王力译,外国文学出版社,1980年。
② 参阅弗洛伊德:《诙谐及其与无意识的关系》,常巨集等译,国际文化出版公司,2007年,第74页。
③ 《波德莱尔美学论文选》,前揭,第403—404页。
④ 贡布里希:《艺术的故事》,范景中译,三联书店,1999年,第564页。

(Susan Sontag)才敢一针见血地指出,"现代文学的缪斯"不是完满,而是变态,甚或病态①。自称"啥也不是博士"(doctor of nothing)的居伊·德波(Guy Debord)更愿意再三再四地强调:进入全球性的现代社会以来,"平庸化(banalization)摧残生活的方方面面,既是精神疾病也是物质疾病。"②而卡米拉·帕格利亚(Camille Paglia)以满不在乎的渎神姿态,有意阴阳怪气地写道:被超验语气炮制出来的上帝是"一种精神,一个在场人物,他从来没有姓名和肉体,他是在性之外并且反对性的,而性属于低级王国"③。因此,以"拒绝沾染所有的世俗事物"为姿态导致的纯净时空,以之为高昂代价达致的纯粹抒情之境,被认为全然失效了④;一百余年的文学现代主义运动不能轻易被忽略、被绕

---

① 苏珊·桑塔格:《反对阐释》,程巍译,上海译文出版社,2003年,第60页。
② 安迪·梅里菲尔德(Andy Merrifield):《居伊·德波》,前揭,第12页,第22页。
③ 卡米拉·帕格利亚:《性面具》,王玫等译,内蒙古大学出版社,2003年,第41页。尼采之言可以为帕格利亚的观点而张目:"我完完全全是身体,此外无有,灵魂不过是身体上的某种称呼。身体是一大智慧,是一多者,而只有一义。是一战斗与一和平,是一牧群与一牧者。兄弟啊,你的一点小理智,所谓'心灵'者,也是你身体的一种工具,你的大理智中一个工具,玩具。"(尼采《苏鲁支语录》,徐梵澄译,商务印书馆,1997年,第27—28页)
④ 米恰尔·伊利亚德对神圣空间和世俗空间进行了区分,由他的区分中,可以看出为何说神圣空间失效了:"对于宗教徒来说,空间并不是均质的。教徒能够体验到空间的中断,并且能够走进这种中断中。空间的某些部分与其他部分彼此间有着内在品质上的不同。耶和华对摩西说:'不要近前来,当把你脚上的鞋脱下来,因为你所站之地是圣地。'于是,就有了神圣的空间,因此也就有了一个激动人心的、意义深远的空间从而也就区分出了并不神圣的其他部分,这种非神圣的空间没有结构性和一致性,只是混沌一团。"(米恰尔·伊利亚德:《神圣与世俗》,王建光译,华夏出版社,2002年,第1页)

过,无视它的存在而直接上承古典主义传统,更有可能是一件谵妄不实之事。因此,真实的情形并不如钟鸣所说的那么简单和直撇,也不如肖开愚所指斥的那么清澈,那么一目了然。

早在特殊的拯救方式极为需要的颂歌语气被普遍抛弃之前,西川已经体察那种语气的矫揉造作,看到了那种口吻的虚妄不实,并自觉远离了它的虚伪和丑陋,却倾心于另一种半是西川发明半是西川承继的颂歌语气,还特别有赖于这种语气自带的超验特性。因此,西川有意暂时性地忘记了被波德莱尔等人发现、开掘出来的丑和陋;彼时的西川更乐于期待的,乃是再生与复活:

> 在拂晓听到的小号声沁入肺腑
> 吹号人我的兄弟于我离去后诞生
> 城市啊,正如古巴比伦城的
> 伊斯泰尔门终将被曙光所照耀
> 你终将像夜间的水银一样光明
>
> 就为这个信念我乐于再生
>
> (西川:《致彭城》,1987年)

这种质地和样态的歌唱,正全面吻合于卡西尔那个"光明诞生的故事"给出的隐喻,也相安于安东尼奥·高迪对直线和曲线的不同期许:直接进入光明之中,既意味着神之子的义务;作为回报,也意味着神之子得到了再生或永生,亦即幸运地获取了拯救,被置放于洁净和纯粹的居所,同呼告语气正相对应和对称。恰如黑格尔说"只有艺术才是最早的对宗教观念的兴象翻译"①那样,沉醉于超验语气的西川才会因此自然而然地认为:"一切使我获得再生之感的东西,都是有诗意的。"②在这里,诗意只能是超验语气的产物:它深深地植根于"再生之感";但超验语气也必得有赖于诗意:它只能以"再生之感"为其"肉身"形式。此处的"再生之感"是非中国性的;在华夏文明谱系中,向来没有再生与复活的观念:老子所谓的"大曰逝,逝曰远,远曰反"③,不能被误认为再生观念的滋生与萌芽④。

很遗憾,这种只可能生发于纯净时空的诗意,这种青春年少的真空诗学或处女诗学,既不是对现实世界的真实反映(reflect)或反应(response),也不是对客观经验进行的诗学转换。它像贡布里希指斥的那样,远离了经验的真实性,"显得虚假、伪善"。不用说,这种水晶般的诗意出自超验语气强大的虚构意志,也同时出自超验语气对文本说一不二的生产能力。这种诗意观很可能满足了西川针对救世方案的逆反情绪⑤,也极大地满足了他的洁癖心理,亦即青

---

① 黑格尔:《美学》第2卷,朱光潜译,商务印书馆,1981年,第24页。
② 西川:《深浅:西川诗文集》,前揭,第259页。
③ 《老子》第25章。
④ 参阅张祥龙:《拒秦兴汉和应对佛教的儒家哲学》,前揭,第49页。
⑤ 西川在一篇论辩性的长文中,谈到过他对以贺敬之、郭小川等人为代表的红色诗歌的反感,并暗示说,他那一代诗人的写作就普遍建立在这种逆反心理之上。参阅西川:《中国现代诗人与诺斯替、喀巴拉、浪漫主义、布鲁姆——读帕特丽卡·劳伦斯著〈丽莉·布瑞斯珂的中国眼睛〉,并回应王敖〈怎样给奔跑中的诗人们对表:关于诗歌史的问题与上义〉一文》,《新诗评论》2009年第2辑。

春年少者念兹在兹的"生活在远方"。但彼时西川心目中的"远方",却并非伊恩·瓦特(Ian Watt)说的那么简单、轻佻和虚幻:"为了改善一个人生来注定的命运而离家出走,是个人主义生活模式的一种必不可少的特征。"①除此之外,这种过于诗意的诗意观,也必定会阻隔——甚至已经阻隔了——意欲奔赴西川眼帘的各种沙尘、渣滓以及难闻的气味,却肯定不是鲜花、水晶、黄金、骄傲的老虎,或永恒的天堂之光。这种诗意还让"一个领取圣餐的孩子"内心洁净,拥有自动歌唱的能力。但它导致的歌声,最终,反倒更像是巴赫金所谓的"广场上的吆喝口吻"②;而被这种诗意牢牢掌控的人,不过是被纳博科夫(Vladimirovich Nabokov)称颂的骗子,他(或她)以其跟现实世界毫无关系的做派与姿势,也以其跟现代经验没有任何往来的作品,创造了一个独有的世界③。

但长久沉醉于洁净空间的洁净者终会醒来,假如他(或她)足够诚实,并忠实于他(或她)自己的时代,只因为过于洁净的空间更像是让人纳闷的谣言:"所有神秘的符号都为谣言提供了一个理想的跳板:它们都是含含糊糊的,因此使人产生疑问。"④就

---

① 伊恩·瓦特:《小说的兴起》,高原等译,生活·读书·新知三联书店,1992年,第68页。
② 巴赫金:《弗朗索瓦·拉伯雷的创作与中世纪和文艺复兴时期的民间文化》,前揭,第182页。
③ 参阅赵一凡:《西方文论讲稿:从胡塞尔到德里达》,生活·读书·新知三联书店,2007年,第36页。
④ 让-诺埃尔·卡普费雷(Jean-Noel Kapferer):《谣言:世界上最古老的传媒》,郑若麟译,上海人民出版社,2008年,第9页。

像屁声诞生于死亡之时①,谣言则寿终正寝于它真的被当作谣言之际②;最终让西川醒来的,恰好是,似乎也只能是中国1990年代前后特殊并且惨烈的历史境遇③——这可既不是谣言,也不存在丝毫的轻佻。赵汀阳发现了超验语气随身携带的吊诡特性:"宗教是对思想意见分歧的政治解决。由政治来解决思想分歧,这是宗教的发明,而这是最早的一种现代性。"④就在这个吊诡特性的围墙之外,西川对其遭逢的历史境遇——而非轻佻的谣言——也有颇为清醒的认识:"当历史强行进入我的视野,我不得不就近观看,我的象征主义的、古典主义的文化立场面临着修正。"⑤依照马泰·卡林内斯库(Matei Calinescu)推荐的方案,"古典"(classical)的反义词是"粗俗",不是"新",不是"现代",也不是"最近",因为据卡氏观察,"古希腊人在相当程度上受到过去的掌握。"⑥非常巧合的是:"粗俗"和"强行"在语义上正好对接,有如榫卯。就像怀孕就是"爱的折磨"一样⑦,也像打一开始

---

① 参阅罗歇-亨利·盖朗(Roger-Henri Guerrand):《何处解急:厕所的历史》,黄艳红译,中国人民大学出版社,2015年,第26页。
② 参阅让-诺埃尔·卡普费雷:《谣言:世界上最古老的传媒》,前揭,第13页。
③ 除了时代因素外,西川还强调,"海子、骆一禾他们死了以后,我对黑暗的力量特别有感受,这些东西最终使我的写作方向产生了一些变化。"(西川:《深浅:西川诗文集》,第274页)
④ 赵汀阳:《每个人的政治》,前揭,第123页。
⑤ 西川:《大意如此》,湖南文艺出版社,1997年,第2页。
⑥ 参阅马泰·卡林内斯库:《现代性的五副面孔》,顾爱彬等译,商务印书馆,2002年,第19页、第161页。
⑦ 托多罗夫(Tzvetan Todorow):《日常生活颂歌》,曹丹红译,华东师范大学出版社,2012年,第89页。

就根本不准备讲理的权力那般,历史向来都是强行进入人们的视野;而从经验主义的角度仔细打量,自进入全球化的现代社会以来,凡是强行进入人们视野的历史都是残暴的、凶猛的,没有任何美感可言,粗俗并且霸道。即使垃圾回收者将蛆虫形象地唤作"跳迪斯科的米(disco rice)"①,也不因回收者的善意和幽默,而改变蛆虫的肮脏,因为真实的情况并非佩索阿说的那么乐观:"一个新神只是一个新的词语"(佩索阿:《圣诞》,闵雪飞译)。因此,西川以"再生之感"为标识的诗意观必将遭受质疑;只不过质疑的理由,并不完全来自"仿古崇高",也不完全出自"违反了汉语文明的传统和他们个人的真实信仰"。事实上,事境的引力无处不在②,它总是倾向于拉低意欲高翔的那双翅膀,乐于抑制超验语气的生产能力③。即使在西川还十分信赖超验语气的时候,也对超验语气有过不由自主的怀疑:"但我却不能在月亮上印满指纹/谁能肯定它是为我们而存在?"(西川:《月亮》,1992年)很容易觉察到,其间暗藏着轻微的感叹语气;而仔细侦听,便会轻易萃取出惋惜性的"唉……"(而非赞美性的"啊……")发出

---

① 詹姆斯·伍德:《小说机杼》,黄远帆译,河南大学出版社,2015年,第152页。

② 所谓事境,就是"包围我们的全部生活事件的总和,它本身就构成了一个巨大的场域。它对各种型号的人都充满了诱惑。我们一出生,就既被事境包围,又主动加入到事境之中,并构造出某种对我们来说十分有效而且有着明确目的的事境"(敬文东:《追寻诗歌的内部真相》,《中国诗歌评论》第3辑)。

③ 参阅敬文东:《守夜人呓语:敬文东学术自选集》,新星出版社,2013年,第123—130页。

的音声。虽然西川彼时的自省更有可能出自于潜意识,但低俗复兼粗俗的事境拥有的强大引力,仍然由此可见一斑:它甚至直接威胁到超验语气的威严与纯净,并为之掺入了异己的成分(比如和超验语气相悖而不可轻易混搭的"唉……")。

在另一处,西川说得更诚恳、严肃,甚至不乏沉痛感:"这时我越过种种谎言、虚饰、小布尔乔亚的多愁善感和儿女情长,看到了约翰·邓恩所看到的生命的真相、世界的真相,看到了一向处于遮蔽状态的负面的事物,于是我抱持了很久的世界观、道德观、艺术观、生命观訇然坍塌。"①在俗人俗世,真相总是令人感叹地以负面因素居多;一旦窥察到历史向来都是强行进入人的视野这个真相后,立刻意味着审丑的到来,但也同时意味着艾略特的观点实在正确得紧:对不美的现代经验进行诗学转换,才算新诗的第一正业,才是新诗的道义所在。就在这个当口,诗意必须被重新考量,因为超验性的再生虚伪无比,但首先是因为它虚妄无比。面对"訇然坍塌"之境地的西川,或许由此相信了一个简单的信条:"真正的作家,是生活的自由的仆人,必须抱有这样的信念:……生活本身永远险些就要变成常规。"②西川对新信条所做的自省,也许不再停留于潜意识的层面:"在诗歌写作中,最难处理的要数当代题材。远方、过去、未来、幻象,本身就具有强大的文化、审美价值,因此

---

① 西川:《深浅:西川诗文集》,前揭,第177页。
② 詹姆斯·伍德:《小说机杼》,前揭,第179页。

相对来说易于写作。而当代题材有如泥沙,它要求诗人切入生活和经验本身,并从其中抽取诗意;它甚至要求我们改变对于'诗意'一词所下的定义,在我们抽取诗意的同时将诗意赋予生活和经验。"[1]更为难能可贵的是,西川的自警并不停留于论述性的状态,还直接出现在诗歌书写当中,成为元诗(meta-poetry)一类的东西:

> 从前我写作偶然的诗歌
> 写雪的气味
> 写钉子的反光
> 写破门而入的思想之沙
>
> 而生活说:不!
>
> 现在我要写出事物的必然
> 写手变黑的原因
> 写精神的反面
> 写割尾巴的刀子和叫喊
>
> 而诗歌说:不!
> (《暗影,暗影·札记》,1994年)

---

[1] 西川:《让蒙面人说话》,前揭,第236页。

仔细考辨西川不无漫长的创作历程,也许不难被告知:他在这两个"不"字之间,或许有过长久的挣扎、拉扯和摇摆。很多批评家都曾注意到,作于1992年的大型组诗《致敬》,似乎称得上西川的转向之作①。但转向并非突如其来之事,肯定有过多次酝酿,多次暗中的预演和自我较劲②;至少《夕光中的蝙蝠》(1991年)称得上正式转向之前,发现并开掘恶与黑暗主题较为深入的作品之一。但意味深长的是,夕光中的蝙蝠身上暗示的那种黑暗和恶,仍然带有超验特性,或至少未曾完全摆脱超验特性对它的控制;恶和黑暗仍然不乏友好、美好和洁净的部分,甚至还有那么一点点沁人心脾的清凉。在稍稍靠后的一首诗中,西川甚至写道:"生活变乱至今/而命运看不见摸不着/必须点亮多少支蜡烛/才能使一只困乏的小鸟重新振作?"(西川:《双鱼座》,1992年)抒情主人公不得不承认现实,不得不游弋、徜徉于现实,却对超越尘世依旧怀有向往和幻想,饱有冲动和渴求,轻微的呼告语气自在其间,那个羞答答的问号暴露了呼告的身影;

---

① 参阅柯雷:《西川的〈致敬〉:社会变革之中的先锋诗歌》,穆青译,《诗探索》2001年第1—2辑;参阅姜涛:《"混杂"的语言:诗歌批评的社会学可能——以西川〈致敬〉为分析个案》,《上海文学》2004年第9期。西川也肯定地说,《致敬》是其转向之作(参阅西川:《深浅:西川诗文集》,第274页)。

② 刘恩波对此有过独到的观察:"《第一支颂歌》收录在人民文学出版社出版的《西川的诗》中,是最后一首,为压卷之作,从分量上它也许轻于后来的《厄运》和《致敬》,但作为写作周期的一道分水岭,它给我们提供了一次观照诗人告别八十年代走向九十年代以至更为遥远未来的心灵地平线的可能。"(刘恩波:《智性的诡谲:猜想西川的创作》,《当代作家评论》2004年第3期)很显然,刘恩波是从时间的角度而不是从西川创作的内在纹理着眼,所以有他不准确的那一面。

即使在正式完成语气转向后,西川依旧没有完全放弃歌唱的姿势——这方面的例证比比皆是到了不胜枚举因而无需列举的地步。导致这等局面的原因,可以举出的也许不止一个;但超验语气自身的超强能力,即使不是其间最值得考量的因素,最起码也是更值得考量的成分。这种超强能力首先体现在超验语气的原发状态(或者原生状态),比如:"神说:'要有光',就有了光。"①再比如:"神说:'天下的水要聚在一处,使旱地露出来。'事就这样成了。"②所谓原发或者原生状态,直接等同于"就有了……",或者直接等同于"就这样成了……"。除原生或者原发状态外,超验语气的强大力量更存乎于它自身的变体形式之中:

> 不能死于雷击,不能死于溺水,不能死于毒药,不能死于械斗,不能死于疾病,不能死于事故,不能死于大笑不止或大哭不止或暴饮暴食或滔滔不绝的言说,直到力气用尽……(西川:《致敬·幽灵》,1992年)
>
> 不要向世界要得太多。不要搂着妻子睡眠,同时梦想着高额利润。不要在白天点灯。不要给别人的脸上抹黑。记住:不要在旷野里撒尿。不要在墓地里高歌。不要轻许诺言。不要惹人讨厌。让智慧成为有用的东西。(西川:《致敬·箴言》,1992年)

---

① 《圣经·创世记》1:3。
② 《圣经·创世记》1:9。

应该给它一个名字,比如"哀愁"或者"羞涩",应该给它一片饮水的池塘,应该给它一间避雨的屋舍。没有名字的巨兽是可怕的。(西川:《致敬·巨兽》,1992年)

赫西俄德(Hesiod),古希腊历史上的第一个个体诗人,他吟唱道:"不要面对太阳笔直地站着解小便,要记住在日落和日出这段时间里干这事。"①从表面上看,赫西俄德的语气和西川的口吻何其相似乃尔;他们似乎都在使用同一种箴言体,训诫的语气和口吻十分浓厚。但细加考辨,差别便会立刻呈现:与赫西俄德因为赞美太阳神(亦即阿波罗),而在原发层面使用的颂歌语气不一样,西川因为面对强行进入人们视野的历史而强行迫降超验语气,致使原本作用于天空的口吻改为咏诵天空之下的事、人、物、情——这就是超验语气的变体形式。面对气势汹汹强行挺进的历史,这丑笨、凶残的庞然大物,变体形式的力量依然足够强大,致使掌握其间奥妙的西川自得地说:"在诗歌写作的具体手法上,一物可以'破'一物,一词可以'破'一词,一种结构可以'破'一种结构。这'破',就是处理。在抒情的、单向度的、歌唱性的诗歌中,异质事物互破或相互进入不可能实现。既然诗歌必须向世界敞开,那么经验、矛盾、悖论、噩梦,必须找到一种能够承担反讽的表现形式,这样,歌唱的诗歌便必须向叙事的诗歌过渡。"②因为超验语气为事境所逼,被迫获取了自身的变体

---

① 赫西俄德:《工作与时日·神谱》,张竹明译,商务印书馆,1991年,第22—23页。

② 西川:《大意如此》,前揭,第2页。

形式,所以,歌唱从此得到了一定程度的抑制,纯净的诗意空间也被打破;强行进入的历史则被变体形式主动迎进了不再纯净的空间。更关键的是:超验语气的变体形式让诗意再度得到定义;在西川那里,一种可名之为**反讽的诗意**,诞生了。这应该是诗歌写作本身在世俗层面上获取的再生与复活,但说成重新觉悟和醒来也许更合中国人的胃口,更对汉语的脾气;在绕了一大圈后,汉语的世俗特性再次得到了起码的尊重——

诗歌教导了死者和下一代。

(西川:《致敬·致敬》,1992年)

## 从成圣到成精

从原发或原生层面的超验语气出发,其结果必定是抒情诗,并且必定是歌唱着的抒情诗,因为原生或原发性超验语气的本意,就是要让一切物、事、情、人沐浴在圣光之中,连忏悔都不允许例外。歌唱着的诗篇轻盈、迅捷、透明,在外形上高度整饬,有类于阅兵式上正步行走的方阵,诗性逻辑谨严有序,容不得丝毫含糊与马虎。拥有这等声色和姿色的诗篇,很早就被西川颇为自信、自得地命名为"西川体"①。作为西川的朋友,简宁有一个

---

① 参阅徐敬亚等编:《中国现代主义诗群大观(1986—1988)》,同济大学出版社,1988年,第360页。

观察极为精辟和精彩,特别值得在此申说或转述。简宁认为:至少在彻底转向以前,西川"与素材的关系是俯瞰式的"①。遗憾得很,简宁受限于他论说的题旨,仅仅止步于此,未能追根溯源或沿波讨源地指出:对于西川来说,"俯瞰式"关系只能得之于原发层面上的超验语气。超验语气至少窃据了半个造物主的视角;正是仰仗这种完全不对等的关系,西川才对不涉及任何历史现实的所有素材,拥有过于超常的权威性,召之即来,呼之即去,类似于独裁或专制。他也因此有能力让素材们各从其类,从其起始处整装待发,秩序井然、有板有眼地走向它们的终点。而所谓起始处和终点,无一例外都是虚拟的、虚设的,只存乎于莫须有处,正和超验语气强大的虚构意志遥相呼应,也和它超常的文本生产能力正相对仗。

吴亮颇为笃定地认为,小说创作唯有"把生活并不存在的逻辑打乱,才能接近那万千生活之流,距离越来越大叙述的魔力方能游刃有余地展现……"②依卡尔·曼海姆(Karl Mannheim)之见,任何一种强行进入人们视野的历史,都必将受制于某种——而非随便哪一种——社会性的力比多③。所谓力比多,就是非理性的意思,或干脆就是无限接近非理性的同义词;有这种样态的人间尤物存乎于世,无论哪种形态的历史——而不仅仅是强

---

① 简宁语,转引自西川:《深浅:西川诗文集》,第274页。
② 吴亮:《朝霞》,人民文学出版社,2016年,第156页。
③ 参阅卡尔·曼海姆:《卡尔·曼海姆精粹》,徐彬译,南京大学出版社,2002年,第页49—69。

行进入人们视野的历史——都不得宣称它有任何目的性和必然性。它杂乱无章,受制于非逻辑的精神梦魇,时时愁苦于自己的毫无方向感①。因此,和吴亮谈及的小说一样,西川如想诚实——并且真实——地表达他遭逢的历史境遇,他的诗歌写作也得放弃超验语气赋予素材的那种统治性和专制性;即使不说"来源于生活,并且低于生活"(宋炜:《上坟》),甚至也不说"河与杯子都不求满盈"(万夏:《客》),西川最起码也得变俯瞰关系为平行关系。

但这首先意味着:此后的诗歌写作必须在语气上得到剧烈,甚至断裂性地改变;**语气转向**因此成为必须进行的事情。要知道,以巴赫金的深思熟虑之见,所谓语气,乃是"价值"发出的声音②;不同的语气背后,是不同成色、不同品味的价值——语气才更有可能是价值的买办,或经纪人③。依照马克思的精辟看法,和革命本身相比,革命的经纪人更有能力把控革命的运行方向④。也许,巴赫金在此暗示的是:语气对文本生产具有致命

---

① 参阅敬文东:《随"贝格尔号"出游》,河南大学出版社,2010年,第144—153页。

② 参阅卡特琳娜·克拉克(Katerina Clark)、迈克尔·霍奎斯特(Michael Holquist):《米哈伊尔·巴赫金》,语冰译,中国人民大学出版社,2000年,第17页。

③ 但此处无需考虑艾略特的听觉形象力,或者说,价值跟听觉想象力关系不大,因为艾略特的听觉想象力更注重"对音乐和节奏的感觉",这就完全超出了此处的讨论(T. S. Eliot, *The Use of Poetry and the Use of Criticism*, New York: Barnes & Noble, 1955, pp. 118—119)。

④ 参阅马克思:《评谢努与德拉奥德》,《马克思恩格斯全集》第七卷,人民出版社,1959年,第320—321页。

性,拥有极强的影响力;或者不妨更进一步:语气就是文本生产的源头与活水。假如借用亚当·斯密(Adam Smith)广为人知的比喻,语气就是文本生产背后那双能够被感知,却不能被看见的大手(但不一定是黑手)①。有鉴于让人窒息的历史现实赫然而立,西川事实上已经在语气方面做出了策略性的调整,超验语气的变体形式因此应运而生。在此,变体形式意味着:原本万万不可能被接受的反讽的诗意,从此变作可被轻松接受的东西;原本纯净的歌唱,自此掺入了杂质,污浊、晦暗、不洁的诗意开始呈现于文本,甚至已经溢出了文本,再生与永生更不可能得到承认和待见——

> 但一只蚊子的寿限,几乎在一个日出与日落之间,或两个日出与日落之间,因此一只蚊子生平平均可见到四五个人或二三十口猪或一匹马。这意味着蚊子从未建立起有关善恶的观念。(西川:《蚊子志》2003年)

蚊子已然如此不堪,而人当真不似蚊子,他面临的局面当真不与蚊子相等同吗?面对强行进入人们视野的历史,咏诵蚊子的箴言语体倾向于自废武功。它在近乎无话找话中,在絮絮叨

---

① 因为巴赫金还说过:声音"包括音高、音域、音色,还有审美范畴(抒情的声音、戏剧的声音等等)。声音还指人的世界观和人的命运。人作为一个完整的声音进入对话。他不仅以自己的思想,而且以自己的命运、自己的全部个性参与对话"(《巴赫金全集》第4卷,钱中文译,河北教育出版社,2009年版,第349页)。

叨中,逼迫自己吸纳污秽而无法被歌吟的现实经验。但这仅仅是因为现实不仅有如俗语所说的那般"比人强",原本就是严重不纯的。在不纯的现实中寻找非反讽的诗意有可能是悲壮之举,西川称之为"让不可能的成为可能"(西川:《李白》,1990年);但依波德莱尔和贡布里希之见,却是一桩极不得体甚至不道德的事情。因此,包括诗人——比如西川——在内的各色人等,似乎都有必要像戴维·洛奇(David Lodge)以箴言体道白的那样,"必须学会具有讽刺意味地生活,接受我们自身存在的无基础性。"①或许,正当"具有讽刺意味地生活"开始启动自身时,奇迹出现了:反讽的诗意(亦即超验语气的变体形式导致的结局)不仅能让西川体会到李白的善意嘲笑为何物:"借问别来太瘦生,总为从前作诗苦;"(李白:《戏赠杜甫》)还能让西川的诗作成为与"粗俗"——而非"古典"(classical)——相混搭的"邪典书"(cult book)②,并以之为形式,更为有效地对仗于早已强行挺进的历史③。

---

① 戴维·洛奇:《写作人生》,河南大学出版社,2015年,金晓宇译,第144页。
② 邪典书就是内容和形式离经叛道,但又得到很多人追捧的那种书(参阅安迪·梅里菲尔德:《居伊·德波》,前揭,第4页)。
③ 早已有人对比过反讽的文学与非反讽的文学之间的差异,并指出了反讽的文学对于更为复杂的经验具有很大的优势:"我们现在可以描述某些非反讽艺术和文学的特点了:它们实际上是'单一视境'追求的目标,能够让人直接理解,因为其形式因素要么组成一个不透明的表面,用以阻留我们全部的注意力,要么完全消失,以便让人同样汲取它们所透彻传达的内容。因此,如果我们反过来看反讽和反讽文学,即可见出它们既有表面又有深度,既暧昧又透明,即使我们的注意力关注形式层次,又引导它投向。内容层次。反讽总是把(**转下页注**)

姜涛的观察堪称睿智和准确:最晚从组诗《致敬》开始,西川一直在尝试着使用一种"混杂的语言"①。姜涛所谓的"混杂",主要指的是词语层面;但混杂首先应该存乎于语气层面,因为语气从其起始处,就像维特根斯坦所谓的"精神将蒙绕着灰土"那般,在深度浸润着句法,在熏蒸和感染着词语。语气相混杂之后的终端产品,正是超验语气的变体形式。原发或原生层面的超验语气是一种成色极高的独白;在此,詹姆斯·伍德的观点来得像"及时雨"那般非常及时:"独白来源于祈祷。"②巴赫金之所以认为"托尔斯泰的世界是浑然一体的独白型世界"③,乃是因为在托氏的作品中,确实暗藏着永不衰竭的祈祷声④。从音量上说,祈祷是呼告语气的最低形式,因为祈祷以其虔敬必定是小声的;作为一种矛盾性的构词法,"高声祈祷"不仅等同于"方的圆"、"黑的红",还会吓坏神灵,消解甚或摧毁虔敬者的外部造

---

(接上页注)麦克利什(1892—1982)的意象主义(即后意象主义)的口号———一首诗不应该意味什么,而应该是什么——与布朗宁的信息主义(messagism,但愿下面的两行诗句能够描述一首诗的小小'世界')——这个世界对我们而言,既非污渍,亦非空白;它具有强烈的意谓……——结合起来,并且改造成这样的信条:反讽诗既意谓什么,又是什么。——它以'意谓'因素和'存在'因素的相互对立为附加条件。"(D. C. 米克:《论反讽》周发祥译,昆仑出版社,1992年,第6页)

① 姜涛:《"混杂"的语言:诗歌批评的社会学可能——以西川〈致敬〉为分析个案》,《上海文学》2004年第9期。

② 詹姆斯·伍德:《小说机杼》,前揭,第101页。

③ 巴赫金:《陀思妥耶夫斯基诗学问题》,钱中文译,河北教育出版社,2009年版,第72页。

④ 参阅罗曼·罗兰(Romain Rolland):《巨人三传·托尔斯泰传》,傅雷译,北京大学出版社,2017年。

型。呼告语气对应的,是高高在上的训诫口吻;而颂歌语气对应的,则是整体性的上帝之灵,不是任何一种具体的语气。但无论是祈祷、呼告、训诫,还是颂歌,本质上,都是詹姆斯·伍德所谓的独白。这种看似独断和玄虚的情形,其实很容易得到理解:信众的语气不能指望造物主从语气的角度做出呼应。两者之间只存在语气上的对应,但对应不等同于呼应,呼应意味着对话,对话一如巴赫金认定的那样,乃是一种平等的交流方式①;即使造物主真的有回答,也只能是隐喻性的、命令式的、呈曲线状态的②。这正是约伯之痛的主要来源,因为他的呼告并不能得到神从语气层面的明确答复:"惟愿我的烦恼称一称,我一切灾难的放在天平里,现今都比海沙更重。"③而训诫原本就不需要信徒报之以任何语气,它只需要被遵从、被执行,更不可能构成对话关系。超验语气因其独白性质而导致的单一性,在西川那里早已生产出众多洁净,却高度单一的抒情空间;而它的混杂形式(亦即超验语气的变体形式)则是一种半独白、半对话的语气。

---

① 巴赫金对对话的平等性有过极高的评价,甚至涉及到了自我意识的高度:"生命的核心促使有机体在具体境况下做出特定的反应,即使低级的水螅对光的缩避亦是如此。这个核心在复杂而高级的人类那里,就称作自我。依此说来,自我与其说是一种形而上学的抽象,倒不如说是生命的基本事实。"(卡特琳娜·克拉克、迈克尔·霍奎斯特:《米哈伊尔·巴赫金》,前揭,第92页)很显然,在神面前,信众很难产生自我意识,或者,那种自我意识跟对话无关。

② 智慧树、蛇的隐喻以及上帝对人类始祖的惩罚不能算直接的回答,只有语气上的对应。这只要细细品味《圣经·创世记》的经文,就不难获知这一点(参阅《圣经·创世记》3:1—19)。

③ 《圣经·约伯记》6:2—3。

上帝与信众不可能构成对话关系,所以独白是可行的、合法的;在信众和他的拯救者之间,只存在因前者"颓废得越深,离最后审判就越近"①的那种审判与被审判的关系——审判与被审判打一开始,就对对话关系持坚决否定的态度。俗人(比如语气转后的西川)和现代经验之间,虽然存在着体量上无比巨大的差距,两者却可以以对话的方式相往还,并且必然——也必须——以对话的方式相交涉,因为此时的俗人面对的只可能是俗世,不可能是假想中的天堂;但更关键、更重要的是:俗人和俗世的核心在俗的同质,而非体量的迥异。

西川对此有过深刻的自省:"(19)89年之后……那种高级的审美实际上没法和中国现实生活发生一个直接的关系。"他不得不承认:俗世生发的引力,还有充满世俗特性的汉语空间的巨大惯性,对他拥有更为强劲的辐射力。因此,西川适时地修改了自己的诗人身份:从曾经努力当一个"好诗人",让位于现如今"不拒绝当一个烂诗人"②。在另一处,他还有令人信服,也颇为有趣的自我调侃:当1992年完成组诗《近景和远景》、《致敬》以后,他发现自己"以前老想成圣,赋予诗歌神圣性"的那种愿望得到了反转;因为他从这两个组诗中,觉察到"自己并没有往这方面走,反而成精了,变成了牛魔王"。变作牛魔王的后果之一则是:"在写作能力上获得了一种解放……生活中的很多东西都可以写了。"③比如

---

① 马泰·卡林内斯库:《现代性的五副面孔》,前揭,第163页。
② 西川:《大河拐大弯:一种探求可能性的诗歌思想》,前揭,第210页。
③ 西川:《深浅:西川诗文集》,前揭,第274页。

用箴言语体咏诵渺小、肮脏的蚊子;想说的话似乎突然多了起来,以至于显得稍微有些贫嘴(但暂时还说不上"话痨")。从此,"拒绝沾染所有世俗事物"的写作状态必将和即将成为过去,与现实的对话关系取代了对神的单方面咏诵;而对纯粹空间的向往,尤其是对现实的提纯与萃取,遭到了较为彻底地放逐。

但这种对话关系之于西川,仍然有其特殊性:那不是纯粹俗世要求的对话关系。理由很简单:历史的强行进入致使俗世成为双倍以上的俗世;双倍以上的俗世则要求双倍以上,甚或更多的"对话的稠密地带"——这就是牛魔王急需配备的语气,随身携带的口吻。至少从表面上看,超验语气的变体形式以其一半独白特性、一半对话关系为外形,显得有些不伦不类,甚至很不成体统,还会被疑心为进入双倍以上的俗世时能力稍显不足,就像西川在语气转向后的一首诗中所说:

> 即使那斗胆进入你的青年
> 也只能探及你深度的一半
> (西川:《一位不便提及她姓名的夫人》,1993年)

色情的意味在此显得十分浓郁,有点筷子捣茶盅的那种不堪与无能为力;但正因为有了这等性状的色情意味与无能感,才把对"饱飨此时此刻"(肖开愚:《玫瑰盛宴》)的渴求,表达得淋漓尽致;也才把无法零距离亲近现实的无可奈何感,揭示得完美酣畅,并以暗藏其间的"唉……"作为隐蔽形式。看起来,牛魔王急需的语气一方面因超验性(亦即独白)的存在,无法零距离地"舔"生活,更无法进而被生活反"舔"①;另一方面则因世俗性(亦即对话)的存在,无法翱翔于天空,更无法达致纯粹的空间,或神的居所。反讽的诗意在此两难中生而兴焉,兴而勃焉,勃而盛焉:神性和世俗反复拉锯,独白和对话相互攻击,进而相互交融、混杂,在达致巴赫金所谓"杂语"状态②的同时,也趁机将尘世和天空混合起来。天空中有尘世,崇高中有卑俗,它们彼此互做鬼脸:这就是**"西川牌"反讽的诗意**,起码也是这种特殊的诗意较为常见的表现形式。此情此景,恰如西川在他的某首诗中所作的夫子自道:"对我们的灵魂来说,阴影就是欲望、私心、恐惧、虚荣、嫉妒、残忍和死亡的总和。是阴影赋予事物真实性。剥夺一件事物的真实性只需拿去它的阴影。"(西川:《近景和远景·阴影》,1992—1994年)但阴影以其无比的虚幻,反而成就它无限的坚硬和顽固。

就在西川完成语气转向的前一年(1991年),肖开愚,一位醉心于"此时此刻"的"饱飨"者,一位从来不曾对超验语气抱有希望和好感的四川人,写了一首篇幅很大、体型很怪的《传奇诗》,通篇都是试图和俗世对话的肉感语气——

---

① 张枣把零距离的亲近方式认作"舔"生活然后被生活反"舔",宋炜对此持坚决赞同的态度,但他们两人都是在绝对世俗的层面上言及于此,但也正因为是世俗的,才可以做到这一点(参阅敬文东:《宋炜的下南道》,《收获》2016年第5期)。

② 关于杂语可参阅巴赫金:《巴赫金全集》第3卷,钱中文译,河北教育出版社,2009年版,第198页。

降低标准,理解了猪八戒的座右铭,
追求眼前快乐。饱食和纵欲,
吃尽苦头从不后悔,
不为声名牺牲感受。
不想长寿和超越生命,
一门心思品尝唐僧肉的白嫩;
一劳永逸解决宇宙法则混合着
美味和死亡的矛盾的起因。

在中国,让人亘古着迷和醉心的食与色,远比永生和不朽来得重要,更不必说区区再生之感①,又何况"夫礼之初,始诸饮食"②;唯有对食与色的零距离迷恋(亦即"舔"生活与被生活反"舔"),才算得上真正而纯粹的对话关系,因为唯有食与色,才配充当任何一种历史形式的主题和主体,而不仅仅针对强行进入人们视野的蛮霸狰狞之历史。武田雅哉半是认真、半是调侃地说:"在神话世界中,饕餮被视为'贪婪好吃的怪物'。如果说饕餮在

---

① 色的吸引力自不必说,食因为"口戕口"(《大戴礼记·武王践阼》)——亦即说话之"口"因为被认为出言不逊而杀死了进食之"口"——的恒久性存在,中国人对食有取之不尽的热情,因此,"自古以来,自觉住口和闭嘴就是中国的舌头集团军追求的最高境界。很难弄清楚这个境界是何时来临的,惟一知道的是它带来的后果:舌头自动解除了它的阳性地位,只在切割光线时才恢复它的本来面目。吃由此成了中国的舌头集团军最为重大的主题。酒肉的盛宴从那个不知名的时代一直铺排到今天。我们为此发明了太多古怪的食谱,我们为食谱捕杀了太多古怪的动物……"(敬文东:《看得见的嘴巴》,《文学界》2007年第3期)

② 《礼记·礼运》。

定义上是指这种贪吃的怪物,那它可算是猪八戒的祖先了。……总之,饕餮和猪八戒可说是代表中国文化的最高真神。"①细加品味,当不难体察:肖开愚在此使用的,乃是一种色迷迷的语气,那是对自我欲望的勾引、挑逗、鼓励和诱惑,充满了浓郁的喜庆味,而按其本意,欲望恰好倾向于经不起任何形式的勾引;对猪八戒的高度赞扬,将前天蓬元帅或嫦娥的调戏者看作生活导师("理解了猪八戒的座右铭"),早已证明和表明肖开愚的对话语气自带的色情意味。和西川暗含的感叹语气"唉……"相比,肖开愚暗含的显然是"啊……"。一般说来,"唉……"是对理想状态之不可达致的遗憾、惋惜、悲叹和伤感,更是对惨烈的历史境遇所做的哀悼与哀叹,所谓"慷慨有余哀";而"啊……"在更多的时候,尤其是它发音为一声、三声和四声时,表示的乃是严重赞叹的情绪、强烈向往的感受②。但问题的关键是:此时的西川既不愿意轻易放弃超验语气,也似乎没有能力完全摆脱超验语气对他进行的严加控制。因此,混杂语气,**第一次语气转向**而来的牛魔王口吻,乃是世俗性的感叹语气(亦即"唉……")和各种形式的超验语气有比例

---

① 武田雅哉:《构造另一个宇宙:中国人的传统时空思维》,前揭,第110—111页。当然武田氏的对**饕餮**看法有误。王小盾以很难令人辩驳的材料证明,**饕餮**跟食神或贪吃关系不大,其本质是"借助神兽而完成的死亡-复活过程以及关于这一信仰的种种表现"(王小盾:《经典之前的中国智慧》,北京大学出版社,2016年,第92页)。

② 参阅郑岚心:《论叹词"啊"的语用功能》,《现代语文》2008年第12期。

的相互杂糅;而在超验语气的诸种形式中,箴言体(亦即训诫语气)似乎是重中之重,并以其诸多变形或造型,存乎于《致敬》以后的诗歌写作之中(本文在其后部分将会一一道来)。"神,肯定了他的虚假。"(西川:《中年》,1998年)这个充满悖论、却适时到来的诗句,既可以被视作牛魔王语气的肉身造型,也可以被视作混合语气的终极功效:它不仅为自身贡献了反讽(亦即自我调戏,而非自我拍马),也为它解剖现代经验,这个双倍以上的俗世,提供了充满悖论性的武器。唯有充满悖论性的武器,才可以更好地对付悖论性的现实,宛若小偷出身的警察,才更有能力抓获更多从前的同行。西川以其不能零距离亲近现实,反倒为新诗处理现代经验提供了别样的方案;他从旁敲侧击甚或不成体统的角度,丰富了新诗的表达能力:

有一朵荷花在天空漂浮。有一滴鸟粪被大地接住。有一只拳头穿进他的耳孔。在阳光大道他就将透明。

天空的大火业已熄灭,地上的尘土是多少条性命?他听见他的乳名被呼喊,一个孩子一直走进他的心中。

他心中的黎明城寨里只有一把椅子。

他心中的血腥战场上摆开了棋局。

他经历九次屈从、十次反抗、三次被杀、四次杀人。

月光洒落在污秽的河面,露水洗干净浪漫的鬼魂……

(西川:《厄运》C00024,1996年)

## 饶　　舌

从《圣经》的角度观察,宗教的世俗化最早发生于人类最初堕落的时刻。一般说来,堕落是以拂逆拯救者的意志为症候,以放纵人的欲望为标识,中国古人更乐于世俗性地称之为"万恶淫为首"和"百善孝为先"。但素喜"麻雀仰着飞"①的斯拉沃热·齐泽克(Slavoj Žižek)对此却另有推测:"上帝把猴子变成人是通过给猴子们讲了个笑话……因为都知道这个笑话原来是:'别从知识树上吃东西!'"②齐泽克的意思显然是:人之堕落更多出自上帝的诡计,而非蛇的诱惑,只因为和亚当、夏娃一样,蛇也是上帝之灵开的花、结的果,与华夏中土世俗性的"乾称父,坤称母"③截然不同。齐泽克暗示的是:早在创世之初,造物主就不可避免地为自己制造了反讽——上帝更倾向于单性繁殖,砸往圣母玛利亚身体里的"天精"有可能只是观念性的④。上帝无所不能,以至于有本事为自己制造一种浪漫性的反讽(romantic irony):"这是一种完全自觉的艺术家所运用的反讽,他的艺术乃是他所处的反讽地位的反讽式展现。"⑤西川长期未能洞悉的

---

① 蜀语,意为喜欢故意反着来。
② 斯拉沃热·齐泽克:《齐泽克的笑话》,于东兴译,河南大学出版社,2017年,第2页。
③ 张载:《西铭》。
④ 参阅敬文东:《对快感的傲慢与偏见》,《黄河》1999年第4期。
⑤ D. C. 米克:《论反讽》,前揭,第29页。

秘密被齐泽克一语破的:上帝自身就是一种反讽特性的存在物,否则,他的自相矛盾就难以得到理解。

但来自浪漫性反讽的宗教世俗化并不意味着智慧必遭缺失,更不意味着人之子再也不需要智慧。虽然情况一如米兰·昆德拉(Milan Kundera)所说,最晚从塞万提斯和拉伯雷的时代算起,人类就永久性地失去了绝对真理①,却至少可以通过降格以求的方式,或者像是"不能得与莺莺会,且把红娘来解馋"②那般,获取次一等级的智慧。莱昂内尔·特里林(Lionel Trilling)说得既实在,也委实不赖:"为了获得真实,某种文化或某种文化之部分的协同努力生成了自己的陈规、自己的一般性、自己的陈词滥调、自己的格言警句,萨特从海德格尔那里借了一个词,就是'饶舌'(gabble)。……现代社会需要那些提醒我们身处堕落状态的文字,需要那些说明我们何以会对自己的生活感到羞耻的文字,那些想满足这种需要的人,也在为'饶舌'做出贡献。"③特里林的精辟言说,满可以安放在曾经的《圣经》爱好者西川头上,并且可以原封不动、一字不易。成圣让位于成精后,亦即完成第一次语气转向后,超验与世俗混杂,独白和对话搓揉,原本纯粹超验的箴言体因混杂与搓揉(亦即"唉……"或"啊……"的被掺入),反倒在被

---

① 参阅米兰·昆德拉:《被背叛的遗嘱》,孟湄译,上海人民出版社,1995年,第8—30页。
② 笑笑生:《金瓶梅》第七十一回。
③ 莱昂内尔·特里林:《诚与真》,刘佳林译,江苏教育出版社,2006年,第101—102页。

改造中得到了突出,由此,**变体形式的箴言体**(或**箴言体的突变形式**)在西川的诗歌写作中出现了。它甚至可以直接被目之为西川在其语气变迁史上的新一站,或新阶段。变体形式的箴言体是超验语气的"堕落"形式;而得到突出的箴言体(或曰箴言体的突变形式)正全方位等同于特里林所谓的饶舌。牛魔王语气之所以以被改造的箴言体为主要成分,就意在"提醒我们身处堕落状态",就是想"说明我们何以会对自己的生活感到羞耻"。因为较之于堕落之前和堕落之后的口吻,这种在堕落中不甘堕落的语气更容易洞悉事情的真相。而所谓真相,就是能够清晰地看到两边——

人群是进步的力量、同时也是退步的力量。
要小心人群中可能爆发的骚乱、可能炸响的鞭炮。

人群就是不知道沉默为何物,虽然大声喧哗却依然沉默着的大多数,就是大眼瞪小眼推动历史前进的大多数。

惊慌失措,传播小道消息或者对世事漠不关心的人群也就是作为道德基础、政治基础、运动基础同时没有能力讨论这一切的人群。

人群,就是有时,忽然,谁也不认识谁的一群人。
把人群揭发给人群,人群不在乎。
(西川:《试着从熬头的方面给"人群"下定义》,2009年)

"什么是什么"、"什么就是什么"、"要怎样"……诸如此类的句式,正是对牛魔王口吻,这纯粹超验性语气的堕落形式,进行的实地操作与运用;而毛泽东式的断言,亦即特殊的拯救性口吻[①],和训诫语气相混杂,有如决堤之水,汹涌而至,远非海德格尔在剖析作为语词的"是"时使用的多疑语气可堪比拟[②]。与历史强行进入人们的视野恰相呼应,西川的诗歌语气在其自身的变迁、运行中,也明显呈现出"堕落"的态势,溃败得十分迅速和自觉;而其干净、彻底的溃败局面,也在指日可待的"后话"当中。早在1992年,牛魔王语气就对人的"堕落状态"有过真刀真枪般的实弹演练。姜涛的观察来得特别及时:"在《致敬》中……饶舌的重复,段落的缠绕,结构的封闭,形成一种形式上的'囚笼'效果,恰好构成了诗中探讨的精神困境的隐喻。"[③]以"囚笼"一词形容或者界定《致敬》的结构,既精彩,又准确。但姜涛还是有意忘记了说:"囚笼"结构更有可能是第一次语气转向后较长一段时间内,西川在诗歌形式方面的首要选择,具有迫不得已的特性。这当然是有原因、有来历的:变"声"(并且变"身")之后的箴言体既要照顾到自己的训诫者身份,尽可能做到高雅、严肃和体面,因此,它必须自

---

① 苏珊·桑塔格说得很好,究其实质,这种句式"总是处于结论的状态中",因为"其宗旨在于概括某些东西"(苏珊·桑塔格:《重点所在》,陶洁等译,上海译文出版社,2011年,第80页)。

② 关于海氏对"是"与"真"之间关系的精辟分析,可参阅王路《"是"、"是者"、"此是"与真——理解海德格尔》,《哲学研究》1998年第6期。

③ 姜涛:《"混杂"的语言:诗歌批评的社会学可能——以西川〈致敬〉为分析个案》,《上海文学》,2004年第9期。

美其美(说"臭美"更准确);又必得掩住鼻息,直面人的堕落状态,尽可能在如其所是的层面,呈现这种状态,因此,它只能自丑其丑(说甘于丑的状态更恰当)。这等局面意味着:变体形式的箴言体分身之后形成的两个部分既无法美美与共,也不能咸与丑丑①。到得这等"拧巴"之境,唯有将语气上的滑稽混搭状态安置于封闭的"囚笼"内,才可能安全、妥当。但更合适的说法在这里:"囚笼"能保证混搭后生成的滑稽味道既不流散,又能让其读者在清醒时分,沉浸并享受于这种味道形成的奇特氛围,类似于剧场中的观众,无论台上的情节如何荒诞和匪夷所思,都既能入乎其中,又能出乎其外。这是诗歌语气"堕落"至牛魔王阶段(或曰语气成精之后),西川在诗歌形式上不失颜面的上佳选择。和西川相比,巴赫金显得更为老谋深算:在狂欢节期间,"弥撒结束时,神父学三声驴叫,以代替往常的祝福,学三声驴叫,代替'阿门',回答他的也是这样的驴叫。"巴氏深知:这等情形只有被安放于"囚笼"般的狂欢节,才可能既安全,又快活;一旦突破"囚笼"划定的边界,诸多麻烦便会接踵而至——宗教裁判所并不是吃素的机构,火刑只忠于上帝和天堂②。姜涛其实早有此意。他在引用过《致敬》中两个颇具独断性的句子——"面对桃花以及其他美丽的事物,不懂得脱帽致敬的人不是我们的同志"——之后,乐于下结论说:类似于"桃花"这样诗意昂然的辞藻,配之以唯余意识形态而毫无

---

① "咸与丑丑"一词在构词法上模仿了"咸与维新",特此说明。
② 巴赫金:《弗朗索瓦·拉伯雷的创作与中世纪和文艺复兴时期的民间文化》,前揭,第91页。

诗意的词语"同志",就会始而形成强烈的反差,继而形成浓郁的政治波普效果。这种效果,这种气息,更多被保存在封闭的形式之中①。越过具有转折性的《致敬》后,西川的牛魔王之举愈加豪放,尺度和胆量不仅俱增,而且倍增——

  但秃子不需要梳子,老虎不需要兵器,傻瓜不需要思想。一个无所需要的人几乎是一个圣人,但圣人也需要去数一数铁桥上巨大的铆钉以消遣。这是圣人和傻瓜的区别。

(西川:《思想练习》,2004 年)

这首被题作《思想练习》的诗篇,连题目都充满了反讽意味,存乎于疯狂饶舌却仍然封闭的构架之内:到此为止,亦即语气的饶舌阶段,西川对度的把握依然很精确。诚如西川的观察,历史在 1990 年代强行进入人们的视野后,就以疾风暴雨的形式,迅速迈入它轻薄有加的消费主义时期②,进而是其"娱乐至死"的时

---

 ① 姜涛:《"混杂"的语言:诗歌批评的社会学可能——以西川〈致敬〉为分析个案》,《上海文学》,2004 年第 9 期。
 ② 居伊·德波对消费主义时期的资本主义有过深刻的批判,对此处的论述应该有所借鉴:"官僚政治所有权本身就是集中的,因为个别官僚主义者在官僚政治共同体内,只能以其官僚主义者的成员资格参与到全部经济所有权之中。商品生产在官僚政治资本主义社会较少发展,它同样也采取了一种集中的形式:被官僚机构把持的商品是整个社会的全部劳动,它出售给社会的是社会的大批残余物。官僚政治经济的专政,不可能对被剥削大众留下任何一次重要选择的余地,因为它必须选择一切事情,它独立做出自己的全部选择,无论这一选择是关于食物、音乐还是其他任何东西,因此,这意味着它向自己宣战。这一专政必然伴随着持久的暴力。"(德波:《景观社会》,王昭凤译,南京大学出版社,2006 年,第 24 页)

期。这两个时期原本就不需要思想,假如思想还有幸不是累赘的话①;更不需要作为拯救者和训诫者的造物主,最多需要浑身都是反讽性的那个上帝。对于这等令上帝难堪——而不是让人难看——的局面,西川在其诗作中其实早有断言:这是"一个粗通文墨的时代。/一种虚幻的时代精神"(西川:《给骆一禾》,1992年)。而"思想"之为"练习",或许本身就意味着这个时代至少对思想持谨慎态度,其深其浅,尤其是其有其无,尚在两可之间。诗中所思,也以其内容的过于琐碎和无聊,无关乎思想;在疯狂的饶舌之间,倒有点像是对思想的讽刺。这正是反讽的诗意乐于看到和待见的局面。因为依布鲁克斯(Cleanth Brooks)之见,所谓反讽,就是承受语境的压力②。这句难解之言的大致意思,或微言大义是:在庄严场合使用嬉皮笑脸的语言或词汇,更容易造成一种特殊的语境效果;反之亦然。"秃子不需要梳子"? 废话;"老虎不需要兵器"? 此乃无话找话;"傻瓜不需要思想"? 当然还是废话。明道有言:"圣人之常,以其情顺万物而无情。"③在西川笔下,圣

---

① 参阅波德里亚(Jean Baudrillard):《消费社会》,刘成富等译,南京大学出版社,2000年,第30—35页;参阅波兹曼(Neil Postman):《娱乐至死》,章艳译,中信出版社,2015年,第38—69页。西川的观察仍然是清醒的:"诗歌的问题已经不能仅仅以诗歌的方式来解决……它牵扯到我们时代精神的方方面面……信息正在取代思想,机会正在解释欲望。一个人要想站稳脚跟所能依靠的,只有他的知识人格。"(西川:《生存处境与创作处境》,贺照田等主编:《学术思想评论》,辽宁大学出版社,1997年,第187页)

② 参阅布鲁克斯:《反讽—— 一种结构原则》,赵毅衡编:《"新批评"文集》,中国社会科学出版,1988年,第335—337页。

③ 程颢:《定性书》。

人虽是无所需求之人,却"也需要去数一数铁桥上巨大的铆钉以消遣"。从快要滑向"话痨"状态的语气角度观察,"也"才是真正的关键词,它既暗示圣人和秃子、老虎、傻瓜呈并列关系;也明确表示:作为有类于"下雨天打孩子——闲着也是闲着"的无聊之举,数铆钉竟然成了无所需求者之必需。这句有关圣人的饶舌,这句有关圣人的风言风语(或疯言疯语),既不废话,也不多余。它很可能意味着:即使在消费主义或娱乐至死的历史时期,也并非没有圣人。对此,西川其实也早有预言:"或许那唯一的诗篇尚未问世/或许已经问世了只是我们有眼无珠"(西川:《给骆一禾》,1992年)。于是,圣人因众生争相堕落变得无所事事,充满了反讽,无法肩负拯救或者教诲之责,但首先是没有这样的责任和任务可供他老人家肩负。如果无需考虑老庄、韩非等人对圣人所说的风凉话、所泼的污水①,圣人空有其肩,必定是绝大的反讽。自丑其丑的饶舌语气暗藏于《思想练习》,却不是圣人用于训诫众生的口吻,仅仅是无可如何中,圣人对自身的规劝:实在没事闷得心慌,就数铆钉去,就像闲人为找事做,在下雨天各自敲打他们炮制出来的孩子。训诫语气以其无奈复兼无聊的心境,调转矛头,针对训诫者自身,无疑是西川的诗歌新路数几经变迁后,给出的新发现、新发明,同样存乎于"囚笼"之中②。有

---

① 比如庄子说"圣人不死,大盗不止"(《庄子·胠箧》)等。
② 将顾随对圣人的议论放在此处,也许可以为西川之诗做一参照,因为按顾随之见,圣人几乎无处不在,他只是某种心境而已:"或曰:'境杀心则凡,心杀境则圣。'……而'杀'字不如'转'字,'心转物则圣,物转心则凡。'转烦恼成菩提,烦恼与菩提并无二致。……有转心则不为物所支配,否则为物支配,即烦恼皆来,俱成凡夫。"(顾随:《中国古典诗词感发》,前揭,第191—192页)

了这个反讽性的规劝,前面的所有废话似乎都可以免于废话之罪,突变为饶舌,贩卖了某种可称之为智慧的东西——但更有可能是智慧的摹本。那是一种成精的语气,是牛魔王的口吻;不独如此,圣人背对众生训诫自己原本就是饶舌的产物。这种语气恰如特里林暗自期许的那样,以滑稽的混搭,或混搭产生的滑稽性,把"身处堕落状态"并"对自己的生活感到羞耻"的人的真实面貌、真实的心理,给暴露无遗。

1974年,罗歇·凯卢瓦(Roger Caillois)颇为乐观地说:"本世纪可以被看作一个消逝的世纪,至少对地狱来说,它是衰落和变形的世纪。"因此,撒旦(或魔鬼)似乎成为过去,"被归入了戏剧舞台的道具一类"。[①] 法国人凯卢瓦也许可以如此这般地暗自庆幸,中国人西川肯定没么幸运,因为另有现实层面的魔鬼正相守候,并且自丑其丑,正全身心调笑着想要自美其美的天使,或先知。与西川作伴的当下中国,单从程度上说,乃是一个前所未有的只知得失、成败,不知礼义廉耻为何物的小人社会。究其实质,乃是俗语所谓的"笑贫不笑娼"[②]。对于自己面对的

---

① 转引自并参阅罗贝尔·穆尚布莱(Robert Muchembled):《魔鬼的历史》,张庭芳译,广西师范大学出版社,2005年,第1页。
② 此处为了论证上的简洁,恕不饶舌,姑引多年前笔者对小人社会的调笑之言:"小人社会嘛,就像它的字面意思公开昭示的那样,总是板着扑克牌中的国王脸、王后脸或小丑脸,致力于阻碍每一个人接近他高尚、正派的愿望,破坏和侵蚀高贵愿望之达成的'波莉安娜假设'(Pollyanna Hypothesis),促成和呼唤小人社会的黑暗伎俩,以便完成对它自身的建设。"(敬文东:《梦境以北》,上海文艺出版社,2016年,第5页)但不要忘记,小人社会并非起自当下,而是具有漫长的历史(参阅敬文东:《牲人盈天下》,前揭,第382—391页)。

局面,对于诗歌在这种境遇中应当承担的任务,西川都有十分清醒的认识:"我现在就实话跟你说:头两天有一个芝加哥大学的学者到我们那儿交流,他讲到当代艺术和现代艺术的区别。据他的看法,当代和现代的区别首先在于:当代艺术具有历史指涉,也就是多多少少你得处理政治问题;现代文学和艺术才只处理文学艺术问题……你走遍全世界,所有好的作家、诗人都在谈这个东西,你可以说我不进入,那好,那你就别着急了,说怎么不带我玩儿啊?对不起,不带你,因为你不关心,不谈论这个。"[①]和西川同时代的许多中国诗人或许也有相似的看法,尽皆看重(或看中)广义的政治问题,但他们大都愿意遵循文学现代主义的审丑原则,倾向于在自丑其丑的层面,以诗直接吸纳、转化,直至消化复杂的当下经验,达致批判小人社会的目的,诚所谓"忤逆情绪,荣枯往来。/重水供应祖宗,大地厚如控诉。/墨脸青工日夜奋笔……"(肖开愚:《内地研究》)而究其缘由,乃是那些诗人从写作的起始处,就不曾像西川那样,机缘巧合地配备自美其美的口吻,超验语气预先性地付诸阙如,不存在语气上的滑稽混杂,更不存在所谓的语气转向;所以,他们乐于以进攻战为方式,更多地借用感叹语气中的"唉"而不是"啊",从正面揭露现实之不堪,甚至不惜呈现出惨烈、血腥、刺目的场面[②],却倾向于放弃

---

① 西川:《大河转大湾:一种探求可能性的诗歌思想》,前揭,第220—221页。
② 极端如梁晓明的《玻璃》:"我把手掌放在玻璃的边刃上/我按下手掌/我把我的手掌顺着这条破边刃/深深往前推//刺骨锥心的疼痛。我咬紧牙关//血,鲜鲜红的血流下来/顺着破玻璃的边刃/我一直往前推我的手掌/我看着我的手掌在玻璃边刃上/缓缓不停地向前进/狠着心,我把我的手掌一推到底!//手掌的肉分开了/白色的肉/和白色的骨头/纯洁开始展开。"

从羞耻的维度抨击小人社会的机会。

鲁思·本尼迪克特(Ruth Benedict)曾经精研大和民族的心理特征,提炼出与罪感文化相区别的耻感文化①。但本尼迪克特女士或许有所不知,耻感文化的真正源头,远在两周时期的中国,所谓"羞恶之心,义之端也"②;所谓"人有耻,则能有所不为"③——"有所不为"正好意味着堕落的反面。牛魔王语气(或曰饶舌)因其半独白半对话、半超验半感叹的特性,无法零距离亲近现实,却能更接近于对耻感的体认。理由很简单:堕落从其初始阶段起,就暗含着对堕落的不安;就像没有哪个人是天生的坏种,也没有哪种语气从一开始就自甘堕落。成精后的语气既能自美其美,又可以自丑其丑。这意味着饶舌语气生产出来的耻感肯定不来自大和文化,但也不完全出于华夏文明。在华夏文明中,耻感文化的最高标准也许不是"革尽人欲,复尽天理"④,而是"敬以直内,义以方外"⑤;或者,不妨脆生生地直接来它个"当羞恶处自羞恶"⑥。实际上,西川及其饶舌语气共同拥有的,乃是和超验性罪感有关的一种世俗性耻感;它表征着一种特殊的、或许仅仅来自西川的评判维度,同样充满了反讽

---

① 参阅鲁思·本尼迪克特:《菊与刀》,吕万和等译,商务印书馆,1996年,第101—122页。
② 《孟子·公孙丑》。
③ 《朱子语录·卷十三》。
④ 《朱子语类》卷四。
⑤ 《易·系辞》。
⑥ 黄宗羲:《明儒学案·诸儒学案上四》。

意味——

　　我在梦中偷盗。我怎样向太阳解释我的清白?(西川:《致敬·十四个梦》,1992年)

"清白"跟廉耻接壤;"梦中"和"太阳"既表征虚幻,也暗示程度不高不低的超验性。超验性的存在,正暗合于西川的自我陈述和期许:"我把人的'我'分成三部分:除了逻辑我之外,还有经验我和梦我,逻辑出现裂缝的时候,就是经验我和梦我在作怪。人不可能抛弃掉经验我和梦我,必须这三部分合在一块才构成一个完整的我。"①"逻辑我"指的是精准的算计,指的是对利害得失的评估,更意味着对礼义廉耻的仔细辨析。"经验我"和"梦我"暗示的,则是经验和超验相混杂:它是混杂语气的灵魂形式,并在暗中支撑了混杂语气;而它充当的角色,正是混杂语气的守护神。在此,超验恰好是检测西川的诗歌语气变迁的重要指标;而可以证明超验性存身于牛魔王语气的把柄,恰可谓比比皆是——

　　出门见日,日出东南,继之正南,继之西南。是一日。
　　(西川:《鉴史四十章·夸父逐日新解》,2011年)

《圣经》说:"神称光为昼,称暗为夜。有晚上,有早晨,这是

---

① 西川:《深浅:西川诗文集》,前揭,第278页。

头一日。"①单从形态学的角度便可以认定:"是一日"是对"这是头一日"进行的改造,或仿写;"是一日"之前的句子在语气上,正等同于"这是头一日"之前的句子。尽管"是一日"之前的句子浑身散发的都是世俗气,却并不妨碍它安然无恙地盗用《圣经》口吻。诸如此类的例证,在语气"堕落"或蜕变之后的牛魔王阶段(或曰成精后)并不乏见。考虑到汉语版《圣经》预先为汉语带来的超验性,此处满可以肯定:西川的诗歌语气一路直行,到得第一次语气转向之后的牛魔王阶段(亦即饶舌境地)时,原本倾向于洁净、乐于和俗世拉开距离的超验性已经被严重感染,致使牛魔王语气中暗含的训诫因素成为一种较为虚假、滑稽的训诫;它意欲展示的智慧呢,则是西川所谓"伪哲学"层面上的疑似智慧。但如此这般的超验性仍然不容被低估:牛魔王语气依靠自身内部的矛盾、悖论与反讽,因其对堕落自身的不安,搭建起一整套超验与世俗相杂糅的耻感方式,从泛道德主义的角度,高高在上地批判了小人社会。这只要拿西川同时代的其他诗人做一个简单的横向比较,情形莫不昭然若揭。钟鸣写道:

> 我们有"私"吗?公开后将不会存在,
> 并非名义上这样。我们能否有被公开后
> 仍然存在的那种"私",那种恪守,
> 因传种的原理而被爱和它的狭义橇动?

---

① 《圣经·创世记》1:5。

其中,有许多隐秘能被破解,你相信它,
就能果腹。我们真有"私"吗,像椅子,
仅属于那攀缘之手,唯一的,非别的手,
不是所有的时候,也不会在其它椅背上……

(钟鸣:《中国杂技:硬椅子》)

遵循汉语的世俗特性,钟鸣及其《中国杂技:硬椅子》面向绝对性的尘世,视超验如敝屣,或无物。对于钟鸣来说,西川据守的道德维度有些令人费解,因为新诗的现代性并不植根于道德主义,更多建基于对现代经验的复杂转换,却并不清楚,超验语气面对自己的堕落时心情究竟为何如。与古典主义对道德的严重依赖迥然有别,新诗在更多的时候倾向于放逐道德,至少不以之为根基,或者顶多是附带性的[1]。但这并不意味着新诗居然可以不讲道德,而是它自以为找到了优于道德维度的批判视角,《中国杂技:硬椅子》给出了近乎完美的例证[2]。黄仁宇也许说得很正确:道德评判总是最后进行的事情[3]。当西川宣称自己的古典主义面对复杂的现代经验已经"訇然坍塌"时,古典主义的影子事实上仍然暗含其中,拥有不巨大但也决不渺小的作用;而其来源,正是

---

[1] 关于这个问题,本人曾经有过较为详细的分析,此处不赘(参阅敬文东:《叹词魂归何处?》下,《学问》第四辑,花城出版社,2016年)。

[2] 参阅敬文东:《我们和我的变奏——钟鸣论》,《文艺争鸣》2016年第8期。

[3] 参阅黄仁宇:《中国大历史》,生活·读书·新知三联书店,1997年,第4页。

饶舌语气中,自带的充满反讽意味的超验性。但牛魔王语气究竟还能坚持多久?它又能以完璧的状态伴随西川多少年呢?

这是一个饶有趣味的问题。

## 说 话 体

对于说书人语气,陈平原从小说史的角度有过详尽的考辨,他给出的结论既质朴和直撇,又格外值得信赖:"说书人腔调的削弱以至逐步消失,是中国小说跨越全知叙事的前提。"①跨越全知叙事是现代小说诞生的基础;现代小说和新诗一样,总是与作为现代性终端产品的单子式个人相匹配,也跟现代性的另一个终端产品——垃圾——相对仗②,其情其形,恰如卢卡奇(Georg Lukács)所说:长篇小说乃被上帝遗弃的世界之史诗③,因为以垃圾为本质的世界早已被造物主所遗弃;或被上帝遗弃才遍地垃圾。实在是有趣得紧,面对西川的诸多著述,张定浩一口咬定:西川的文章乃是一种典型的"'我手写我口'的谈话体"④,暗含着既打眼,又生猛的全知视角,在大着嗓门打量着遍地垃圾(堪称杰作的《垃圾吟》[2011年]就是对此的

---

① 陈平原:《中国小说叙述模式的转变》,上海人民出版社,1988年,第71页。
② 参阅敬文东:《论垃圾》,《西部》2015年第4期。
③ 卢卡奇:《小说理论》,《卢卡奇早期文选》,张亮等译,南京大学出版社,2004年,第61页。
④ 参阅张定浩:《你到底要拐到哪里:西川〈大河拐大弯:一种探求可能性的诗歌思想〉》,《上海文化》2012年第6期。

回应)。此处不妨仔细倾听一下西川的声音,以便检测张定浩的判断是否真有道理:"中国不晦涩,只是它有比各国唐人街多得多的矛盾修辞,任何单向度的思维都难以把握这样一个国家,而它恰恰是在矛盾修辞中发展成为如今世界上的第二大经济体。绝了!这么大一个经济体又实在不好定位。报纸上曾有学者称中国'既是一个发达国家又是一个不发达国家'。绝了!美国诗人乔治·奥康纳尔(George O'Connell)曾经向我建议,中国应该出狄更斯了!"[1]从西川听上去多少有些急促和兴奋的诉说中,不难侦听出说书人的口吻,不难分辨出惊堂木拍在桌上发出的清脆声响:它意在提醒台下的列位听官,或意在振奋作为诗歌读者的各位看官。而出乎张定浩意料的是:西川在其晚近的诗歌写作中,在其诗歌语气变迁史上的新一站,也较大规模地出现了说书人的口吻:

  河流两次前横,到来年春日看见了与故乡一般无二的桃花。众人唏嘘。——众人一唏嘘就是有人死去。

  脚走烂了。众口一词一致同意:凡死者皆尊称"夸父"。好哇!
  (西川:《鉴史四十章·夸父逐日新解》,2011年)

---

[1] 西川:《大河拐大弯:一种探求可能性的诗歌思想》,前揭,第23页。

作为**第二次语气转向**的直接产品,如此这般光滑、流畅的勾栏口吻,如此这般铿锵、顿挫的瓦肆语气,不妨直接呼之为**说话体**更为妥当(说"谈话体"似乎文雅了一些)。所谓说话体,就是强调语气的现场感,就是有太多的话必须要说①。柯雷的研究已经表明:说话体最初的苗头,很可能就暗藏于作为转向之作的《致敬》;事实上,第一次语气转向已经预示了作为"后话"而出现的说话体(亦即第二次语气转向)②。柯雷的表述很清晰:"从《致敬》看,如此情形或许源于文本所表现的并非紧迫现实,而是如一场精心排练的说众表演。发言人在诗的故事内外漂流出入,在主人公和全知全能的叙述人两种身份之间穿梭往来。他意识到自己身为发言人,利用听众的注意向他们传送一系列大大小小的问题。当发言人也是一个主人公时——这是惟一一个几乎始终存在的主人公,他像一个对周遭事物拒不插手干预的旁观者一样穿越而过,就自己和他人的历险做出惊险报道。"③

---

① 这和 1980 年代"四川方言"诗歌写作中的雄辩特征还不太一样,雄辩可能也有太多的话要说,但它的特点主要体现在高音量和绝对性上(参阅敬文东:《在火锅与茶馆的指引下》,《莽原》1999 年第 2 期),高音量和绝对性可以不必成为说话体的必备特征。

② 但这样说,只是照顾到写作内部的逻辑。事实上,本文无法给出第二次语气转向的准确时间,也许写于 2004 年的《小老儿》是一个大致上的时间刻度。但这个刻度并不重要,重要的是:两次转向后的作品中,饶舌语气和说话体语气交替出现,只是后者的浓度和比例越来越大,以至于时间越靠后,说话体的成分越多;在极端的时刻(而不是在最后的时刻),说话体发挥到极致导致的就是"话痨"的出现。

③ 柯雷:《西川的〈致敬〉:社会变革之中的中国先锋诗歌》,穆青译,《诗探索》2001 年第 1—2 期。

柯雷做到了一语破的:作为西川诗歌语气变迁史上的新一站,说话体的重要特征乃是成色厚重的全知叙事,呼应于业已消失的说书人;甚至可以从比喻的角度,直接将说话体视作一种古老的职业在当下的死灰复燃。

至少从表面上看,说话体之由来和诗歌写作的媒介有关。西川对此有过颇为直率的陈述:"我相信从毛笔到钢笔到圆珠笔的更换肯定会对一个人的写作风格产生影响。从竹木简、作为书写材料的丝帛到纸张(各种纸)的更换也会影响到诗人的写作……电脑屏幕上准备好的'纸页'一般是 A4 纸大小。宽阔的页面会自然而然地让我把诗行的长度加长。但等到诗稿被排版到书中,纸面变小,原来的 A4 纸页上的形式感、空间感就完全被打乱,不得已的回行就出现了。从 A4 纸页转换到书籍出版时的纸页大小,对小说散文的影响可能有限,对诗歌视觉形式的影响则非常之大。"①西川没有说谎:书写工具并非只是书写工具那么简单易懂,它对书写行为本身,确实具有某种神秘的决定作用②;西川也未夸大其词:电脑上的 A4"纸页"在宽度上确实应和了、强化了并承载了有太多话要说的说话体,让诗行的肺活量突然增大,以至于诗歌语气得以高度地贫嘴化,有如抽水马桶哗哗不止③。"好哇!"不仅是一般的感叹,更是世俗性极强的乡

---

① 西川:《说明》,西川:《小主意》,江苏文艺出版社,2014 年,第 3 页。
② 参阅敬文东:《在新的书写工具的挤压下》,《莽原》1999 年第 4 期。
③ 这个比喻没有恶意,只是描述一种事实;它也并非笔者的发明,而是剽窃自王朔的一篇著名的小说(参阅王朔:《顽主》,《收获》1987 年第 6 期)。

野间巷用语,是当众吆喝,配合着惊堂木,极具胡同里常见的那种现场感,是典型的说书人口吻,意在提醒列位听官或看官。而作为技术现代性之杰出代表的电脑"纸页",则在有意无意或似醉非醉之间,跟古老的勾栏口吻,同世俗的瓦肆语气,实现了无缝对接。麦克卢汉(Marshall McLuhan)早有先见之明,他断定媒介即讯息:"正如比喻能转换和传递经验一样,媒介也能转换和传递经验。"①但更重要的是:"印刷文字造就同质化社会人的威力一直在稳步增长:到了我们的时代,它就造成了似是而非的隽语:'大众头脑'(mass mind)。"②这个看似高度复杂化的"大众头脑"反倒更有可能倾向于说话体。说话体不仅简单、明了,而且无所遗漏,能以其竹筒倒豆子那般明白如话的口吻、充满现场感的语气,直指"大众头脑"肤浅、简陋,并且自以为是的接受心理。乔治·斯坦纳(George Steiner)并非故作惊诧之言:"大量鲜艳夺目、即刻展示影像的手段,如照片、海报、电影、漫画,让我们变懒,使我们逐渐成为观众,而不是听众。"③但在骨子里,"变懒"了的现代观众或许更加渴望成为古代的听众,因为只有充当非"快思手"(fast-thinker)的听众④,才是观众的原始状态,才是它真正的潜意识(想象一下电视肥皂剧的观众如何对付肥

---

① 麦克卢汉:《理解媒介》,前揭,第 80 页。
② 麦克卢汉:《理解媒介》,前揭,第 128 页。
③ 乔治·斯坦纳:《语言与沉默》,李小均译,2013 年,第 308 页。
④ 参阅布尔迪厄(Pierre Bourdieu):《关于电视》,许钧译,辽宁教育出版社,2000 年,第 51 页。

皂剧)。电脑"纸页"因为加大了诗歌的肺活量、承接了抽水马桶的排泄量,而满足了观众的潜意识,并在全知视角的层面上与其原始状态同频共振:听众需要一个全知的上帝以急切的语气提供答案。

除此之外,作为第二次诗歌语气转向的产物,说话体还更有深层的来源。西川不无偏执地认为,目下中国的现实是经过社会主义经验改造过、侵占过的现实①,由此产生了世界上独一无二的现实感,又岂能被鲍德里亚的"消费社会"一言以蔽之,或者被波兹曼的"娱乐至死"盖棺论定。"如果我们坚守这样一种现实感,"西川颇为笃定地说,"我们的文学将在世界上独一无二。"②很容易理解:这种性状的"现实感"不仅让高翔于经验之上的超验语气,那种处女般和真空般的口吻失去效力,不仅让超验性的呼告、训诫、颂歌、祈祷纷纷被诊断为虚妄不实,连半超验半世俗的饶舌也因其不能零距离亲近现实而被否弃。语气的转向自有其必要性,但说成自有其必然性可能多少有些绝对化的嫌疑。因此,西川才在诗中很明确地写道:"重新变成一个抒情的人,我投降。所谓远方就是使人失灵的地方。"(西川:《南疆笔记》,2004 年)西川的感慨有类于乔

---

① 说西川的观点无不偏执,并非刻意与西川抬杠,而是现实确实并非只是被社会主义经验所感染,其间的复杂性至少在贺照田那里得到了很好并且很纠结的论述(参阅贺照田:《当前中国精神伦理困境:一个思想的考察》,《开放时代》2016 年第 6 期)。

② 西川:《大河拐大弯:一种探求可能性的诗歌思想》,前揭,第 22 页。

治·斯坦纳。后者在谈及卡尔·克劳斯时,有过深刻的检讨:面对充满严重危机的日常生活,克劳斯"用独有的方式表明,这个危机既不是诗剧或现实主义剧能解决,也不是散文或小说能解决的;这些文体的固定形式其实是个假象,是受到了凶猛无序的社会现实和政治现实的蒙骗"①。有如卡尔·克劳斯急需挣脱特定文体对他的束缚,西川面对早已溢出饶舌口吻管辖范围的新现实、新经验,急需要有别于牛魔王语气的新腔调,用以正面而非耻感的角度消化、吸纳"世界上独一无二的现实感"——这就是说话体的深层来源②。超验语气一路"堕落"至此,已经完全平民化,以耻感为中心的泛道德主义立场再也不合时宜,不能作为说话体的必需品。这种情形很有些类似于夫子的教诲:"礼不下庶人。"③亦即毋须以礼乐要求或节制庶人,但也并非鼓励庶人蓄意破坏礼乐④。西川渴望新语

---

① 乔治·斯坦纳:《语言与沉默》,前揭,第103页。
② 詹姆斯·伍德就西方作家面对的复杂局面有过精辟而内行的建议:"小说家总是要用至少三种语言写作。作家自己的语言,风格,感性认识,等等;角色应该采用的语言,风格,感性认识,等等;还有一种我们不妨称之为世界的语言——小说先继承了这种语言,然后才发挥出风格,日程讲话、报纸、办公室、广告、博客、短信都属于这种语言。在这个意义上,小说家是一个三重作家,而当代小说家尤其感受到这种三位一体的压力,因为三驾马车里的第三项,世界的语言,无处不在,浸入了我们的主体性,我们的隐私,亨利·詹姆斯曾经认为这种隐私是小说最好的采石场,并(用他自己的三元论)称其为'触手可及的此刻-私密'(the palpable present-intimate)。"(詹姆斯·伍德:《小说机杼》,前揭,第24—25页)西川在语气上的抉择在思路上——仅仅是在思路上——类似于詹姆斯·伍德的建议。
③ 《孔子家语·五刑解》。
④ 参阅阿城:《阿城文集》之五,江苏凤凰文艺出版社,2016年,第68页。

气能够如此这般放下架子、卸掉矜持,零距离亲近"世界上独一无二的现实感";写作媒介则呼应了西川因复杂的现代经验而产生的说话欲:似乎"世界上独一无二的现实感"急需篇幅很大的电脑"页面",用以承载西川滔滔不绝的语势,以便从非道德主义的角度,转化和消化这种现实——

零或者无穷,一个意思,如同存在或者不存在,一个意思,如同说话和不说话,一个意思。细节被省略了,在群山之中。面向群山,如同面向虚无或者大道,——抱歉,我说得太直接了。

(西川:《南疆笔记》,2004年)

《诗》云:"其维哲人,告之话言。"毛传解释道:所谓"话言",乃"古之善言也。"西川那些口直心快、经由"我手写我口"而来的句子确实很好地展示了说话体的一般特色:疾速、强烈的表达欲,还有浓郁的现场感,却并非"善言",但也无需"善言",并且其本意就是为了反对"善言"。弗洛尔(R. Fowler)说得不赖:"文本不是客体,它是行动或过程。"[①]作为"过程"的说话体和作为"行动"的牛魔王语气(或曰饶舌)有很大的差异:前者以全知叙事为方式,"就自己和他人的历险做出惊险报道",终归是手握惊

---

[①] R. Fowler, *Literature as Social Discourse: The Practice of Linguistic Criticism*, Indiana University Press, 1981, p. 80.

堂木的疾速宣讲,急需想象中的听众,并且越多越好——想象有的是能力将听众设想为无穷多。后者则是一种半对话半独白的语气、半超验半世俗的口吻,负责提供一种似是而非、似非而是的疑似智慧。这种特出的智慧既假装来自俗世,又声称得到过神启。即使饶舌(或牛魔王语气)也能做出"惊险报道",却不在乎是否有听众存在:饶舌更倾向于表演给自己看,说话给自己听;如果被自己之外的其他人看见或听见,也没啥不好(甚或更好),只是毋须强求。宣讲则目露精光,它主动放弃了超验,唯有污浊的世俗,以便零距离转化和消化独一无二的现实感;它主动放弃了独白,唯有假想中的对话,亦即不需要听众回答——而非听众没有能力回答——的那种对话,以便在专心致志中,以非道德主义的姿态切中现实。诸如"——抱歉,我/说得太直接了"这类必须被快读的句子,就意在针对臆想中的诸多观众,却不在乎是否得到回答;或者在说话体的想象中,觉得已经获取了听众充满奉承性的回答,具有强烈的意淫性质——

> 天无私覆,地无私载。无善无恶之地的小善小恶。无古无今之地的此时此刻……

> 群山,群玉之山,把它们的千姿百态浪费给了群山自己,这也许是天意。贫穷到只剩下伟大的群山,连天空也按不住它们野蛮的生长。一阵急雨,去了又来,妖精般没心没肺。这静悄悄的浪费是惊人的,——抱歉,这也许是天意。

(西川:《南疆笔记》,2004年)

如果仔细侦听,当不难辨析出说话体中暗含的箴言语气:说话体的"——抱歉,这也许是天意"和作为箴言体的"天无私覆,地无私载……"两相混杂,构成了新型而打眼的"符号账目(Symbolic accounts)"[1],或轻微的"符号暴力"[2],却令人奇怪地身心舒坦。但随第二次语气转向而来的混杂与此前的混杂性质迥异:说话体全然退去了超验性,却以祛除超验的实质唯余超验的空壳为代价,亦即以世俗性的训诫语气冒充神启的训诫口吻。这个看似玄虚的现象不难得到理解:语气自有其运行上的惯性存焉,即使到得它绝对世俗性的说话体阶段,依然必须顶着从起始处获取的超验外壳,就像落魄的孔乙己必须穿长衫维持读书人的身份,就像饥不饱食的八旗子弟出门前舔舔肉皮,冒充顿顿满汉全席,尽皆惯性使然,无需惊奇。而在说话体裹胁伪装的箴言体并且碰巧运转恰当时,自会有极佳的诗学效果(只是这等佳局更多运气的成分):它既能免除诗歌写作中令人生厌的美文状态(西川呼之为"文学嫩崽"行径),也能抑制住感叹语气生发的伤感气质,还能在滔滔不绝的说书人语气中,轻松自如地消化"独一无二的现实":

---

[1] 齐泽克:《斜目而视》,季广茂译,浙江大学出版社,2011年,第39页。
[2] 依布尔迪厄的理解,符号暴力的真实意思是:"在一个社会行动者本身合谋的基础上,施加在他身上的暴力。"(布尔迪厄:《实践与反思》,李猛等译,中央编译出版社,1998年,第221页)这里从比喻的层面借用这个概念。

未来者亦制造垃圾不可避免,他们将在未来制造过去那是肯定的,如现在的他们和我们。现在如过去——时间中的一环。而时间究竟是个什么东西?——难住了孔夫子。孔夫子观汶水东逝,感叹时间永续,如垃圾堆上眺望星空的无名者。

(西川:《垃圾吟》,2011年)

仔细辨析第二次语气转向后的诸多诗作便不难认定:这是说话体诗学不容多见,亦不可多得的胜利。它在贫嘴和急促中,自有深意存焉,表征着某种"歇斯底里现实主义"[①],将社会主义经验深度开掘过的现实的某些侧面,给予了痛快淋漓并且口无遮拦地揭示,对以垃圾为实质的现代社会担负了自己的责任,践履了诗歌自身的道德主义。和同时代的其他诗人相比,西川的特殊性及其诗学上的幸运,更多存乎于超验语气及其变迁方式的特殊性上。在西川渴慕纯净的诗歌时期,超验语气以其自身的纯粹,以其超强的文本生成能力,几乎是本能性地将"俗'世'"中的一切"俗'事'"预先排除在外,自动虚构出众多歌唱着的纯净空间,满足了青春年少者的心理渴求[②]。和西川同时代的几

---

① 詹姆斯·伍德:《不负责任的自我:论笑与小说》,前揭,第4页。
② 在中国,"净"有"静"义。《说文》中的"静"字,段注云:"采色详审得其宜谓之静。考工记言画缋之事是也。分布五色,疏密有章,则虽绚烂之极,而无溾忍不鲜,是曰静。人心审度得宜,一言一事必求理义之必然,则虽鲦劳之极而无纷乱,亦曰静。""净""静"合训,也许更合于西川早期诗歌的实质。

乎所有诗人,都没有经历过这种洁净期,他们打一开始,就以其饱经沧桑的语气,或假装世事洞明的口吻,过早发现了生活的庸俗与人生的灰暗,乐于呈现自己和"'俗'世"以及"'俗'事"之间的"'俗'气"关系,李亚伟的《中文系》、于坚的《尚义街六号》算得上其中的典型代表(但不一定都是成功之作)。当西川有感于残酷的现实,发现超验语气具有自我麻醉作用,发现被虚构的空间具有相当程度的欺骗性,他希望超验语气能够降低纯度,向现实挺进。但超验语气自身的强大意志并不能被西川轻易降服,它和西川商量、谈判、博弈,超验语气与西川终于决定相互妥协,达成一致。这导致饶舌的出现,成功应对和化解了一场诗学上的危机。但祸不单至,更大的危机在于:作为一种混杂语气,饶舌并不能真正彻底有效地消化现实,它更多依靠一种泛道德主义的方式对付小人世界。正是在这个大背景下,重新赢得力量的西川最终降服了超验语气,说话体为他赢得了处理当下复杂经验的机会。和没有经历语气转向的其他同代诗人相比,这勉强算得上西川的复杂之处。但危险也暗含于此,毕竟没有任何东西可以担保说话体总是处于恰当的运转之中,因为既曰说话,就有有意放纵自己的潜意识,这就是西川在《诗歌炼金术》一文中特意提及的诗歌"允许说废话"[①]。但如果诗歌可以是废话,也就意味着废话可以是诗,这就从逻辑上为"话痨"的出现暗中打开了后门。当这种不幸的情况发生时(西川的诸多后期创作可

---

① 西川:《水渍》,百花文艺出版社,2001年,第225页。

以证明这种不幸屡屡发生),一个北京贫嘴侃爷的形象在诗歌文本中出现了。这个形象既纯粹,又标准——

小鸡巴头一点儿胭脂红。
小灯笼里的小火苗照着个小小的读书人。
黄色小说装点伟大文明。——只有自己人知道。

弹古琴高山流水可以正心诚意不错。
弹三弦的不懂得正心诚意就相信了阶级斗争。
既不会正心诚意也不懂阶级斗争的读黄色小说熬夜到天明。

《如意君传》文辞典雅,不是《花花公子》的文风。
《灯草和尚》想象力发达,爱说情色笑话的傻逼们可以休矣。
《痴婆子传》像《自我主义者》,都是心理小说的巅峰之作。
(西川:《万寿十七章》,2012年)

你吃喝,你跟着他人走,你有吃有喝。你以为你可以自己走。——走好您啦!没吃没喝的人没的选择,只好把自己活成一堆垃圾。——先愤愤不平,之后默默无声。总之是活着,看见蓝天也不激动。废物。
(西川:《垃圾吟》,2011年)

这确实是废话,或接近于废话,但更像北京胡同侃爷为满足自己的"说话瘾"而无话找话,滑溜的京腔自在其间,正暴露出语气在几次转向后,当年有多洁净,如今就有多不洁净,有类于牛顿第三定律昭示的那种情形。有趣的是,"囚笼"被打破了,似乎任何"话"都可以被置于敞开的结构中,"话"的确切意义就此成为奢侈品,仿佛磨砺嘴皮子才是正业,诗歌则成为舌头和口腔之间的物理运动,正无限快感着它语速极快的操练者。面对说书者的唠叨,勾栏瓦肆中的列位听官会满怀喜悦,因为唠叨毕竟起到了快慰身心的效果,类似于喝酒解乏;面对说话体口直心快的唠叨,诗歌读者一般不会得到满足,理由很简单:他们读诗至少是为了读诗,不是为了听谁海阔天空高谈阔论却没啥意义。当西川从纯粹的超验语气第一次转向为饶舌,再从牛魔王语气第二次转向为说话体,当说话体终不免处于它自身的疯狂状态时,不独出现的是废话,还是与诗无关的废话。朵渔有一个文字片段是对西川的亲身观察,值得在此全文引述:

> 某年冬季,在北京今日美术馆的一个活动上,我正在远处的咖啡座与朋友聊天,突然从朗诵现场传来一阵痛快淋漓的京骂,赶过去一看,是西川在朗诵他的《轶事(之一)》:
>
> **你他妈什么意思呀?你丫把我当他妈什么人啦!我像**

个小偷吗？我×你妈！我这眼镜是小偷戴的吗？我这手腕上的战国鸡骨白玉手串是你妈小偷戴的吗？你丫瞎了眼了我×你妈的傻×！管他妈闲事你也瞅准了再说！×！什么女人哪！……

　　以西川浑厚的京腔京调，佐之以专业的音响系统，一种在市井小民间才得一闻的捶床村骂，被措置到挂满当代艺术品的高雅空间，其震惊效果应该不言而喻。然而现场听众（大多是受邀而来的诗人、艺术家）除了报之以即刻的热烈回应，并没有人觉得受到了冒犯。仿佛是大家在共同参与一项表演，剧情已了然于心，掌声是唯一合适的道具。每个人都成了演员，舞台是一个封闭的空间，但每个演员的心目中又都有自己想象的观众，只是那些观众是缺席的。只有那些缺席的观众才能营造真正的震惊效果，但演员们既邀请又拒斥观众——演员想要得到的并非一种震惊效果，因为"震惊"只是作品的背景效果，因此，他们就虚拟一个观众，与他们一起在内心完成一次表演……①

虽然朵渔对西川的诗和进行诗朗诵时的表现持正面立场，并且不乏建基于辩解层面上的善意赞赏，但无论如何，这已经与

---

① 朵渔：《我悲哀地望着我们这一代人》，前揭，第269—270页。

诗无关,不必再议,毋须多费一词①。

2018年1月24日,北京魏公村

---

① 这一类作品在西川第二次语气转向后可谓比比皆是,比如集中于诗集《鉴史四十章及其他》(民间刊物《诗歌与人》总第36期[2015年9月])中的绝大多数作品,都可以作如是观。

# 后　　记

收在本书中的文章长短不一,语气不一,那仅仅是因为它们写于不同的时间,出于不同的目的和心境,更是因为有好几篇文章出自授课的录音整理——电脑上敲出的文字和口传而被整理出来的文字在语气上肯定有质的差别。

《颂歌:一种用于抵抗的工具》、《宋炜的下南道》、《从唯一之词到任意一词》、《从超验语气到与诗无关》是经过精心准备直接写出来的文章;《诗与心性》、《作为诗学问题与主题的表达之难》、《词语紧追诗绪或一个隐蔽的诗学问题》则是在授课的录音整理稿上形成的文字,整理者是我的硕士研究生张皓涵。无疑,皓涵为此付出了极大的心力,这里要特别感谢他。让我略感惊讶的是,通过录音整理形成的文字自有其特色:比较放松甚至可以说很松弛、句式和句法很平和、行文轻快、步伐从容等。这给了我从另一种语言经验检视书面语言的大好机会。我相信,我从此懂得了如何让文章写得更放松;懂得了在合适的时候该如何借用口语的表达方式,让原本有可能枯燥的表述变得口吻轻缓,减少书面语自带的硬和重。这是一个让人欣喜却很是意外的收获。

在完成这些文章的过程中,我得到了很多人的帮助。我的学生王辰龙、张梦瑶在收集资料、查阅文献方面贡献良多;他们在读过每一篇文章的初稿后,总会指出一些笔误,因而减少了本书的差错。当然,他们的鼓励同样不可或缺。这些文章完成后,也得到过很多刊物的垂青:比如《当代作家评论》、《中国现代文学研究丛刊》、《天涯》、《作家》、《收获》、《东吴学术》、《汉诗》、《民族文学》等。在此,特别需要感谢的,是这些刊物的主持者:叶梅、李敬泽、程永新、韩春燕、丁学良、宗仁发、李少君、张执浩。尤其值得一说也特别令我感动的,是《从唯一之词到任意一词》获取的礼遇:它被黄礼孩先生全文刊载于他主持的著名民间诗歌刊物《诗歌与人》,成为一个独立的小册子。礼孩做刊物时秉持的唯美主义倾向,让这篇长文增色不少。

是为记。

2018 年 4 月 2 日,北京魏公村

图书在版编目(CIP)数据

新诗学案/敬文东著.
--上海:华东师范大学出版社,2022
ISBN 978-7-5760-2683-2

Ⅰ.①新… Ⅱ.①敬 Ⅲ.①诗学—研究—中国
Ⅳ.①I207.2

中国版本图书馆 CIP 数据核字(2022)第 036514 号

华东师范大学出版社六点分社
企划人 倪为国

**本书著作权、版式和装帧设计受世界版权公约和中华人民共和国著作权法保护**

## 新诗学案

著　　者　敬文东
责任编辑　倪为国　古　冈
责任校对　王寅军
封面设计　卢晓红

出版发行　华东师范大学出版社
社　　址　上海市中山北路 3663 号　邮编　200062
网　　址　www.ecnupress.com.cn
电　　话　021-60821666　行政传真　021-62572105
客服电话　021-62865537　门市(邮购)电话　021-62869887
地　　址　上海市中山北路 3663 号华东师范大学校内先锋路口
网　　店　http://hdsdcbs.tmall.com

印 刷 者　上海盛隆印务有限公司
开　　本　787×1092　1/32
插　　页　1
印　　张　13.5
版　　次　2022 年 8 月第 1 版
印　　次　2022 年 8 月第 1 次
书　　号　ISBN 978-7-5760-2683-2
定　　价　88.00 元

出 版 人　王　焰

(如发现本版图书有印订质量问题,请寄回本社客服中心调换或电话 021-62865537 联系)